U0095151

夏目漱石与中国

黎跃进 等 著

商务印书馆
创于1897 The Commercial Press

图书在版编目(CIP)数据

夏目漱石与中国 / 黎跃进等著. — 北京：商务印书馆，2022
ISBN 978-7-100-20636-5

Ⅰ.①夏… Ⅱ.①黎… Ⅲ.①夏目漱石（1867—1916）—文学研究 Ⅳ.①I313.064

中国版本图书馆CIP数据核字（2022）第009546号

夏目漱石与中国

黎跃进 等 著

商 务 印 书 馆 出 版
（北京王府井大街36号　邮政编码 100710）
商 务 印 书 馆 发 行
三河市尚艺印装有限公司印刷
ISBN 978－7－100－20636－5

2022年7月第1版　　　　开本 680×960　1/16
2022年7月第1次印刷　　　印张 25　1/2

定价：128.00元

教育部人文社会科学研究规划基金项目（10YJA752013）最终成果

前　言

　　夏目漱石（1867—1916）是近现代日本大文豪，因他对明治时代社会的敏锐观察与深刻表现，被称为"国民作家"。他在文学创作和理论建构两方面都成就斐然，在 20 世纪日本文学史上有着崇高的地位，类似于我国近代文学史上的梁启超或现代文学史上的鲁迅。在日本学界，夏目漱石研究一直是热门课题。但我国的夏目漱石研究，比之日本的梁启超、鲁迅研究，或者比之同是日本 20 世纪作家的川端康成研究显得冷寂。这与夏目漱石在文学史上的地位极不相称。事实上，夏目漱石既受中国文化、文学的深刻影响，又对 20 世纪中国文学产生积极影响。

　　从中国和日本的研究成果看，没有一本《夏目漱石与中国》的著作。虽然有部分成果是对夏目漱石与中国文化、文学的关系进行研究，但对这一领域的研究，主要集中在两个方面：

　　一是夏目漱石的汉诗创作研究，这自然涉及中国古代文化对夏目漱石影响的问题。这一方面的成果如日本出版的《漱石与汉诗》（渡边升一，英潮社 1976 年版）、《漱石汉诗的世界》（中村宏，第一书房 1984 年版）、《漱石的汉诗》（松冈让，朝日新闻社 1967 年版）、《漱石汉诗和禅宗思想》（陈明顺，勉诚社 1997 年版）、《漱石诗注》（吉川信次郎，岩波书店 1968 年版）等；中国出版的《夏目漱石的汉诗与中国文化思想》（祝振媛，中国书籍出版社 2003 年版）、《夏目漱石的汉诗世界》

（安勇花，延边大学出版社 2010 年版）、《读诗札记 —— 夏目漱石的汉诗》（王广生，北京大学出版社 2020 年版）。

二是夏目漱石和鲁迅的比较研究。这方面在日本出版的著作有《漱石和鲁迅的比较文学研究》（林丛，新典社 1993 年版）、《鲁迅与漱石》（桧山久雄，第三文明社 1977 年版）、《鲁迅和漱石 —— 悲剧性与文化传统》（李国栋，明治书院 1993 年版）等；中国长时期没有出版这方面的专著，但在"中日近现代文学比较"或"鲁迅与外国文化、文学比较"、"鲁迅与日本文学"这类著作中，都有"夏目漱石与鲁迅比较研究"的论述，如《沟通与更新 —— 鲁迅与日本文学关系发微》（程麻，中国社会科学出版社 1990 年版）、《日本近代文艺思潮与中国现代文学》（孟庆枢，时代文艺出版社 1992 年版）、《中日现代文学比较论》（王向远，湖南教育出版社 1998 年版）等。直到 2014 年，才有两本相关著作面世：《异类叙述者话语中的二声结构：夏目漱石与鲁迅的比较文学研究》（于丽，对外经济贸易大学出版社 2014 年版）、《鲁迅与夏目漱石》（孙放远，吉林大学出版社 2014 年版），这是他们在各自博士学位论文基础上出版的青年学者的著作。

"夏目漱石与中国"这一课题的研究，虽然在上述的两个方面有比较系统和深入研究的成果，但更多的问题还无人涉足。夏目漱石对中国文化、文学的接受及夏目漱石对 20 世纪中国文学的影响，都有必要加以系统的梳理和更深入的探讨。本著尝试将夏目漱石摆在世界近现代文化整体中审视，在多种文化体系交织渗透的语境中，把握夏目漱石精神结构的复杂性、丰富性和独特性，力求在研究的广度和深度上有所突破。

本著将这一论题分"中国传统文学、文化对夏目漱石的影响"和"夏目漱石对中国现当代文学的影响"两大块，对涉及的相关问题做出全面系统的史实梳理和理论论述；对学界已经做得比较深入的相关专题，不做过多的赘述，只是将夏目漱石摆在明治中期汉学复兴的文化语境中考察，力求还原历史，在此基础上进入夏目漱石的精神结构中，分析他对中国儒、释、道文化的接受。将夏目漱石的人生实践（伦理选择）、文本解读（《我是猫》、汉诗）和史料爬梳结合起来，把握夏目漱石精神世界的本来面目，以"文化事实还原"为追求目标。

"夏目漱石与中国古代书画艺术"是一个全新的课题。日本有对夏目漱石书画的研究，在《夏目漱石遗墨集》中有芳贺彻等人的解说和介绍，但对夏目漱石与中国书画关系的研究是有待拓展的领域。本著在中国书画艺术东传、漱石与书画艺术因缘的基础上，对漱石创作中的中国书画艺术元素做出考察，对漱石"绘画小说"在人物刻画、艺术结构、主客观深度遇合等方面受到中国艺术精神的启示做出分析。

"夏目漱石的中国之行"一章，聚焦于漱石1909年中国东北之行的纪实性游记《满韩漫游》，但不是就事论事地做作品阐释，而是将作品摆在中日近代文化嬗变与交流的语境中，运用日本谋求满洲拓殖的相关材料，分析漱石成行的具体背景，细致考察漱石在东北的行程、经历的人和事，重点放在分析"游记"中呈现的中国形象，从"集体无意识"的形象学视域，结合漱石其他创作中的叙述，探讨漱石笔下"乌托邦想象"中的中国，也论述了现实社会"意识形态化"的"他者中国"，从一部"游记"作品透视近代日本知识阶层"中国观"的多重结构。

"中国的夏目漱石译介与研究"一章，是一种学术史层面的考察。其实这一章可以作为专门的课题展开研究，研究夏目漱石在中国的传播路径与方式。限于篇幅，我们选择漱石在中国传播的主渠道 —— 翻译和研究做出粗线条的考察，分时段对中国的漱石文学译介情况，研究的主要成果加以梳理，重点对研究中的几个"焦点"问题展开讨论。对外国作家的译介和研究，其实是中国译界和学界对异域作家的选择性接受。翻译什么？怎么翻译？研究了什么？研究中有何争论？这些是中国社会文化的折射，是对异域作家的本土化接受。因而，这一章是探讨译介，研究现象背后体现的中日文化对话，以及中国对夏目漱石的"本土化建构"。

"夏目漱石与中国现代留日作家"一章,我们选择学界基本上没有涉及或研究不多的谢六逸、丰子恺、章克标、梅娘四位作家作为研究对象,充分发现、挖掘材料,并进入文本做"接受与超越"的美学意义的分析,从接受途径、方式的角度切入,深入到各自的文本世界,具体探讨他们对漱石文学期待视野中的选择、接受中的误读和变异以及创造性的转化,揭示他们与夏目漱石的精神联系及其个性化表现。

"'同根并蒂':夏目漱石与老舍"一章虽是个案的研究,但提出了比较文学影响研究中一种新的研究范式。传统的影响研究局限于"两点一线",即从放送者到接受者的简单模式,但文学跨文化联系的事实要复杂得多。"同源性"是影响研究可比性的逻辑前提,但"源"和"流"不仅仅是一对一的关系,"一源多流"和"一流多源"的情况都不少见,夏目漱石与老舍的关系非常典型。他们都在 20 世纪初旅居伦敦数年,有过大体相似的生命体验,大量研读英国 18、19 世纪的现实主义文学作品,并将其内化为自己的创作要素。他们有共同的文学源头,但不是直接的影响关系。通过这一个案的研究,突破"两点一线"的局限,可以在"一源多流"的复杂影响中,大大拓宽比较文学"影响研究"的研究领域。

"夏目漱石与中国现代文学理论"一章,以漱石的文学理论著作《文学论》在中国的传播和影响为中心,从中国文论现代转型过程中日本文论的中介作用等大背景中,抉幽发微,探析成仿吾文学观与漱石"F+f"文学公式的内在联系。同时对漱石"余裕论"、"非人情"等文学理论观点在现代中国文坛流行的缘由,周氏兄弟的中介助推作用,他们的主体选择性接受,进行了富于说服力的分析。本章内容呈现了文学理论家的夏目漱石面相,丰富了夏目漱石在中国现代文坛"本土化建构"的内涵。

"夏目漱石与中国当代文学"一章,以当代旅日作家群体,当代著名作家陈希我、王跃文为研究对象，具体考察他们与夏目漱石之间的精神关系。这都是学界没有任何人涉足的论题，在当代社会文化更为复杂多元的背景下，探讨夏目漱石对中国当代文学的影响。

本著以"文化转型中个体的文化选择"、"影响—接受"模式和"异域作家本土化建构"作为理论视点，既研究夏目漱石在明治维新新旧交替时代的艰难选择，也思考 20 世纪中国学界、作家对夏目漱石文学的选择与借鉴，互为参照，总结规律，由夏目漱石这一个案，探讨"文化转型中个体文化选择"的基本理论问题。在研究中发现，文化转型中个体的文化选择是一个艰难而充满痛苦的过程，多种因素在个体选择中发挥作用，但独立自主的品格是知识分子选择的内在驱力，这种驱力在社会动荡、价值多元的时代，对知识分子的成就与贡献具有决定性的意义。本著也是比较文学典型的"影响研究"论题，在研究中不局限于"影响事实存在"的考证，而是深入到文本，从接受者的维度，分析接受中的创造。而且提炼出"同根并蒂"的影响研究新范式，对这一范式做出具有理论意义的阐发。在研究方法上，运用"原典实证法"、"影响分析法"和"文化批评法"。从第一手材料中寻求论据，不做没有依据的主观发挥，在研究过程中依据"原典"和"实证"，求得结论的"确证性"；在原典实证的基础上，探讨影响的途径、影响的超越等问题，不局限于史实的考证，深入到具体文本进行审美的分析与研究；运用文化学的基本理论，对夏目漱石接受中国文化和影响中国文学过程中的文化传播、交流、涵化、变异等问题加以阐发。

从更大的范围看，《夏目漱石与中国》是中日文化文学交流研究领域的一个个案。它是 20 世纪中日文化文学交流中的一个具有代表性的个案，对丁研究中日文化交流的转折性变化，变化中的持续性影响等问题具有典型的意义。著作深入探讨夏目漱石与中国文学文化的双向联系，从中也能把握近代中日文化交流的某些本质和规律，对促进中日文化文学交流具有积极意义。

目　录

第一章　夏目漱石与中国传统文化和文学

夏目漱石有着深厚的汉学修养，自小喜欢中国文化和文学。汉学成为他知识结构的精神河床，对他一生的思维模式、人格结构、处世方式和行为准则都产生深刻的影响，当然在他的文学创作中也烙下深深的印痕。

第一节　夏目漱石的汉学修养

夏目漱石是明治时代具有深厚汉学功底的大文豪。小时候家庭环境的影响和汉学教育为他打下了坚实的汉学基础，作为西学一边倒的反拨，汉学在明治社会拥有一定的影响。汉文化的许多元素成为夏目漱石精神世界的重要内涵。

一、基础：夏目漱石的汉学教育

夏目漱石在明治维新前一年（1867）出生在江户牛込马场下横町（现在东京都新宿区喜久井町）的一个名主[①]家庭。在维新后的西化大

[①]　"名主"是江户时代由绅士担任的街道行政代表，大体上相当于我国当时的乡长、保长之类的职务。

潮中，江户时期以儒学占主导地位的教育体制得以改革，实行新的教育教学模式。1873 年，东京开始设立新式小学，小学分初等和高等两部，实行 8 年制教育，初小和高小各 4 年 8 级，每级半年，初小 8 级入学一般为 6 岁，高小一级毕业为 14 岁。

夏目漱石 7 岁（1874）进入浅草寿町的户田小学校学习，1876 年又转学到市谷小学，1878 年 6 月完成初等小学教育。随后进入条件较好、名家子弟就读的神田猿乐町的锦华学校，因夏目漱石学习成绩优秀，跳级完成高等小学的课程学习，于 1879 年 12 月毕业，进入神田一桥东京府立一中学习。

当时的小学教育虽然开设有算术、穷理问答、物理训蒙等课程，但根底还是汉学。当时的教科书用的都是汉文训读调的文语体，夏目漱石一直特别喜欢汉学，因而他小学的学业成绩一直非常优秀。小学阶段夏目漱石还经常去大儒学家荻生徂徕创办的图书馆，涉猎了许多与汉学相关的书籍，了解中国文化，对中国文化产生了浓厚的兴趣。他在后来写的《木屑录·序》中说："余儿时诵唐宋数千言，喜作为文章。"[1] 1878 年 2 月 17 日夏目漱石在同学岛崎柳坞创办的巡回杂志上发表了他最早的文章《正成论》，文章就是用汉文调写作的。

在晚年写作的回忆性随笔《玻璃门内》（1915）中，夏目漱石记述了一段小学时期与朋友阿喜交往的事情："我上小学的时候，有一个名叫阿喜的好朋友。……阿喜和我都很喜欢汉学，尽管不甚明了，却经常就某篇文章兴致勃勃地大发议论。他常常不知是从哪儿听来的还是自己查考来的，说出一些深奥的汉籍书名，令我惊讶不已。"漱石还用自己的零花钱，从阿喜手上买下一套名为《南亩莠言》的汉文书籍。[2] 由此可见夏目漱石从小对汉学有着浓厚的兴趣。

---

[1]〔日〕夏目漱石：《木屑录》，《漱石全集》第 15 卷，漱石全集刊行会 1928—1929 年版，第 297 页。

[2]〔日〕夏目漱石：《漱石全集》第 13 卷，漱石全集刊行会 1928—1929 年版，第 420 页。

夏目漱石的汉学修养有家学渊源。据日本学者发现的材料①，在明治四十三年（1910）4月1日发行的《新国民》第11卷第1号上，刊载以"文话"为题的谈话录，夏目漱石谈到少年时代的学习情况，其中有一段：

> ……如果要追溯我喜欢汉文的原因，那是因为我少年时代就读了许多的汉文，因为喜欢汉文作品，进而自己也写汉文文章。大概还有一个更远的原因吧，我的父亲、兄长，我们家都喜欢汉文，因而受到感化，我也就读了大量的汉文作品。

正是由于对汉学的热爱，夏目漱石1881年1月从东京府立一中退学，进入汉学私塾二松学舍，专门学习汉学。在二松学舍的汉学学习虽然时间不长，却为夏目漱石的汉学修养打下坚实基础。

二松学舍创办于1877年，当时是与福泽谕吉创办的庆应义塾、中村正直创办的同人社齐名的汉学私塾。创建者三岛毅（1830—1919），字远叔，号中洲。是明治年代著名的汉学学者、教育家和汉诗汉文作家，维新前曾为藩校有终馆校长，同时开设了家塾虎口溪舍。维新后，被任命为法官，任大审院中判事、大审院检事等，1881年，出任东京大学教授，和岛田重礼、中村正直共同主持新设的汉文科的讲座。1887年退官。以后便专心致力于教育、汉学和诗文。与重野成斋、川田珑江并称为"明治三大文宗"。1896年被任命为东宫（即皇太子）的侍讲，受到当时天皇的赏赐。20世纪初多次为天皇进讲，讲述《周易》、《诗经》、《尚书》、《论语》、《大学》、《中庸》等。留下著述90余种，其中《中洲文稿》4册12卷，收录论策、碑文、游记、书序、传记等近400篇；诗作有《论学300绝》、《中洲诗稿》、《霞蒲游藻》、《论学三绝》

---

① 见《漱石研究》（创刊号1993年10月刊）堀部功夫氏的介绍。

等 17 种。作品载道言志，具有浓厚的用世经纶思想，文风平实尚朴，构思严谨，运笔洗练，开明治文坛一代新风。

三岛毅主持的二松学舍针对极端西化的潮流，"以道奉孔孟、技采西洋为主旨"。1883 年的《二松学舍舍规》规定："本舍旨在培养修己治人、有用于世之人才，故以道德为根柢，是以设经书课。而欲长变通活用之才，须知时运变迁，是以设历史课。且欲发挥抱负于当时，传播于后世，非借文章之力不可为，是以设文诗课。学之，欲取轨范于古今，是以设诸子集、作文课。至于诗，虽非直涉时务，亦是文章之一端，言志讽世，间接之益不少，其课固不可废。于是，经史子集文诗诸课兼备，始得达其目的，是为本舍教育之大旨。"（《二松学舍六十年史要》）为落实这样的教育目标，学舍的学制分三级九科，各级各科的课程开设如下：

	第三科	第二科	第一科
第三级	日本外史、日本政纪、十八史略、国史略、小学	靖县遗言、蒙求、文章轨范	唐诗选、皇朝史略、古文真宝、复文
第二级	孟子、史记、文章轨范、三体诗、论语	论语、唐宋八家文、前后汉书	春秋左氏传、孝经、大学
第一级	韩非子、国语、战国策、中庸、庄子	诗经、孙子、文选、书经、近思录、荀子	周易、礼记、老子、墨子、明律、今义解

最初级是第三级第三科，最高级是第一级第一科，学习内容从易到难。有案可稽的是夏目漱石明治十四年（1881）七月完成了第三级第一科的学习、同年十一月从第二级第三科毕业。他在二松学舍学习的内容就是第三级第一科的"唐诗选"、"皇朝史略"、"古文真宝"、"复文"；第二级第三科的"孟子"、"史记"、"文章轨范"、"三体诗"、"论语"。虽然学习时间只一年，没有修完学舍的全部汉学课程，但学舍的汉学氛围、三岛毅的言传身教、加之处于敏感多思的少年求学阶段，二松学舍的汉学教育给夏目漱石的汉诗文知识和修养以深刻的影响，将童年时的

爱好引向心智结构的确立和价值取向的抉择。夏目漱石在此期间一度沉迷汉籍和小说，打算以文学为一生的事业。

由于时代潮流的裹挟，夏目漱石还是放弃了汉学转入成立学舍学习英语，之后考入东京大学的英国语言文学专业。尽管如此，汉学在夏目漱石的精神世界扎下了根，在后来的中学、大学学习及在松山、熊本中学任教期间，还大量涉猎汉籍，练习写作汉诗、汉文。在与汉学修养深厚的正冈子规、长尾雨山的交流与切磋中，汉文、汉诗的创作水平得到提高。在中学时期，写作了30余首汉诗和《观菊花偶寄》、《〈七草集〉评》、《移居气说》、《东海道兴津纪行》、《木屑录》等汉文文章。这里以《木屑录》为例稍作说明。1889年7月暑假期间，夏目漱石去房总地区旅行，《木屑录》就是用汉文写成的此行游记，按不同时间和场景记录此行的见闻感受，其中包括汉诗14首，是夏目漱石最早汇集成册的作品，而且运笔老到洗练，写景状物、运思感兴，都能词近意达，生动传神，平实中显奇峻。其中有一段记述日莲（1222—1282，日本佛教日莲宗创始人）诞生地的诞生寺附近的景观：

　　寺负山面海，潮水溚沱，汇而复泆，所谓鲷浦是也。余在京闻鲷浦之奇熟矣，乃赁舟而发。距岸数町，有一大危礁当舟。涛势蜿蜒延长而来者，遭礁激怒，欲攫去之而不能，乃跃而超之，白沫喷起，与碧涛相映，陆离为彩。礁上有鸟，赤冠苍胫，不知其名，涛来一搏而起，低飞回翔，待涛退，复于礁上，余与诸子呼奇不歇。①

从中不难看出夏目漱石的汉学功底。但重要的不是夏目漱石写过200余首汉诗和《木屑录》这样的汉文，而是通过儿时对汉文的喜欢与学习，形成了意识深处的文学观念和审美理想。夏目漱石在《文学

---

① 〔日〕夏目漱石：《木屑录》，《夏目漱石汉诗文集》，华东师范大学出版社2009年版，第80页。

论·序》中明确说道："我少时好读汉籍，学时虽短，但于冥冥之中从'左国史汉'里感悟和归纳出了对文学及其含义的初始理解。我曾以为英国文学亦应如此。若果真如此，我将义无反顾地终生从习。"① 他甚至把汉文学与日本传统文学比较，同样明确表明："我讨厌和文的那种软绵弱缠绵、拖沓啰嗦，喜欢像汉文那样强有力的、雄劲的文体。……啰哩啰嗦的《源氏物语》、虚张声势的'马琴物'、'近松物'，还有《雨月物语》等等之类，我都不喜欢。"② 看来，美国学者唐纳德·金（Donald Keene）说得准确到位："中国古典文学是把他引上文学之路的最初最根本磁场。"③

二、背景：明治中期的汉学复兴

夏目漱石汉学修养的习成，不是明治时期的特例。夏目漱石这样对时代敏感的作家，其精神结构的形成，与时代有着密切的关系。他的汉学修养背后，有明治时代汉学复兴的背景。

明治维新是日本社会文化的一次转折性变革。维新初期，倡导"文明开化、殖兴产业"，西潮汹涌，以儒学为中心的汉学受到冲击，传统的儒学失去了在日本教育、文化体系中的主导地位。但西化热潮的冲刷过后，一些有识之士加以反思，作为日本传统根基的汉学又有所抬头，在明治二三十年代出现汉学复兴的局面。

首先，表现在文教体系的重建。 明治初年，确立了以教授西学为主的新型教育体制，把传统的教育方式和注重道德修养的教育内容视为迂

① 〔日〕夏目漱石：《〈文学论〉序》，王向远译：《日本古典文论选译》（近代卷），中央编译出版社 2012 年版，第 655 页。
② 〔日〕夏目漱石：《对我写作有益的书籍》，王向远译：《日本古典文论选译》（近代卷），中央编译出版社 2012 年版，第 655 页。
③ 〔美〕唐纳德·金：《日本文学の历史》，德冈孝夫译，东京：中央公论社 1996 年版，第 263 页。

腐落后。但 1879 年，由宫中顾问官的元田永孚（1818—1891）执笔、以天皇名义颁发了《教学大旨》，重新提出以"仁义忠孝"为国民道德才艺的核心，其中写道：

> 圣旨教学之要，在于明仁义忠孝，究知识才艺，以尽人道。此所以我祖训国典之大旨，上下一般之教也。晚近专尚知识才艺，驰文明开化之末，破品行，伤风俗者甚众。然所以如是者，则维新之始，首破陋习，向世界寻知识以广卓见，虽一时取西洋之所长，奏日新之效，然徒以洋风是竞，恐于将来，终不知君臣父子之义亦不可测，此非吾邦教学之本意也。故自今之后，基于祖宗之训典，专以明仁义忠孝。道德之学，以孔子为主，人人尚诚实之品行。然此，各科之学随其才器，益益长进，道德才艺，本末俱备。大中至正之教学，布满天下，则吾邦独立之精神，可无愧于宇内。[①]

依据《教学大旨》精神，1880 年发布了《改正教育令》，意在改正十年来的西化教育体制，重新确定讲授儒学道德的"修身科"的中心学科位置。1881 年先后制定了《小学校教则纲领》和《中学校教则大纲》，规定了中、小学中和文与汉文的教学内容。比如，在《小学校教则纲领》的第二章第 11 条中规定：进入小学的中等科（三、四年级）以后，就要教授简易的汉文读本；《中学校教则大纲》的第 13 条规定：初中、高中期间，每周学习和、汉文的时间均为 6 到 7 小时，为各门学科之最。在 1886 年 6 月颁布《寻常中学校学科及其程度》，规定必须达到一定的汉文阅读和写作能力水平。

1881 年最高学府的东京大学设置了和汉文学科。当时的校长加藤弘之致函文部省，申述设置和汉文学科的理由："目今日之势，斯文几

---

① 《教学大旨》见《近代日本思想大系》卷三十《明治思想集》第一卷，筑摩书房 1976 年版。

若寥星，知不在今之大学科目中设置，毕竟难以永久维持，且自称日本学士者唯通英文，于国文茫乎所以，必不能收文运之精英……"①此后，在文学部专门设置了研究古典作品的"古典讲习科"，汉学在新的日本最高学府中，有了确定的地位。可以说，汉学在提倡"国民道德"的旗帜下，以儒学为主体传统汉学，在明治中期活跃起来。

其次，民间汉学塾一度活跃。汉学塾在江户末期就有，维新后也没有完全消失，但受到西学的排挤。1877年前后，在官方教育方针的导向下，一批新的汉学塾涌现。著名的汉学塾有三岛毅创办的二松学舍（1877年开办）、小永井小舟创办的濠西精舍（1878年开办）、山井清溪创办的养正塾（1879年开办）、中村敬宇创办的同人社（1879年开办）、蒲生炯亭创办的有为社（1879年开办），还有一批创办更早也在发挥作用的汉学私塾，如安井息轩（1799—1876）创办的三计塾（1838—1875）、村上佛山（1810—1879）创办的水哉园（1835—1884）、广濑淡窗（1782—1856）创办的咸宜院（1817—1897）、恒远醒窗（1803—1861）创办的藏春园（？—1884）、西宫藤长（1825—1895）复办的四如堂（1821—1880）、池田草庵（1813—1878）创办的清溪书院（1847—1879）等。

这些汉学塾以传授汉学典籍为教学内容，以道德熏陶和修身养性为教育目的。如四如堂在"塾则"中阐明其目标："一、明了皇典，奉行爱国精神之旨；讲究汉籍，崇尚伦理纲常；通览洋书，知事理器用之制；不以彼我之见害公平之道。二、以孝悌忠信之旨，博涉群籍，成就经世济用之才。三、崇敬长上，慈爱幼小，动作进退礼仪不紊。"为达此目标，课程包括大学、中庸、论语、孟子、孝经、小学、史记、汉书、国史略、日本外史、日本正记、皇朝史略、左传、国语、十八史略、诸子等科目。②夏目漱石就读的二松学舍是最典型和影响最大的汉

---

① 转引自李庆：《日本汉学史》（第一部），上海人民出版社2010年版，第184页。

② 刘岳兵主编：《明治儒学与近代日本》，上海古籍出版社2005年版，第197页。

学塾，三岛毅曾谈到二松学舍的办学宗旨：

> 汉学之目的在于修己治人、成为一世有用之人物。儒生之要务非仅记诵词章，乃在于知仁义道德。故课以经书。又须知古今时势之变迁、制度之沿革、长于变通。故课以历史。若欲施其学于事业，需借重文章之畅达。若因不遇而不能施于事业，则可借文章传其所学，供天下后世之用。故文章无关乎时之遇不遇，乃活用所学之器具也、必学之方可。故课以文章。学之可取轨范于古今。故课以诸子文集。诗非必要，却为文章之一端，用以言志，不可废其课。于是经史子集及诗文、诸课皆备。目的唯期学生为天地有用之人物矣。读书不以寻章摘句为阶，作诗文不流于雕虫篆刻。此甚紧要也。且汉籍汗牛充栋，上举诸课虽仅仅数书，且不能尽。今也洋学大行，其穷理法律技术等精密处，非汉学所能及。故志于有用之学者，亦可兼学洋籍矣。因之所课者乃简易之汉学，以为洋汉兼学者留余地，而望专习汉学者，亦可涉猎群书。此设有课外答问时间之所以然。凡入本舍学习者，了然此大意，然后顺次修课业，是所希望也。

这些汉学塾推动了明治时期汉学的教育和普及，培养了一批像夏目漱石一样具有深厚汉学修养的学者、诗人和作家。

再次，汉诗、汉文团体兴起。明治中期著名的汉诗诗社有大沼枕山（1818—1891）主盟的下谷吟社、鲈松塘（1823—1898）主持的七曲吟社、森春涛（1819—1889）主持的茉莉吟社（小江湖社）、成岛柳北（1837—1884）创立的白鸥吟社、向山黄村（1826—1897）建立的晚翠吟社、冈本黄石（1811—1898）铸出的曲坊吟社、小野湖山（1814—1910）创立的优游吟社、福井学圃（1862—1918）主盟的涵咏吟社、大江敬香（1857—1916）的爱琴吟社；汉文会则有藤野海南（1826—1888）的旧雨社、川田瓮江（1830—1896）的回澜社、重野成斋（1827—1910）的丽泽社等。这些民间团体具有同人性质，志趣性情相投的诗人文友，经常聚会，切磋诗文创作技艺，讨论汉学问题，创办汉诗、汉文刊物，出版诗文创作集。

明治时期影响最大的汉学团体是半官方性质的斯文学会。斯文学会由右大臣岩仓具视（1825—1883）、冈本监辅（1839—1904）、中村正直（1832—1891）、内藤耻叟（1827—1903）、重野成斋（1827—1910）、川田瓮江（1830—1896）等人发起，于 1880 年成立。《斯文学会规则》申明学会的目的在于"伸张风教，兴文学"。《斯文学会开设告文》阐述建会的宗旨：维新之后人们专务西化，许多汉学者也通时务，尊大自居，徒玩虚文，图实益，然欲挽狂澜，当务之急就是重视儒学。由川田瓮江在成立大会发表的《斯文会记》说得更加明确：

斯文会何为而设也？振起斯文也，以文会友也。夫经纬天地之谓文，道德博闻之谓文，学勤好问之谓文，慈惠爱民之谓文，有仪可像之谓文，辩而不争、察而不激之谓文，贵本之谓文，道艺之谓文，法度之谓文。其书则经史子集，其艺则礼乐射御书数，其德则知仁圣义忠和，其行则孝友睦任恤，其业则修身齐家治国平天下。……我邦文字传自汉土，人智由是开，伦理由是明，工艺由是兴，文物制度由是立，则其学之为必用，固不待论。而学者往往胶柱刻剑，不达时务。是以中兴以还，采用洋学，海内靡然，舍鸟迹而讲蟹文。然一利之所在，一弊随生。道德变为功利，敦厚化为轻浮，俭素移为华奢语政体，则不曰立君而曰共和；语教法，则不曰孔孟而曰耶稣；语伦理，则不悦夫唱妇从，而曰男女同权。呜呼彼不辨国体土俗之异同，唯新之趋。与夫迂儒泥古者，均非圣贤是学之旨也。倾者，设有相议，欲振起斯文……①

---

① 刘岳兵主编：《明治儒学与近代日本》，上海古籍出版社 2005 年版，第 233 页。

很明显，斯文学会的"振起斯文"，就是在西化大潮中振兴儒学的仁义道德。学会得到天皇和宫中官员的支持，栖川宫炽仁亲王担任首任会长，军中将谷干城为首任副会长。首批入会会员达 1500 余人，几乎网罗了朝野所有汉学学者。学会主办学校"斯文黉"，定期举办汉学讲座，由著名汉学家根本通明、三岛毅、鹫津宣光、中村正直、冈千仞等讲解《周易》、《书经》、《诗经》、《论语》、《孟子》、《庄子》、《韩非子》、《中庸》、《孝经》、《唐宋八大家》等经典汉籍。还出版发行 5 种杂志：（1）收会员诗作的《斯文一斑》（1881 年起，共 13 集，定期刊）；（2）学会的演纪录《斯文学会讲义笔记》（1881—1886，共 69 号，每月刊 1—2 次）；（3）《斯文学会报告书》（1881—1882，共 23 号，月刊）；（4）收文苑杂记的《斯文学会杂志》（1889—1891，共 33 号，月刊）；（5）《斯文学会讲义录》（1903—1906，共 50 号，双周刊）。这些活动极大地推动明治二三十年代的汉学复兴，斯文会被称为日本汉学的"大本营"。

最后，汉诗、汉文、汉学研究报刊出版繁荣。上述的汉诗、汉文民间团体或社会性学会，都为展示他们的创作、研究成果，报道他们的活动，形成成员间的凝聚力，创办发行各自的报刊，以拓展社会影响面。这类刊物主要有：

刊物名	主编	创刊时间	刊物名	主编	创刊时间
《新文诗》	森春涛	1875	《新新文诗》	森春涛	1885
《东京新志》	服部诚一	1875	《鸥梦新志》	森川竹磎	1886
《明治诗文》	佐田白茅	1876	《词林聚芳》	奥田天门	1886
《花月新志》	成岛柳北	1877	《研练词藻》	久保桧谷	1886
《诗歌杂志》	炮稻绮道秀	1877	《天下才子不读新书》	近藤南洲	1887
《桂林一枝》	石井南桥	1878	《新诗府》	松村琴庄	1889
《昆山片玉》	大内青峦	1878	《优游吟社诗》	远藤松云	1889
《京华新志》	贯名清江	1879	《学海》	大江敬香	1891（？）

刊物名	主编	创刊时间	刊物名	主编	创刊时间
《古今诗文详解》	吉田次郎	1880	《诗国》	服部担风	1891
《斯文一斑》	山本邦彦	1881	《丽泽杂志》	斋藤次郎	1892
《观风余话》	浅井古溪	1882	《精美》	大江敬香	1893
《熙朝风雅》	石川鸿斋	1884	《花香月影》	大江敬香	1898

此外，当时各主要报纸都设有发表汉诗汉文的专栏或副刊。如东京的《朝野新闻》、《日本》、《东京日日新闻》、《东京横滨每日新闻》、《邮件报知新闻》、《国会》、《时事新闻》、《国民新闻》、《自由新闻》，大阪的《大阪朝日新闻》，京都的《日出新闻》、《京华新报》、《日日新闻》等都开辟了刊登汉诗汉文的专栏，由当时著名的汉诗诗人作家、汉学学者主笔。报纸作为新兴的大众传播媒体，深入社会的各个阶层和角落，自然对汉学的传播和发展起到积极作用。

明治中期汉学复兴的原因是多方面的。第一，江户时期汉学的坚实基础。江户时期以林罗山（1561—1615）为代表的朱子学派，以中江藤树（1608—1648）为代表的阳明学派，以伊藤仁斋（1627—1705）为代表的古义学派，以荻生徂徕（1666—1728）为代表的古文辞学派，各有派系传承，又互相补充，形成日本汉学的基础。他们的学术传统和传人经历西潮冲击，但历史惯性力量还在。第二，对西化浪潮的反弹。维新后功利主义盛行，人们追逐名利、利欲熏心，以修身做人为本的汉学家认为这是传统尽失、道德沦丧，试图借助复兴汉学来扭转世风。田冈岭云（1870—1912）曾发表《汉学复兴论》，认为"汉学于我辈之毁灭，我国将会失去发扬东洋文明之缘由，东洋文明既不得发挥，谈何集世界文明之大成！"呼吁"必须大力振兴汉学。……汉学不得复兴，我帝国之前途渺茫"。[①] 第三，维新目标的多元。"日本近代文化运动的起始，是以向国民进行精神启蒙作为宗旨，其目的在于以西方近代文化观

---

① 〔日〕田冈岭云：《汉学复兴论》，《帝国文学》1897 年第 2 卷第 1 号。

念和科学思想，涤除传统儒学和传统国学对国民精神的禁锢，创造与近
代化一致的国民精神。"[①] 但维新运动确立了皇权国体，皇室的首要目标
是巩固"万世一系"的皇权。传统儒学的忠孝理念和等级秩序对皇权有
利，因而得到皇权支持，作为纠正西化的偏颇而得以复兴。

这样，明治中期汉学蔚成风气，汉诗汉文创作和汉学研究都取得一
定成就。以汉诗创作为例，正冈子规（1867—1902）在随笔中说："今
日之文坛，若就歌、俳、诗三者比较其进步程度，则诗第一，俳为第
二，歌为第三。"明治诗人、评论家大町桂月（1869—1925）甚至将明
治十年（1877）到明治三十年（1897）称为"汉诗全盛时代"，学者木
下彪也认为日本王朝以来有着千年传统的汉诗，至明治而臻其未曾有过
的发达。猪口笃志在《日本汉文学史》中认为绝海、徂徕、山阳、星岩
诸家比之明治诗作者也黯然失色，不仅诗，明治汉文也超过从前。

夏目漱石青少年求学时代，正是日本汉学复兴的时期，因而能有新
手教育三岛毅这样的汉学大家。夏目漱石才得以获得深厚的汉学修养，
他和同时代的森鸥外（1862—1922）、正冈子规（1867—1902）、幸田
露伴（1867—1947）等一起，成为日本文学史上最后一代具有坚实汉
学基础的作家。

三、精神结构：夏目漱石接受的中国文化

夏目漱石的精神世界非常复杂。人的内在精神结构源于社会环境、
教育涵化和经历体验的综合影响。夏目漱石处于日本社会文化转型变革
时期，以他的学识、经历来看，其精神世界至少有三大块：日本民族文
化传统、汉学和西学。三块之间一些要素彼此交融渗透，又相互矛盾颉
颃；而且在不同时期三大块的组合模式又不断变化。有论者从夏目漱石

[①]　严绍璗：《日本中国学史稿》，学苑出版社 2009 年版，第 101 页。

思想纵向演变的角度做出描述："纵观夏目漱石思想发展轨迹，有一个从东方儒、道思想，向西方人文主义和近代资产阶级思想，再向东方道家思想的螺旋形转变过程。成熟时期的夏目思想体系，表现为东西方人文主义思想的融合，而道家因素见重。"①这样的描述基本上符合事实。我们这里无意对夏目漱石复杂的精神世界及其演变做深入探讨，只是就明治汉学复兴背景下，在夏目漱石精神世界里，汉学（中国文化）起到了什么作用，他接受了怎样的中国文化这些问题做些思考。

中国文化是个复杂的整体，一般认为中国传统文化的主体是儒、释、道三足鼎立。三家的人格理想和价值取向构成中国传统文化精神的基本面貌。考察夏目漱石的人生实践和文学创作，可以看到儒、释、道文化都对夏目漱石有着深刻的影响。

（一）儒家文化的影响

儒家文化对夏目漱石的影响是根本性的，他青少年时代学习、阅读的汉籍主要是儒家经典，他师从的三岛毅也是一位儒学家。儒家内圣外王的人格理想、经世济民的道德观念和建功立业、修齐治平的人生目标成为夏目漱石精神世界的基盘底座，对夏目漱石的人生道路、政治观念和人格追求都有内在深刻的影响。

日本学者小坂晋认为："漱石的思想中存留的儒教的经世济民的道德观念，根深蒂固，……漱石的思想中为天下国家的道德观念与西方的自由思想是相互矛盾的。"②的确如此，青少年时期的儒学教育，培养了他忠君爱国的思想、立志成为社会"有用之人"的进取精神和志士仁人的人格追求。夏目漱石12岁写作的作文《正成论》，歌颂日本南北朝时期的武士楠木正成忠义、智勇、刚毅，为救护天皇以身殉职。文中描述的就是夏目漱石当时心目中仁人志士的品格。如果说文章出自小学

---

① 沈迪中：《夏目漱石与陶渊明》，《现代日本经济》1986年第6期。
② 〔日〕小坂晋：《漱石的爱与文学》，讲谈社1974年版，第95页。

八年级的学生，不排除对当时教育理念的盲目接受，但这种忠君爱国的观念在他以后的生命历程中，有着深刻的印痕。正如有论者所言："汉文学中的'修身、治国、平天下'的儒学思想占据了其初期思想的大部分，漱石是明治时期第一批小学生和第一批中学生，受'忠君爱国'的教育影响很大，这和儒学思想是一致的，所以，即使这种思想以后有所削弱，但始终贯穿漱石一生，时隐时现。而且可以说，以后漱石对日本文明开化所做的激烈批判根本原因也是基于对'国家'的感情，所谓'哀其不幸，怒其不争'是也。也是因为这个原因，漱石对日本近代国家的批判从来没有涉及根本的天皇制等政体问题，相反，他对明治天皇是有相当感情的，这在《心》等文学作品，及他的日记或散文中都表现得十分清楚。所以，在他死后，政府当局会把他作为'国民作家'来加以宣扬，这是毫不奇怪的。"①

夏目漱石一生有过几次重大的选择：中学时代放弃喜爱的汉学，选择顺应大潮学习英语；大学毕业后，放弃东京高师英语教师的教席，去偏远的松山中学任教；之后又放弃第五高等学校（熊本）教授之职，前往英国留学；留学归来进东京大学教授英国文学，4年后又辞去大学教职，加入《朝日新闻》社成为专业作家……这些选择虽然有些是被动的，但背后都有着儒家的国家意识在起作用：以国家大业为重，经世致用。我们以他留学英国时期的情景来看看夏目漱石忧国忧民的爱国情怀。他到了英国后，对日本的未来表现出深深的担忧，在日记（1901年1月27日）中他写道："夜。于公寓三楼细细寻索日本之前途。日本惟有认真之一途。日本人惟有把眼睛睁得更大才行。"②是怎样"寻索"和担忧的？日记写得简略。在夏目漱石发回国内，记述伦敦情况的《伦敦消息》中有详细的表述：

---

① 张小玲：《夏目漱石与近代日本的文化身份建构》，北京大学出版社 2009 年版，第139 页。

② 〔日〕夏目漱石：《漱石全集》第 16 卷，漱石全集刊行会 1928—1929 年版，第 32 页。

自从来到这里，不知为何，人就变得严肃认真起来了。每当有所见所闻，有关日本的前途问题就会在我的头脑中不断地涌现。……脑海里一旦浮现日本社会的百态，心情就会变得很沮丧。我担心日本绅士在德育、体育和美育等方面的缺失，而这些绅士却显得泰然若素，踌躇满志。他们生活浮华，内心空虚，他们目光短浅，看不到满足于日本的现状，其实就是引领国民陷入堕落的深渊。①

在为人的真诚善良、助人为乐的品性上夏目漱石也表现出儒家仁人君子的风范。他成为著名作家后，环绕在他周边的众多门生都感受到他春风化雨般的温暖。一个叫林原耕三的学生因家境贫寒无力筹措学费，打算放弃升学。夏目漱石悄悄捎信给助学机构，请求补助。信中说：若是未能如愿获得助学资金，他势当自掏腰包以成全门生求学之愿。学生林原耕三在夏目漱石去世后多年才获知此事，当时热泪盈眶。在《漱石书简集》中收录了一封夏目漱石回复学生借钱的信函。收信人是当时付不起房租的饭田政良。夏目漱石写道："难得这回我没钱借你。……你就同房东说，稿费迟来，请房东多宽限几天。若房东唠叨也无须理会，横竖错不在你，你会收到稿费后立刻偿还。"夏目漱石还竭力排除门生的困境，以幽默的口吻写道："我看了一下手边的钱包，这儿正好有一块钱，给你买点酒喝壮壮胆子，勇敢去跟房东表白。"②从中不难感受到夏目漱石为人处世的君子品格。

夏目漱石这种儒家式的伤国忧民情怀和善良敦厚的品性，还表现在"德化社会"、"士不可以不弘毅，任重而道远"的责任感。无论早期作品的文明批判，还是后期作品的人性剖析，都是以伦理道德为标尺，指

---

① 〔日〕夏目漱石：《漱石全集》第 15 卷，漱石全集刊行会 1928—1929 年版，第 7 页。
② 〔日〕池谷伊佐夫：《神保町书虫：爱书狂的东京古书街朝圣之旅》，桑田草译，生活·读书·新知三联书店 2008 年版，第 128 页。

陈现实弊端，反思恶性欲望。儒家文化的现实关怀、穷独达兼的精神影响了夏目漱石一生，他去世前的第 12 天写下最后一首汉诗，抒发的还是一种忧时伤世的情意和无可奈何的孤独：

真踪寂寞杳难寻，欲抱虚怀步古今。碧水碧山何有我，盖天盖地是无心。

依稀暮色月离草，错落秋声风在林。眼耳双忘身亦失，空中独唱白云吟。[①]

（二）道家文化的影响

在中国传统文化的构成中，以老庄思想为主体的道家文化与儒家文化互为补充又互相依存。夏目漱石学习借鉴的中国文化，当然包括道家文化。道家文化的顺运自然、反对虚饰、为而不争、超越现实、向往心灵自由的思想都对夏目漱石产生深刻影响。如果说儒家文化深刻影响了夏目漱石的社会政治观、道德伦理观和历史责任意识，道家文化则对他的人生观和审美观产生影响，或者说，作为社会人的夏目漱石，更多接受儒家文化；作为生命个体的人，他更多接受道家文化。而且从整体上看，随着岁月的磨砺和人生体悟，道家文化对夏目漱石的影响日益增强。

在读大学期间，作为"东洋哲学"课程的论文，夏目漱石提交的是《论老子的哲学》（1893）。论文包括"总论"、"老子的修身"、"老子的治民"、"老子的道"等四个部分。论文在殖兴产业、自强发展的社会语境和西方的社会进化论、强力意志等哲学思想的视阈中理解老子的学说，难免有些误读的成分，甚至称之为"退步主义"。但夏目漱石对老子思想的许多方面作了比较准确的阐析，如以"道"为其哲学的基础，出世的倾向，无为而无不为的思想，阴柔与虚静的审美观照，从对立事

---

① 〔日〕夏目漱石：《漱石全集》第 15 卷，漱石全集刊行会 1928—1929 年版，第 294 页。

物中把握本质的辩证思维特点，所有事物都是在流动中相对地存在于客观世界等。① 这些观念在他以后的创作和人生实践中都有所体现。

夏目漱石接受道家文化的影响，还有一个重要的中介，就是中国古代诗人陶渊明（365—427）。陶渊明的思想受老庄思想的濡染，他由仕而隐，"他在少年时代曾喜爱儒学思想，……他初归田园退隐躬耕时，觉得返回自然，心安理得；他的思想意识，自然地脱去了儒家的功名而进入道家的清静"②。道家的超脱尘世、随顺自然、乐天听命的人生观在他的思想中占据了重要的地位。而陶渊明是夏目漱石最喜爱的中国诗人，夏目漱石和这位古代诗人有着心灵深处的共鸣。据说夏目漱石大学毕业后远离京城，去了爱媛县松山中学，就是受到了陶渊明思想的影响，赴任当天从学校图书馆借走了酷爱的《渊明诗集》，陶渊明成为陪伴他的精神密友。在夏目漱石的小说、汉诗中，经常可以依稀看到陶渊明的影子，陶渊明的狷介清高的性格、抱朴含真的追求、超尘脱俗的境界都对夏目漱石有着潜移默化的影响，陶渊明的"桃花源"转化成夏目漱石作品里的"白云乡"。

夏目漱石汉诗诗中频频出现"白云"及"白云乡"的意象。"白云乡"即夏目漱石心中的理想境界。这一思想不仅体现在夏目漱石的汉诗中，也屡屡出现在他的小说中。夏目漱石将中国文学中描绘的"桃源乡"这样脱俗的世界命名为"白云乡"，充分地表现了他对现实世界，即其笔下的"色相世界"的厌恶，和对清静无为的老庄境界的青睐。在创作于明治三十一年三月的汉诗《春日静坐》中，他就鲜明地表达了对"白云乡"的憧憬：

> 青春二三月，愁随芳草长。闲花落空庭，素琴横虚堂。蟏蛸挂不动，篆烟绕竹梁。

---

① 〔日〕夏目漱石：《漱石全集》第 26 卷，岩波书店 1994—1996 年版，第 13—36 页。
② 朱维之：《中国文艺思潮史稿》，南开大学出版社 1988 年版，第 75 页。

独坐无双语，方寸认微光。人间徒多事，此境孰可忘。会得一
日静，正知百年忙。

退怀寄何处，缅邈白云乡。①

诗人的忧愁在这里全都抛却，将自己置于想象的自由之境，摆脱了
世俗的烦扰，驰骋于闲静的自由之境。显然，这里的"白云乡"是与当
时夏目漱石所面对的世俗世界完全相对的另外一个世界，是作者的想象
之境、向往之境，是作者的"寄退怀"之境。这一理想境界伴随着夏目
漱石的一生，也贯穿了夏目漱石汉诗创作的始终。他的诗句"独坐听啼
鸟，关门谢世哗。南窗无一事，闲写水仙花"②、"总是虚无总是真"③
等皆充溢着老庄恬淡无为的思想。

如果说对"白云乡"的向往是夏目漱石不自觉的情感选择，那么，
到后来年修缮寺大患（1910）以及明治政府"大逆事件"的血腥镇压之
后，他对现实世界更加近乎绝望，于是走向了自觉地对老庄哲学的回
归，以至于最后提出"则天去私"的思想。

"则天去私"是夏目漱石晚年提出的概念，对这一概念的含义，日
本和中国的学者有过不少讨论，有伦理道德说、人生境界说、哲学理念
说、创作方法说等。中国学者何少贤在分析夏目漱石提出这一概念的种
种情形后做出概括："总而言之，'则天去私'的含义是丰富的深刻的。
从伦理道德看，它是无私无欲的；在处理人与人的关系时，主张宽容；
在人与世界的关系上，倾向超尘脱俗，万事顺其自然；作为一种文学
创作方法，它是无私的。所谓无私包括两个意思：一是不要只写自己，
更不要把自己写成完美无缺的人；其次，不要有人工雕琢的痕迹，而
要做到天真地自然流露。这是返璞归真的艺术境界，也是他一生创作

---

① 〔日〕夏目漱石：《漱石全集》第 15 卷，漱石全集刊行会 1928—1929 年版，第 261 页。
② 〔日〕夏目漱石：《漱石全集》第 15 卷，漱石全集刊行会 1928—1929 年版，第 271 页。
③ 〔日〕夏目漱石：《漱石全集》第 15 卷，漱石全集刊行会 1928—1929 年版，第 290 页。

实践的最后总结。"① 但从汉学影响夏目漱石的层面看，"则天去私"的思想根源来自道家文化，与老庄思想有着难以分割的内在联系。不管哪个层面理解"则天去私"，它最基本的意义是：顺从天道自然，驱除小我私利。无论是道德层面的"无私无欲"，还是人际关系的"宽容无争"，抑或人与世界关系的"超尘脱俗、顺其自然"，或是文学创作方法的"天真地自然流露"、"返璞归真"，都能与老庄思想契合对应，一脉相承。

（三）佛禅文化的影响

佛教汉朝末年从印度传入中国，经过几百年的发展，不断吸收中国本土文化，到唐代完成中国化过程，出现了许多融合中国文化的佛教派别，禅宗就是其中之一。公元 6 世纪，中国化佛教以朝鲜半岛为中介传入日本。日本佛教在发展中又与日本固有文化结合，形成具有日本文化特色的佛教宗派。夏目漱石接受的佛禅观念，不一定直接源于中国，但包含中国佛禅文化元素。

佛教的出发点是"人生之苦"，最终的目标是摆脱痛苦，从现实痛苦中获得解脱。解脱的途径方法各有不同，形成佛教的不同流别宗派。禅宗主张自性自度，只要觉悟到内心先天本有的清净本性，当下就可以获得觉悟。禅宗通过"五法门"、"四禅定"② 的修行，以"心"的觉悟达到无欲无念、无喜无忧、澄澈透明的无上境界。禅，就是净虑冥想，彻悟本心，是一种心灵世界深处的探索。夏目漱石反对神佛崇拜，在小说《我是猫》中，通过人物之口议论："神佛者，人类万般苦痛之余所捏造之泥偶而已，……相信渺茫希望，还说心安理得。嗟乎，醉汉！胡乱地危言耸听，蹒跚地走向坟墓。"③ 但他有现实的痛苦与烦恼，他希

---

① 何少贤：《日本现代文学巨匠夏目漱石》，中国文学出版社 1998 年版，第 335 页。
② "五法门"指调息、不净、慈悲、因缘、念佛；"四禅定"是指坐禅修行的四个阶段。
③ 〔日〕夏目漱石：《我是猫》，于雷译，译林出版社 1993 年版，第 261 页。

望借助佛禅来获得心灵的和谐宁静。因而，夏目漱石对佛禅的接受，不是作为一种信仰，而是当作一种人生的实践行为和理论受其影响，主要影响他的苦乐观和生死观。

在"漱石山房"的藏书中，有数量可观的一批佛教禅宗典籍：如《一休和尚全集》、《白隐和尚全集》、《卖茶翁偈语》、《宝洲禅师语录》、《碧岩集》（二卷 10 册）、《碧岩夹山钞》（10 册）、《碧岩录讲义》（3 册）、《临济惠照禅师录》、《寒山石诗阐提记闻》、《泽菴和尚全集》、《泽菴广录》、《大藏经目录》、《大慧普觉禅师语录》（三卷 12 册）、《大慧普觉禅师书》、《大慧普觉禅师普说及法语》（6 册）、《维摩警惕唱》（释宗演）、《苍龙窟年谱》（释宗演编）、《六组大师法宝坛经》（2 册）、《佛鉴语录》（5 册）、《禅临济宗眼目》、《禅门法语集》、《真宗圣典》、《禅林句集》（2 册）、《禅学辞典》等。没有证据证明夏目漱石对这些典籍都做过认真的研读，但这些典籍中的一些人物、故事、公案经常出现在夏目漱石的作品中。至少说这些佛禅典籍的思想、观念，给夏目漱石的精神世界以一定的影响是没问题的。

夏目漱石一生不能说大起大落，但经历了一些坎坷和精神的痛苦。少年时代的养子经历，爱情婚姻生活的不美满，父母兄长和幼女的死别，留学经历的不爽，两次神经衰弱和胃溃疡的折磨等，更内在的是处于转折时代各种现实矛盾在内心的感受，入世与出世的纠葛，理想与现实的扞格等，这些都集聚了夏目漱石的烦恼与对解脱的向往。在给正冈子规的信（1890 年 8 月 9 日）中，夏目漱石感叹："烦恼的火焰炽烈，甘露之法雨迟迟难遇；欲海的波涛险恶，抵达彼岸须待何日？"[1]体现了他对此岸烦恼的嫌恶和彼岸涅槃的憧憬。夏目漱石在书信、日记里曾不止一次流露过"悲观厌世"的思想倾向。在给津田青枫的信（1914 年 3 月 29 日）里，夏目漱石写道："也许我生来愚蠢的原因吧，在我看

---

① 〔日〕夏目漱石：《漱石全集》第 18 卷，漱石全集刊行会 1928—1929 年版，第 19 页。

来，世上所有的人都令人生厌。"① 在这前后他给朋友的信函里，多次提到"弃生择死"的想法，认为"人死后才能达到绝对的境地"。日本学者宫井一郎认为："他有过于执着的理念和对人格社会（或者说对自由）的热切的向往，而这一切在现实中总是难以满足和实现。悲观厌世的情绪，就由于理想与现实格格不入的冲突而产生。"② 众所周知，夏目漱石在 1893 年和 1894 年有过两次在圆觉寺参禅的经历，就是试图借助禅师的帮助，摆脱痛苦躁动，获得内在心灵的平静。虽然结果并不理想，但表明了他对佛禅世界的理解与接受，也为他的创作积累了素材。在小说《门》和散文诗《十夜梦》中，参禅经历转化为作品情节和艺术情境。

第二节　夏目漱石小说中的中国文学——以《我是猫》为例

夏目漱石是日本近现代文学的奠基人，独领风骚的文学巨匠，他以巨大的现实主义的艺术力量，真实地表现了 20 世纪日本社会的某些本质方面，对日本现当代文学产生了深远的影响。他的生命不长，只活了 49 岁，创作生涯则更短，前后不过 10 余年。但他却以惊人的毅力写出了大量各种体裁的作品，有诗歌、小说、散文、文艺评论、回忆录等，尤以小说的成就最高。夏目漱石一生共创作 15 部长篇和中篇小说，7 篇短篇小说。这些文学成就把日本近代文学推向了一个新的高峰，并使之获得了世界性的声誉，夏目漱石也因此而成为在近代文学史上确保了最高文学性的作家。其发表于 1905 年的处女作《我是猫》，因其构思奇特且匠心独运，奠定了这位杰出的小说家在日本近代文学史上的崇高地位。这部富于诙谐的作品，最独特之处在于作家选取了一只猫担任叙

---

① 〔日〕夏目漱石：《漱石全集》第 19 卷，漱石全集刊行会 1928—1929 年版，第 312 页。
② 〔日〕宫井一郎：《漱石的世界》，讲谈社 1967 年版，第 218 页。

述者与评论者，通过这只猫的眼睛俯视日本当时的社会与 20 世纪所谓现代文明的大潮，辛辣地讽刺了日本近代的文明开化，深刻地揭露了明治维新的不彻底性。小说中的猫儿不仅善于思索、乐于议论、富于正义感，而且博学多识、通晓天地古今，经常以连珠般的妙语警句极尽嬉笑怒骂之能事。笔者认为，构成作品幽默与讽刺主基调的不仅仅是"猫"的独特叙述视角的选取，更重要的在于猫，或者说是作家夏目漱石的极其深厚的汉学造诣。作家娴熟地运用大量中国古典典籍，不仅强化了艺术表现效果，同时也从侧面反映出夏目漱石的思想和创作倾向。

夏目漱石的汉文功底是十分深厚的，他自小就爱读汉籍。《文学论》的"序"中说："余少时曾嗜读汉籍，虽修读时间甚短，于'左国史汉'中，余冥冥里得出文学之定义。"他 7 岁时进入户田学校学习，后来又转学到市谷学校，在此读完了高小第八级。其间，夏目漱石饱览了众多与汉学有关的书籍，接触到了大量中国文化，对中国文化产生了浓厚的兴趣。1878 年，夏目漱石发表了他最早的一篇文章《正成论》，该文章是用汉文调书写的。之后不久，夏目漱石进入了山岛中州创办的以汉学研究著名的二松学社修读汉文古籍，这里的教学内容主要包括四书五经、《左传》、《史记》、《资治通鉴》、十八史略、元明史略、《唐宋八家文》、文章等汉文典籍，也有日本史、《日本政纪》、《日本外史》、《国史略》以及西方各国的历史、经济、法律等。[①] 在这里，他系统地学习了"文字蒙求"、"文章轨范"、"唐诗选"、"唐宋八家文"、"论语"、"孟子"等科目。《春秋左氏传》、《国语》、《史记》、《汉书》是对他影响最大的汉文典籍。1889 年夏目漱石完成了他汉文暑期游记《木屑录》，其中记载："余儿时诵唐宋数千言喜作为文章"，可见，夏目漱石的汉学基础始于其青少年时期。《木屑录》的署名为漱石顽夫，这正是他正式的笔名夏目漱石的来源。漱石来自汉语成语"漱石枕流"这一

---

① 高文汉：《日本近代汉文学》，宁夏人民出版社 2005 年版，第 18 页。

典故。南朝宋刘义庆的《世说新语·排调》云："孙子荆年少时，欲隐。语王武子'当枕石漱流'，误曰'漱石枕流'。王曰：'流可枕，石可漱乎？'孙曰：'所以枕流，欲洗其耳，所以漱石，欲砺其齿。'""漱石枕流"是指远离尘嚣的生活，然而这份远离尘嚣里却已经带上了典故里的人物永不服输的性格。夏目漱石在 22 岁时选择"漱石"这一笔名自然有自己想要昭示的东西，于是有了他一生对金钱名利的真正淡泊。而他在小说创作中，这一点似乎体现得更为明显。

1890 年，夏目漱石从预备学校毕业后，游历了旅游胜地箱根，写下了大量的汉诗。这些诗文立意清新，遣词造句的技巧十分圆熟，洋溢着一股少年英气。同年，夏目漱石进入东京帝国大学学习，《老子的哲学》是其在学期间提交的论文。毕业后，夏目漱石选择的第一个职业是教师，然而东京高师的工作环境令他感到失望，怀着强烈正义感的夏目漱石毅然辞掉了这份工作，据说他的这一举动是受到了陶渊明思想的影响。因此，我们会经常在他的小说中依稀见到陶渊明的影子。

夏目漱石是典型的知识型作家，他学习了中国古典文学，深入研究了中国古典文学，在具备了深厚的文学修养之后，才开始他的小说创作。因此，他一开始的创作就非常成熟，具有独特的艺术个性。《我是猫》即是在这样的基础上产生的。

《我是猫》是夏目漱石的成名作，作家在创作这部小说时，有意识地引用、化用、改写中国古典典籍中的诗文，或阐述自己的思想倾向，或强化作品的讽刺意味，或增添幽默氛围，或反用其意，取得了意想不到的艺术效果。

（一）引用

所谓引用，是指作家在创作过程中，借作品中人物之口说出的言辞或谈论的话题中含有中国古代典籍的成分，或引用其典故，或截取某段、某句诗文。其特点是引用的诗文与典故完全来自中国典籍，只字不差，并且其特定含义也与中国文化语境中的含义相仿。例如：

> 大方草稿を書き卸す序開きとして妙な声を発するのだろうと
> 注目していると、ややしばらくして筆太に「香一炷」とかいた。

译文：

> 这怪腔怪调，大概是撰写初稿的序章吧。定睛一看，不大工夫，
> 主人以浓重笔墨写了"香一炷"三个字。

清香一炷知师意，本是晚唐诗人司空图的诗句。苦沙弥闲来无事，
展纸磨墨，写下了"香一炷"三个字。似诗非诗，似俳句非俳句，对于
苦沙弥来说，能写出这三个字来未免过于风雅。作者在此引用苦沙弥一
知半解、似懂非懂的汉诗文，意在对知识分子的外表装得满肚子学问，
其内心世界是一片空虚的讽刺。又如：

> 刑事は刑事だ。探偵は探偵だ。せんだってはせんだってで今
> 日は今日だ。自説が変らないのは発達しない証拠だ。下愚は移ら
> ずと云うのは君の事だ。

译文：

> 刑警是刑警，侦探是侦探。前世是前世，今日是今日。不改变
> 自己的学说，这便是不发展的铁证。"下愚不可移"指的就是你。

"下愚不可移"出自《论语·阳货》篇，原文为"子曰，唯上智与
下愚不可移"。意思是说只有上等的智慧之人与下等的愚蠢之人是不可

改变的。苦沙弥、迷亭、寒月这群知识分子经常齐聚客厅，高谈阔论，说古道今，斥责世事，大发对现代文明的不满的牢骚。他们骂侦探，骂雇佣侦探的金田之流，他们议论生死，死是苦痛的，对神经衰弱的国民来说，活着比死去还要痛苦。他们所苦恼的并不是死，他们犹疑不定的是究竟怎样死才算死得最好。这些议论乍看起来似乎过于夸张，其实恰好击中要害，是对当时社会黑暗现实最尖锐、最有力的揭露，表现了他们对这种现实深恶痛绝的感情。

（二）化用

所谓化用，是指作家在套用中国古典诗文时，有意进行了自己独创性的加工与改编，多是为了强调语气、强化讽刺意味。采用的形式主要为在不影响原句押韵的前提下替换原字句、套用其句而反用其意。例如：

月給が二百五十円で盆暮に配当がつきますから、何でも平均四五百円になりますばい。あげな男が、よかしこ取っておるのに、先生はリーダー専門で十年一狐裘じゃ馬鹿気ておりますなあ。

译文：

月薪二百五十圆，年中年末还分红，平均起来要挣四五百圆哪。像他那号人（指铃木）都拿这么多的钱，可老师是教英语入门课本的专家，却混得"十载一狐裘"，太傻啦！

"十载一狐裘"化用自《礼记·檀弓篇》，原文为"晏子一狐裘三十年"。这是多多良在苦沙弥家拜访时的一段谈话。多多良是苦沙弥的门生，法政大学毕业，在某公司的矿山部供职，是一位实业家的继承人。多多良一向以铃木为榜样，专想金钱，窥探行情，利用各种时机，高攀门第。多多良在劝苦沙弥放弃教员工作，改行为实业家时举了铃木为例，意在说明实业家的薪水要比做教员高很多，赚钱，对一个实业家来说，是轻而易举的事。晏婴，春秋末期齐国东莱夷维人，历事齐灵公、庄公、景公三代，参政达 50 余年，为三朝重臣，一代名相。他以超人的智慧、高洁的品德，赢得生前社会尊重，身后世人赞誉。从前晏婴做齐国的宰相时，一件狐皮袄穿了 30 年。所以，对于百姓的奢侈，就用节俭来对他们做示范。原文本是赞扬晏子的节俭与高风亮节，作者在这里通过多多良之口反用其意，指出"十载一狐裘"是一种不懂得如何赚钱的愚蠢行为，无情地讥讽了资本家无限扩大的物欲致使其精神世界的狭隘，褒扬了苦沙弥淡泊物欲的精神。又如：

「先生学校を卒業して何年になんなさるか。」

「今年で九年目でしょう」と細君は主人を顧みる。主人はそうだとも、そうで無いとも云わない。

「九年立っても月給は上がらず。いくら勉強しても人は褒めちゃくれず、郎君独寂寞ですたい。」

译文：

"老师，您毕业几年了？"

"今年是第九个年头吧。"女主人说罢，回头瞅了丈夫一眼，丈夫未加可否。

"已经九年，还不涨薪水。怎么干，人家也不说个好。真是'郎君独寂寞'啊！"

"郎君独寂寞"出自鲍照的诗《咏史》：

五都矜财雄，三川养声利。

百金不市死，明经有高位。

京城十二衢，飞甍各鳞次。

仕子彯华缨，游客竦轻辔。

明星晨未晞，轩盖已云至。

宾御纷飒沓，鞍马光照地。

寒暑在一时，繁华及春媚。

君平独寂寞，身世两相弃。

　　本篇是诗人鲍照咏汉代严君平的穷居寂寞的名篇。诗歌的前十四句铺写京都之繁华，豪族之奢侈。五都之人好逐利，三川之人好争名，故而求名逐利的"士子"、"游客"云集京都，驱马奔驰，唯恐不及。世事炎凉犹如寒暑交替，所以仕途中人不得不抓紧时机钻营，一如百花争艳于春日。诗人对这些利禄之徒冷眼相看，语气间充满了轻蔑和鄙视。最后两句转入咏史主旨，咏叹严君平的"身世两相弃"，以寒士之寂寞冷落与豪门士族之显赫豪华相比照，讽刺"士子"、"游客"的蝇营狗苟，赞美寒门贫士安贫乐道的高风亮节。作者借多多良之口，表面上指称苦沙弥的冥顽不灵、顽固不化，实则借此讽刺资本家们的投机钻营，表达出作家对其的蔑视与不满情绪。再如：

　　御客さんは三人の中で一番普通な容貌を有している。ただし普通なだけに、これぞと取り立てて紹介するに足るような雜作は一つもない。普通と云うと結構なようだが、普通の極平凡の堂に上り、庸俗の室に入ったのはむしろ憫然の至りだ。

译文：

三人之中，就数来客的面相最平庸。只因平庸，也就没有什么值得介绍的。提起平庸，倒也不是坏事；但如果过于平庸，以至登平凡之堂，入庸俗之室，何其惨然之至。

《论语·先进篇》中说：子曰："由之瑟奚为于丘之门？"门人不敬子路。子曰："由也升堂矣，未入于室也。"堂是正厅，室是内室，升堂入室用以形容学习程度的深浅。孔子说："仲由弹瑟，为什么在我这里弹呢？"孔子的学生们因此都不尊敬子路。孔子便说："仲由嘛，他在学习上已经达到升堂的程度了，只是还没有入室罢了。"

这一段文字记载了孔子对子路的评价。他先是用责备的口气批评子路，当其他门人都不尊敬子路时，他便改口说子路已经登堂尚未入室。这是就演奏乐器而言的。孔子对学生的态度应该讲是比较客观的，有成绩就表扬，有过错就批评，让学生认识到自己的不足，同时又树立起信心，争取更大的成绩。在小说中，这段话是猫儿的议论，猫儿闲来无事之时潜入金田公馆打探情况，窥见了公馆中三个人的相貌，便套用了其句却反用其意。金田家便是一个庸俗不堪的地方，只有平凡庸俗至极的人才有资格进入到他的内室，意在嘲讽金田家及其门客作为资本家的丑恶嘴脸。

（三）临摹

所谓临摹，是指作家并不是直接借用中国古典典籍，而是借鉴其创作手法与技巧，融合到自己的作品中。这需要作家有相当深厚的汉学功底，不仅对典籍的原文十分熟悉，而且对于其表现手法也要谙熟于心。最典型的例子要数夏目漱石在自己的小说中融入了《左传》的表现手法，丰富了自己的文学。原文中有一段苦沙弥与落云馆的学生发生冲突的一个场景：

太古蒙昧の時代に在ってこそ、そんな馬鹿気た戦争も行われ
たかも知れん、しかし太平の今日、大日本国帝都の中心において
かくのごとき野蛮的行動はあり得べからざる奇蹟に属している。
いかに騒動が持ち上がっても交番の焼打以上に出る気遣はない。
して見ると臥竜窟主人の苦沙弥先生と落雲館裏八百の健児との戦
争は、まず東京市あって以来の大戦争の一として数えてもしかる
べきものだ。左氏が 鄢陵の戦を記するに当ってもまず敵の陣勢か
ら述べている。古来から叙述に巧みなるものは皆この筆法を用い
るのが通則になっている。だによって吾輩が蜂の陣立てを話すの
も仔細なかろう。

译文：

在远古蒙昧时期，也许进行过那种荒唐的战争。然而，在太平
盛世的今天，在大日本国京城的中心，那种野蛮行为已经属于不可
能出现的奇迹。学生们再怎么骚动，也不会比火烧警察署闹得更
凶。照此说来，卧龙窟主人苦沙弥先生和落云馆八百健儿的战争，
列为东京城有史以来大战之一，也并不过分。左丘明写鄢陵之战，
也是从敌军营寨下笔。自古以来精于记叙的作家无不采取这种笔
法，已是惯例。因此，让我也来首先叙述一下敌军布阵，也就无可
厚非了吧。

作者在这里借用了《左传》描写战争场面的写法——夹叙夹议，
用猫儿的视角把这场“战斗”描写得十分滑稽，引人捧腹，观察与想
象熔于一炉，使小说显得生动活泼。日本京都大学教授清水茂就曾指
出：《我是猫》中苦沙弥和中学生的大战描写与楚王和谋士的问答如灯

取影。① 这样的写法一方面增强了作品的艺术感染力；另一方面，实则饱含了作家深深的愤慨与讽刺。资本家金田无所不用其极地发挥着金钱的威力，组织无知的学生对苦沙弥窃听、探访、骚扰、奚落，企图以文武兼施的手法迫使苦沙弥改变观点。由此可见，社会金钱关系决定着人们生活贫富、地位高低。最终，作家借猫儿之口得出结论：使世间一切事物运动的，确确实实是金钱。

（四）整合

所谓整合，指的是作家所引的中国古典典籍片段或人物并不是出自汉学典籍，而是出自日文著作。中国历史上，并不是每一个历史事件都被巨细无遗地记录下来，一些片段在本国的史书中被遗漏，却可以散见于他国的随笔、传记、语录中。夏目漱石是在有着扎实的日本传统文学修养的基础上潜心钻研汉学的，他的创作中也鲜明地体现了这一点。苦沙弥家来了一位稀客，正为他讲解以消极的修养来求心安的道理：

何でも昔しの坊主は人に斬り付けられた時電光影裏に春風を斬るとか、何とか洒落れた事を云ったと云う話だぜ。心の修業がつんで消極の極に達するとこんな霊活な作用が出来るのじゃないかしらん。僕なんか、そんなむずかしい事は分らない。

译文：

据说从前有个和尚，刀架在脖子上还说饶有风趣的话"电光影里斩春风"，如果修心养性真做到家，消极到了登峰造极的地步，

---

① 《国文学》杂志，学灯社 1979 年 5 月号，转引自何少贤：《日本现代文学巨匠夏目漱石》，中国文学出版社 1998 年版，第 352 页。

说不定就会现出这种运用自如的真功夫。我这号人不懂那些玄妙的
道理。

"电光影里斩春风"出自日文泽庵和尚所著的《不动智神妙录》，
故事大略讲的是宋末，无学禅师被元兵所获，问斩前高呼曰："乾坤天
地卓孤筇，喜得人空法亦空。珍重大元三尺剑，电光影里斩春风。"意
思是，虽杀我肉体，却杀不死我的灵魂，那不过像一溜光斩春风，无济
于事的。大有四大皆空，生死一如之意。苦沙弥苦于被金田所摆布的一
群学生的捉弄，正无计可施，一位稀客上门进行劝说，认为周围环境是
根本不可以改变的，提出以个人心的修养达到忘我程度来适应客观环境
的哲学主张。这种"心的修养"论是利用、宣传东方的"求其放心"、
"心要放"（孟子语）等儒家、佛家思想，来反对人民大众对黑暗现实进
行积极的斗争。夏目漱石批判了它的虚伪性，借用的典故也充分地运用
了反语来对此进行了嘲讽。

日本文学史家吉田精一曾说：漱石和鸥外一样，作为文学家和作
家，是最典型的"两条腿走路"的人物。像他那样把东洋和西洋在思想
深处浑然融合的例子是鲜见的。这对于我们研究夏目漱石与中国文学的
关系是个很好的启示。夏目漱石与中国文学的关系是个有机的整体，而
且在与西方文化碰撞、融合中显示出多彩、复杂的变化。总的来说，夏
目漱石吸收中国文化是融儒、道、释于一身，在有的情况下这三者是相
同、相近的，很难再加剔别、机械地归入某种思想。有的时候则明显地
体现出儒家学说的一系列观点。有时则直接援引老庄的道家学说或取自
禅学。这种接受的丰富性、复杂性是由夏目漱石所处时代和他本人创作
的复杂历程所决定的。

20世纪初，日本明治维新已走过了30多年，但它却是一场不彻底
的资产阶级革命。大资产阶级在对外穷凶极恶的掠夺中完成了资本的
"原始积累"；在政治及社会制度方面，日本国家保存了浓厚的封建性。

19世纪七八十年代自由民权运动失败后，日本大资产阶级与天皇专制政权建成了相互妥协的合作关系，这个政权在对外发动战争的同时，对内不断加强思想禁锢，镇压工农运动，实行高压政策；在思想领域，反动的保守主义、国粹主义十分猖獗，社会和文学传统中佛教思想、虚无思想的消极因素也在泛滥。在这种情况下，日本国内阶级分化加剧，知识分子阶层也不断变化。有的知识分子为了追求金钱和权势，不惜依附于大资产阶级；一些有正义感的知识分子，对黑暗、丑恶的明治现实憎恶、愤慨，然而他们憧憬的资产阶级民主主义已成泡影，内心不免苦闷、彷徨。夏目漱石便是这群知识分子中的一员，《我是猫》这部作品便应运而生了，它反映的是已发展成为军事封建帝国主义国家的日本明治后期的社会生活。

夏目漱石思想发展的轨迹，是一个从东方儒家思想，向西方人文主义，再向东方道家思想旋转的过程。夏目漱石和明治时代其他作家一样，都是在"文明开化"的影响下成长起来的，但夏目漱石的思想又明显区别于其他的作家。他早年潜心于汉学，热爱中国文化，汉学造诣极深，汉文能力极强，在正冈子规鼓励下写过不少汉诗。毫无疑问，他具有儒家的伦理观，《我是猫》就多达10余次地引用了《论语》原句。小说中有一细节是其为亡友写墓志铭，"天然居士"者，探空间、读论语、吃烤芋、流鼻涕之人士也。"烤白薯？画蛇添足？割爱吧！只剩下了一句：天然居士，探空间，读论语者也。这样似乎又有些简单。"[①] 如此言语，反复出现，看上去颠三倒四，令人啼笑皆非，如果去掉那些笑的调味，浓缩后会发现重要的只有五个字：读《论语》，探索。在写此铭文前小说有个暗示：苦沙弥以浓墨重笔写了"香一炷"三个字，此语录自晚唐诗人司空图诗句"清香一炷知师意"。夏目漱石藏起了句尾，是假语村言的春秋笔法。暗示读者要去"知"墓志铭曲笔后的"师意"，这

---

① 〔日〕夏目漱石：《我是猫》，于雷译，译林出版社1993年版，第62—64页。

表明他要从这里开始探索，而探索的武器就是《论语》儒家思想。夏目漱石曾被称为"为明治精神而牺牲"的作家，他曾表示将以维新志士的坚韧精神来从事文学事业。这里，作家是借墓志铭向明治西方文明写挑战书，"天然居士"可以看作是苦沙弥，自然就有作家的影子。

综上所述，夏目漱石的身上体现了中国古典汉学与日本文化冲突与融合的时代命运，正是因为他能够把汉文文学与文化运用理解得如此娴熟、精准，才使得自己的文学独具特色。对于这位思想超前、生命不息、探索不止的作家而言，他的作品不仅会因独特的故事性、趣味性经久流传，更会因其思想的深刻性而历久弥香。

第三节　夏目漱石汉诗创作与中国古典诗人

夏目漱石一生共创作了 208 首汉诗，纵观这些跨越国界的优美文字，皆流露出与中国文学及中国传统文化明显的"影响与接受"的痕迹。漱石从小就迷恋汉学，勤奋钻研，从而打下了扎实深厚的汉学功底。15 岁的时候，曾求学于日本二松学舍这所汉学私塾，其间，他广泛阅读中国古典书籍，包括《论语》、《孟子》、《左传》、《国语》、《史记》、《汉书》等。汉学应视为夏目漱石步入文学之路的启航灯，尤其在他的汉诗创作生涯中起着举足轻重的作用。

夏目漱石的汉诗创作也得益于与挚友正冈子规的结识，两位作家兴趣相投，时常互相切磋艺术，交流思想。夏目漱石就读于第一高等中学时，正冈子规向他展示了和汉诗文集《七草集》，漱石由此很受激励，并于卷末处撰写了评论《七草集评》，且附上了九首七言绝句。"漱石"这一名字首次正式使用，这对于夏目漱石而言，无疑是人生中对于汉诗创作投入更多热情和精力的一次重要契机。之后，夏目漱石将汉诗创作视为心灵解脱的重要方式。夏目漱石经历过坎坷的童年，之后又去英国留学，期间深受文化差异之苦，患了严重的抑郁症。回国后抑郁症一直缠绕着他，同时又为严重的胃病所苦，在这波折的生活中，夏目漱石将汉诗创作当成心灵静栖的港湾；这也是他钟情于汉诗，特别流连于汉诗宁静的氛围中，一生都不曾舍弃的原因所在。

夏目漱石创作的汉诗，渗透着中国诗作中蕴含的文化元素：老庄思想、易经思想、佛禅思想，而且也深受陶渊明、王维、李白、杜甫等诗人作品的影响。夏目漱石汉诗同中国文学与中国文化关系确乎十分密切。

一、夏目漱石汉诗与陶渊明

夏目漱石早在二松学舍时期就开始阅读陶渊明的诗歌，特别喜欢陶诗。他在小说《草枕》中谈到有关中国诗歌时讲到："可喜的是，有的东方诗歌倒摆脱了这一点，采菊东篱下，悠然见南山，单从这两句诗里就有完全忘却人世痛苦的意识。这里既没有邻家姑娘隔墙窥探，也没有亲戚朋友在南山供职，这是抛却一切利害得失，超然出世的心情。"① 可见夏目漱石曾接受并十分推崇陶渊明的诗歌。

夏目漱石对陶渊明的接受从他的汉诗创作中可以发现鲜明的痕迹。

（一）意象的应用

陶渊明在诗歌创作中曾出现过一些独具特色的词汇，这些词汇被夏目漱石敏锐地捕捉到，并用于自己的汉诗中。比如众所周知的"采菊东篱下"中出现的"菊"和"东篱"，陶渊明味儿十足，夏目漱石的汉诗中就有"看云采菊在东篱"②的诗句，不仅含有这些独具特色的词汇，

---

① 〔日〕夏目漱石：《草枕》，陈德文译，上海译文出版社 2014 年版，第 8 页。

② 〔日〕夏目漱石：《夏目漱石汉诗文集》，殷旭民点校，华东师范大学出版社 2009 年版，第 52 页。

而且分明沿用了陶渊明赋予这些词汇的特指内涵。再比如"翠柳长吹精舍缘"之"柳",还有前文论述到的"白云"等。

(二)意境的影响

我们将陶渊明与夏目漱石的几联相关诗歌加以对照,便能清楚地看到两者之间诗歌意境的关联性:

> 结庐在人境,而无车马喧。——陶诗
> 不爱帝城车马喧,故山归卧掩柴门。——漱石诗 [1]

> 迢迢百尺楼,分明望四荒。——陶诗
> 破碎空中百尺楼,巨涛却向月宫流。——漱石诗

> 芳草鲜美,落英缤纷。——陶诗
> 听黄鸟婉转,睹落英纷霏。——漱石诗

> 白日掩荆扉,虚室绝尘想。——陶诗
> 何人镇日掩柴扉,也是乾坤一草亭。——漱石诗

从上述陶渊明诗歌与夏目漱石汉诗句的比较可以发现,陶渊明的诗歌对于夏目漱石汉诗创作中的意境建构有着十分鲜明的影响。

(三)人生追求与情感理想

夏目漱石作于明治二十三年八月的诗:"仙人堕俗界,遂不免喜悲。啼血又吐血,憔悴怜君姿。漱石又枕石,固陋欢吾痴。君痀犹可愈,仆

---

[1]　(日)夏目漱石:《夏目漱石汉诗文集》,殷旭民点校,华东师范大学出版社 2009 年版,第 41 页。

痴不可医。素怀定沉郁，愁绪乱如丝。浩歌时几曲，□□□□□。一曲唾壶碎，二曲双泪垂。曲阕呼咄咄，哀情欲诉谁。白云蓬勃起，天际看蛟螭。笑指函山顶，去卧苇湖湄。岁月固悠久，宇宙独无涯。蜉蝣飞湫上，大鹏嗤其卑。嗤者亦泯灭，得丧皆一时。寄语功名客，役役欲何为。"①诗中的"寄语功名客，役役欲何为"正是陶渊明"归园田居"之愿望，与"采菊东篱下，悠然见南山"同出一辙，其实与中国文人"不肯低眉折腰事权贵，使我不得开心颜"是相通的，只是夏目漱石给自己找到的美好的栖息地不是陶渊明的"桃花源"，而是他的"白云乡"。

二、夏目漱石汉诗与李白

夏目漱石说过，他儿时曾"诵读唐宋数千言"。夏目漱石在二松学舍读书期间，二松学舍的课程中设有《唐诗选》和《三体诗》。另外，夏目漱石的藏书目录中，还有《唐贤三昧集》、《笺注唐贤诗集》等书。读唐诗是无论如何都不能越过李白的。但如果更加严谨一些，这些证据只能证明夏目漱石一定读过唐诗而并不一定确实接受过李白的作品，只是有接受李白诗歌的可能。那么，夏目漱石创作于大正五年九月四日的"只为桃红订旧好，莫令李白醉长安"②的诗句，进一步确证了夏目漱石与李白的影响与接受关系。

夏目漱石对李白的接受很鲜明地表现在他的汉诗创作中。

（一）浪漫主义手法

夏目漱石20岁之前创作的诗句"谁道秋江浅，影长万丈山"③中的

---

① 〔日〕夏目漱石：《夏目漱石汉诗文集》，殷旭民点校，华东师范大学出版社2009年版，第10页。

② 〔日〕夏目漱石：《夏目漱石汉诗文集》，殷旭民点校，华东师范大学出版社2009年版，第44页。

③ 〔日〕夏目漱石：《夏目漱石汉诗文集》，殷旭民点校，华东师范大学出版社2009年版，第2页。

"万丈山"运用了浪漫主义手法,这种手笔几乎是诗仙李白最鲜明的创作特点。《秋浦歌》中"白发三千丈,缘愁似个长"、《望庐山瀑布》中"飞流直下三千丈,疑是银河落九天"、《远别离》中"海水直下万里深,谁人不言此离苦?"《赠汪伦》中"桃花潭水深千尺,不及汪伦送我情",诗中"千丈"、"万丈"及"万里"、"千尺"等夸张的长度单位以及大胆的想象力和浪漫主义的创造力方面,两位诗人皆如出一辙。

(二)意象的运用

1. "帆"的意象

考察李白的诗词,曾屡次出现过"帆"这一意象。《哭晁卿衡》中"日本晁卿辞帝都,征帆一片绕蓬壶。明月不归沉碧海,白云愁色满苍梧"、《望天门山》中"天门中断楚江开,碧水东流至此回。两岸青山相对出,孤帆一片日边来"、《送孟浩然之广陵》中"孤帆远影碧空尽,唯见长江天际流"、《行路难》中"长风破浪会有时,直挂云帆济沧海"。李白诗中用"帆"这一意象来烘托一种孤独的却又自由的意境。在茫茫的沧海上,一只独帆,向着该去的地方自由地归去,暗含了向往自由,但在追求自由的道路上又是如此孤独。同时诗中出现之"帆"永远是背对着自己远去的,即那是一个向往的地方,但距离现在的自己似乎很遥远,折射出一丝别人不易察觉的忧伤与落寞,更有些许无奈。"帆"中涵盖几分超脱与潇洒,以及由此而来的幽静。

再考察夏目漱石的诗词中用到"帆"这一意象的诗句:"水尽孤帆天际去,长风吹满太平洋"①、"孤云无影一帆去,残雨有痕半榻霑"②、"空留残梦托孤枕,远送斜阳入片帆"③、"春尽天边人上塔,望穷空寂水

---

① 〔日〕夏目漱石:《夏目漱石汉诗文集》,殷旭民点校,华东师范大学出版社 2009 年版,第 5 页。

② 〔日〕夏目漱石:《夏目漱石汉诗文集》,殷旭民点校,华东师范大学出版社 2009 年版,第 9 页。

③ 〔日〕夏目漱石:《夏目漱石汉诗文集》,殷旭民点校,华东师范大学出版社 2009 年版,第 51 页。

吞帆"①、"潮满大江秋已到，云随片帆望江赊"②。纵观夏目漱石汉诗中的几乎所有"帆"的意象，似乎皆出自"孤帆远影碧空尽，唯见长江天际流"之意境，其立足点都在岸边，"帆"载着心中的留恋与关注，渐行渐远，及至消失于水天相接的视线之外。采用背影的视角去描述，且几乎所有的场景都是将镜头拉长，时间点包含了从岸上分别到渐渐远去到消失于视线之外，只剩水与天或云，寄托着岸上人悠长的思绪与沉寂的空气以及定格在此时的时空。

2. "扁舟"意象

李白在《宣州谢朓楼饯别校书叔云》中"人生在世不称意，明朝散发弄扁舟"，散着头发，不受拘束，用"弄扁舟"来表达希望避世隐居之意。其借用了范蠡"乘扁舟浮于江湖"（见《史记·货殖列传》）的典故。夏目漱石创作于明治二十二年九月的诗"扁舟行尽几波塘，满岸新秋芳草长。一片离愁消不得，白蘋花底梦鹃娘"、创作于明治二十三年九月的《送友到元函根》之一首"风满扁舟秋暑微，水光岚色照征衣。出京旬日滞山馆，还卜朗晴送客归"，诗句中出现之"扁舟"显然不仅指普通的小船意象，同时将中国文学中早已赋予"扁舟"的特质意象不露痕迹地揉于其间，诗境与寓意浑然一体。

3. "长风"的意象

夏目漱石创作于明治二十二年九月的诗"西方决眥望茫茫，几丈巨涛拍乱塘。水尽孤帆天际去，长风吹满太平洋"③中用到了"长风"一词，创作与明治三十二年的诗"长风解缆古瀛洲，欲破沧溟扫暗愁"④

---

① 〔日〕夏目漱石：《夏目漱石汉诗文集》，殷旭民点校，华东师范大学出版社 2009 年版，第 51 页。

② 〔日〕夏目漱石：《夏目漱石汉诗文集》，殷旭民点校，华东师范大学出版社 2009 年版，第 54 页。

③ 〔日〕夏目漱石：《夏目漱石汉诗文集》，殷旭民点校，华东师范大学出版社 2009 年版，第 5 页。

④ 〔日〕夏目漱石：《夏目漱石汉诗文集》，殷旭民点校，华东师范大学出版社 2009 年版，第 20 页。

中也用了"长风"一词。海风与长度能够放到一起本不太符合常人的思维逻辑，夏目漱石作为一个汉语的域外接受者，其独创的可能性要远远小于接受汉诗影响的可能性。考证李白在《行路难》一诗中写道："长风破浪会有时，直挂云帆济沧海"，其中就有"长风"这一意象。只是李白在此诗中的"长风"似乎比喻意要大于其本意所指的自然现象，他更多地借用长风来比喻宏大的抱负得以舒展。在中国传统诗词中，这一比喻意不只出现在李白的诗歌中，古代刘宋宗悫年少时，叔父宗炳问其志，答曰"愿乘长风破万里浪"。（见《南史·宗悫传》）在李白的另一首《宣州谢朓楼饯别校书叔云》中"长风万里送秋雁，对此可以酣高楼"也用了"长风"的意象。由此我们再来分析夏目漱石的诗词，第一首诗写于明治二十二年，当时夏目漱石正值年少，尚没有晚年诗中的那种"则天去私"的平静意味；第二首诗写于明治三十二年，此时正值夏目漱石远赴英国留学之前，因此说长风"解缆古瀛洲"，离开故国，远赴他乡，并且此风可以"破沧溟"、"扫暗愁"。夏目漱石笔下之"长风"，显然是吹满太平洋可掀起几丈巨浪的劲烈之风，是可以"破沧溟"、"扫暗愁"之风，这恐怕与夏目漱石从小所受本土文化，即日本文化的影响关系密切。日本是一个四面临海的国家，生活于其间的人们总是受到海风等自然灾害的侵扰，每时每刻都充满对生命无常的感叹和忧患意识，他们笔下的海风，自然不会是平静顺服的。夏目漱石在接受了李白及中国诗词中"长风"这一意象时，也沿用了其表示宏大抱负得以舒展的比喻意象，长风可以解开束缚，"破沧溟"、"扫暗愁"，但这一意象的指涉却没有李白那么鲜明直接，隐含于言辞之间；同时在用"长风"这一意象时，又对其在中国文化中的"形象"进行了变异，变异成了更符合日本文化对"长风"的集体想象物的意象，这一变异实质是中日文化中"自然观"的差异使然。中国与日本尽管相较西方文化"人定胜天"的自然观皆具有强调人与自然和谐相处的东方特色，但二者又有着差别。中国文化中，天人合一，人崇拜、供奉天，而天接受了人的朝贡，降福祉于人类，在中国人心中，天神圣并平和地为人类提供服务和佑泽。而日本不同，在自然灾难面前，人类充满绝望与无奈，因此，日本文化一方面承认自然恣肆无情，给人类带来灾难；另一方面在灾难面前，又充满平静和无奈。于是，李白与夏目漱石笔下之"长风"意象则既有沿袭接受之关系，同时又存在着变异。

（三）"杜鹃啼血"的意境借用

在中国的传统文化中，杜鹃鸟，又称子规，是主要生长在蜀中的一种鸟，此鸟在春末时节彻夜不停啼鸣，啼声清脆而短促，在漫漫长夜中往往能够唤起人们的无限情思。杜鹃口腔上皮和舌头都是鲜红色的，古人误以为它啼得满嘴流血，于是古代就有了"望帝啼鹃"的神话传说。相传望帝是周朝末年蜀地的君主，后来禅位退隐，不幸国亡身死，死后其魂魄化为鸟，暮春啼哭，至于口中流血，其声哀怨凄悲，动人肺腑，名为杜鹃。晚唐诗人李商隐的诗句"望帝春心托杜鹃"就记录了这一传说。于是，从此中国几千年的文人墨客皆将杜鹃当作一种悲鸟，当作一种悲愁的象征。李白也不错过，也将杜鹃寄于诗中，来表达悲愁之情。

《蜀道难》中的诗句"又闻子规啼夜月，愁空山"，这里的子规，即中国传统文化中流传的这种鸟。李白借用此鸟在中国传统文化中所蕴含之特殊含义，将愁满空山的韵味事半功倍地烘托了出来。这种借助杜鹃烘托愁韵的写法在李白诗中绝非偶然。《闻王昌龄左迁龙标遥有此寄》一诗中"杨花落尽子规啼，闻道龙标过五溪。我寄愁心与明月，随君直到夜郎西"用"子规啼"既透露了时间的流逝，又将"愁心"表达给读者。

在夏目漱石的诗作中，多次出现杜鹃这一意象，往往与"愁"、"哀伤"的情感相联系，形成与李白诗作"杜鹃啼血"相似的意境，如创作于明治二十二年五月的一首："艳骨化成塚上苔，于今江上杜鹃哀。怜君多病多情处，偏吊梅儿薄命来"、创作于明治二十三年九月的《函山杂咏》八首中的"百念冷如灰，灵泉洗俗埃。鸟啼天自曙，衣冷雨将来。幽树没青霭，闲花落碧苔。悠悠归思少，卧见白云堆"、创作于明治二十八年五月的《无题》五首中的诗句"辜负东风出故关，鸟啼花谢几时还。离愁似梦迢迢淡，幽思与云澹澹闲"、创作于明治四十五年五月的《春日偶成》十首中的诗句"树下开襟坐，吟怀与道新。落花人不识，啼鸟自残春"、创作于大正元年十一月的《题自画》"独坐听啼鸟，关门谢世哗。南窗无一事，闲写水仙花"。

将夏目漱石汉诗中的"啼鸟"意象放在一起参照可以发现，夏目漱石笔下之啼鸟，分明就指中国文化中的杜鹃鸟，而且具有中国文化赋予杜鹃鸟的所有内涵指涉。首先杜鹃鸟是在春天即将逝去时啼叫之鸟，因此在夏目漱石的诗中，往往将啼鸟与落花、残春等意象放于一起，来指涉春末之时间点，同时囊括了春末之"伤春"在中国文化中所具有的内涵。其次杜鹃鸟是寄寓悲情哀愁之鸟，在夏目漱石的汉诗中，"啼鸟"的意象几乎皆满含了悲情哀愁，无论是思念已故之人的情境，还是寄寓离愁别绪的场景，还是聊慰自己孤独寂寞的时候，皆借用"啼鸟"这一意象将人生不如意之悲情愁绪传递给读者。

此外，夏目漱石的诗中出现"君不见，锯山全身石稜稜……"① 的句式，显然出自李白的诗句"君不见长江之水天上来，奔流到海不复回"。不只是句式相同，其间所蕴含的畅快淋漓的磅礴之气也如出一辙。

三、夏目漱石汉诗与杜甫

众所周知，夏目漱石对李白、杜甫的诗歌常常是可以倒背如流的，

---

① 〔日〕夏目漱石：《夏目漱石汉诗文集》，殷旭民点校，华东师范大学出版社 2009 年版，第 7 页。

在夏目漱石的汉诗中也可寻得夏目漱石接受唐诗的直接证据:"数卷唐诗茶后榻"①、"唐诗读罢倚阑干"②。

读唐诗自然无法越过李杜。考察夏目漱石的汉诗,其接受杜甫诗歌创作影响也十分明显。

(一)"高秋"意象

将秋天的季节与高度建立联系,在常理思维中不太常见。但在杜甫的诗句中屡有"高秋"这一意象出现。《茅屋为秋风所破歌》中的"八月秋高风怒号"、《登高》中的"风急天高猿啸哀,渚清沙白鸟飞回。无边落木萧萧下,不尽长江滚滚来。万里悲秋常作客,百年多病独登台。艰难苦恨繁霜鬓,潦倒新停浊酒杯"皆写了秋天天朗气清,令人感觉天高云阔的意境。杜甫钟情于这一意境,将其不止一次写入诗中。夏目漱石接受了杜甫的这一描绘秋天的意境,也将"高秋"作为一个意象写入诗中,如作于明治三十二年的诗"长风解缆古瀛洲,欲破沧溟扫暗愁。缥缈离怀怜野鹤,蹉跎宿志愧沙鸥。醉扪北斗三杯酒,笑指西天一叶舟。万里苍茫航路杳,烟波深处赋高秋"③、作于明治四十三年十月的诗句"天下自多事,被吹天下风。高秋悲鬓白,衰病梦颜红"④。杜甫诗中所具有的秋天天朗气清,天高云阔的意境含于其中,而且杜甫面对坎坷人生悲天悯人、"艰难苦恨"的心境也暗含其间。

杜甫在写秋天的诗句中,除了喜欢将天高气清的意象放于其间,还每每借用"风"来绘秋。如上述诗词中的"八月秋风"和"风急天

---

① 〔日〕夏目漱石:《夏目漱石汉诗文集》,殷旭民点校,华东师范大学出版社2009年版,第1页。
② 〔日〕夏目漱石:《夏目漱石汉诗文集》,殷旭民点校,华东师范大学出版社2009年版,第37页。
③ 〔日〕夏目漱石:《夏目漱石汉诗文集》,殷旭民点校,华东师范大学出版社2009年版,第20页。
④ 〔日〕夏目漱石:《夏目漱石汉诗文集》,殷旭民点校,华东师范大学出版社2009年版,第24页。

高"，烘托出了秋给人的感觉。这在夏目漱石的诗词中也显示出明显的影响痕迹。上述两首诗歌中皆有"风"的意象伴随，第一首诗中"解缆古瀛洲"的"长风"和第二首诗中"天下自多事，被吹天下风"的"风"，还有创作于明治四十三年九月的诗句"秋风鸣万木，山雨撼高楼。病骨稜如剑，一灯青欲愁"显然也用了"秋风"的意象。"病骨稜如剑，一灯青欲愁"及"衰病梦红颜"的意境并不只是符合夏目漱石，也适用于诗中的杜甫。但是夏目漱石此首诗中"山雨撼高楼"的诗句，显然又化用了唐代诗人许浑《咸阳城西楼晚眺》中的"山雨欲来风满楼"的诗句。由此可见，夏目漱石在创作汉诗的过程中，中国古典诗词歌赋确已了然于胸，信手拈来，随意借用化用，以围绕自己内心思想，随心表达，自成一体。

（二）"萧萧"意境

在杜甫的《登高》中有这样一句诗："无边落木萧萧下，不尽长江滚滚来。"诗句中"萧萧"一词将秋天萧瑟之景象一览无余地描绘了出来。考察夏目漱石汉诗，频繁地用"萧萧"一词入诗，来描绘各种意境。如创作于大正五年秋的"唧唧虫声皆月下，萧萧客影落灯前"[1]和"萧萧鸟入秋天意，瑟瑟风吹落日情"[2]，创作于大正五年夏末的"前堂昨夜萧萧雨，促得细鳞入小园"[3]，创作于明治三年秋的《函山杂咏》诗句"萧萧三十里，孤客已思归"[4]，创作于明治二十二年秋的《自东金至铫子途上口号》"风行空际乱云飞，雨锁秋林倦鸟归。一路萧萧荒驿

① 〔日〕夏目漱石：《夏目漱石汉诗文集》，殷旭民点校，华东师范大学出版社2009年版，第46页。
② 〔日〕夏目漱石：《夏目漱石汉诗文集》，殷旭民点校，华东师范大学出版社2009年版，第44页。
③ 〔日〕夏目漱石：《夏目漱石汉诗文集》，殷旭民点校，华东师范大学出版社2009年版，第41页。
④ 〔日〕夏目漱石：《夏目漱石汉诗文集》，殷旭民点校，华东师范大学出版社2009年版，第10页。

晚，野花香溅绿蓑衣"①。分析夏目漱石上述诗句中的"萧萧"一词，用来描绘稀稀疏疏、零零落落的样子，但是，这里的无论是客影的零零落落亦或是夜雨的稀稀疏疏，总是含着一股淡淡的愁味、一片浅浅的凉意。考察上述所有用到"萧萧"一词的诗句，其创作时间大多是九月，即秋天。何以原本较为宽泛中性的"萧萧"一词，在夏目漱石诗句中有了如此鲜明的季节感和情感倾向？探究其原因，应该与影响和接受的过程有着密切的联系。夏目漱石在受到杜甫诗歌影响时，杜甫《登高》描绘的那个"无边落木萧萧下"的季节适逢"风急天高猿啸哀，渚清沙白鸟飞回"的"万里悲秋"的重九季节。因此，可能原本"萧萧"一词所具有的意象在杜甫与夏目漱石影响与接受的过程中被选择性缩小了。

（三）"茅屋寒衾"的意境

夏目漱石一生不得志，始终郁郁寡欢，再加上日本民族特有的忧郁的性格特质，导致了夏目漱石的汉诗中总是含有一种悲苦的基调。如诗句"茅屋三间处士乡"、"茅屋偶空交似云"②中的"茅屋"意境，还有"复拥寒衾独入冬"③、"卧床如石梦寒云"④诗句中"寒衾冷床"的意境，都显示出屋漏偏逢连夜雨的人生凄凉境遇。

杜甫《茅屋为秋风所破歌》中"八月秋高风怒号，卷我屋上三重茅"的那个为秋风所破之"茅屋"，还有遭遇"床头屋漏无干处，雨脚如麻未断绝"后的"布衾多年冷似铁，娇儿恶卧踏里裂"中之"寒衾"意象，与夏目漱石诗中意象如出一辙。夏目漱石诗中用的"寒衾"、

---

①〔日〕夏目漱石：《夏目漱石汉诗文集》，殷旭民点校，华东师范大学出版社2009年版，第7页。

②〔日〕夏目漱石：《夏目漱石汉诗文集》，殷旭民点校，华东师范大学出版社2009年版，第38页。

③〔日〕夏目漱石：《夏目漱石汉诗文集》，殷旭民点校，华东师范大学出版社2009年版，第53页。

④〔日〕夏目漱石：《夏目漱石汉诗文集》，殷旭民点校，华东师范大学出版社2009年版，第23页。

"卧床如石"等意象显然接受了杜甫的影响。在夏目漱石的生活中不太可能落魄到没有一个栖身之所，没有一床供以御寒的被子，但在汉诗创作过程中，夏目漱石借用杜甫表达他落魄人生境遇的"茅屋寒衾"意象，将其与杜甫相似的人生逆境寄诸诗中。

四、夏目漱石汉诗与王维

虽然夏目漱石在他的《木屑录》里说他儿时曾诵唐宋数千言，而且也有确凿资料表明他接触过唐诗。但是，他儿时是否读过王维的诗，现在无法确定。不过可以肯定的是，他接触王维的作品，至迟是在二松学舍读书期间。二松学舍的课程中有《唐诗选》和《三体诗》，《唐诗选》中共选王维的诗31首，《三体诗》中也选了15首王维的诗。

另外，夏目漱石的藏书目录中，有《唐贤三昧集》、《笺注唐贤诗集》、《王孟诗集》等书。在《唐贤三昧集》中，王维的诗共收入113首，占了四分之一之多，《王孟诗集》更不必说。从王维诗的选本《唐贤三昧集》、《笺注唐贤诗集》到王维的全集，可见夏目漱石对王维诗的喜爱。

夏目漱石喜欢王维的诗，在生活中也有所表现。他应加贺正太郎的邀请给他的山庄取名，在回信中漱石一共列了14个名字，其中有两个是出自王维的诗：《旷然庄》和《如一山庄》，夏目漱石在信中自己说是取自王维的《晦日游大理韦卿城南别业四首其四》中的"旷然荡心目"和《和使君五郎西楼远望思归》中的"云水空如一"两句诗。夏目漱石在他的小说《草枕》开头部分就引用了王维的"空山不见人，但闻人语响"的诗句。

（一）清新自然的诗境风格

白云、松、兰、竹、菊等意象在夏目漱石汉诗中频繁出现，这与王维的诗风颇为相似。考察夏目漱石收藏的王维的诗集可以发现，其选本的主导风格，是属于清淡自然的一类的，由此可见夏目漱石对这种风格也是有所偏爱的，借用白云、松、兰、竹、菊等中国传统文化中已然有了稳定的指涉意义的自然意象，来抒发诗人相似的追求清静自然的志趣。

国内有学者撰文详细分析了夏目漱石和王维的诗中的"白云"意象，首先二人的用法相似，其次带"白云"意象的诗句表现的意境也是相似的，再次诗句的句法也相似，由此可探究到王维的诗歌对夏目漱石汉诗的深刻影响。[①]

（二）幽玄禅境

王维在中国诗坛有"诗佛"的称号。由禅入定、由定生慧是佛教大乘教义中体悟到的一种心灵状态。自古中国的诗人们习惯于把宁静的自然作为凝神关照而息心静虑的对象。王维的诗歌如明人胡应麟所评"摩诘五言诗，穷幽极玄"，充满出乎言外和象外的希夷恍惚之思。

夏目漱石受王维诗歌创作中佛禅思想的影响十分深远。在他 20 岁之前所作的诗就禅味十足。在收入《夏目漱石汉诗文集》中的首篇《鸿台》二首："鸿台冒晓访禅扉，孤磬沉沉断续微。一叩一推人不答，惊鸦撩乱掠门飞"，"高刹耸天无一物，伽蓝半破长松郁。当年遗迹有谁探，蛛网何心床古佛"，诗中化用贾岛在作《题李凝幽居》的诗句"鸟宿池边树，僧敲月下门"时斟酌"推敲"用字典故，暗含僧人意象、佛禅意境，同时，诗中"禅扉"、"孤磬"、"伽蓝"、"古佛"等佛禅意象的运用，直接增添了诗的禅韵。第二首诗化用来自《六祖坛经》所录六祖慧能的禅悟之言，"本来无一物，何处惹尘埃"将眼前"高刹耸天"

---

① 李志坚：《从"白云"意象看王维诗歌对夏目漱石汉诗的影响》，《山东教育学院学报》2006 年第 6 期。

的繁复世界说成"无一物",而世间当年即使何等轰轰烈烈的事情,也最终成为了如今没有谁有丝毫兴趣去窥探的"遗迹",只剩下"蛛网"连缀错综,以及那一尊古佛依旧慈祥,将诗句的意境打上了浓郁的禅宗色彩。

夏目漱石汉诗中的佛禅思想不只是单纯地接受王维禅宗思想的影响,更重要的与他独特的人生经历及其接受的深厚的禅宗底蕴有关,因此夏目漱石的汉诗中的禅宗显然在王维诗辞的基础之上有所发展。佛禅思想几乎伴随了夏目漱石的汉诗创作的整个过程,但是将这种思想发展到极致的还是他在1910年修善寺大病之后,夏目漱石经历了童年的波折、独自赴英的苦闷抑郁,以及回国后的疾病缠身,最终经历了大病,甚至临近死亡点近半个小时的徘徊,夏目漱石在随感录《联想种种》中曾记录了修善寺大病前后的日子,"幸好可以看见房间房檐与对面三楼楼顶之间的蔚蓝天空,正是秋高气爽的时节。默默注视天空是我每天的工作,无事、无物的天空把它安静的影像全部映入我的心中。于是,我的心也无事了,无物了,两个透明体完全重合了。留给自己的,是可以用飘渺来形容的感觉",如此的经历最终促使他形成了其成熟的思想,即"则天去私"。

"则天去私"最初写在《大正六文章日记》的扉页上。该书在《十二家文章座右铭解说》中解释道:"天就是自然,要顺应自然;去就是要去掉小主观,小技巧。即文章始终应该自然,要天真地自然流露。""则天去私"抒写了夏目漱石的人生哲学,去掉私心,代之以遵循更广大的天。

夏目漱石在他书写的文字中几乎从来没有正面论述阐释过他的"则天去私",但这一思想却鲜明地体现在他的汉诗创作实践中。夏目漱石作于大正五年十一月的诗句"大愚难到志难成,五十春秋瞬息程。观道无言只入静,拈诗有句独求清。迢迢天外去云影,籁籁风中落叶声。忽见闲窗虚白上,东山月出半江明","大愚"和"大智"是一样的,都难以到达，就如同宏远的志向很难实现一样。五十年的一生一瞬间就度过了。两句诗蕴含着《易经》和老庄哲学中的辩证思想。接下来两句道破了人生只求"静"与"清"两个字。实乃夏目漱石所讲之"则天去私"，"观道无言"，无私无我，大彻大悟的境界。

还有夏目漱石的最后一首诗，作于1916年11月20日，即他卧床不起的前两天。"真踪寂寞杳难寻，欲抱虚怀步古今。碧水碧山何有我，盖天盖地是无心。依稀暮色月离草，错落秋声风在林。眼耳双忘身亦失，空中独唱白云吟。"这里的"真踪寂寞杳难寻"指的便是"则天去私"这一思想。夏目漱石自己也是在人生的最后阶段才拨开云雾见到"真踪"的，"难寻"是自然。当进入这个世界去了"私"，自然便会"无心"也"眼耳双忘身亦失"。可见此时的夏目漱石认为自己已经达到无私无我、大彻大悟的境界了。

（三）诗画结合

苏轼曾评王维之诗："味摩诘之诗，诗中有画，观摩诘之画，画中有诗。"诗画结合是王维诗歌一个特别鲜明的特点。考察夏目漱石的汉诗，可以发现其自觉不自觉地受到王维影响。

夏目漱石直接将着色之词自觉用于汉诗中。从作于明治四十五年六月的"芳菲看渐饶，韶景荡诗情。却愧丹青技，春风描不成"[1] 中"丹青"一词，可以看到夏目漱石在作诗过程中，思维自觉跨越到了绘画的领域，希望去描绘头脑中的意境。夏目漱石直接以"丹青"一词入诗的还有作于明治四十五年七月的《酬横山画伯惠画》中的诗句"独坐空齐里，丹青引与长"[2]，作于明治二十二年九月的诗句："如今闲却壁间画，

---

① 〔日〕夏目漱石：《夏目漱石汉诗文集》，殷旭民点校，华东师范大学出版社2009年版，第28页。

② 〔日〕夏目漱石：《夏目漱石汉诗文集》，殷旭民点校，华东师范大学出版社2009年版，第29页。

百里丹青入眼明"①。夏目漱石自觉地将"丹青"一词用于诗中,足见作家将绘画与诗意融为一体的自觉思维。将这种绘画与诗意融为一体的自觉思维发挥到更高境界的是作于大正五年的"秋意萧条在画中,疏枝细叶不须工。明朝铁路西归客,听否三竿墨竹风"②。此诗为神户市祥福寺僧鬼村元成禅人自德源大会回钵,到夏目漱石家淹留旬日,离开之前夏目漱石为禅人作墨竹三竿,并题上述诗以赠之。诗与画相配合,也做到了"味漱石之诗,诗中有画,观漱石之画,画中有诗"之境界。

夏目漱石接受王维的"诗中有画,画中有诗"的写作方式,不自觉地将二者融于一起,使得一首诗就是一幅鲜亮完整的图画,诗的意境与画的维度相得益彰。

王维著名的山水诗代表作《山居秋暝》:"空山新雨后,天气晚来秋。明月松间照,清泉石上流。竹喧归浣女,莲动下渔舟。随意春芳歇,王孙自可留。"读诗的过程可以看到一幅完整的空寂灵气的中国山水画,有留白,有动感,真实可感,具象生动。王维的这种诗画结合的作诗特征在无数学者笔下得到过论证和关注,这里不多赘述。

夏目漱石在接受王维的诗歌创作时,也将这种笔法运用于自己的汉诗创作中。作于大正五年九月的诗"石门路远不容寻,晔日高悬云外林。独与青松同素志,终令白鹤解丹心。空山有影梅花冷,春涧无风药草深。黄耈老汉怜无事,复坐虚堂独抚琴"③,显然,夏目漱石用文字描绘了一幅完整的彩墨丹青,且色彩搭配考究自然,"石门路远"的飘渺,晔日当空、云、绿色的树林、青松、白鹤、丹心、梅花、药草等色彩感颇强的意象组合,渲染出这一幅色彩斑斓的完整画面。而且,这些色彩

---

① 〔日〕夏目漱石:《夏目漱石汉诗文集》,殷旭民点校,华东师范大学出版社 2009 年版,第 5 页。

② 〔日〕夏目漱石:《夏目漱石汉诗文集》,殷旭民点校,华东师范大学出版社 2009 年版,第 59 页。

③ 〔日〕夏目漱石:《夏目漱石汉诗文集》,殷旭民点校,华东师范大学出版社 2009 年版,第 43 页。

斑斓有一个相同的背景 —— "空山"，王维《山居秋暝》也将整个画面置于"空山"的大背景之下，二人对于空山这一背景意象的选择是完全相同的，夏目漱石将画面置于空山背景中的诗不只这一首，还有作于大正五年九月的诗"独往孤来俗不齐，山居悠久没东西。岩头画静桂花落，槛外月明涧鸟啼。道到无心天自合，时如有意节将迷。空山寂寂人闲处，幽草芊芊满古蹊"①，诗中山居悠久、空山寂寂的意象，很明显出自王维的《山居秋暝》。同时，夏目漱石也将整首诗的景象都置于"空山"的大背景中，从而营造出一种独有的禅味儿十足的空灵美。

（四）"春风不解意"的直接化用

王维的《戏题盘石》"可怜盘石临水泉，复有垂杨拂酒杯。若道春风不解意，何因吹送落花来？"夏目漱石创作于大正五年春的《闲居偶成》"幽居人不到，独坐觉衣宽。偶解春风意，来吹竹与兰"。②

对比两首诗可以鲜明地发现，夏目漱石化用了王维的诗句。夏目漱石在王维诗"若道春风不解意，何因吹送落花来？"的基础上作了"偶解春风意，来吹竹与兰"。二人所不同的是，王维诗所讲的是春风解人意，所以吹送落花，借用春风来抒发人的情绪，如"感时花溅泪，恨别鸟惊心"的通感手法。而夏目漱石的诗句指独自等待的人能解春风意，写出此人此时的独自闲居的意境。并且夏目漱石还化用了宋代柳永《蝶恋花》的诗句"衣带渐宽终不悔，为伊消得人憔悴"而作出了"幽居人不到，独坐觉衣宽"。将"消得人憔悴"的意象隐含于诗中，无需花费笔墨清晰描述，用有限的几个字巧妙地将柳永词中所具有的丰富内涵全都囊括其中。

---

① 〔日〕夏目漱石：《夏目漱石汉诗文集》，殷旭民点校，华东师范大学出版社 2009 年版，第 44 页。

② 〔日〕夏目漱石：《夏目漱石汉诗文集》，殷旭民点校，华东师范大学出版社 2009 年版，第 37 页。

综上所述，夏目漱石在接受汉诗词的影响时，又巧妙地化用诗词，将其与自己的创作浑然一体，自然天成。他接受的影响远远不只来源于上述几个要素，而是可以游刃有余地吸收中国文学之丰厚滋养。比如"东都诸友如相问，饱看江山犹未归"[①] 显然化用了"洛阳亲友如相问，一片冰心在玉壶"；"汉水今朝流北向，依然面目见庐山"[②] 诗出典故苏轼《题西林壁》"不识庐山真面目，只缘身在此山中"；"借问春风何处有，石前幽竹石闲兰"[③] 用自唐代诗人杜牧的《清明》"借问酒家何处有，牧童遥指杏花村"；"幽居人不到，独坐觉衣宽"[④] 出于宋代词人柳永《蝶恋花》中"衣带渐宽终不悔，为伊消得人憔悴"。夏目漱石的汉诗是在博览中国浩瀚的文学沃土之基础上结出来的瑰丽果实。

夏目漱石在接受中国文学的影响过程中也有变异与创造，因为夏目漱石的母语是日语，且他从小浸染的毕竟是大和文化。比如"绿云"这一意象出现于夏目漱石的诗句中："绿云高几尺，叶叶叠清阴。雨过更成趣，蜗牛涉翠岑"[⑤]。不难看出，夏目漱石诗中描绘的是乌云密布，之后雨后新色。考察中国古代诗词中用来描绘乌云的诗句，李白的《梦游天姥吟留别》中"云青青兮欲雨"之"青云"、杜甫的《茅屋为秋风所破歌》"俄顷风定云墨色，秋天漠漠向昏黑"之"墨云"、杜甫的《秋兴八首》之"其七"中的诗句"波漂菰米沉云黑，露冷莲房坠粉红"之"黑云"、"沉云"等，但几乎不曾出现过用"绿云"来形容乌云密集之貌者。在中国古诗词中曾出现过"绿云"一词，但是用来形容女子的

---

① 〔日〕夏目漱石：《夏目漱石汉诗文集》，殷旭民点校，华东师范大学出版社 2009 年版，第 12 页。

② 〔日〕夏目漱石：《夏目漱石汉诗文集》，殷旭民点校，华东师范大学出版社 2009 年版，第 58 页。

③ 〔日〕夏目漱石：《夏目漱石汉诗文集》，殷旭民点校，华东师范大学出版社 2009 年版，第 37 页。

④ 〔日〕夏目漱石：《夏目漱石汉诗文集》，殷旭民点校，华东师范大学出版社 2009 年版，第 37 页。

⑤ 〔日〕夏目漱石：《夏目漱石汉诗文集》，殷旭民点校，华东师范大学出版社 2009 年版，第 28 页。

头发，如《阿房宫赋》中所提到的"绿云扰扰，梳晓鬟也"。而众所周知在中国古诗中更多的是将头发称之为"青丝"。探究其原因，这个用词现象暗含了中国古代汉语和日语词汇的用法。在中国古代汉语中，青色、绿色、墨色、蓝色几乎是界限十分模糊的词，历史上的日本在学习并接受中国汉字的过程中，完好地保留了其原有古代汉语用法，而在中国文字的演变过程中，却出现了变化。以致出现了在今天，日语中"青い"一词可以指青色、绿色、蓝色，而中国现代汉语呈现的却是区别很鲜明的三个词。与之同时，应用群体长期的应用习惯决定了语言的流变轨迹及最终状貌。在中国文人墨客的诗歌中，形容乌云滚滚的词汇中没有人用"绿云"，而用"绿云"来形容女子头发盘起之状貌。夏目漱石不可能完全摆脱日语思维的影响，自然地用"绿云"一词来形容在中国诗词中可以用"青"、"墨"、"黑"形容的乌云状貌。夏目漱石是跨越了中日两个民族的语言，同时也跨越了两国文化，因此在他的汉诗创作中，既可以鲜明地看到来自汉诗、汉文化的影响与承袭，同时也可以发现其鲜明的变异与创新，夏目漱石的汉诗是植根于跨越中日文化沃土上结出来的瑰丽果实。

第四节　夏目漱石的伦理选择及其中国文化渊源

夏目漱石的文学创作越来越受到人们的喜爱。他从"俳谐作家"、"余裕派作家"到"一方巨匠"，再到"近代大文豪"、"国民大作家"，其创作价值逐渐被人们认识，成为日本近代文学史上至今具有深远影响的作家。他的头像被印上千元日币（1984—2004），在他诞辰一百周年的 1967 年，联合国教科文组织确定他为"世界文化名人"并加以纪念。进入 21 世纪（2000），日本有关机构举行"千年最受欢迎的日本作家"

问卷调查，夏目漱石名列第一。[①] 漱石的声望和影响，固然来源于他文体的创新、语言运用的创造性和丰富的艺术表现手段综合形成的艺术魅力，更与他高洁的道德人格和伦理意识有关，他是一位有着深刻的伦理思考和道德追求的作家。

一、"真正的艺术必定具有伦理性"

夏目漱石是一个有担当的人，在他的文学创作和人生实践中，都体现出责任感和使命感。他思考审察时代社会问题，探讨人与人、人与社会的种种复杂关系，从伦理的层面来理解文学艺术的功能与意义。

早在他刚走上文学创作道路的 1906 年，他在当时影响颇大的《文艺界》发表文章《文学谈》，从自己的创作经验入手，谈到小说，尤其是长篇小说，"在描写世间人事纠纷的同时，无论如何必然涉及道德方面的描写。……作者必然要对作品中的事件进行是非判断，对人物加以善恶评价。作家有通过作品引导读者、影响读者、给读者提出生活劝诚和道德警示的责任与义务"[②]。怎样才能达到"劝戒"和"警示"的目的？漱石认为：作家应该具有比一般人更高的理想境界和高洁的人格，具有广博的学识和卓越的判断力。只有这样，他才能通过自己作品的情节和形象，明辨善恶，给人正确的引导。他还以易卜生、托尔斯泰为例加以说明，他们将是非好恶的判断表现为惩恶劝善的思想观念，又鲜明生动地在作品中深刻表现出来，是他们的人格和学识成就了他们作品的伦理意义。因而，"概言之，作家必需要有见识，必须在头脑中培养正确的思想观念。……我认为创作小说的首要条件必须立足于如何解释

---

① 2000 年日本《朝日新闻》评选揭晓了 1000 年以来最受欢迎的 50 名日本文学家。在 20000 多张选票中，文豪夏目漱石以 3516 票当选冠军；以《源氏物语》闻名于世的女文学家紫式部则以 359 票之差名列第二；接下来进入前十的是司马辽太郎、宫泽贤治、芥川龙之介、松尾芭蕉、太宰治、松本清张、川端康成、三岛由纪夫。

② 〔日〕夏目漱石：《文学谈》，《漱石全集》第 16 卷，岩波书店 1967 年版，第 515 页。

人的行为（大部分和道德有关），因此作家必须积累足够的学识，进而要有独到的见识，要有正确的思想观念"①。

《文学论》是夏目漱石在留学英国期间，在大量研读西方文学和相关理论著作的基础上，探讨文学问题的理论著作。日本学者认为它是"整个明治和大正时代唯一的最高的独创性著作"②。在《文学论》中，夏目漱石创造性地用"F+f"的公式来论述文学的构成，"F"是人的主体意识投射外在事物形成的焦点印象或观念，而"f"则是附着于F的情绪或情感。著作主要论述F与f的关系、F和f的具体内容及其相互影响、它们怎样由生活素材转换结构成艺术世界，等等。当然，F和f及其纠葛异常纷纭复杂，但在众多的要素当中，夏目漱石特别强调伦理道德，他反对作家排除道德成分的倾向，针对当时一些"为艺术而艺术的美的鼓吹者"③，他认为那些"主张从一切艺术中排除道德成分的论者，在艺术鉴赏时丧失了自己的心的状态，他们甚至对待混入重大道德成分的作品也暗暗忘却了这种成分，只是恬然回想起自己以前的几多经历。相反，有些人把纯艺术论当作新东西来鼓吹，他们都是些盲目的人，不知道这种现象已在几百年的文学中渗透。至于那些主张文艺和道德无关，因而写任何作品都不对此加以关注的人，是不知道道德成分是文学多么重要的因素，不了解道德也是可以成为情绪的。情绪是文学的中心，道德是一种情绪。"④

1907年夏目漱石辞去东京大学的教职，加入《朝日新闻》社成为职业作家。在《朝日新闻》刊出《入社辞》后的第一篇文章是《文艺的

---

① 〔日〕夏目漱石：《文学谈》，《漱石全集》第16卷，岩波书店1967年版，第517页。
② 〔日〕吉田精一：《近代文艺评论史·明治篇》，日本至文堂1981年版，第89页。
③ 当时活跃的学者、美学家、作家高山樗牛（1871—1902）发表《美的生活》一文，文中写道："道德的价值是很低的"，"道德和理性，虽然是区别人与低等动物的重要特征，然而能给予我们幸福的却并不是这两样东西，而是本能……人生至乐存在于性的满足。"（日本近代文学大系第57卷《近代评论集1》，角川书店1974年版，第172页）
④ 〔日〕夏目漱石：《漱石全集》第11卷，漱石全集刊行会1928—1929年版，第148—149页。

哲学基础》。文章从哲学的层面系统阐述文艺的基本问题。他认为人生就是主体意识面对客观对象的不断选择，而且是主体追求理想的选择。而人的主体意识包含知（智慧）、情（情感）、意（意志）的不同方面：以"知"去辨明对象，成为哲学家、科学家，他们以"真"为理想；以"情"去品味对象，成为作家、艺术家，他们以"善"为理想；以"意"去改造对象，成为政治家、军事家或工匠，他们以"庄严"为理想。作为作家和艺术家，还有一个重要方面，就是主体对客观对象感性形式的好恶情感及其表现，那是以"美"为理想。同时，作家以情感去品赏对象时，也要调动智慧去明辨对象，还需要调动意志去完成创作。因此，美、真、善、庄严成为文学艺术的四种理想，只是不同作家可以偏重某一种而成为作家的创作个性；不同时代的文艺因具体时代精神的召唤，偏重其中之一成为时代风格。但我们要特别提出，实际上夏目漱石是强调文艺"情感"的中心地位和"善"的理想，他写道："这四种理想成为文学艺术的理想，从某种意义上讲，也是一般人的理想。在这四个方面具有最高理想的文学艺术家作为人，他同时也是一个具有远大崇高理想的人，作为具有远大崇高理想的人，才能去感化其他人。因此文学不是单纯的技术，没有人格的作家的作品，只能写一些浅显的常识，或者缺乏理想的内容，其感化力十分薄弱。为了发挥伟大的人格，使用某种技术，并惠及他人时，文学的功果才能得以彰显，光耀久远。"① 由此可见，夏目漱石虽然将"美、真、善、庄严"看成是文艺的四种理想，也认为其各具价值，但它注重的是作家的道德人格和文学的社会功能。

　　1911 年夏目漱石在大阪作了一次题为"文艺与道德"的演讲。演讲从历史和现实的层面对日本道德的发展，道德和文艺的关联做出独到而深入的论述。他把道德区分为"浪漫主义型道德"和"自然主义型道德"，明治维新前的传统道德属于前者；明治维新后现时的道德属于后

---

① 〔日〕夏目漱石：《漱石全集》第 14 卷，漱石全集刊行会 1928—1929 年版，第 63 页。

者。明治维新前的理想道德是忠和孝，以圣人中的孔子、佛教中的释迦，还有忠臣、孝子、节妇、英雄豪杰为楷模，这是一种基于理想、远离现实的道德模式；明治维新后的道德模式是基于个体意识的觉醒，坦然面对现实人性的多面。这两种道德模式各有利弊，总体上说，浪漫主义型道德是理想的、权威中心、约束人的自由、激励人、树立榜样、严厉的、一元的、适应于等级社会；自然主义型道德是现实的、自我中心、重视人的自由、亲近人、暴露阴暗、宽容的、多元的、适应于平等社会。这两种道德模式和当时的两大文学思潮——浪漫主义和自然主义各自相对应，两大文学思潮都从各自的立场反映这两种道德。它们既互相排斥，又彼此消长，但都与道德有着密切的联系。夏目漱石驳斥当时很有市场的"文艺与道德无关"的论点，"必须指出、像如今的日本文人那样，有知识而没有自信，不假思索地认为道德对文艺是不必要的，实在是蛊惑人心的谬论。文艺不以宣扬道义为宗旨，这是逻辑上应有的见解。但是，应当允许道义性的批判，并以此作经纬，贯穿作品的始终。所描述的事件在道义性的平面上，给予我们善与恶的启示，这怎么能说文艺与道德无关呢？"[1] 演讲结尾，可谓掷地有声："我们既然作为人生存于这个世界，那么无论怎样挣扎都不可能脱离道德而超然于伦理界之外。这样的话，初看似乎同道德不搭界的浪漫主义和自然主义之阐释也必须加以反省。这两个专有名词并非文学家的私有物，它可作为与诸位密切相关的道德之形容词，马上派得上用场。这是我的看法。"[2]

总之，夏目漱石是一个道德意识强烈的作家，他对文学与道德的内在关系，文学的伦理使命有着深刻的理论自觉，而且贯穿他的创作始终。他在去世前的 1916 年 5 月的一篇日记中明确写道："具有伦理的内容才能成为艺术；而真正的艺术必定具有伦理性。"[3]

---

① 〔日〕夏目漱石：《漱石全集》第 14 卷，漱石全集刊行会 1928—1929 年版，第 310 页。
② 〔日〕夏目漱石：《漱石全集》第 14 卷，漱石全集刊行会 1928—1929 年版，第 318 页。
③ 〔日〕夏目漱石：《漱石全集》第 17 卷，漱石全集刊行会 1928—1929 年版，第 366 页。

二、夏目漱石的伦理选择

夏目漱石生性认真执着、坚毅倔强，一生重视伦理道德在艺术审美和创作中的意义。虽然他把"美、真、善、庄严"当作文艺理想的不同方面，但在他精神世界始终纠集的是善恶是非的伦理选择和思考。从伦理选择的层面，结合当时的伦理环境，考察夏目漱石思想和文学创作中伦理意识的内涵，有几点显得特别突出，即忧世伤时的伦理情怀、自然真诚的伦理品格和独立自由的伦理目标。

（一）忧世伤时的伦理情怀

人生存在具体的时空中，伦理就是具体时空中人们联系起来的纽带。将目光投注于时代和社会，忧国忧民，寄寓深切的关怀，这就是夏目漱石的伦理情怀。

在 1901 年 3 月 16 日的日记里，他写道："据说日本三十年前就已经觉醒了。但这是听见失火的钟声，突然醒过来的，这种觉醒并非真的觉醒，而是在狼狈不堪中不得不醒过来。结果只是急于从西方吸收而无暇消化，文学、政治、贸易无一不是如此，日本如果不做一番觉醒是不行的。"① 对于日本明治社会这种在外部刺激下，特别功利的"西化"历程，夏目漱石有清醒的认识，并加以认真的反思。1912 年他在和歌山做了一次题为"日本现代的开化"的著名演讲，称日本现代的开化是"外发性开化"，演讲中他说："现在日本的开化，不是踏实地迈着稳健的步子，而是好不容易鼓足力气，嗖嗖地飞跃进行的。由于在所有阶段缺乏循序渐进的从容，似乎只是尽可能用大号的针稀稀拉拉地在面料上

---

① 〔日〕夏目漱石：《漱石全集》第 16 卷，漱石全集刊行会 1928—1929 年版，第 46 页。

缝过算数。"①日本明治维新后用几十年走过西方几百年的路程，只能是表面的、肤浅的开化，西方文化的精髓未能真正消化摄入日本社会，新旧杂陈，不东不西，导致价值混乱，方向迷失，人们陷入不安、空虚与困顿之中，"由于现代日本所处的特殊状况，我们的开化无奈地发生机械的变化，一味流于肤浅，还由于不承认肤浅而不服气，最后变成神经衰弱的话，日本人无论不幸也好，可怜也好，确实是陷入了荒谬绝伦的困境"②，这是夏目漱石对明治时代精神的基本把握，也是他进行"文明批评"、"社会批判"，呼唤伦理价值的出发点。将日本国民的精神空虚和困惑作为知识分子的伦理问题来表达，是漱石文学的重要主题。

在早期创作的《我是猫》、《伦敦塔》、《哥儿》、《二百一十日》等作品中，充分体现了夏目漱石作为"文明批评家"的正义感和伦理感，他能够敏锐地反思现实社会。《我是猫》通过猫眼的观察和议论，对空虚无聊的知识分子群像的塑造和资产者跋扈的描写，揭示了表面的西化带来的人心焦躁、唯利是图等社会问题。

正是明治社会"陷入了荒谬绝伦的困境"，因而人的个性被摧残和扭曲。在他的许多作品里，人们常常在生的欲望无限扩大的同时，却丧失了内在的伦理基准，自我意识沦陷为欲望的奴隶，从而背离心中追求的幸福。在《从此以后》中，夏目漱石借代助的口指责：世道变坏，日本社会畸形发展，"日本是个不从西洋借钱就无法维持生计的国家。它还以先进国家自居，拼命想挤入一等强国的行列，这只能是打肿脸充胖子，愈见可悲。青蛙拼命同牛比身个儿，怎能不鼓破肚子呢。这些都给我们每个人很大的影响"③，"精神困惫、身体羸弱、道德沦丧，各种不幸之事，一一接踵而来，整个日本不管走到哪里，都看不见一寸光明，

①　〔日〕夏目漱石：《漱石全集》第 14 卷，漱石全集刊行会 1928—1929 年版，第 273—274 页。

②　〔日〕夏目漱石：《漱石全集》第 14 卷，漱石全集刊行会 1928—1929 年版，第 279 页。

③　〔日〕夏目漱石：《从此以后》，《夏目漱石小说选》（上），陈德文译，湖南人民出版社 1984 年版，第 306—307 页。

眼前只是一片黑暗，我一人置身在这样的环境里，能说些什么，做些什么呢？"①

在成名作《我是猫》中，漱石借主人公苦沙弥的口，议论当时日本大力倡导的民族精神，所谓"大和魂"："'大和魂！'日本人喊罢，像肺病患者似的咳嗽起来。……大和魂是三角形，还是四角形？大和魂实如其名，是魂。因为是魂，才常常恍恍惚惚的。没有一个人不叨念它，但却没有一个人看见过它；没有一个人没听说过它，但却没有一个人遇上过它。大和魂，恐怕是天狗之类吧！"②随着中日甲午战争和日俄战争的获胜，当时日本民族意识高涨，"大和魂"、"明治精神"之类成为热词，但漱石却从这种时代潮流中，感受到的却是虚幻，不是实实在在的精神力量，而是"恍恍惚惚"、"天狗之类"，忧世伤时的情怀溢于言表。

（二）自然真诚的伦理品格

夏目漱石不娇饰、不虚伪，而是自然真诚地面对世界，坦荡做人，诚实办事，这是一种实践人格。这种人格包含着人的精神价值：即对外在世界的认识与自身行为的高度一致，这样必然有利于人的行为目标的实现和促进人的全面发展。这就是"真"、"诚"品格所具有的伦理的价值。

物以类聚，人以群分。在与人的交往中，夏目漱石推崇的伦理品格就是朴实本真、自然纯洁。正冈子规是漱石东京一高的同学，也是热爱文学、互赠诗文、切磋文艺、互相敬重的好朋友，友谊的基础就是"他是说实话的，他只尊重事实"，"他是个懂好恶的人"。③克莱格先生是

① 〔日〕夏目漱石：《从此以后》，《夏目漱石小说选》（上），陈德文译，湖南人民出版社1984年版，第307页。
② 〔日〕夏目漱石：《我是猫》，于雷译，译林出版社1993年版，第188—189页。
③ 〔日〕夏目漱石：《正冈子规》，夏目漱石《暖梦》，陈德文译，花城出版社2014年版，第104页。

夏目漱石留学英国的老师，在漱石的回忆中，他是一个率真、随性、不拘小节，却执着于莎士比亚研究的学者。二叶亭四迷（长谷川辰之助）是朝日新闻社的同事，漱石认为他"是一位很有品味的绅士"，从他那里"感受到的是一种社交的快慰"，"这种品味一半来自性情，一半来自修养"。① 东京帝国大学的哲学教授克贝尔先生，深得漱石的敬重，他常去拜访，几次撰文述及先生，就是因为"先生是个极其憎恶虚仪虚礼的人"。②

　　夏目漱石的伦理情怀不仅在日常的人际交往中得以体现，在其创作中通过形象体系和艺术构思，同样表现出来。"爱情三部曲"中的《从此以后》是夏目漱石的小说代表作之一，其中叙述代助、三千代、平冈之间的三角恋爱关系。代助和平冈是有着兄弟般情谊的朋友，代助和三千代互相爱慕，感情正在发展中，平冈也爱上了三千代，并主动表白。代助当时出于朋友的"仗义"，为朋友做出自我牺牲，放弃了对三千代的追求，成全平冈。但他们婚后并不幸福，三千代深爱着的是代助，加上平冈不求上进、自暴自弃、债台高筑，新生儿子也夭折了，三千代病弱不堪，异常痛苦。当代助得知真相，非常悔恨，认为是自己当时的"朋友义气"害了三千代，由自责和对三千代的伶悯，进一步唤醒内心深处对三千代的爱。经过一段时间的痛苦挣扎，代助最终不顾父兄的反对和社会的指责，决定从虚伪的"侠义肝胆"光圈中走出来，响应内在生命"自然"的呼唤，向三千代做出爱的告白。在约三千代见面表白前，代助买了大量的百合花，营造当年爱意绵绵的氛围，在等待三千代到来时，他非常激奋：

　　① 〔日〕夏目漱石：《长谷川君与我》，夏目漱石《暖梦》，陈德文译，花城出版社2014年版，第92页。

　　② 〔日〕夏目漱石：《克贝尔先生的告别》，夏目漱石《暖梦》，陈德文译，花城出版社2014年版，第97页。

代助在心里喊道:"我今天才算是回到'自然'的过去了啊。"今天能说出这话,代助觉得全身都沉浸在多年不曾有过的慰藉之中。代助又想,自己为什么不能早点儿回到这"自然"中去呢?为什么一开始就同这"自然"相对抗呢?代助在雨中,在百合花香中,在重现的昔日情景中,找到了纯真的和平的生命。这生命的里里外外都不存在欲念、不存在得失、不存在压抑自身的道德成见,这生命像行云那样自由自在,一切都是幸福的,所以一切都是美好的。①

这段文字中反复强调的"自然"就是夏目漱石心中的婚恋伦理:相爱的两人出自内在情感的彼此依恋和生命诚挚相拥,没有任何功利和外力的压迫。最终代助和三千代虽然为此会付出沉重的代价,但两颗自然律动的心一起跳动。小说中,夏目漱石的观念非常明显,爱情和婚姻是两个人的生命呼唤。

取材夏目漱石任教松山中学经历的著名中篇小说《哥儿》中,塑造了一个率真淳朴、耿直憨厚、豪爽正义的青年知识分子形象——哥儿。他从东京大学毕业来到偏僻的乡村学校教书,却目睹学校的黑暗,两面三刀、口是心非、耍奸使滑、逢迎拍马的小人得志,老实人受辱。哥儿不愿与虚伪的社会恶劣风习同流合污,顺从自己的天性,坚持淳朴善良的做人原则,以特定的方式与黑暗势力抗争,为被欺辱的同事伸张正义。虽然最终辞职回到东京,但离开之前用拳头教训了那帮阴险的家伙。

(三)独立自由的伦理目标

作为生命现象,人是一个独立的个体,但每个人又离不开生存社会环境中的种种关系。个人与社会,既对立又彼此依存。每个个人总是在

①〔日〕夏目漱石:《后来的事》,吴树文译,上海译文出版社 2010 年版,第 207 页。

追求自我的实现和满足，这种"追求"成为个人奋斗的心理动力；而整个社会正是由于每个个体的"追求"，从而得到推动、前进。但如果每个个体都毫无节制地发展自我，势必引发个体之间的内斗混乱和能量的抵消，因而作为群体的社会，需要各种伦理规范来调节、平衡个人的欲望和行动。夏目漱石对个体和社会的这种复杂关系有深入的思考，而且贯穿在其创作的整个过程之中。

1914 年 11 月 15 日，夏目漱石在日本学习院做了题为"我的个人主义"的演讲，对独立人格、独立与自由的关系做了系统深入的阐述，也是他论述独立自由的伦理目标的集中体现。在讲演中，夏目漱石结合自己的人生实践，生动地阐明了确立独立人格的重要性。他从自己从事的文学事业切入问题。夏目漱石少年时学习汉学，阅读了大量的中国文学作品，大学教育阶段学习英国语言文学。中、英的"文学"概念差异很大，究竟什么是文学？夏目漱石一直想弄明白，但却蒙蒙胧胧，不得要领。他为此苦恼，"我像封闭在雾里的孤独人一般，呆立于原地不敢动弹。心里想，与其希望从哪个方面射来一束日光，倒不如自己用聚光灯哪怕照出一条光也能靠它看清前方。然而不幸的是，无论朝哪个方向望去，无不模糊一片。也可以说四顾茫然。那情绪，就好像被装在口袋里无法挣脱一样"①。

1900 年留学英伦，多元文化的撞击，给夏目漱石审视、唤醒自我身份提供了契机 ——

　　从这时候我开始醒悟了，文学究竟是什么，除了基本靠自己的力量创造出它的概念之外，没有救自己的道路。好不容易才发觉，直到现在为止，完全是他人本位，像无根的浮萍一样，漂漂摇摇，

---

　　① 〔日〕夏目漱石：《我的个人主义》，夏目漱石：《十夜之梦 —— 夏目漱石随笔集》，李振声、李华译，华东师范大学出版社 2008 年版，第 120—121 页。

终究不行。①

这里夏目漱石提出了"他者本位"的概念，所谓"他者本位"就是
人云亦云，随着潮流走，没有自己的主体精神，没有前进的方向，成为
别人的精神奴隶。当时的日本西化思潮就是这样的，"那个年代只要说
这是西洋人说的，那就不管什么一律盲从，还自以为神气得很"②。但这
样只是把别人华丽的衣服披在自己身上，虽然可以虚张声势唬人，但内
心还是空虚，焦虑不安。

与"他人本位"相对，夏目漱石提出"自我本位"的概念，也就
是确立起真正的自我，建构自己的精神世界，将面临的一切纳入自我世
界，经过自己的观察、思考，形成自己的观点，用自己的价值尺度去衡
量、评价周围的世界。有了"自我本位"的观照，一切都改变了：

> 从把"自我本位"这句话紧紧掌握在自己手心之后，我比从前
> 强大多了。有了"他们算得了什么"的气概。使过去一直处于茫然
> 与自失的我，站在这里，给自己下命令：必须从这条道路往前走下
> 去，实际上就是"自我本位"这四个字。……那时，我的忐忑不安
> 完全消失了。我以轻松的心情纵目观看阴郁的伦敦。打个比喻来说，
> 我就像多年懊恼的结果，好不容易用自己的十字镐一下子掘到矿脉
> 上了，或者说，那就像过去被封闭在雾里的人居然找到了方向，从
> 而凭着这个判断明白了自己前进的道路。③

---

① 〔日〕夏目漱石：《我的个人主义》，夏目漱石：《十夜之梦——夏目漱石随笔集》，
李振声、李华译，华东师范大学出版社 2008 年版，第 121 页。
② 〔日〕夏目漱石：《我的个人主义》，夏目漱石：《十夜之梦——夏目漱石随笔集》，
李振声、李华译，华东师范大学出版社 2008 年版，第 122 页。
③ 〔日〕夏目漱石：《我的个人主义》，夏目漱石：《十夜之梦——夏目漱石随笔集》，
李振声、李华译，华东师范大学出版社 2008 年版，第 123—124 页。

确实，确立了真正的自我，有了自己的精神天空，心灵充实，方向明确，我主宰着我的世界，任我驰骋，以我的眼光和价值尺度审视、阐释、评判外在世界，甚至创造进入一个属于我的独特的世界，我的创造力、我的尊严和价值都得以实现。

在演讲的后半部分，夏目漱石对"自我本位"另一层面的含义加以阐析。"自我本位"不是自我的无限膨胀，不是为了自我而不顾一切地寻求发展和满足。尤其是拥有权力和财力的人，必须将自我的发展与责任和义务结合起来。"为了自己的幸福而发展自己的个性的同时，就必须把这种自由也给予别人。我们没有正当理由是绝对不能妨碍别人为了自己的幸福，随意发展自己的个性。……认真地说，人世间根本没有不附带义务的权力。"①

在演讲中，夏目漱石还谈到"自我本位"与"自由"的关系。什么是"自由"？自由并不是随心所欲，而是一个人的需求和行为与外在情势的一致。英国哲学家以赛亚·伯林认为：自由是一种理性的自主，就是人的理性在精神与本能相互冲突，理性精神战胜本能，使之顺从后理性精神的高扬。欲望总会使人焦虑、紧张、急躁，自由就是对欲望的有效控制，就是非功利化的自我修行。责任和义务，好像与自由是一对矛盾，但在夏目漱石看来，"没有义务心的自由并不是真正的自由。因为，那种唯我独尊、随心所欲的自由，在社会上决不能存在下去。即使暂时得以存在，也一定很快遭到排斥，遭到践踏"②。

由此可见，夏目漱石在《我的个人主义》演讲中，对独立自由的伦理取向有着非常系统深入的思考，论析严谨缜密，这是他对人生和社会长期观察思考的理性认知。在夏目漱石的人生实践和创作中，也鲜明地

---

① 〔日〕夏目漱石：《我的个人主义》，夏目漱石：《十夜之梦——夏目漱石随笔集》，李振声、李华译，华东师范大学出版社 2008 年版，第 129—130 页。

② 〔日〕夏目漱石：《我的个人主义》，夏目漱石：《十夜之梦——夏目漱石随笔集》，李振声、李华译，华东师范大学出版社 2008 年版，第 133 页。

体现了独立自由的伦理追求。

1907 年 6 月，当时的总理大臣西园寺公望决定在府邸举行"文士招待会"，宴请当时文坛享有盛名的 20 位作家出席。夏目漱石刚辞去东京大学教职，正潜心创作入职《东京新闻社》的第一部作品《虞美人草》。漱石收到邀请函后，拒绝了邀请，并在明信片上回复一俳句：

> 杜鹃啼啭急
> 入厕便半不通畅
> 恭敬难从命 ①

表明正为创作而焦虑，没法赴宴。即使在别人看来是难得的社交机会，夏目漱石却以自己的特立独行，视权贵与民平等，不存巴结和畏惧之心。

1911 年 2 月，夏目漱石收到文部省授予他博士学位，让他次日正装参加典礼的通知。之前，夏目漱石从新闻中知道教授会有人推荐他，但以为文部省总会征询他本人的意见，没想到却直接通知参加典礼，并寄来了学位证书。夏目漱石非常恼火，当即回绝接受学位，并退回证书。文部省回复：已经公布决定，不能撤回。夏目漱石再写信进一步明确态度：

> 敬悉学位辞退申请晚于发令之故，难从小生所愿，妥善处置事宜之再答。
> 按小生必先接悉学位授予之通知，方能提出辞退申请，接悉之前既无辞退之必要，亦无辞退之可能，敬请考量。文部大臣于学位令之解释，应有允可辞退学位之余地，然丝毫不顾小生意志，强行

---

① 〔日〕夏目镜子：《回忆漱石》，角川书店 1967 年版，第 169 页。

规定不得辞退。小生内心实极不快，今明言于此。

虽文部大臣固执己见，认定小生业已拥有学位，然小生以为学位令之解释，实违小生之意志，小生并无领受学位之义务。

最后，鉴于小生所知之目下，我邦学问文艺两界之趋势，小生确信今之博士制度实属利少弊多矣，亦不妨明言于此。①

夏目漱石之所以坚拒文部省颁发的博士学位，主要因为两点：第一，文部省没有征求漱石的意见，强人所难；第二，他讨厌当时为了学位而学习的学风。

以斑窥豹。从这两次"拒绝"事件中可以看到，夏目漱石不只是对独立自由的伦理目标进行理论思考，而是落实在日常的实践行为中。同样，在他的文学作品中，我们也能从不同角度感受到漱石的这种伦理追求。

在早期的小说《疾风》中，夏目漱石通过主人公白井道也的口，表明独立人格的意义："所有的理想是自己的精神所在，必须发自内心才行。奴隶的脑海里没有雄心大志，被西洋理想压昏了头的日本人，在某种程度上看来都是奴隶，不仅心甘情愿地成为奴隶，还争先恐后的要成为奴隶之人，有什么道理能在他们的脑海里发酵出任何理想呢？"②

中期创作的《虞美人草》（1907）塑造了一个"自我中心"的美貌女子形象藤尾，她爱慕虚荣，追求浮华，一切都从自己的利益出发，不择手段，鲸吞家产。爱情也是出于功利的计算，抛弃深爱她的宗近，施展魅力，迷惑风流倜傥的博士小野，不惜拆散小野与小叶子的婚约。几经波折，小野认识到藤尾功利的爱情观，离开她而与小叶子重归于好。

---

① 转引自夏目镜子：《我的先生夏目漱石》，社会科学文献出版社 2019 年版，第 222—223 页。

② 〔日〕夏目漱石：《二百一十日　疾风》，石榴坊文字工作室译，久大文化股份有限公司 1990 年版，第 246 页。

藤尾得知真相后暴怒，气急中风而亡。藤尾外表美丽，却极端自私。她的最终结局，表明了夏目漱石对这种缺乏道义的利己主义者的憎恶态度。

小说《三四郎》（1908）却刻画了一个迷失自我的青年知识分子形象。小川三四郎从熊本高中毕业，考入东京上大学，面对都市的繁华和各种人际交往，他感到不知所措、茫然困惑，缺乏独立的自我认知，无所适从。他对富有魅力的新型女性美祢子一见钟情，又怯于表白，虽有爱的生命冲动，却不知如何行动，眼睁睁地看着她嫁给了别人。小说中用"迷途的羔羊"来隐喻小川三四郎的"自我迷失"。

总之，上述三个方面，构成夏目漱石伦理选择的基本构架。"忧世伤时的伦理情怀"成为他观察认识现实社会的基本模式，也是他的创作基调；"自然真诚的伦理品格"是他做人处事的基本模式，体现了他的人格魅力；"独立自由的伦理目标"成为他一生实践和探索的境界，也导致他在现实中的矛盾和困惑，最终以"则天去私"达到他人生的最高境界。

三、"我少时好读汉籍"

夏目漱石为什么如此推崇伦理道德？为什么会做出这样的伦理选择？原因可以从很多方面进行考察，如明治时代文化转型带来的社会问题，儿时经历①带来的心理阴影，正冈子规、高滨虚子等朋友的交往，留学生涯的异域体验等。但我们认为最根本的原因是中国文化对他的深刻影响。

---

① 童年时期两度被送到寄养家庭，直到 8 岁才得以回到夏目家，一生与原生家庭的关系疏离。

（一）中国文化的伦理本位特征

在明治中期汉学复兴的背景下，夏目漱石从小学习汉学，中学阶段又在二松学舍专门攻读汉学，后来他回忆："我原本就喜欢汉学，出于兴趣，阅读了许多汉文书籍。"[①]夏目漱石的汉学"童子功"，奠定了他精神大厦的第一批基石，成为他心智结构的基本面。而汉学所代表的中国传统文化就是一种伦理本位的文化。中国文化以伦理化的政治和政治化的伦理居于核心地位，有论者称之为"趋善求治的伦理政治型文化"[②]。

中国文化有几千年的历史，出现各种不同的学说，绝不是铁板一块。但各种理论学说都以伦理道德为核心。我们以中国文化三足鼎立的儒、释、道为例，稍作展开。儒家讲求"吾日三省吾身"，"返身而诚"，以三纲（明明德、亲民、止于至善）八目（格物、致知、正心、诚意、修身、齐家、治国、平天下）为主要内容，以修齐治平为人生导向，以道德的自我完善为人生价值的第一取向。佛家虽然不及儒家积极入世，以恬淡自然为人生情趣，对尘世沉浮、悲欢离合都漠然处之，要求"直指本心"、圆满清净功德，保持内心宁静，去除妄想邪念，以求"性自清净"。这样追求明心见性，积善修德，使人们在道德的追求中，努力成为善良之人。道家追求人的本性和"尊天道"、"法自然"、"清静无为"的圣人品格，老子主张"人法地，地法天，天法道，道法自然"[③]，"天之道，不争而善胜，不言而善应，不召而自来"[④]，说到底还是为了保持自然和谐的道德体系。儒释道三家"道德"的具体内涵不同，但都将人生目标引向道德伦理化的世界。

台湾学者韦政通将中国文化的这一特点概括为"重德"，他具体论

---

① 〔日〕夏目漱石：《夏目漱石回忆录》，陈修齐译，古吴轩出版社 2020 年版，第 10 页。
② 李宗桂：《中国文化概论》，中山大学出版社 1988 年版，第 324 页。
③ 老子：《老子译注》，辛战军译注，中华书局 2008 年版，第 101 页。
④ 老子：《老子译注》，辛战军译注，中华书局 2008 年版，第 278 页。

述道："在西方文化中，文学、政治、经济等，很早就有各自独立的领域，在这些各个的领域之间，也再没有一个笼罩性的观念。在中国文化中，情形大不同，在近代以前，文学、政治、经济等从来没有形成一个个独立的学科，在中国文化中，有'一本万殊'的信念，于是坚信一切文化都有一个共同的基础，这基础就是道德。中国传统中讲道德，不像西方人讲道德，只限制在人生的范围内，而是弥散在文化的一切领域。因此，中国的政治理想是'德治'，文学理想是'文以载道'，经济理想是'不患寡而患不均'，其他如教育、法律也莫不以道德为基础。从这一面看，中国文化是由'重德'而流于'泛德'，这是任何其他文化传统中所少有的现象。"①

（二）对"文学"的思考与中国文化底蕴

夏目漱石对文学的认知是从中国文学开始的。他曾说："我少时好读汉籍，学时虽短，但于冥冥之中也从'左国史汉'里隐约感悟出了文学究竟是什么。"②在散文《处女作追怀谈》中，夏目漱石谈到汉籍与汉文学激发了他创作的冲动，"我十五六岁时读了许多汉籍和小说，觉得文学甚是有趣，自己也瞎忙活尝试着创作"③。他早年曾希望以文学创作为业，但遭到兄长的指责。后为顺应西方大潮，大学学的是英国语言文学专业，满以为英国文学也会和汉文学一样有趣。但大学期间并没有感到文学的乐趣，学习各种语言现象，变格变位、时态变化等，与汉文学完全不是一回事。虽然大学毕业，获得了文学学士学位，但究竟什么是"文学"却茫然了。他在《〈文学论〉序》中写道："毕业之后，我头脑中不时会有一种被英国文学欺骗了的不安之念，我怀着这份不安之念，西赴松山，翌年又再往西走到了熊本。在熊本住了几年，此不安之念仍

---

① 韦政通：《中国文化概论》，岳麓书社 2003 年版，第 58 页。
② 〔日〕夏目漱石：《文学论》，王向远译，上海译文出版社 2016 年版，第 4 页。
③ 〔日〕夏目漱石：《夏目漱石回忆录》，陈修齐译，古吴轩出版社 2020 年版，第 66 页。

然未能释怀时，就来到了伦敦。"①

　　留学伦敦两年多，夏目漱石对"英国文学"的课堂教学也不满意，只听了三个来月的课，就失望地放弃了。究竟何为文学？还是茫然。他下决心以自己的思考来理解文学问题，"在遥远的伦敦的孤灯之下，我的思考开始转到文学这个问题上了"②。他系统地阅读英国和西方的文学名著，购置大量的心理学、社会学、哲学著作，认真研读，详细批注，笔记摘录，用蝇头小楷手写的笔记本达五六寸之厚。这些成为回国后在东京大学讲授"文学理论"课程的素材，最终成果是 1907 年整理出版的理论著作《文学论》。

　　喜欢文学，学习文学专业的夏目漱石，为什么对"什么是文学"这一基本问题感到茫然？就是因为少年时期从汉学中得到的文学概念与后来学习英国文学的文学概念很不一样，用夏目漱石的话说，就是"汉学中的所谓文学与英语中的所谓文学，最终是不能划归为同一定义下的不同种类的东西"③。

　　在确立自我本位观念的基础上，夏目漱石将产生于东、西两种不同文化体系中的文学观，加以认真的研究和思考，努力建构自己的文学理论体系。从建构的成果《文学论》看，虽然论述中大量运用西方的社会学、心理学理论和引证西方的文学作品，但对文学的本质、文学的功能、文学风格、文学创作、文学鉴赏等，基本上是源于汉学认知的理解。有论者认为："他虽然运用了一些西方哲学理论，但总的来讲，只是把这些理论作为一种方法论，其思想的基础和核心仍然是儒家的道义和道德。因此，在文学作品中，漱石注重道德的作用，强调文学作品的社会意义，也从根本上突破了文学作品只反映个人真实性情的束缚，否定了文学不能具有道德成分的'为艺术而艺术'的主张。……除了重

---

① 〔日〕夏目漱石：《文学论》，王向远译，上海译文出版社 2016 年版，第 4 页。
② 〔日〕夏目漱石：《文学论》，王向远译，上海译文出版社 2016 年版，第 5 页。
③ 〔日〕夏目漱石：《文学论》，王向远译，上海译文出版社 2016 年版，第 4—5 页。

视文学的社会功用外，漱石也并不否认文学的审关功能。在创作有社会意义的'现实文学'之外，他也创作了一些'美的文学'。这种对待文学的态度，正好表明了中国文化对他的影响：美的文学是出世的文学，而现实的文学是入世的文学，出世与入世相矛盾却又结合在一起；他既怀兼济天下之志，又孤标傲世、不与俗同，体现了儒道互补的知识分子典型特征。"①

夏目漱石在 1901 年 3 月 12 日的日记里写道："西洋人性喜浓艳，性喜华丽。观其戏剧即可知晓。观其食物即可知晓。观其建筑及装饰即可知晓。观其夫妇间接吻拥抱即可知晓。而这些都反映到文学里。而少潇洒超脱之趣，少骋目天外之气魄，又少笑而不答心自闲之趣。"② 字里行间透出对西方文学风格趣味的不悦。我国夏目漱石文学理论研究专家何少贤以此为据得出结论："显然，由于东西方的审美习惯和审美趣味有浓与淡、直露与含蓄等重大区别，因而漱石对中国古典文学特别倾倒，从中汲取了更多的文学养料。"③

（三）"个人主义"与中国文化的调适

《我的个人主义》是夏目漱石一生中最重要的演讲，也是最能表达其伦理思想的论述文字。这里的"个人主义"毫无疑义是受到西方文化的影响，反思东方长期的封建传统而提出的伦理性概念。在演讲中具体以"自我本位"加以论述。但夏目漱石的个人主义不是西方文化中的"个人主义"，不是个人私利的追逐和欲望的满足，实质上说的是"确立真正的自我"，独立思考，形成自己独立的思想见解。遇事都经过自己的审察和判断，自己去认识真相、把握真理。人不仅是一个生命的个

---

① 刘晓曦：《中国文化影响下的夏目漱石》，辽宁大学 2003 年硕士学位论文。

② 〔日〕夏目漱石：《伦敦留学日记》，李振声译《梦十夜》，广西师范大学出版社 2003 年版，第 278 页。

③ 何少贤：《日本现代文学巨匠夏目漱石》，中国文学出版社 1998 年版，第 341 页。

体，更应成为精神的个体，有独立的认识能力、判断能力和创造能力，不依附于人，不盲从于传统、成见或强权。夏目漱石将这样的"自我本位"观念，从文学创作、文学研究、文学鉴赏等文学活动的主体立场出发，进而推及人生实践和人性内涵，成为具有浓郁伦理色彩的观念。

不过，夏目漱石留学英伦，亲身体验到西方"个人主义"价值取向带来的畸形发展、生存竞争和世态炎凉，对日本近代化过程中出现的金钱至上、人欲横流等弊端也有切身感受。原本深居于意识中的中国群体伦理精神在夏目漱石的"个人主义"思想建构中发挥作用，赋予他的"个人主义"以道义色彩。夏目漱石在演讲的最后总结自己的观点：

> 第一，如果想达到发展自己个性的目的，那就必须同时尊重他人的个性。
>
> 第二，要想使用属于自己的权力，那就必须记住相伴而来的义务。
>
> 第三，要想显示自己的财力，就必须重视相伴而来的责任。
>
> 总而言之，许多问题都能归纳到这三条里来。①

从夏目漱石对"个人主义"的论述，我们能感受到两个言外之意。第一，"自我本位"以高尚人格和优良品性为逻辑前提，对于邪恶之人，不能倡导自我本位；第二，既要自我发展，又要与他人有着和谐的关系，其途径和方法，就是认真和真诚。认真地观察、体悟生活，真诚地与人交往、沟通，自然就会在自我发展的同时，也尊重他人的发展，在互为主体的彼此尊重中和谐相处，共同发展。因而，有论者称夏目漱石的个人主义为"人道的个人主义"："夏目漱石给个性的权利与发展加

---

① 〔日〕夏目漱石：《我的个人主义》，夏目漱石：《十夜之梦——夏目漱石随笔集》，李振声、李华译，华东师范大学出版社 2008 年版，第 131 页。

上了种种限制，与其说他强调的是个人的价值与权利，毋宁说他强调的是个人的责任与义务；这与其说是西方个人主义的移植，毋宁说是借西方个人主义的母体养育出东方理想式的个人主义宁馨儿，或者称为人道的个人主义。"①

由对夏目漱石"个人主义"内涵的辨析，我们再次看到，中国文化在其精神世界的建构中所发挥的巨大作用。"少时对汉学的习得与接触，不仅激发了夏目漱石从事文学创作的欲望，在少年漱石的心中深深地埋下了一颗文学的种子，同时汉籍和汉文学中蕴涵的中国古典思想文化对于夏目漱石潜移默化的影响，更是构建夏目漱石人生观、伦理观、道德观的基石，从而为漱石树立'自我本位'的文化自信打下了坚实的基础。"②

夏目漱石的伦理意识与中国传统文化的关联，还可以从诸多方面加以展开，如：（1）贯穿夏目漱石一生的汉诗创作，从表达形式、审美意趣、思维方式到价值取向，都与中国文化高度契合，尤其是"《明暗》时期"的 75 首汉诗，与道禅思想深通款曲；（2）夏目漱石"人的自然"理念与老庄哲学中的"不以物累形"、"返璞归真"思想的内在联系；（3）夏目漱石晚年的"则天去私"思想与儒家文化的"大同世界"理想的相通；（4）夏目漱石心中向往的中国传统文人士大夫的人格模式、圣贤品格等。限于篇幅，不多赘述。

总之，在东西文化碰撞融合的转型时期，夏目漱石以自己的独立品格，做出自己的文化选择，努力完善自我。而自小接受的中国文学和文化，成为他丰富的精神世界的潜在基质。他的伦理思考与探索，在近现代东方作家中具有典型意义，值得深入研究和探讨。

---

① 秦弓：《觉醒与挣扎——20 世纪初中日"人"的文学比较》，东方出版社 1995 年版，第 89 页。

② 王勇萍、赵骄阳：《由汉学构筑而成的文化自信》，《东北亚外语研究》2018 年第 4 期。

第二章　夏目漱石与中国书画艺术

　　夏目漱石是日本近代大文豪，有"国民作家"之称。他创作小说、俳句、和歌、汉诗、散文，为日本文学的发展做出了许多方面的原创性贡献。同时，他对书画艺术有着浓厚的兴趣，他不仅创作书画作品，书画艺术给他的小说创作拓展了新的空间，成为他小说艺术的重要元素。

第一节　中国古代绘画艺术的东传

　　中日文化交流表现在各个领域，绘画领域的交流在古代主要是中国影响日本，当然日本是从自身的需求出发，有选择地接受。日本绘画艺术从古坟壁画、佛像绘画，到唐绘、大和绘、水墨山水、文人画、到浮世绘，可以看到日本绘画在中国影响和本土化交错演化，此消彼长，不断向民族化方向发展的过程。

　　日本绘画有两千年以上的历史，起源于原始社会，在古坟壁画中得到发展。3世纪后的"古坟时代"，日本贵族仿效中国墓制，建造规模浩大的陵墓，并对墓室进行装饰，墓壁绘有包含大量中国文化元素的壁画，被认为是日本绘画的最初萌芽。

一、佛教东传与日本佛画

5世纪后，日本向南朝的刘宋朝廷频繁派遣国使。自此，中国文化呈波涛般涌入，尤其是汉字的输入与使用，日本迎来了其文化史上的飞跃时期。佛教文化是飞跃的核心。随着佛教文化的传入，佛像艺术获得发展。因而雕刻匠、画匠、砖瓦工匠等及各种相应的技术与材料都一起来到日本。日本美术史的古代期是以佛教文化传入日本为起点，以佛教美术为主要内容。

飞鸟时代，佛教经中国进入日本，中国书画也开始正式进入日本，来自中国的画工在日本传播先进的中国绘画。对于以毛笔为主要书写工具的东方人来说，线条运用一直是绘画艺术中最基本并最富有变化的技法。隋唐时期，中国绘画中的线条艺术达到了很高水准，有"曹衣出水"和"吴带当风"的典故。从现藏法隆寺的《橘夫人厨子扉绘菩萨像》看，在奈良时期之前，中国的多种线描技法已传入日本并为画工们所掌握。在稍晚些的正仓院麻布菩萨像中，则可以看到更为丰富的线条运用。

经历670年法隆寺火灾和672年壬申之乱后，天武朝代开始推行积极的佛教政策，在移植初唐文化的同时，还保存有齐周隋的艺术风格的影响。8世纪的《绘因果经》是最好的实物证明，且是现存日本佛画中最早的遗作之一。

二、从"唐绘"到"大和绘"

从奈良时代到平安时代，日本绘画的发展趋势，就是从中国式的"唐绘"向日本式的"大和绘"的演变与过渡。

奈良时代，因唐朝绘画的影响而产生了唐绘。唐绘主要指公元7—

9世纪从中国输入日本的绘画，后来也泛指模仿中国绘画的内容、形式和技法的日本绘画。日本吸收中国文化，最先是采取全面移植。以奈良时代鉴真东渡始，掀起了引进中国文化的高潮。文学方面，汉诗文先是占领文坛主流，其后全部汉风化。绘画方面，古坟壁画、佛画之外，宫廷贵族的屏风隔扇画、装饰绘画等都是从中国唐朝美术中脱胎而来的，主要包括中国式的意境山水及描绘中国传说故事的插图。如，初期的折屏风画《树下美人图》，描绘的是一副典型的中国唐代美人的脸庞与身体，且屏风的形体、画题也都是中国式的。这种画风盛行于奈良（645—794）和平安（794—1185）时代。尽管大和绘（发展中的本土画风）逐渐流行，但唐绘画风仍在以后几个世纪为人们所接受，不过仅限用于官方和宗教。

"唐绘"肖像画的先河是《圣德太子像》。这幅肖像画，描绘圣德太子身穿朝服立于中央，双手执笏，腰间佩剑，画中人物的衣服配饰发式及身高比例的特殊处理，都是仿唐初帝王图，但细节部分远不如阎立本（601—673）处理得巧妙。

平安时代，嵯峨天皇追求"汉风文化"的理想世界，推行汉诗文和山水画。由于都是受到唐风的影响，仍是多以中国式的风景和人物作为题材，有的题写汉诗文，使得诗与画相辅相成，形成典型的唐代绘画模式。比如，京都御所清凉殿隔扇画《山水图》描绘了悬崖绝壁、山峰幽林瀑布、松下弹琴和水边垂钓，充满了自足幽闲的东方情趣，完完全全就是中国式风景。这一时代的日本绘画，大都以模仿为主，无论在绘画题材上，还是在绘画形式上，留下的都是中国绘画的烙印，因此日本绘画史将这一部分日本画也称为"唐绘"。

唐绘和大和绘的提法始于平安时代，它们是日本美术史上最重要的概念之一。这里所说的唐绘并不限中国唐代绘画，而是指包括唐代绘画在内的整个中国绘画。中国绘画的大规模东传是在中国唐朝，即遣唐使时代早期的奈良时代。到了平安时代，唐文化的大规模普及使得唐风绘画被大量制作。有文献记载，平安时代的唐绘品种极为丰富，被后人归纳为三十五个系列，涉及人物画、动物画和风景画等各个门类。

平安中期以后，出现了日本本土画的第一个阶段——大和绘。大和绘 10 世纪前后开始萌芽，11 世纪大体完成，19 世纪还在流行，作为概念至今仍在使用。大和绘脱胎于唐绘，采用唐绘的材料，采用符合日本风土人情的画法和风格，产生了绘卷物、绘草纸等门类。之后在整个平安时代，与和歌文学建立起密切关系并不断发展，和歌与大和绘的关系，如汉诗与唐绘的关系一样。日本学者在对平安歌集进行分析后指出，作为与唐绘的主题差异，四季绘、月次绘和名所绘是当时大和绘最典型、最常见的母题类型，并最终发展成为一套复杂的图符系统。一般认为，大和绘的这些主题特色以及相应的图符系统，源于日本民族对于自然的关照以及由此形成的心理习惯。或者说，日本人是在这一象征图符系统的使用过程中，才将其自然感觉磨砺得如此敏锐而细腻。

在大和绘形成前，日本流行的是从别国输入的绘画及日本画家的临摹品。大和绘的产生和发展与唐代文化影响的衰落和日本文化的复兴有关。当时的画家开始以贵族的日常生活为题材，表现其思想感情及日本的自然风光和名胜古迹，适应日本人的审美要求，在技法和样式上不断追求日本风味。大和绘为追求及时行乐的唯美主义情趣，避免零乱的线条和过于严峻的笔法，采用浓艳的色彩，具有华丽的特征。

作为时代的象征和标志，大和绘最主要的形式是出现于平安时代后期的绘卷，绘卷还可分为宗教绘卷、文学绘卷、战记绘卷等类。与其他表现形式一样，绘卷也可以从输入日本的中国作品中找到它的源头。从现存遗作看，绘卷的表现形式可以追溯到遣唐使时代传入日本的《绘因果经》，通过不同瞬间场景的组合，展现了一个连续的时间段，并表现同一人物在此时段中的不同活动。

公元 894 年遣唐使废止，除了政治因素外，更表明日本人具有了一种文化上的自觉自主意识，同时其国风文化也已经强大到足以与外来文化分庭抗礼。

三、中国水墨画的日本化

镰仓至室町时代，南宋水墨画传入日本。日本室町时代绘画最显著的特色是：在宋元画尤其是南宋画样式的影响下，勃兴了以水墨画为中心的新绘画样式。15 世纪后半期的东山时代，水墨画达到极盛并波及后世。

水墨画是东方艺术中最典型的画种，工具为毛笔，表现手段主要依赖于各种线条和深浅不同的墨色晕染，色彩不作为主要的表现手段。中国水墨画的出现不会晚于唐代，吴道子曾作"白画"《景公寺地狱变相》，唐人张彦远在《历代名画记》提出"墨分五色"这种新的审美观念。在空海、最澄、圆仁、圆珍等所谓入唐八家回国后所写的"请来目录"中，多有带回的白描佛像的记载，并附以"白画"、"白苗（描）"的注记，以与"彩色"佛像相区别。宋代，来华请益僧人带回的这类图稿数量更多。虽然这些白描画稿还不能算是严格意义上的水墨画，但日本画师与僧侣正是通过对此类图稿的再三临摹，掌握了水墨画的基本技巧。在《佛日庵公物目录》、《君台观左右账记》等室町时代的一些绘画目录中，可以看到数以百计的中国绘画，这些被称为"汉画"的宋元画作，是日本画僧学习中国绘画的主要对象。

日本禅僧的绘画大多临摹传到日本的中国画作，或从中演变蜕化而来，如默庵的《布袋图》与梁楷的同名作品惊人地相似。但由于不同于中国的生活情境与不同的审美习惯，以及制作和欣赏者的特定群体的不同，日本水墨画不知不觉地突出和强化某些更为时人感兴趣的技巧因素与母题类型，发展起属于自己的深藏禅机的水墨画风格，即融汇了日本"空寂"、"幽玄"等艺术精神，追求一种恬淡的美。镰仓、室町时代，随着禅宗渗透到各个层面，人们的审美意识逐渐发生变化，从平安时代贵族阶级浪漫的"物哀"思潮转向"空寂"与"幽玄"的美学追求。日本水墨画也形成与中国宋元水墨画情趣相异的日本水墨画的风格特点与图式体系。从图式类型的选择而言，中日的区别非常明显，如表现达摩的图式在中国多为大背景的一苇渡江，但日本禅僧却对可以充分描摹细致神态的半身肖像更情有独钟。

这一时期对日本画坛影响最大的中国画家是牧溪。牧溪（？—1281）原为宋僧，由于在本土不受重视，中国的典籍史料中有关其生平言论的记录甚少，难以查考他的思想体系。但绘画作为表达思想、抒发胸臆的重要手段，以画面取代文字传达和记录了他对世界的认识和对人生的感悟。在禅风盛行的年代，牧溪充满禅机的绘画更适合日本禅僧的口味。对于许多日本画僧来说，牧溪的存在具有先驱式的典范作用，他引领了日本水墨画的发展。据统计，牧溪见载于日本史料的画作有禽兽画 52 幅，道释人物画 32 幅，山水画 2 幅，主题不明者 18 幅，数量如此巨大，足以说明他在日本所受的特殊欢迎。在日本人眼中，牧溪的水墨技艺才被认为是超凡脱俗的而不是"诚非雅玩"。也正因如此，《潇湘八景图》所特有的若真若幻的空蒙境界和无声胜有声的艺术感觉，才能够深刻地渗透大和民族纤细的内心。《烟寺晚钟图》，意在晚钟却不见钟，仅有若隐若现的小小房檐以静态展示着动态，以无声传递着有声。这一角房檐便是那隐藏着的真正的"花"。日本古籍《松斋梅谱》这样点评牧溪的作品："多用蔗查草结，又皆随笔点墨而成，意思简当，不费装缀。"牧溪的水墨画隐含着与空寂幽玄相通的艺术因素，因此便具有了一种内在的深度和神秘的魅力。应当说，牧溪的画作是在最为恰当的历史时期和最为适宜的文化环境中进入了日本，其日益受到尊崇并最终深入日本人心的过程，恰与日本民族空寂幽玄美学传统的形成过程相一致。

在空间艺术方面，中世时代形成了"枯山水"的造园艺术，就是仅用石头和白砂堆砌摆放成山峦河流，充满寂静、冷枯的感觉。平安时代的《造庭记》第一次出现"枯山水"的称谓，到室町时代开始普及，并逐渐成为日本最具代表性和典型性的庭园模式。"枯山水"是在禅宗冥想与顿悟的触发下诞生的艺术，它淋漓尽致地表现了"我心即佛"的思想以及"空相"、"无相"的观念。同样因禅宗而兴起的水墨画，其用水与点墨，恰似"枯山水"之布石与摆砂，二者可谓异曲同工，都令人直归本心，同自然合而为一。

日本从镰仓时代引入中国南宋的水墨画，与禅的趣味联系起来，禅宗的流行促成了水墨画的兴盛，同时也催化了空寂幽玄美意识的形成，而水墨画又以直观的画面表达了禅思，映现了空寂幽玄的美。三者之间形成了一种环环相扣、交错互动的关系。到了东山时代，日本水墨画融贯了"空寂"的艺术精神，追求一种恬淡的美，产生了与中国水墨画的审美情趣相异的风格。日本水墨画画面留下很大的余白，这种余白不是作为简单的"虚"的"无"，而是一种充实的"无"，即用"无心的心"来填补和充实。余白的艺术在牧溪画作中早已有了无与伦比的体现。其"八景"中的四图无一例外地拥有一个共同特点——大量的余白，所有的点睛之笔均偏于画面一角。中国传统绘画在构图上历来与西洋透视法不同，多取景物之一角以示全般。牧溪将这一特色发挥得淋漓尽致，并且更以余白反衬出一角的存在，突出了视觉效果，也深化了内涵，正所谓"无画处皆成妙境"。这种"一角"式的笔法中也蕴含着禅宗的理念：借一角残山展现大自然的雄伟与壮阔，以一片空无寓意无限深邃的意境。

在镰仓、室町时代还有"汉画"的概念。"汉画"主要是指模仿中国宋元绘画，以墨色晕染为主要表现技巧的水墨画。"汉画"与平安时代的"唐绘"既有区别又有联系。所谓联系，主要是指绘画风格的相同来源及其演变的内在联系。所谓区别，主要指技法表现等艺术手段的差异。平安唐绘多用彩色，而中世汉画大体上以水墨为主。当然，中世汉画也不是没有彩绘之作，只是在诗人眼中，水墨的画品画格更高一些，数量也更多一些。

这一时期，最具代表性的日本绘画大师是雪舟（1420—1506）。他是日本室町时代水墨画的集大成者。其作品广泛吸收中国宋元及唐代绘画风范。1468 年春，雪舟主动申请随遣明船访问中国，游历名山大川，并进行大量写生。此后，雪舟的画中具有了一种浑厚的博大之气，并开始形成自己的风格。同时，雪舟的中国之行也是一个空前的伟大创举。在他之前，如拙、周文、明兆等人主要是通过模仿中国传日的画作学习中国绘画，这种方式的局限性非常大。雪舟的代表作之一是其 67 岁时的作品《山水长卷》（又名《四季山水图》），卷中景物多来自于其在明朝的写生，如中卷的高塔、下卷的城墙，都与他《育王山图》和《唐山胜景画稿》中的宝塔和宁波府的城墙有异曲同工之妙。雪舟另一代表作《秋冬山水图》的构图虽然还是保留了传统的边角结构，但以巨大的岩石来替代传统边角构图中的大块虚空，表现出了改进传统构图的变化。《天桥立图》是雪舟晚年的作品，精心设计的俯瞰视角，疏密有致的景物取舍，自然且富有层次，表现出雪舟对大图画构图的驾驭能力，而不露声色的景物择取和艺术处理，则显示出其高超技巧。同时，该作品的一个突出特点是水墨技巧的运用，各种线条、皴法和晕染，被恰到好处地运用于最恰当的地方，老练且自如。雪舟还绘制过水墨淡彩、大和绘肖像、禅画和一些人物像。雪舟的作品代表着室町时代水墨画的最高成就，它表明日本画家已经将这种外来的绘画形式完全民族化了，也打破了日本画家长期以来对中国艺术的盲目迷信，真正建立起民族艺术的自信心。

四、汉画风格的屏障画

安土桃山时代，狩野派①吸收大和绘与汉画的长处，创制出金碧辉

---

① 狩野派是日本著名的一个宗族画派，其画风是在 15—19 世纪之间发展起来的，长达七代，历时两百余年。日本江户时期的主要画家来自于这个宗族。该派画风在题材和用墨技巧方面借鉴中国传统，在表达方式上完全日本式，作风粗犷、线条明快，与宋代绘画有明显的区别。其屏障画以明暗配合及其单纯的装饰性特征突出。

煌的屏障画，形成日本绘画发展的第二阶段。桃山时代的开创者是富有创新精神的武士织田信长，他于 1576 年在琵琶湖边建筑了雄伟的安土城，主楼天守阁高达七层。随后，他将装饰城堡的任务交给了狩野元信的孙子——年仅 34 岁的狩野永德，由于安土城毁于战火，其障壁画已不可再现，但通过作品的名称（《三皇五帝》、《孔门十哲》、《释迦十大弟子》、《释迦说法》等）推测，可能是以汉画风格为主的作品。之后，丰臣秀吉在 1583 年建成大阪城，次年在京都建成聚乐第，永德奉命为这些城堡别墅绘制装饰性的屏障画。因此，16 世纪的汉画流派狩野派发展极尽荣盛，更是如虎添翼。到了江户时代，土佐派与住吉派[①]成为大和绘家传艺术的标榜。

五、沈南苹影响下的写实画和日本文人画、浮世绘

江户时代，是日本绘画发展的第三阶段，包括日本文人画、宗达光琳派[②]、浮世绘、圆山四条派[③]。尤其是受明清水墨画影响而产生的日本文人画家池大雅、与谢芜村，丰富了日本画的表现形式和内容。

日本从镰仓时代开始传入的中国宋元绘画，主要是南宋院体派绘画、南宋及元代禅林周边的绘画及南宋至元代以宁波为中心的江浙地区的佛画，但是北宋时代作品传到日本极少，对北宋宫廷画派创立的写实

---

① 土佐派形成于 14 世纪，由土佐家族世袭，并以宫廷画院的地位进行创作，几经起伏，一直活跃至 19 世纪，恪守大和绘传统题材和传统技法，风格保守。江户时期土佐派门人如庆创建了住吉派，适应新的社会需要，在普及大和绘方面有所贡献。

② 宗达光琳派，日本 17—18 世纪的装饰画派。本阿弥光悦为思想奠基者，表屋宗达为开创者，尾形光琳为集大成者。这一画派追求纯日本趣味的装饰美，在日本美术史上占有重要位置。

③ 圆山四条派，日本绘画中圆山派和四条派的合称。活跃于 18—19 世纪，延续 200 年，产生的画家很多，是对近代日本画产生深刻影响的画派。圆山派是由圆山应举开创的写实画派，特点是受西洋画和中国画家沈铨的影响，通过生动准确的写形以表达物象的精神，借助西洋画法表现东方绘画的气韵；四条派由松村吴春开创，特点是：综合各派的特点，将文人画的遣兴笔墨、意气高雅的倾向与写生相结合，提高了写生的画风格调。

主义也不见传承。直到江户中期，汉画在狩野派画家和一般民众心目中，仍保持着牧溪等人的残山剩水、逸笔草草的老印象。直到中国画家沈南苹来到日本，才使局面得到改变。

沈南苹（1682—1760），名沈铨，字衡之，号南苹，德清新市人。20 岁左右开始从事绘画，其画远承北宋"黄家画派"，近承明代吕纪，属于清代花鸟画的钩花点叶派，善绘花卉禽兽。1731 年受德川幕府七代将军吉宗的邀请来到日本。沈南苹画风造型正确，骨肉兼备，形象丰满，赋色浓丽，勾勒精细，几乎不见笔迹，似轻色染成，谓之"写生"。沈南苹在长崎逗留 3 年，指导了从各地特别是从江户慕名而来的青年画家。他在日本深受推崇，被称为"舶来画家第一人"。传世作品有《五伦图》、《封侯图》、《柳阴惊禽》、《秋花狸奴图》、《盘桃双雉图》、《松鹿图》、《双鹤图》等。沈南苹对日本的花鸟画、写生画影响很大，并形成画坛中的长崎派。

江户时代的代表画家圆山应举（1733—1795）的绘画受沈南苹影响很大，多数绘画没骨、写实、工致精丽而富有气韵，重视写生，画风质朴亲近。他的代表作品有《孔雀图》、《雪松图屏风》等。

对于富有的商人和迅速扩大的市民阶层来说，相对于中世逸笔水墨，沈画"勾染工整、赋色浓艳"的工笔画风、浅显的主题，新颖而富有吸引力。沈画的通俗形象远比室町水墨和桃山金碧障壁画更适用于寻常家用。据日本学者统计，沈南苹 200 多幅存世之作中，吉祥图占一半左右。其风格均为赋色浓艳、细入毛缕的工笔院体画风，其母题多为符合凡夫俗子口味的松、鹿、鹤、凤等吉祥瑞兽。这类取谐音表示福禄寿喜的绘画适合于节日与喜庆场合，而工笔重彩的技法也与那种场合的氛围极为相称，日本南苹派的作品都偏好这类母题。此后，曾对其激烈反对的文人画家也顺应时尚，学习南苹派的图示技法，甚至狩野元信也认真临摹沈南苹的画作。

同一时期，中国清代画家伊孚九[①]等将《八种画谱》、《芥子园画传》等木版画谱和清代画家的作品带到长崎，这些画被泛称为南宗画。明清画谱对日本绘画，尤其是文人画风形成起到了重要作用。

日本文人画，是日本 17—19 世纪受中国明清文人画影响而形成的画风总称，是江户时代汉画最重要的流派，以清雅淡逸、信笔遣兴为特点。其中，一部分着重从技法上模仿，格调较为俗气，称为南画；一部分着重以对中国古典文学艺术的尊崇和修养为前提，讲究诗情画意，格调高雅，画风深远，称为文人画。日本文人画家强调修养和学识，江户文人把绘画风格的选择，提升到道德修炼与价值取向的空前高度。他们在把握中国的文人画时，对汉学、汉诗、中国绘画理论都下过一番功夫，他们不仅能充分理解中国明清文人画之要谛，更能在消化日本古典艺术的基础上充实其精神和技法。

18 世纪后期到 19 世纪前期，日本文人画进入高度发达的兴盛期。江户时代晚期，社会内忧外患，日本文人画也因其程式化的局限而逐渐枯竭。明治时期可称为文人画家的只能举出田崎草云、田能村直入、富冈铁斋等。

浮世绘是江户时代最具平民色彩的画种。17 世纪后期，随着町人思想与文化的崛起，原本服务于宫廷贵族的狩野、土佐派绘画作品逐渐被风格华丽、取材生动的"浮世绘"取而代之。"浮世"一词原为佛教用语，指短暂、虚假而又无常，既非过去又非未来的人间的今生今世，对应于超脱轮回、美妙永恒的佛世界。"浮世绘"描写的是歌舞伎、相扑、花街柳巷等今世的浮华景象。江户时代末期，浮世绘的描绘对象由

---

① 伊孚九（1698—1774），名海，字孚九（桴鸠），号也堂、莘野耕夫、汇川、成堂。浙江吴兴人。1720 年开始，作为中日间贸易的中方船主的伊孚九多次赴日。虽为商人，伊孚九却以书画交游于日本文人阶层，获得很高的声望。他长于南宗山水画，风致清雅。其优美的画风很合日本人的趣味，特别是他的淡彩山水画很受欢迎，促进了日本南宗画的发展。

原来的美女、歌舞伎肖像转而变为风景画，葛饰北斋[①]的《富岳三十六景》、安藤广重[②]的《东海道五十三次》便是其中的杰作。

　　一般说来，江户之前的日本绘画——古代佛教美术和中世的墨画山水，大多受中国艺术的影响，因而丧失了民族的主体性。此外，传统绘画的享用者主要是贵族、武士与佛教僧侣，即使有反映平民心声的作品，也是寥寥可数。在日本绘画的历史中，唯有浮世绘才是真正大众化的民族艺术。19世纪中叶，变形、怪诞、妖艳、浓烈为主要审美倾向的浮世绘传到欧洲，受到了西方艺术家的关注与喜爱，产生了世界性的广泛影响。

第二节　夏目漱石与书画艺术的渊源

　　夏目漱石从小对美术就有浓厚兴趣。日本传统美术的素养启蒙于他出身的家庭，幼时就开始欣赏家中的画。他晚年时曾写道："我的儿童时代，家里有五六十幅画。有的在客厅里看到过，有的在堆房里看到过，有的是趁晒它、防虫蛀的时候看看这个看看那个地看到许多幅，而且常以蹲在挂起来的画幅之前默默欣赏为乐。即使现在，与其看那些色彩零乱的戏剧，莫如看自己中意的画心情舒畅得多。"[③]可见，从小对绘画的爱好影响其一生。之后，夏目漱石也到美术馆去看雪舟[④]的水墨，或欣赏狩野派、圆山派的作品。中学时期的汉学学习，又接触了中

---

　　① 葛饰北斋（1760—1849），日本江户时代的浮世绘画家，他的绘画风格对后来的欧洲画坛影响很大，德加、马奈、梵高、高更等许多印象派绘画大师都临摹过他的作品。

　　② 安藤广重（1797—1858），日本浮世绘大画家。善于用秀丽的笔致、和谐的色彩，表达笼罩而充满诗意的幽抑气氛中的大自然，他所描绘的自然景象，总是和人物有着密切的关系，并且富于诗的魅力。

　　③ 〔日〕夏目漱石：《往事种种》，《十夜之梦——夏目漱石随笔集》，李正伦、李华译，华东师范大学出版社2008年版，第197页。

　　④ 雪舟（1420—1506），日本画家。又称雪舟等杨。曾入相国寺为僧，随同寺山水画家周文习画。48岁时随遣明船队来到中国学习中国画技法，作品广泛吸收中国宋元及唐代绘画风范，成为影响日本画史的一代名家，有"日本画圣"之称。

国传统的书画艺术，大学的英语学习和后来伦敦留学，参观英国国家美术馆、大英博物馆、泰特美术馆、达利奇美术馆、英国国家肖像美术馆等，深入接触和感悟西方美术名作，更深化了对美术的热爱和追求。据门生寺田寅彦回忆，夏目漱石留学回国，带回许多英国美术馆收藏的名画的照片；他得到稿费，"立刻去买了一套水彩画笔具、写生册和象牙订书刀，高兴地拿给我看，他用那套笔具画了明信片送给要好的朋友"①。

　　夏目漱石通过东京大学的挚友正冈子规，认识了不少书画艺术家，平日生活里与日本当时的书画家交往甚密，他与同时代的诸多画家成为知交，当时的文学书装帧家及新版画家桥口五叶②、油画家浅井忠③、油画及书法家中村不折④、油画家津田青枫⑤等人都是夏目漱石的知交，他们都参与过夏目漱石小说《我是猫》、《心》、《虞美人草》、《道草》、《明暗》等的插图、封面设计及装帧等。

　　自小对美术修养的积累，与周边书画艺术家交往的氛围，夏目漱石也创作书画作品。大概从 1903 年起，夏目漱石习作水彩画。他的门生小宫丰隆写道："不知漱石什么时候开始画水彩画的。不过今天保存的漱石的水彩画，最早的日期是 1903 年 10 月。"还认为 1904 年以后，和夏目漱石颇频繁地互赠水彩画明信片的是桥口贡，并且断定夏目漱石学水彩画大约是受到桥口贡的影响。⑥夏目漱石还在津田青枫的指导下学习油画创作。1913 年，夏目漱石在写给青枫的信中提到："希望在我一

---

　　① 〔日〕寺田寅彦：《追怀夏目漱石先生》，谭晶华译，《日本文学》1983 年第 3 期。
　　② 桥口五叶（1880—1921），日本油画家、版画家。他的版画承江户传统，又融合了现代西洋风格，独具魅力。
　　③ 浅井忠（1856—1907），日本画家，留学法国。长期是关西美术界的中心人物。作品多为充满诗意的风景画，代表作有《古勒之秋》、《冬树》、《洗濯场》、《武士狩猎》等。
　　④ 中村不折 (1868—1943)，日本美术家、文物收藏家。曾习油画，留学法国，后习南画。对收集中国书画文物兴趣浓厚，并陆续得到清末新疆、甘肃地方官员梁素文、何孝聪、孔宪廷等人所藏敦煌吐鲁番写本，编有《禹域出土书法墨宝源流考》。
　　⑤ 津田青枫（1880—1978），日本著名书画家、随笔家、歌人。曾指导夏目漱石学习油画，夏目漱石的《道草》、《明暗》的装帧出自于他的手笔。
　　⑥ 〔日〕小宫丰隆：《夏目漱石》，岩波书店 1938 年版，第 495 页。

生之中可以画出一幅让人感动的画，只要一幅就好。"可以感受到夏目漱石对绘画创作的认真。夏目漱石较为人知的绘画作品有《山上有山图》、《青嶂红花图》、《一路万松图》等，他的画作以描绘飘渺淡泊的山水文人画为主。他还为自己文学作品设计装帧插图、封面等，布置匀整，结构谨严。

夏目漱石以自己独特的审美观，喜欢中国和日本绘画中清雅文气的作品，对西洋作品的喜好，偏重于迷蒙的光线和闷闷的气氛。对于传统的佛教美术兴趣不大，而对"在大和绘技法中融入市民开朗的生活情感，开辟了独特的新天地"①的俵屋宗达②非常推崇。由此可知他喜欢文气重、清新明朗、富于生活情绪的作品。即使是他所喜爱的酒井抱一③，看到他的《宇治萤狩图》时，夏目漱石仍说："无法相信抱一会画出如此俗不可耐、笨蛋的作品。"

日本江户时期吸收中国绘画技法与风格的"狩野派"画家狩野探幽④画的中国古代36位诗人肖像和诗句的画卷，1907年夏目漱石在京都银阁寺诗仙堂欣赏该画卷并记载为"探幽三十六诗仙"，欣赏之情溢于言表。

同时代画家中，夏目漱石最喜欢的是横山大观⑤这位"日本美术学院和新日本画运动中坚人物"⑥。1912年7月门生森田草平看到夏目漱石

---

① 〔日〕久野健等编著：《日本美术简史》，蔡敦达译，上海译文出版社2000年版，第115页。

② 俵屋宗达（？—约1640），日本著名画家，形成了日本绘画史上有影响的宗达光琳派，代表作有《四季草花图画笺》、《扇面贴交屏风》。

③ 酒井抱一（1761—1828），画家，也擅长诗歌，后出家为僧，被称为宗达光琳派三代宗师。主要作品有《夏秋草图屏风》。

④ 狩野探幽（1602—1674），狩野派代表画家，他的作品其吸收汉画技法，拓展画风，人称狩野派中兴之主。代表作品有画于名古屋城、二条城、大德寺等处的壁画以及《东照大权现缘起》（绘卷）、《中国七十圣贤图》等。

⑤ 横山大观（1868—1958），日本著名画家。日本绘画协会中坚画家，代表作有《屈原》、《老子》、《山路》、《生的流转》、《飞泉》、《野花》。

⑥ 刘晓路：《日本美术史纲》，上海古籍出版社2003年版，第243页。

的书斋墙上挂着一幅横山大观的画：一只雨燕从柳丝中飞出的画面，他们谈起了这位当时日本画坛第一人。次日森田草平再次有事来到漱石书斋，看到夏目漱石展纸挥毫，为横山大观的画题诗：

> 独坐书斋里，丹青引兴长。大观居士赠，圆觉道人藏。
> 野水辞君巷，闲云入我堂。徂徕随所瞻，住在自然乡。[①]

诗中对大观画作的喜爱和共鸣跃然纸上。夏目漱石还评价大观描绘中国湖南潇湘四季名胜的《潇湘八景》，具有"超凡脱俗的美感"和"大智若愚之神韵"。

在夏目漱石心目中，日本的美术有其独特性，比之大量借鉴外来元素的文学，它更推崇日本的美术。他曾编选出版《东洋美术图谱》，在介绍这本书的专文中写道："单就文学来说，从过去得到的启发几乎可以说很少，甚至为此而痛苦。也许人们举出《源氏物语》的作者紫式部、近松、西鹤等人，堪称足可装点我们过去的天才，并予以发挥和认同，但是，我却自负不起来。"而这本《东洋美术图谱》，"一张一张地看下去，就会明白，在这方面我们的先辈早就为我们创作出什么样的过去。像我这样财力不足的人，为了向大家提供参考，出版了这部极其重要的书。在文学上我是悲观的，因为有了这个图谱，多少恢复了常态"[②]。

岩波书店1967年版《漱石全集》载有《漱石山房藏书目录》，其中书画作品和艺术研究类书目所占比例不少。在"和汉书目录"中的"画帖拓本其他"一类里，有中国、日本历代书画印章作品集，如《日本美术》（82册）、《法隆寺大镜》（37册）、《本朝画家落款印谱》（3

[①]　〔日〕森田草平：《夏目漱石》（一），讲谈社1980年版，第117页。
[②]　〔日〕夏目漱石：《东洋美术图谱》，《十夜之梦——夏目漱石随笔集》，李正伦、李华译，华东师范大学出版社2008年版，第228—229页。

册)、《东洋美术图谱》(2 册)、《唐诗选画本》(3 编 15 册)、《古今名
人画稿》(6 册)、《古今楹联汇刻》(12 册)、《万宝书画全书》(7 册)、
《中国名画集》、《中国名人书画百集》(第一集)、《书画宝绘录》(10 册
20 卷)、《画苑》(60 册)、《新日本画谱》(8 册)、《百花鸟图》(1 册 5
卷)、《东洋艺术资料》(6 册)等,其中部分是由上海文明书局、上海
震亚图书局、上海祥记书庄、西泠印社印行的图书。

　　夏目漱石以自己对中国、日本和西方绘画丰富的鉴赏经验和创作体
验,从特定的审美观出发,对当时的美术创作发表过大量的美术批评。
这些批评直言不讳、深刻犀利。他的美术评论主要是:《文展和艺术》
(1912),其他文章还有《子规的画》、《日英博览会的美术品》(1909)、
《东洋美术图谱》(1910)、《不离自然的艺术》(1910)、《中村不折的
〈不折俳画〉上序》(1910)、《〈新日本画谱〉序》、《冈本一平著并画
〈探访画趣〉序》(1914)、《津田青枫君的画》(1915)等。

　　在《文展和艺术》中,撰文评论当时备受瞩目的"文部省美术展览
会"中的多件作品。夏目漱石在其评论文章开头中写下"所谓艺术,就
是开始于自我表现,又终结于自我表现",夏目漱石认为艺术家必须要
忍住孤独、相信自己;整篇评论非常尖锐直接,例如,夏目漱石的评论
是:"我实在很想跟不折君说那不是巨人,只是个男人,一个肮脏的男人。"南薰造[1]的代表作《六月天》获得了二等奖,夏目漱石的评价是:"那男孩是在喝水

南薰造获得二等奖的《六月天》

① 南薰造(1883—1950)留学英、法,活跃于白马会、文展。东京美术学校教授,作品特别留意光的表现,以平和的笔法描写日本的自然景物。

还是吹法螺？他的文章比他的画还有趣。"

2013 年 3 月至 8 月，在广岛县立美术馆、东京艺术大学美术馆、静冈县立美术馆等地举行"夏目漱石的美术世界"巡展。展览包括 7 个部分：（1）"夏目漱石文学与西方美术"；（2）"夏目漱石文学与古美术"；（3）"文学作品与美术"；（4）"夏目漱石与同时代美术"；（5）"至交的画家们"；（6）"夏目漱石的绘画作品"；（7）"装帧与插画"，完整地汇集夏目漱石的绘画创作，并从夏目漱石与东西方美术的关系、文学创作与美术的关系、其交往的画家朋友，以丰富的内容，使人们从一个新的视角，更加深入、真实地认识这位 20 世纪多才多艺的日本大文豪。

第三节　夏目漱石作品中的中国书画元素

夏目漱石丰富的艺术鉴赏与创作、批评实践，造就了他独特的精神世界，书画艺术成为他观察世界、理解世界、表现世界的独特视角，而深厚的汉学修养，使他对中国的书画艺术更是情有独钟，在他的文学创作中留下深深的印痕。

一、以中国书画元素作为创作题材

夏目漱石在小说的很多场景中都有书画作品的存在，或者作为人物活动的背景，或者用来展示人物的心境，抑或是人物谈论的话题，甚至是情节发展的节点。小说《我是猫》、《三四郎》、《少爷》、《草枕》、《心》、《从此以后》等很多作品里频繁出现不同时代日本或东、西方著名画家和绘画作品。

成名作《我是猫》中，一群青年知识分子常常聚集在中学教师苦沙

弥家高谈阔论，艺术经常是谈论的话题。作品中谈到的绘画艺术类型有
水彩画、版画、裸体画、写生画、装饰画、水墨画、南画、素描等，涉
及的画家有西方的安德利亚、伦勃朗、斯坦仑、拉斐尔，日本的左甚五
郎、狩野元信、与谢芜村，中国的木庵等。小说第三章写主人公苦沙弥
在书房写一篇"天然居士的故事"的文章，但才思枯竭，摇头晃脑，舔
笔抠鼻，好不容易写出一句，又不满意，"他大笔一挥使出力气，横三
竖四地划了一气。别说，还真像一株低劣的南画风格的兰草哩！刚才费
了吃奶劲写成的墨迹，竟然删得一字不剩"①。这里说的"南画风格"就
是指中国的"文人画"风格。晚明画家董其昌以"南北宗论"界定文人
画，即南画就是文人画。梅、兰、竹、菊"四君子"与松、石，成为文
人画家喜爱的题材。小说中虽然只是一个比喻，形容苦沙弥涂抹文字的
墨迹形似一株兰草，但体现了夏目漱石对中国南画艺术的了解和兴趣。
在《浮想录》中，夏目漱石说到小时候家里有五六十幅藏画，那时经常
蹲踞在挂轴前默默地欣赏，但"画里边，我最感兴趣的是敷彩的南画。
可惜的是，我家藏画中这类南画并不多见"②。夏目漱石后来习画也画了
不少以梅兰竹菊为题材的"敷彩南画"。

　　小说第四章写势利的铃木为撮合水岛寒月与金田小姐的婚事，来
到苦沙弥家，他环视屋内摆设，看到"壁橱里挂着一幅假冒木庵的画
轴《花开万国春》，一个京都产的廉价青瓷瓶里插着春分前后开放的樱
花"③。这里作为房间布置背景提到的木庵（1611—1684），本名吴性
瑶，泉州普江人，是中国明代的画僧。木庵少时就资质聪慧，19 岁剃
度为僧，青年时代为参禅求法，遍历福建、江浙的名山古刹，41 岁成
临济宗正传第三十三世，1665 年赴日，居长崎分紫山福济寺，开创黄

---

① 〔日〕夏目漱石：《我是猫》，于雷译，译林出版社 1993 年版，第 3 页。
② 〔日〕夏目漱石：《浮想录》，《梦十夜》，李振声译，广西师范大学出版社 2003 年版，
第 204 页。
③ 〔日〕夏目漱石：《我是猫》，于雷译，译林出版社 1993 年版，第 117 页。

檗山万福寺。木庵擅书画，是诗、书、画修养甚高的僧人。其书画在日本影响甚大。

小说《从此以后》中涉及当代日本画家青木繁明治、英国壁画、铜版画画家弗兰克·布朗温（1867—1956）的版画，日本画家浅井默语（1856—1907）的图案画、日本江户时期画家圆山应举（1733—1795）和中国明代画家仇英的作品。仇英（1498—1552），江苏太仓人，明代代表性画家，与沈周、文徵明和唐寅被后世并称为"明代四家"，擅长画人物、山水、花鸟、楼阁等题材，画法苍秀，构思巧妙，笔墨俊雅。他的人物画造型准确，概括力强，形象秀美，线条流畅；山水画既具有工整精艳的古典传统，又融入了文雅清新的趣味。代表作有《清明上河图》、《汉宫春晓图》、《桃源仙境图》、《郭子仪拜寿图》等。小说《从此以后》中代助的父亲爱好书画古董，经常在客人面前搬弄自己的收

仇英《桃源仙境图》

藏，兴致勃勃地谈论这些藏品。久而久之，代助和他的兄长也对此有所了解。小说写道："哥哥诚吾也是因为父亲的关系，知道一些画家的名字。不过，那也只是站在画轴前，说说'哦，这是仇英的；啊，那是应举的'……"① 这里虽然只是出现"仇英"这个名字，但夏目漱石是把他当作中国绘画艺术的一个代表，对其艺术成就是比较了解的。

---

① 〔日〕夏目漱石：《后来的事》，吴树文译，上海译文出版社 2010 年版，第 165—166 页。

王渊《水墨花鸟挂幅》（局部）

散文集《永日小品》中有多篇写到艺术作品。《挂幅》是其中的名篇，是夏目漱石最早翻译成汉语（由鲁迅翻译）的作品。文中叙述长刀老人祖传一幅中国元代水墨花鸟画家王渊①的绢本挂幅"葵花图"，视为镇宅之宝，虽然只有一尺见方，且年代久远而烟熏褪色，但老人"一个月里总要从橱柜里取出一两次，拂去桐箱上的积尘，这才小心翼翼地拿出里边的东西，直接挂上三尺高的墙壁，然后端详起来"②。只是因为亡妻三年忌日，要立一块墓碑需要用钱，老人只能忍痛割爱，将古画转让给了别人。这里的"挂幅"是夏目漱石的虚构，学界认为中国国内流传到20世纪的王渊画作真迹很少，更没有材料论证王渊的画作传播到日本。但夏目漱石了解王渊的水墨花鸟及其价值，以此为题材刻画了一位热爱中国古代艺术的日本老人形象。

《路边草》是夏目漱石去世前一年（1915）创作的自传小说，小说主人公健三留学回国后与养父母及家人的关系和夏目漱石本人的人生轨迹基本重合，纪实性地表现了夏目漱石和书画艺术的关系。小说中写到一些日本书画艺术家，如春木南湖③的画、龟田鹏斋④的字，还有画

① 王渊（1279—1368），字若水，号澹轩等，钱塘（今浙江杭州）人，活动于元代后期的职业画家，擅画水墨花鸟、竹石、山水。
② 〔日〕夏目漱石：《挂幅》，《梦十夜》，李振声译，广西师范大学出版社2003年版，第59—60页。
③ 春木南湖（1759—1839），日本江户时代中后期画家，精山水、花鸟画，与住长崎的中国文人张秋谷、肺晴湖等交好。
④ 龟田鹏斋（1752—1826），江户时代汉学家，写汉诗，精书法，善草、楷。

有"类似浮世绘的美人"的团扇等，还多次涉及中国书法。小说开篇不久，健三偶遇早已断绝关系的养父岛田，童年记忆一幕幕浮现。其中有养父带他到池端书店买字帖的场景，"他一买东西，哪怕是一两分钱，也要讨价还价，当时为了五厘钱，居然坐在店门口死活不肯走。他抱着董其昌的折帖站在一旁，瞧着他那副样子，心里实在难受，而且很不痛快"①。之后不久，岛田来到健三客厅，看到既无匾额，也无挂轴，便询问健三是否喜欢李鸿章的书法，声言喜欢就送他一幅。这里再次出现了中国书法。小说临近尾声，健三定做了一块紫檀挂匾，把朋友从中国内地带回来送给他的"北魏二十品"拓本，选了一幅嵌在里面。"这样一来，有一条线索被勾勒出来：健三自小就对中国书法产生了浓厚的兴趣，养父岛田深知这一点，因而才会'煞费苦心'地帮他购买董其昌的字帖。而成年后的健三依然对中国书法兴趣不减，岛田试图用李鸿章的书法拉近二人的关系就是很好的例证。不但如此，他更加推崇魏碑书法，因此才会精心挑选一幅'北魏二十品'拓本装饰自己的书房。"②

在夏目漱石的文学创作中，还有两部被称为"绘画小说"的作品：《三四郎》和《草枕》。前者以当代画家浅井忠为原型，塑造了原口的形象，他为女主角美祢子画肖像的过程，展示了肖像画的艺术，后者更是以"画家"为主人公，围绕着一幅绘画作品展开故事。

二、题画诗：借鉴中国书画的综合艺术

题画诗是中国独特的艺术现象，把文学和书画艺术有机结合，在画面上，诗歌、书法和绘画浑然一体，成为一幅艺术作品的构图、意境不可或缺的有机组成部分。诗情画意，相映成趣，相得益彰。题画诗始

---

① 〔日〕夏目漱石：《路边草》，柯毅文译，上海译文出版社 1985 年版，第 35 页。

② 郑薇：《论夏目漱石〈路边草〉中的中国书法元素》，《名作欣赏》2013 年第 14 期。

于唐代，而画面上题诗，则始于宋代。随着富于艺术修养的宋元禅僧东渡，也把画面题诗的艺术形式传播到日本。题画诗这种中国绘画艺术独有的民族形式和风格也在日本流传。

夏目漱石创作了 200 余首汉诗。夏目漱石的诗作学唐诗，充满诗情画意，具有画面的形象感。如：

风稳波平七月天，韶光入夏自悠然。出云帆影白千点，总在水天髣髴边。（明治二十二年九月）

山居日日恰相同，出入无时西复东。白乐梅花浓淡处，朦胧月色有无中。

人从屋后过桥去，水到蹊头穿竹通。最喜清宵灯一点，孤愁梦鹤在春空。（大正五年九月十三日）

夏目漱石汉诗中与绘画艺术关系最直接的是一批具有中国艺术渊源的"题画诗"，或者为别人的画题诗，或者给自己的画作题诗，既增加画面的形式美，同时可以补充阐发绘画的内容。正如我国清代画家方薰所说"高情逸思，画之不足，题以发之"[1]。题画诗是夏目漱石文学创作与绘画艺术紧密结合的一种形式。先看两首夏目漱石为他人画作题写的"题画诗"：

其一：何人镇日掩柴扃，也是乾坤一草亭。村静牧童翻野笛，檐虚斗雀蹴金铃。

溪南秀竹云垂地，林后老槐风满庭。春去夏来无好兴，梦魂回处气冷冷。

其二：涧上淡烟横古驿，夏种白日照荒亭。萧条十里南山路，

---

① 方薰：《山静居画论》，《历代论画名著汇编》，文物出版社 1982 年版，第 598 页。

马背看过松竹青。（大正三年二月）

再看五首"题自画"：

其一：独坐听啼鸟，关门谢世哗。
南窗无一事，闲写水仙花。（大正元年
十一月）

其二：厓临碧水老松愚，路过危桥
仄径迁。伫立筇头云起处，半空遥见古
浮图。（大正三年）

其三：起卧乾坤一草亭，眼中唯有
四山青。现来放鹤长松下，又上虚堂读
易经。（大正三年）

其四：碧落孤云尽，虚明鸟道通。
迟迟驴背客，独入石门中。（大正三年
十一月）

其五：唐诗读罢倚阑干，午院沉沉
绿意寒。借问春风何处有，石前幽竹石
间兰。（大正五年春）

第五首是一幅水彩画，石头的前面和中
间，露出几竿竹子、一簇兰花，正在春风里
摇曳着。画是淡雅的，夏目漱石便以质朴的
诗来题咏它，通篇全无深奥的语词，但却处
处表现"我"的体验。"唐诗读罢倚阑干"，
这并非无聊之极，心绪慵懒，而是要寻觅春
的消息。"午院沉沉绿意寒"，行遍午间的

夏目漱石《厓临碧水图》

院落，四处寂寥，连绿色的树林草坪也带有寒意。一个"寒"字，用得很妙，把清冷寂寞的意境点活了。那么，春在何处呢？"石前幽竹石间兰"，这才说出这幅画的内容，从而把诗人对"春"的体验烘托得活灵活现。

无论是题写别人画作的"题画诗"，还是"题自画"，通过诗作，完全可以想象画面的内容。真正达到画中有诗，诗中有画，诗画相互阐释、相互渗透、相互补充，丰富彼此的艺术表现手段，提升艺术表现内涵，即所谓"丹青吟咏，妙处相资"[①]，这些诗作使画面蕴含的情感更加充盈。

我们再结合夏目漱石的一首题画诗来作些分析：

夏目漱石《山上有山图》

山上有山路不通，柳荫多柳水西东。扁舟尽日孤村岸，几度鹅群访钓翁。（大正元年十一月）

这幅《山上有山图》是夏目漱石于大正元年向津田青枫学习水彩画初期的作品，线条运笔还显得稚拙呆滞，但采用的是中国文人画常见的风景题材：江村岸柳、扁舟钓翁、鹅群暮归、近黛远山。题画诗以"路不通"、"水西东"、"孤村

---

① 蔡絛:《西清诗话》,《中国历代诗话选》(一), 岳麓书社 1985 年版, 第 353 页。

岸"、"访钓翁"等描写，突出孤独、艰难的情愫，强化了画面的意境。这首题画诗令人想起中国明代画家陈淳为画作《雨窗即景图轴》所作的题画诗："山敛云舒水自流，板桥斜搁岸东头。茅堂幽僻人嚣远，一片闲情对野鸥"，与之真有异曲同工之妙。

三、中国石鼓文：《心》的装帧设计

夏目漱石作为书画艺术的爱好者和努力实践者，还表现在对自己作品出版时的封面、版式设计和装帧，那是真正实现书法、绘画和工艺综合性的艺术实践。其中最有影响的一次实践是小说《心》的封面设计。

1914年4月，夏目漱石在《朝日新闻》开始连载小说《心》，至8月完成。前一年，农家出身的岩波茂雄在东京市神田区开了一家名为"岩波书店"的旧书店，势头正旺，他有涉足出版图书的打算。他读完报纸连载的《心》，特别喜欢，决心以此书出版作为岩波书店第一本出版图书。当时的夏目漱石已是声名显赫的著名作家，经岩波茂雄一番恳请后，夏目漱石答应了。岩波茂雄因经费紧张，提议由夏目漱石自费出版。夏目漱石为了省钱，也为施展书画才能，亲手设计装帧。经过一番思考，他决定以中国的石鼓文作为封面图案。

唐初发现的石鼓文及其拓片

石鼓文是唐初发现的秦朝石刻文字，刻写在高约二尺、径约三尺的十枚鼓形石上，分别刻有大篆四言诗一首，内容记述秦皇游猎之事，也称"猎碣"，计 718 字，是中国最古老的石刻文字。石鼓刻石文字多残，北宋欧阳修录时存 465 字，明代范氏"天一阁"藏本录 462 字。当代学者认为，"秦石鼓文"是中国九大镇国之宝 。石鼓文的字体，上承西周金文，下启秦代小篆，字形方正大方、圆中寓方、风致舒展、方正丰厚、圆融浑劲、匀称适中。石鼓文被历代书家视为习篆书的重要范本，故有"书家第一法则"之誉。石鼓文对书坛的影响以清代最盛，如著名篆书家杨沂孙、吴昌硕就是主要得益于石鼓文而形成自家风格。流传石鼓文最著名的拓本，有明代安国所藏的北宋拓本。

对中国古代书画兴趣浓厚的夏目漱石，多次在书信中向熊本中学时的学生，当时在中国湖北沙市日本领事馆的事务代理桥口贡表达此意。桥口贡在 1913 年 7 月，寄给夏目漱石一套石鼓文拓本。据学者研究，这套拓本是嘉庆十一年（1806）在明代安国所藏北宋拓本基础上的重刻石鼓拓本。夏目漱石收到桥口贡寄赠拓本，看到字体似篆非篆，古色苍然拓本后回函："今披览寄赠的拓碑，我对这方面缺乏了解，历史背景不太明白，但是字体很有意思，引发我的兴趣。"[①] 一年多之后，夏目漱石采用拓本石鼓文字作为新版小说《心》的封面。他于 1914 年 8 月 9日特意寄明信片给桥口贡说："承蒙惠赠拓本，这东西颇为稀见。虽然不很古老，但看着这些有趣的文字，感觉愉快。我将亲自为出版的小说设计装帧，书套、封面、衬页、扉页，所有这一切，都由我独立完成。封面就采所赠拓本。"[②]

夏目漱石并未直接复制拓本文字，而是从中抽取若干文字，按封面尺寸和设计需求，亲自挥毫临摹，再请知名工雕刻上版精印。封面题签，则截取《康熙字典》"心"词条。扉页印有夏目漱石手绘版画：石

[①]〔日〕夏目漱石：《漱石全集》第 19 卷，漱石全集刊行会 1928—1929 年版，第 237 页。
[②]〔日〕夏目漱石：《漱石全集》第 19 卷，漱石全集刊行会 1928—1929 年版，第 348 页。

山清流，一宽衣长髯的隐士，倚石而坐。一方小篆"心"字朱印，比例颇大，居于画面中央。有人说画中所绘隐士，即《心》中人物"先生"。平心观摩此画，其典型的文人画风格，不言自喻。

夏目漱石设计的《心》的书套和封面

夏目漱石创作《心》时，正醉心于南画（文人画）练习。少年时代起，夏目漱石便爱观赏南画，也画惯了水彩，晚年学南画，并非一时兴起。夏目漱石的南画处女作《山上有山图》，用水彩所绘，别具一格。现在夏目漱石又将南画付诸木刻。这种不拘不羁、潇洒自在的作风，也是夏目漱石对待书画的一贯态度。这幅版画其实是夏目漱石的自我写照。这就是一幅"漱石枕流图"，呼应了作者源于孙楚"漱石枕流"的雅号，透露了心迹。岩波版《漱石全集》是学界最流行的夏目漱石著作版本，封面柿红底，排布着古意盎

夏目漱石设计的《心》的扉页

然的石鼓文，书脊黑框内，碑体楷书"漱石全集"四字，是曾任京都帝国大学文科大学学长的夏目漱石同窗狩野亨吉的手笔。其实，《漱石全集》封面采用的是夏目漱石自己设计的小说《心》的装帧模式。作家

自己对创作作品出版的装帧设计，当然是文学创作的一部分，由此我们可以看到夏目漱石创作与中国书画艺术的多层面的联系。

第四节 "绘画小说"与中国艺术精神

夏目漱石文学创作与书画艺术更为内在、本质的联系，表现在用书画艺术的精神、理论、表现方式和手段进行小说创作，小说与绘画的要素彼此交错渗透，打通文学与书画的常规性限制，将小说叙事的时间性向书画艺术的空间性发展，拓展小说的艺术空间。其中，中国书画艺术精神与夏目漱石小说有着某种内在的契合。

创作于 1908 年的《三四郎》被称为"绘画小说"。之所以有此称谓，大概因为：第一，小说中大量借鉴绘画艺术手法来描绘人物形象或场景，具有绘画效果；第二，小说中人物大都参与绘画活动，经常谈及绘画话题；第三，画家原口为女主人公美祢子画肖像画，在画展展出成为小说的重要情节。

《三四郎》叙述福冈乡村中学毕业的青年三四郎，来到东京帝国大学文科学习，在他面前展现的都是新的情景。他结识了许多新的人物，看到了许多新的事物，听到了许多新的情况，读到了许多新的书籍，考虑了许多新的问题。传统观念与现代意识、乡村纯朴与都市浮华、现实享乐与事业憧憬等都一起在他胸间涌动。在这个新旧交织的动荡世界里，三四郎与美祢子之间朦朦胧胧的恋情成为小说的重要内容，在夏目漱石笔下写得富于诗情画意：

　　左面的小丘上站着两个女子。女子下临水池，池子对面的高崖上是一片树林，树林后面是一座漂亮的红砖砌成的哥特式建筑。太阳就要落山，阳光从对面的一切景物上斜着透射过来。女子面向夕阳站立。从三四郎蹲着的低低的树荫处仰望，小丘上一片明亮。其中一个女子看来有些目眩，用团扇遮挡着前额，面孔看不清楚，衣服和腰带的颜色却十分耀眼。白色的布袜也看得清清楚楚。从鞋带的颜色来看，她穿的是草鞋。另一个女子一身洁白，她没有拿团扇什么的，只是微微皱着额头，朝对岸一棵古树的深处凝望。这古树浓密如盖，高高的枝条伸展到水面上来。①

　　这是三四郎首次偶遇美祢子的情景。这就是一幅画：在水池边美祢子面临夕阳，手举团扇，亭亭玉立。背景是建筑、高崖、树林、远山、落日，空间层次分明，加上夕阳透射树荫的光影，画面感极强；再配以红墙、绿树、白衣和夕阳包含的介于橙色与粉红之间的颜色，可谓艳丽缤纷。这是一幅以文字呈现的"池畔美女图"。

　　这种以团扇遮面、迎阳伫立的姿势，正是小说中的画家原口捕捉的"美的瞬间"，他以美祢子为模特儿，创作了大幅肖像画《森林之女》。小说中将绘画过程完整呈现：如何挑选模特儿（画作原型）、绘画原料，画家在画室工作的情景，模特儿与画家的配合，如何观察把握对象的特点，外在的形体怎么表现内在的精神，眼睛之于肖像画的重要，东西方人物肖像的不同要领等，都随作品情景叙述而得以表现，仿佛成为绘画指南。如原口谈到画中人物的"表情"："画家并不描绘心灵，而是描画心灵的外在表现。只要毫无遗漏地洞察这种表现，内心的活动也就一目了然了。你说，道理不是如此吗？至于那些没有外在表现的心灵，则不属于画家的职责范围，也就只好割爱了。因此，我们只描绘肉体。不论描绘什么样的肉体，如果不寄予灵魂，那只能是行尸走肉，作为画是通不过的。你看，这位里见小姐的眼睛，也是一样。我作这幅

---

　　① 〔日〕夏目漱石：《三四郎》，陈德文译，《夏目漱石小说选》，人民文学出版社2012年版，第21页。

画，并不打算描画里见小姐的心灵，我只想画出这双眼睛来，因为它使我感到满足。这双眼睛的模样，双眼皮的影像，眸子的深沉程度……我要把我所看到的一切毫无保留地画出来。于是一种表情便不期而然地产生了。"①

这样要求"神似"，以人物的眼睛揭示人物的心灵，表现人物内在的精神气质和神韵，就是中国艺术精神的重要内涵。早在东晋时期，大画家顾恺之②就提出"以形写神"的主张，即通过外在的人物形象，表现和突出人物的内在神态，尤其是人为的眼睛，是表现人物灵魂神情的关键，必须认真用心画好。相传他每当画成人像后，往往几年不点眼睛，询问其中缘由，他回答："四体妍媸，本无关于妙处，传神写照，正在阿堵（这个）中。"③之后的画家兼画论家宗炳④将顾恺之的"以形写神"理论发展为"传神论"。运用于自然山水画中，提出在山水自然的形态中，应该"观道、含道、媚道"，最终达到"畅神"。这里的"道"是天地万物的本源和演变发展的规律，内在于各种外在形式的背后。"道"就是万物的灵魂，把握住它，自然景物才能获得生命，山水风光才能有活力和气势，才能传神、气韵生动。《三四郎》中画家原口深得中国艺术精神真髓。"不论描绘什么样的肉体，如果不寄予灵魂，那只能是行尸走肉，作为画是通不过的"——这是中国艺术"传神论"精神在日本近代文豪小说中的回响。《三四郎》包含大量绘画艺术方面的内容，文含画意，画添文情；文与画彼此交融渗透，人物情意恬淡却气韵高清，形象场景历历在目，可谓巧写像成。因而人们称《三四郎》

---

① 〔日〕夏目漱石：《三四郎》，陈德文译，《夏目漱石小说选》，人民文学出版社 2012 年版，第 177 页。

② 顾恺之（约 344—405），字长康，东晋时代的画家，江苏无锡人，工诗赋，擅书法，被时人称为"才绝、画绝、痴绝"。

③ 郑朝、蓝铁：《中国画的艺术与技巧》，中国青年出版社 2005 年版，第 42 页。

④ 宗炳（375—443），南朝宋画家。字少文，河南镇平人，家居江陵（今属湖北）。擅长书法、绘画和弹琴。漫游山川，将游历所见景物，绘于居室之壁，自称："澄怀观道，卧以游之。"著有《画山水序》。

为"绘画小说"，其中蕴含着中国传统艺术精神的启示。

早于《三四郎》的《草枕》更是夏目漱石将小说与绘画融合的一次大胆实践。小说描写一位画家远离都市，来到偏僻山区寻求"美"的情景。夏目漱石谈到这部作品时说："我的《草枕》是在与世间一般意义上的小说完全不同意义上写成的，我只是想将一种感觉——美感——留给读者，此外没有其他特别目的。因此，这部小说既没有情节，也没有故事展开。这里说的没有故事展开，是在这个意义上讲的：《草枕》讲述的是一位喜欢细腻观察的画工偶然邂逅某一美女并对其进行观察，这位被人观察的美女就是作品聚焦的中心人物，一直站在同一地点，位置丝毫没有变动。画工从前、后、左、右各个不同方位对其仔细观察，大致内容仅此而已。由于作品的中心人物丝毫未动，作品中的时间也就无法加以展开。"① 可见。夏目漱石在小说中淡化了叙事文学作为时间艺术的时间要素，采用空间艺术的绘画手法，以空间性的场景、画面并置的方式，达到"图像叙事"的效果。

主人公和叙述者是位画家，一切都以画家艺术的眼睛去观察，艺术的心灵去感受，艺术的头脑去思考：他的所见、所感、所思都艺术化了，都成为艺术的、美的画面。"芭蕉这个人，看到马在枕头上撒尿也当成风雅之事摄入诗中，我也要将碰到的人物——农民、商人、村长、老翁、老媪——都当成大自然的点缀加以描绘，进行观察。"② 因而自然景观是画，生活场景是画，人物行为是画，整部作品就是画面与画面的连接，空间与空间的转换，整个文本呈现出图像性的叙事特色。如那美和画家等人行船河里，看沿途景物，其中有一段文字：

女子默然望着对面，河岸不知什么时候开始低落下来，几乎和

---

① 〔日〕夏目漱石：《我的〈草枕〉》，《日本古典文论选译》（近代卷），王向远译，中央编译出版社 2012 年版，第 670 页。

② 〔日〕夏目漱石：《哥儿·草枕》，陈德文译，海峡文艺出版社 1986 年版，第 112 页。

水面平齐了。一眼望去，田野到处生长着茂密的紫云英，片片鲜红的花瓣，一经雨水洗涤，就变成溶溶的花海，在霞光里无限伸展开去。抬头遥望，半空里耸立着一座峥嵘的山峰，山腰间吐露着轻柔的春云。①

在结构上，《草枕》采用"串珠式"结构。将每个空间的画面展开，其中涉及的景致、人物、场景都形成色彩艳丽、构图清晰、和谐完整的图画，时间却是一根串联画面的细线，甚至时断时续，隐隐约约。小说共13章，只有个别章节有大致的时间交代（如第3章有"昨晚"、第6章有"日落时分"之类的简单时间用语），大都没有交代具体时间。但是，每章作为情节发生的场景则交代得非常清晰，有明确的空间位置，对空间场景，如图中老婆婆居住的民舍，旅馆房间的陈设和四周环境，镜池的诡异气氛，观海寺的神圣氛围都做了细腻刻画；画家对过去时间的回忆，或将来事件的遐想，都是以现实的心理活动呈现。由此产生静止空间并置的效果。在《草枕》的图像性叙事中，"时间"因素淡化，"空间性"增强，对时间进行了空间化处理，使时间性通过空间性表现出来。

在空间展开众多艳丽缤纷的画面中，中心画面还是那美姑娘。这位长得标致、历经坎坷、遭人非议，却我行我素、率性耿直、高蹈飘逸的姑娘，"是作品聚焦的中心人物"，她也给小说画面在抒情的基调上抹上了几笔神秘色调。画家在捉摸不定的氛围中从不同角度观察她、感受她。她委托画家给她画一幅画，但画家一直没能下笔，直到小说结尾，他们一起到火车站为赴满洲参加日俄战争的人送行，那美与火车上的前夫不期而遇——

---

① 〔日〕夏目漱石：《哥儿·草枕》，陈德文译，海峡文艺出版社1986年版，第217页。

　　那美姑娘茫然地目送着奔驰的火车，她那茫然的神情里奇妙地浮现着一种从前未曾见到的怜悯之情。

　　"有啦，有啦，有了这副表情就能作画啦！"

　　我拍拍那美姑娘的肩头小声说。我胸中的画面在这一刹那间完成了。①

　　为什么"画面在这一刹那间完成"？这里蕴含着中国艺术精神的启示。中国艺术强调表现对象与创作主体之间的融汇。创作者的主体情感与表现对象之间达到高度契合，才能产生美的作品。这就是刘勰在《文心雕龙》中所说的"写气图貌，既随物以宛转，属采附声，亦与心以徘徊"②。"物"与"心"经历反复磨合，最终达到交融。当代学者余秋雨在《艺术创造工程》中提出："艺术生命凝铸的契机在于艺术家的心灵与客观世界的各种奇异遇合"③，他还以郑板桥的墨竹画举例："在郑板桥笔下，竹，既是一种美不胜收的客观物象，又是敢发世间萧索怨苦之情的审美对象，同时还是一种深潜自居的自我形象。"④

　　《草枕》中的画家从小说开始对"人世难居"的感叹，到耳闻目睹那美的遭际，再到对以火车为代表的现代文明反人性的议论，能感受到他内心世界对现实社会和人生的伤感与失望，只是要在这样的人世活下去，就要超越这个"人情世界"，居高临下地审视现实，因而获得一种"怜悯"情怀。小说中称"'哀怜'是神所不知而又最接近神的人之常情"⑤。姑娘那美虽然生活充满挫折苦痛，但她总是笑对现实，倔强隐忍，"平素那女子脸上只是充满着愚弄别人的微笑和那紧蹙柳眉，激进

---

①　〔日〕夏目漱石：《哥儿·草枕》，陈德文译，海峡文艺出版社 1986 年版，第 221 页。

②　刘勰：《文心雕龙》，人民文学出版社 1981 年版，第 493 页。

③　余秋雨：《艺术创造工程》，上海文艺出版社 1987 年版，第 2 页。

④　余秋雨：《艺术创造工程》，上海文艺出版社 1987 年版，第 10 页。

⑤　〔日〕夏目漱石：《哥儿·草枕》，陈德文译，海峡文艺出版社 1986 年版，第 189 页。

好胜的表情"①。这样创作主体和表现对象之间的错位，画家才说："我也想画，无奈你现在这副面孔不能入画。"② 车站送别的一幕，终于看到了那美神情里的"怜悯之情"，主客体得以深刻遇合，画，也自然天成。

小说中画家的思想和情感，其实反映的是夏目漱石的人生观和艺术观。《草枕》中我们再次看到中国艺术精神在漱石文学中的形象体现。

---

① 〔日〕夏目漱石：《哥儿·草枕》，陈德文译，海峡文艺出版社1986年版，第189页。
② 〔日〕夏目漱石：《哥儿·草枕》，陈德文译，海峡文艺出版社1986年版，第217页。

第三章　夏目漱石的中国之行

　　近代时期日本的文人作家一共有三个赴中国旅行游历的高潮阶段。第一个阶段是在安政开国（1858）之后的文久年间到明治改元（1868）这一时期。在这个时期，日本派往欧美各国的使节和留学生在前往欧美的途中，所乘轮船往往会停靠中国的一些城市，他们在短暂停留中国的期间，大都会对所在城市的风土人情留下一些文字性的记录。并且在这一阶段，日本还有专门派驻中国的访问使团，但他们的主要目的是在于收集关于当时中国的各种情报。第二个阶段出现在甲午战争后到日俄战争后的近十年。这一阶段，产生了各种关于战地的报告。另外还有一部分探险家和知名人士到中国各地旅行考察，产生了为数众多的游记和报告文学。第三个阶段大概是从大正时代中期开始，一直到太平洋战争结束。在此期间，为数众多的作家和诗人来中国访问游历，尤为突出的是在此期间出现了一批战地记者和从军的作家，他们在中国期间做了大量报道并创作纪实性文学。[①] 在第二个阶段访问中国的高潮之中便有夏目漱石的身影。

　　夏目漱石一生当中，曾经先后两次访问中国，踏上这块古老的土地。第一次是在 1900 年，夏目漱石奉日本文部省之命，停薪留职赴英

---

　　① 中国社会科学研究会编：《中国与日本的他者认识：中日学者的共同探讨》，社会科学文献出版社 2004 年版，第 84—85 页。

国伦敦留学。在去往欧洲的途中，夏目漱石所搭乘的轮船在中国停靠，并于当年 9 月 13 日到达上海，17 日到达福州，这两次停留都属于旅行途中的临时休整，活动的时间和地点都非常有限。第二次是在 1909 年 9 月到 10 月间，夏目漱石受他学生时代的好友、时任满铁总裁的中村是公的邀请，到当时的满洲旅行，《满韩漫游》便是他此次旅行留下的游记。夏目漱石于 1909 年 9 月 2 日从东京出发，在 9 月 3 日乘坐属于大阪商船会社的"铁岭丸号"出发前往中国，开始了前后历时近 50 天的中国东北和朝鲜半岛之旅。

第一节　夏目漱石中国之旅缘起

夏目漱石第一次来中国，是经行中国去欧洲，并非专门来中国旅行访问。第二次中国之旅的缘由则显得有点耐人寻味。夏目漱石在其《满韩漫游》的开篇即这样写道：

　　南满铁道会社到底是个什么机构？满铁总裁看我一本正经的样子，满脸愕然，他回答说：你真够迂腐的！是公说我迂腐没有什么可怕，不值得放在心上，我沉默不语。于是，是公笑着说：这次带你一起去怎么样？很久没有听到是公说这样的话了。自从二十四年把我带到神田的小川亭前面的那个真假可疑的"天麸罗"店以来，是公反复说带你去，这话已经成了他的口头禅。可是，直到今天他也没有履行自己诺言的意思。我想他说的下次带你一起去也不过如此。所以也就应声附和道说：好啊！总裁听了我不以为然的回答，非常恰如其分地指出：你可以跟我来看一看海外的日本人都在干些什么？像你这样啥都不懂还自以为是的人会让别人不舒服。听是公说他在马关还是什么地方的旅店留下了一笔很可观的"茶钱"，真想跟他去看看那笔庞大的"茶钱"给旅店的老板和用人们带来了怎样的影响。于是，我就对是公说希望跟着他到满洲转一转，他回答说随你的便，不想一起的话可以单独行动。

从此以后，我就揣摩什么时候会出发，半信半疑地等待消息。八月都过了一半的时候，是公派人来叮嘱做好随时出发的准备。①

从文中看来，夏目漱石的"满韩之行"似乎是一个率性而为的度假之旅，仅仅是两个多年不见的朋友，在久别重逢之后邀请对方到自己工作生活的地方去看看而已。

但是，事实却远非如此简单。南满洲铁道株式会社的时任总裁中村是公是夏目漱石大学预科时代的同窗同学，夏目漱石的中国东北之旅正是由他提出推动并负责全程车马食宿。这次旅行的背后其实是有极为深厚的政治背景的。同上文所述，日本帝国主义者侵占中国辽东半岛，成立南满洲铁道株式会社，仅仅是其侵略计划的开始。为进一步了解夏目漱石"满韩之行"的时代背景，有必要详细了解一下南满洲铁道株式会社的本质。日俄战争后，中国辽东半岛为日本帝国所侵占，根据《朴茨茅斯条约》的规定原来由沙俄殖民者修建的中东铁路长春至旅顺段被转让给日本政府，改称为南满铁路。为了方便管理新获得的铁道，日本于1906年6月7日，以天皇的名义发布第142号饬令，公布了《南满洲铁道株式会社成立之件》，11月26日在东京正式成立南满洲铁道株式会社，资本金2亿日元，首任总裁为后藤新平男爵。1907年，满铁总部从日本东京迁往中国大连。南满洲铁道株式会社，简称满铁，作为特殊的"公司"，是日本帝国主义在中国设立的殖民侵略机构，是执行日本经营满蒙国策的前沿机关。满铁以经办铁路、开发煤矿、移民及发展

① 〔日〕夏目漱石：《满韩漫游》，《中国印象记·满韩漫游》，王成译，中华书局2007年版，第153—154页。

畜牧业等作为其经营方针。"满铁会社，并非纯营利公司，在政治上属于所谓殖民公司"。"鉴于满蒙地位和内外形势，表面上假借股份公司之名，实则以完成国家事业为目的。因此，当设立伊始，也未能视之以商民企业而放纵，颁发敕谕、制定会社基本法规，并以章程条例确定其事业范围，政府任命设立委员、制定章程，而该章程又远非诸如普通营利公司所常见的公司基本法规可比，而是施行细则。铁路及附带营利事业，尽可经营，但营利一事，并非会社唯一最终目的。其宗旨所在，乃是执行一般其他公共事业，在国家指导监督下，会社代理国家承担经营满蒙经济文化之重任。"① 满铁是日本帝国主义模仿英国东印度公司成立的殖民主义机构，满铁会社在名义上采取股份制公司的形式，其实质是日本帝国主义国家意志的执行机关。南满洲铁道株式会社总裁的直接上司是日本外务大臣和关东都督，并受二者的双重辖制，满铁总裁同时兼任关东都督府顾问，因此可见满铁是日本帝国主义政府侵略霸占满蒙的桥头堡和急先锋。

满铁的首任总裁是后藤新平，中村是公是继后藤新平的第二任满铁总裁。中村是公沿袭了后藤新平的满铁经营策略，依据"文装性武备"的统治原则推进满铁的殖民事业，即以"文装"充实"武备"、以"王道"行"霸道"的怀柔主义殖民统治政策。以先进的近代科技为手段，大力发展满洲在经济、文教、卫生等领域的社会事业的经营。② 其目的在于麻痹我国被侵占地区人们的抵抗意志，以期达到长期霸占我们东北的目的。

但是此时的满铁以及满洲的具体情形，对于日本的普通民众来说，显得既陌生又遥远。正如夏目漱石小说中体现的那样，满洲是一个残酷

---

① 辽宁省档案馆、辽宁社会科学院：《"九·一八"事变前后的日本与中国东北 —— 满铁秘档选编》，辽宁人民出版社 1991 年版。

② 王晓峰：《后藤新平"文装武备论"侵略性探论 —— 以满铁中央试验所为例》，《东北史地》2014 年第 3 期。

凶险之地，普通人是难以涉足的，只有那些走投无路的人才会冒险前去淘金。因此出于经营满洲的长远考虑，中村是公不仅为扩大日本本土向满洲的移民想尽各种办法来笼络日本本土人才，并且加大了对日本国内宣传满洲的力度。

而这时在日本东京大学教授英美文学的夏目漱石在 20 世纪初创作了长篇小说《我是猫》和中篇小说《哥儿》，这两篇小说用讽刺幽默的语言深刻剖析日本社会的痼疾，并对日本现代化的进程提出了种种批评，深得广大读者喜爱和支持，从此以兼职作家的身份登上日本文坛。并于 1907 年辞掉大学的教职进入了朝日新闻社，成了专职作家，舍弃稳定的大学教职，将前途无法预知的作家当作自己的职业，这一举动在当时的人们看来不啻是惊世骇俗之举，引得人们议论纷纷。接下来，夏目漱石在《朝日新闻》上连载了《虞美人草》、《矿工》、《三四郎》等多部长篇小说，小说更加成熟圆润，风格更加鲜明突出，读者的欢迎程度也日益增加。夏目漱石在 1909 年以一流作家的身份登上了日本文坛，同年的 1 月，夏目漱石应日本政府文部大臣之邀，出席了旨在促进文艺繁荣的"文士恳谈会"，在会上夏目漱石对政府的文艺政策提出了诸多的建设性意见。同年 5 月份，夏目漱石在日本当时最有声望的综合性杂志《太阳》发起的"创业二十三周年纪念事业第二回十五名家投票"活动当中，以最高票数当选第一名，成了最受读者欢迎的作家。

正是在这种背景之下，夏目漱石的满洲之行开始提上了日程。夏目漱石与中村是公 1902 年在英国伦敦曾经有过一次会面，在此之后的七年两人再也没有见过面。但是在 1909 年这年年初，隔了七年之后，中村是公跟夏目漱石联系说希望能够会面，但是因为种种原因，这次会面在半年之后才得以实现。

关于这次会面的前因后果，可以在夏目漱石的日记中找到详细的记录："明治四十二年 1 月 29 日（星期五）上午 11 点多，中村是公突然来电。要我在 12 点之前去新喜乐（引者注：酒店）和他碰面。下午交

通很堵，问是否可以放在明天碰面，因中村是公第二天有事，故没能碰
上面。和中村是公自明治三十五年 4 月 13 日在伦敦碰面后再没见过面。
7 月 31 日（星期六）中村是公来访。中村是公在治疗沙眼过程中引起
并发症一只眼失明。他来告诉我准备在'满洲'办一份报纸：《满洲日
日新闻》，问我是否愿意去'满洲'。8 月 4 日（星期三）中村是公来电
报，问 6 日晚上能否去他处。派人送来两箱俄国香烟。8 月 6 日（星期
五）下午 3 点半左右，去满铁东京分社拜访。然后去了中村是公家。10
点半左右回到家。决定 8 月 28 日出发去'满洲'。8 月 13 日（星期五）
收到了伊藤幸次郎的来信，信中提到将参与《满洲日日新闻》的工作。
8 月 16 日（星期一）中村是公给我寄来了《不可不读》。8 月 17 日（星
期二）伊藤幸次郎来访。二人就有关《满洲日日新闻》的事谈了一个
半小时左右。8 月 18 日（星期三）中村是公来信确认是否去'满洲'。
回信说去的。为去'满洲'请裁缝做了西装。8 月 20 日（星期五）胃
炎发作。嗳气、出汗、烧心、反酸。8 月 27 日（星期五）医生反对去
'满洲'。下午自己也觉得勉强。给中村是公打了电话告知实情。8 月
28 日（星期六）中村是公一人去了'满洲'。"① 最终，夏目漱石是 9 月
2 日去的满洲。从夏目漱石的日记中可以清晰地看到，7 月 31 日中村是
公来访的时候说自己将要在满洲创办一家报纸，希望夏目漱石前去帮
忙。并在 8 月 6 日的日记里记录了夏目漱石前往东京饭仓的满铁分社与
中村是公见面的情况。在此之后的 8 月 13 日夏目漱石接到了伊藤幸次
郎的来信，信的内容依然是中村是公希望夏目漱石来"满铁"负责《满
洲日日新闻》的工作。从 8 月 17 日的日记可以看到，在这一天"伊藤
幸次郎来访，就《满洲日日新闻》的事谈了一个半小时"，次日，中村
是公又来信询问是否一起前去满洲，夏目漱石在回信中给予肯定的答
复，并且还提到专门为了这次旅行定做了西服。

---

① 朱敏：《漫谈夏目漱石的满洲旅行和其纪行文》，《作家》2008 年第 6 期。

　　由此看来，夏目漱石的"满韩之旅"并非像《满韩漫游》中所显示的那样，是一次单纯的受故人的邀请所做的一次轻松愉快的观光之旅，而是满铁总裁的广告宣传战略的一环，是宣传满铁的一个文化策略。满铁总裁中村是公所倚重的是夏目漱石在文坛上的地位，想通过夏目漱石在日本的影响力，来扩大满铁的舆论影响力，并且消除日本普通民众对于满洲的陌生感和种种疑虑。并且从现实的效果来看，在夏目漱石的"满韩之旅"之后，邀请文化人考察旅游就成为满铁的一项活动。另外根据夏目漱石妻子夏目镜子的回忆，也可以知道当时中村邀请夏目漱石游览满洲和韩国的目的就是为了满韩殖民地的宣传工作。①

第二节　中国之旅的行程与特点

　　夏目漱石于 1909 年 9 月 2 日从东京出发，前后历时近 50 天在中国东北和朝鲜半岛开启了行程。在这段时间内，夏目漱石先后游览了大连、旅顺、熊岳城、营口、汤岗子、奉天、抚顺、长春、哈尔滨、安东等满铁沿线的城市和地区，然后赶赴朝鲜，参观游览了平壤、京城、仁川、开城、釜山等地，后于 10 月 17 日返回东京。夏目漱石的"满韩之旅"与同时代其他日本知识分子的满洲之旅有所不同，夏目漱石所经过的都是满铁沿线的专为旅行满洲城市，旅行过程中主要关注满铁的建设和成就，虽然也有一些对于中国古典文化的追寻和名胜古迹的造访，但是所占比例极小。

　　夏目漱石于 1909 年的 9 月 3 日搭乘大阪商船会社的铁岭丸号客轮到达中国的第一站是大连，作为满铁总部的所在地，大连各种基础设施较为完备，并且有了一定的工业基础。夏目漱石上岸之后，因为没有事

---

①　王成：《夏目漱石的满洲游记》，《读书》2006 年第 11 期。

先通知中村是公自己的行程，因此也无人来迎接。幸好被来接船的沼田认出，并把他领到了中村是公的寓所。但是久等之后，主人依然没到，只好住到了大和宾馆。第二天，夏目漱石参观了满铁在大连修建的电气公园，和新修的电车线路，而这些新奇的事物就是在日本本土也没有。在中村是公的带领下，夏目漱石参观了中央实验研究所，见到了用途和橄榄油一样，但是价格却只有橄榄油几分之一的豆油，还获赠了研究所用大豆制造的肥皂，与普通肥皂不同的是这种肥皂可以在盐水里溶解，并且去污能力也更强。另外还有柞蚕丝，用这种蚕丝织成衣物，只有蝉翼的两倍厚，但是价格却只有日本国内的一半。

　　从中央实验研究所出来，夏目漱石在中村是公的陪同下又去了大连海关，去拜访立花政树，但未能如愿，所以又到了满铁总部。在这里，夏目漱石在河村的帮助之下，做了一个详细的旅行日程表。"日程表上娱乐类的题目下面罗列了十几个带有俱乐部或者什么会的名单。从名字上看像高尔夫协会、帆船俱乐部，似乎很时髦。帆船俱乐部后面用括号标出（只有一艘），意思是说刚刚开设才有一艘帆船。在'值得参观的地方'这一标题之下列出了山城町大连医院、儿玉町的职工训练所、近江町的集训宿舍、滨町的发电厂等等，足有十五六处。"① 因此夏目漱石在股野的陪同下先后参观了城北公园、职工俱乐部以及川崎造船所，后来又到了电气化工厂，这家工厂有着东方第一高的烟囱。最后，夏目漱石在大连参观的最后一站是一个叫作"鬼楼"的地方，这座楼在日俄战争中曾经被当作战地医院来使用，而且满铁总部刚刚迁到大连的时候，也是在这座楼里安营扎寨。

　　夏目漱石在满洲的第二站是旅顺，他与桥本同乘火车从大连到了旅顺，原本他们打算入住一家日式宾馆，但是未能如愿，最后只能入住旅顺的大和宾馆。在旅顺夏目漱石参观的第一个景点是位于白玉山

---

　　① 〔日〕夏目漱石：《满韩漫游》，《中国印象记·满韩漫游》，王成译，中华书局 2007年版，第 180 页。

下的一座战利品展览馆，并且在看守展览馆的一位退役军人的带领下，先是下到了坑道，后又爬上坡参观了山上的炮台。第二日，夏目漱石在市川的陪同下乘坐马车参观了二零三高地，并在佐藤的安排下参观了旅顺港的港务部。最后，夏目漱石又和桥本一同乘坐火车回到了大连。在稍作停留之后，夏目漱石和桥本又一同乘坐火车离开大连北上，先后又换乘轨道车，一路上参观了小庙、梨园，并且在汤岗子温泉入住了一家日式旅馆。

　　夏目漱石到达的第三个城市是奉天，在这里他和桥本并没有在事先安排的满铁公所下榻，而是住到了一个小旅馆，在奉天夏目漱石去参观了北陵。最后，夏目漱石到达了他在《满韩漫游》中记录的最后一个城市抚顺，分别参观了抚顺城里的建筑和煤矿。

　　以上便是夏目漱石在《满韩漫游》中所记录的主要行程，这次旅行总的来说有如下几个特点：首先，这次旅行是满铁赞助的公费旅行。前文提到夏目漱石的旅行是在他大学同窗同学中村是公的提议和推动之下成行的，而且这次旅行的所有费用也是由中村是公来承担的。在文中有这样一段文字："把出发的事情告诉是公，而是公却给了我们一个庞大的建议，他说：你应该去奉天，然后前往北京，再到上海，从上海坐满铁的轮船回大连，再去奉天，最好经过安奉线去朝鲜。而且，补充说钱不够的话我可以给你。钱不够的话当然我会要的，但是，剩下也不好处理，所以我没有乱伸手。离开钱的问题，单就从时间上，我也没有实施这一庞大的旅行计划。但是，离开奉天就要去朝鲜的时候，我发现钱包不够充足，就向是公讨要，本来不打算光借不还，所以现在还不停地花。"[1] 由此看来，这次旅行的实质便是满铁资助下的一次宣传之旅。其次，这次旅行是一次公务旅行，而非个人之旅。虽然夏目漱石在《满韩

---

　　① 〔日〕夏目漱石：《满韩漫游》，《中国印象记·满韩漫游》，中华书局 2007 年版，第 213 页。

游记》中强调这是一次私人旅行，但是在夏目漱石到达旅顺时，前来车站迎接的是旅顺民政署的渡边秘书，由此可以看出，夏目漱石的旅行是满铁和旅顺方面协商好了的，是一次实实在在的公务旅行。在文中，夏目漱石这样写道："白仁先生请我们吃饭的时候，我见到了民政部的大多数官员。他们全都穿着土黄色的制服。饭后，我们回到另一个房间交谈，佐藤对我说明天早上你应该去看看二零三高地，我会派人给你做导游。我回答那太好了。于是，我笑着跟他商量说：不需要兴师动众，派人陪我们游览。我们是以私人身份来旅游的，使用公职人员我们感到过意不去，承蒙您的好意，如果给我们配备导游的话，随便找一个勤杂工就可以了。我们希望他安排一个非公职人员或者闲散人员。这的确是诚心诚意的谦逊。这时，佐藤从怀里拿出自己的名片，在边上用铅笔写了几个字，明天早晨八点钟这个人会来的，他陪你们去就可以了。"① 从中不难看出，虽然夏目漱石坚持自己所进行的是一次私人旅行，但是从旅行民政署的安排来看，却丝毫不把他和桥本的来访看作是个人行为，不仅安排了和旅顺大部分官员的正式见面会，而且从出席的官员都身着制服来看，也可以看得出夏目漱石来访的公务性质，并且佐藤不顾夏目漱石的反对，派遣了时任旅顺市巡警处长的市川来做他们的导游，也是一个很好的例证。再次，这次旅行紧紧围绕满铁，以火车为主要交通工具。夏目漱石在这次旅行当中，并不像其他日本汉学家一样，遍览中国的名山大川、寻访各种名胜古迹，而是忍受胃病的折磨，走遍了满铁的各处产业，并将其记录在自己的游记当中。夏目漱石在满洲旅行时，从大连到旅顺，奉天到抚顺基本都是沿着满铁的铁路线乘坐火车出行。而在市区则主要以马车为主。

---

① 〔日〕夏目漱石：《满韩漫游》，《中国印象记·满韩漫游》，中华书局 2007 年版，第203—204 页。

第三节 夏目漱石心中的中国形象

夏目漱石的中国之旅，必然会伴随着关于对中国的看法，即夏目漱石心中的中国形象问题。中国的形象在日本人的想象当中一直是一个"巨大的他者"形象。根据周宁的说法："'形象'作为一种文化隐喻或象征，是对某种缺席的或若有若无的事物的想象性、随意性表现，其中混杂认识的与情感的、意识的与无意识的、客观的与主观的、个人的与社会的经验内容。"[①] 正是这种后现代语境下的形象观，构成了夏目漱石心中中国形象的基础。在后现代语境下来看，固定不变的本质性存在的"形象"是不存在的，所谓"形象"只是人们根据自身的需要而构建的关于"他者"的一种幻想。而这种构建出来的幻象在本原上便是一种充满差异性的存在。关于这种幻象可以分为意识形态和乌托邦，这二者都是形象主体对形象客体的价值判断。

法国学者保尔·利科在《从文本到行动》一文中指出，可以按照两条相反的轴来衡量传统哲学有关想象的定义："在客体方面，是在场和缺席轴；在主体方面，则是被迷恋的意识和批判的意识轴。"[②] 形象是一种想象性的创造，是形象创造者根据形象本身与现实之间的关系而对形象进行的一种价值衡量，乌托邦是对于对象的肯定与超越性的想象，意识形态则是对于对象的批判与否定性的想象。

周宁在《跨文化研究：以中国形象为方法》一书中对乌托邦与意识形态的定义与区别做出过如下阐释："曼海姆对人类知识进行的社会学分析发现，一切知识，不管是自然科学还是社会科学，或多或少，都不可能是纯粹客观的，其想象性的内在逻辑起点，或者是乌托邦的，或者是意识形态的，其差别只在于知识与现实秩序之间的关系。乌托邦是

---

① 周宁：《跨文化研究：以中国形象为方法》，商务印书馆 2011 年版，第 23 页。
② 孟华主编：《比较文学形象学》，北京大学出版社 2001 年版，第 26 页。

否定现实秩序的，而意识形态的功能是维护现实秩序的，乌托邦指向未来，而意识形态巩固过去。"① 由此看来，乌托邦与意识形态都不是对客体的真实的反映，均是主体根据自身的需要而对客体进行的主观性的想象与描绘，乌托邦借用对客体超越性的想象和美化来促进自身的发展，将自身的需求投射到客体身上，乌托邦所展现的美好景象只是客体自身所缺少和所希冀得到的事物。意识形态则是客体为了确立自身的现代性而想象出来的"他者"形象，通过对异于自身的"他者"的批评来反衬自身的合理性。夏目漱石心中的中国形象明显地分为了两个阶段，第一个阶段是对中国的向往，其态度是友善；第二个阶段是对中国的鄙视，其态度是憎恶。正如孟华所说："一个作家或团体把异国现实看成绝对优于注视者文化、优于本土文化的东西。这种优越性使被注视的异国文化形态全部或部分地表现出来。它所引起的后果就是作家或团体把本土文化看成是低级的。与提高异国身价相对应的，就是对本土文化的否定和贬抑。第一种态度的反面：与优越的本土文化相比，异国现实被视为是落后的。有'憎恶'之感时，幻象就会呈现出本土文化的形态。"② 夏目漱石对中国形象变化的转折点是中日甲午战争和日俄战争的爆发，在这两场战争中日本都取得了胜利，与此相对应的便是日本民族自信心的极大增强，中国形象在日本的彻底扭转。夏目漱石在这一历史潮流之中也不能例外，其中国形象也经历了从先仰视到俯视的巨大变化，从一种乌托邦式的想象变成了意识形态的描绘，从认为中国文明优于日本文明到对中国文明的鄙视与厌弃。

（一）想象中的中国形象 —— 乌托邦

在明治初期（1868—1912），整个日本社会对欧洲的近代文明极其向往，努力学习西方的先进文明，走上了"西化"的道路。但是此时日

---

① 周宁：《跨文化研究：以中国形象为方法》，商务印书馆 2011 年版，第 28 页。
② 孟华主编：《比较文学形象学》，北京大学出版社 2001 年版，第 176 页。

本文人，包括汉学素养极深的夏目漱石在内对于中国，依然是一种仰视的态度，因为"中国作为高尚的道德、脱俗的品质和一种自然存在的社会秩序的象征而存在，与日本的民族经典在概念上互相重叠，共同构成了大和民族记忆的一个不可或缺的组成部分，是祖先的遗念和精神的故园。由世代传承的记忆！经典文本和宗教信仰构成的古代中国是日本文学中的一个重要母题，它在被语言反复建构的过程中愈加显得丰富多彩。它的古老、权威和带有恢弘气势的浪漫色彩使它成为心灵的避难所。古代中国在日本作家的笔下从来都是超越日常生活层面的、能够创造奇迹、实现梦想和寄托希望的神圣国度"①。日本人在近代之前通过研读中国的典籍想象出来的美好中国形象，虽然在明治维新之后，受到了极大的挑战，但是长久以来这种形象已经深深烙印在日本民族灵魂的深处，并不是在一夜之间便可以消除殆尽的。

夏目漱石早期脑海中的中国形象便是一种乌托邦式的想象。让-马克·莫哈在《试论文学形象学的研究史及方法论》一文中对乌托邦这样界定："一个异国形象，当它偏向于相异性，并将相异性再现为一个替换的社会、富含被群体抑制的潜能时，就是乌托邦式的。从形象为建立一个彻底相异性而背离自身文化观念的意义上说，这是一个颠覆性的形象。它就这样使奇异性超出了对群体的认同性（冒着将他者理想化的危险）。"②夏目漱石早期的中国形象表现得正是如此，中国形象作为一个异于日本的"他者"，富含异于日本社会的差异性，对于日本自身的形象来说是一种否定性的存在，而这种想象出来的中国形象，在实质上表达的是日本社会自身的追求和目标，只是借想象的中国形象表达出来，并将之合理化。

在日本漫长的古代历史当中，有一条贯穿始终的主线就是学习、吸

---

① 李雁南：《近代日本文学中的"中国形象"》，暨南大学 2005 年博士学位论文。
② 孟华主编：《比较文学形象学》，北京大学出版社 2001 年版，第 34 页。

纳中国传统文明。自中国汉代起，中国的汉字和典籍便开始传入日本，在中国隋唐时期则有大量的遣隋使、遣唐使和留学僧到中国来学习，随着他们的归国，中国的宗教、艺术、习俗以及文物被输送到了日本。在长期以来对中国传统文化的学习和模仿以及对中国典籍的解读之中，日本开始形成了关于古代中国的形象。并且通过在文学作品和其他艺术形式的不断重复、刻画以及改写深化中，经过一代又一代人的集体无意识的作用，最终牢牢地刻在了日本人的民族记忆当中。古代中国在日本人的心中是一个宛如理想世界一般的国度，君主秉承圣人的教诲治国，各级官员则是量才而授，民众品德高尚、谦恭有礼而且生活富足安详。在古代的中国形象当中，日本人不断地美化中国，把对心中理想国度的美好想象与热情不断地投射到中国的身上。日本古代中国形象的形成和发展，正是日本确立其自身文化身份的象征，古代中国形象的存在，激励着日本向着他们心中理想的国度不断前行，不断努力。在日本明治维新之前，日本人心目中的中国是一个值得尊敬的、令人向往的国度，甚至到了明治末期，这种形象依然没有完全消散，"中华帝国"的余威依然存在，包括夏目漱石在内的汉学家对中国典籍中描绘的美好世界依然念念不忘，赞誉有加。因此这种来源于中国典籍，并由日本人自身不断加以想象、美化而成的中国古代形象，是一种乌托邦式的存在。在夏目漱石的作品当中可以鲜明地看到这种乌托邦式的中国形象的存在。

　　1900年是中国受到英、法、德、美、日、俄、意、奥八国联军侵略的一年，夏目漱石在日记中曾经记载说，每天的报纸一到，便急着看关于中国的新闻，并对时局做出了这样的评价："俄国和日本纷争不断，中国不断受到天子蒙尘之辱。"[①] 在1900年的时候，此时的夏目漱石依然对中国怀有尊敬和敬仰之情，虽然日本也是八国联军中的一员，

　　① （日）夏目漱石：《伦敦消息》，《夏目漱石全集》第12卷，筑摩书店1971年版，第31页。

并在侵略中获得了极大的利益，但是夏目漱石并没有简单肤浅地追随着当时日本的民族主义情绪，为侵略辩护叫好。夏目漱石此时显示出的是一个汉学家对于受苦受难的中国朴素而自然的同情之情，因为此时的中国在夏目漱石的心中依然是一个值得尊敬和敬仰的"天子之国"，所受的苦难只是因为时运不佳，而暂时遭受的"蒙尘之辱"，中国悠久的历史、璀璨的文明并没有因为遭一时的侵略而降低在夏目漱石心中的价值。

夏目漱石对于中国形象的认识更多的是从中国古代的典籍以及诗歌之中得到的。在《草枕》中，有这么一段话："我所希望的诗不是鼓舞那种世俗人情的东西，而是放弃俗念、使心情脱离尘界的诗，哪怕是暂时的也好。不管多么伟大的戏剧著作，都无法脱离人情。是非不清的小说也是绝少的。它们的共同特点是永远不能脱离世界。尤其是西洋诗，吟咏人情世故是它的根本，因此，即使诗歌里的精华之作也无法从此种境遇中解脱出来。到处都是同情啦，爱啦，正义啦，自由啦，世上全是这些流行货色在起作用。即使那些堪称诗的东西，也只在地面上往来奔走而无法忘却金钱上的交易。难怪雪莱听到云雀的叫声也只能叹息一番。可喜的是，有的东方诗歌倒摆脱了这一点。采菊东篱下，悠然见南山。单从这两句诗里就有完全忘却人世痛苦的意思。这里既没有邻家姑娘隔墙窥探，也没有亲戚朋友在南山供职。这是抛却一切利害得失，超然出世的心情。独坐幽篁里，弹琴复长啸。林深人不知，明月来相照。仅仅二十个字，就建立起别一个优雅的乾坤。"[①]在这一段话中，夏目漱石引用了两位中国古代诗人的诗歌，分别是陶渊明的《饮酒》和王维的《竹里馆》两首。虽然夏目漱石的本意是对诗歌的讨论，但从中也不难看出夏目漱石心中的中国形象。在夏目漱石的眼中，西方的剧作小说诗歌等文学作品都不能抛开世俗的羁绊，而被种种的人情世故所拖累，

---

① 〔日〕夏目漱石：《哥儿·草枕》，陈德文译，海峡文艺出版社1986年版，第110页。

而唯独中国的诗歌可以做到这一点。其中陶渊明"采菊东篱下,悠然见南山"一句所形容的境界完全摆脱了人世的得失利害,超然于世外。而王维的"独坐幽篁里,弹琴复长啸。林深人不知,明月来相照"在夏目漱石看来,用短短的二十个字构筑了一个怡然自得、出尘脱俗的理想世界。夏目漱石写作《草枕》的年代是 1906 年,此时的日本刚刚经历了日俄战争,虽然在这场战争中日本取得了胜利,但是也付出了相当大的代价,可谓是惨胜,并且当时日本国内的经济凋敝,人民生活困苦,社会上的各种不满之声也慢慢浮现了出来。在这种情况之下创作的《草枕》构筑了一个梦幻般的理想世界,试图想要避开令人不快的现实世界,在遍寻西方和日本之后,夏目漱石将他所描绘的理想世界的落脚点最终放在了中国。中国在夏目漱石的心中仍然是一个古老而神秘能够唤起种种非凡的想象的国度,是令人向往的文化母国。

　　但是现实社会的发展对夏目漱石的创作和思想不可能不产生影响。19 世纪末,日本经历了明治维新之后,开始走上资本主义道路,国力大为增长。1894 年朝鲜爆发了东学党起义,中日两国分别出兵平叛,并由此爆发了中日甲午战争,中国被迫签订了不平等条约 ——《马关条约》,日本由此将自己势力范围扩展到了东北亚地区。与此同时,俄罗斯帝国与欧洲列强的冲突趋于平静,在缓和了与欧洲各国的关系之后,也将扩张的眼光投向了东北亚。日俄双方都想获得朝鲜半岛和中国东北的控制权,终于爆发了日俄战争。日本虽然遭受了重大损失,但还是取得了对俄战争的胜利。在 1905 年双方签订了《朴茨茅斯条约》,其中俄国承认将辽东半岛,即旅大"租借地"的租让权、享受的一切特权以及在该地域的一切公共财产转让给日本;承认将长春至旅顺间的铁路和一切支线及其所属的一切特权和财产,包括煤矿在内都转让给日本。[①] 日本在接管东北南部地区之后,立即将辽东半岛的租借地改为

---

① 吴廷璆主编:《日本史》,南开大学出版社 1994 年版,第 524 页。

"关东州"，并于 1906 年 8 月成立了"关东都督府"，以现役陆军将官担当都督，全面实行殖民统治。辽东半岛实际上成了日本帝国在中国的国中之国，成了日本进一步侵略中国的桥头堡。

从此满洲成了日本民众心目中的一个充满机遇和希望的"梦想之地"，夏目漱石也不例外，对这个神秘莫测的"新世界"充满了好奇之心。再加上此时的日本经历了连年对外用兵，且民生凋敝，物价飞涨，再加上政治上的高压，使得人们试图寻找一个理想中的世界，而满洲恰好符合人们的想象，这一点在夏目漱石的小说之中也有所体现。在小说爱情三部曲之一的《三四郎》的开头部分出现了一位和主人公在火车上相遇的女子，这位女子在闲谈中说道："京都的儿童玩具毕竟要比广岛的好而且便宜，我在京都有点儿事下车，顺便在蛸药师附近买了玩具。好久没回故乡了，这次回去见见孩子，的确是很高兴的事儿。不过，我是因为丈夫的汇款中断而不得已才回娘家的，所以心里很不踏实。丈夫在吴市替海军做了很多年的工，战争期间去了旅顺，战争结束后回来过一次，没住多久，说是那边能赚钱，又离家去大连干活了。起先还有信来，每个月的汇款也准时寄到，很不错。但是这半年来，音讯全无，钱也不寄来了。我知道他本性忠厚，所以比较放心。不过，我没法老是这么闲等下去呀！无法可想，我打算回家乡去，等丈夫有了确切的消息再说。"[1] 这位不知名女子的丈夫先是在日俄战争期间去了中国旅顺，回国后又去了大连去追寻淘金美梦，刚开始还能寄钱回来，但是到了后来就杳无音讯了。

夏目漱石将小说开篇的场景设置到了从九州开往东京的火车旅途当中，这就像是一个隐喻一样暗示着三四郎从一个相对落后的世界到繁华世界的迁移过程。三四郎是一个来自于偏远的九州的年轻人，在这样一个生活习惯和思维方式都与自己的家乡截然不同的大城市里生活，处

---

[1] 〔日〕夏目漱石：《三四郎》，上海译文出版社 2010 年版，第 2 页。

处显得无所适从，难以真正融入东京的氛围之中，找不到适合自己的位置，生活对他来说变得迷茫没有了方向感，成了一只"迷途的羔羊"。这位无名无姓的女子在小说中就像一个预言者一样，道出了三四郎性格的致命缺陷，在小说中她觉得自己孤身一人很不安全，便请求三四郎在名古屋下车后领她到旅店休息，最后结果是两人虽然共处一室过了一夜，但是竟然相安无事。在第二天道别之时，女子对三四郎说："你是个很没有胆量的人啊。"说完便微微一笑离去了。夏目漱石就把这样一个女子的丈夫描写成了去满洲淘金的人，满洲在小说中俨然成了现实两个世界：一个是偏远的乡下九州，另一个是热闹发达的东京之外的第三个想象中世界。陌生女子指出三四郎"很没有胆量"，也许在她的心中那个有胆量有魄力的理想人物正是自己那个去了神秘莫测的满洲的丈夫。但有意思的是，虽然她的丈夫在她的心目中是个忠厚老实的人，但在那个遥远得只能想象的地方，过得可能并不好，没有按时给她寄钱回来，使得满洲却成了她的伤心之地，自己变得穷困潦倒而不得不回娘家生活。满洲就是这样一个让生活在夏目漱石同时代的日本人充满了无尽想象的地方，有着无限的机遇也有着无数的危险，一个让人既向往又害怕的地方。

作为"梦想之地"的满洲在夏目漱石的其他作品中也常有出现。在夏目漱石"中期三部曲"的《门》之中，主人公宗助是一个离经叛道之人，他的妻子阿米也有着不同寻常的过去，曾经是宗助的好友安井的情人，两人在违背世俗道德伦理结合之后招人唾弃，从此过着与世隔绝的生活。虽然他们夫妻俩感情非常好，但是安井在他们两个人心中成了一块谁也不愿去提的心病。他们觉得自己的罪过影响了安井的前途，因为安井因此退学回家，并且卧病在床。每次他们夫妻俩都为这样的消息而深感痛心。"他们听说安井回家乡去了，又听说安井患病卧床在家中。这些消息每次都使两人的心中感到无限的沉痛。最后又闻悉安井到满洲去了。宗助心想，看来安井的病已经痊愈了。继而又觉得去满洲一事恐怕靠不住，因为就安井这个人的体质和气质说，都不像是会去"满洲"、台湾这些地方的人。宗助想尽办法了解事实的真相，终于从某有关方面了解到安井确实在奉天，同时得悉他很健康、活跃，工作也很忙。至此，夫妻俩才四目相对，舒了口长气。"① 在夏目漱石看来，安井是一个生活中的失败者，因此满洲成了他逃避过去的一个理想的地方。在夏目漱石看来，安井的体质和气质都不像是能够去满洲这些地方的人，因此去满洲这样一个神秘的"梦想之地"，只有体魄和精神非凡的人才能够实现而非普通人所能胜任的。

在小说《草枕》中夏目漱石描写的是一个充满诗情画意、脱离尘世的美好世界。但是就是这样一个地方，也依然会有着时代的烙印在上边。在小说的结尾处有这么一段对话：

"不管到哪里，都必须乐观地生活才行。刚才那样的事情，我并不因为被人看到而觉得难为情。"

"没有什么难为情的。"

"是吧，您看到刚才那个男人是怎么想的呢？"

"依我看，他不像是有钱的人。"

"嘻嘻嘻，叫您说准啦，您真是个高明的相面先生。那男的家境贫穷，在日本待不下去，是来向我要钱的。"

"哦？他是打哪来的？"

"打城里来的。"

"原来是从很远地方来的，那么他要到哪儿去呢？"

"听说要到满洲去。"

"去干什么呢？"

"去干什么？不知是捡钞票还是去送死。"

---

① 〔日〕夏目漱石：《门》，吴树文译，上海译文出版社 1985 年版，第 160 页。

这时，我抬起头朝女子瞥了一眼，她嘴角上淡淡的笑影逐渐消
失了。我不知她是什么意思。

"他是我的丈夫。"①

在两人的对话之中，不难看出在夏目漱石的印象之中满洲依然是那
个既危险同时又有着无限机遇的"梦想之地"。那美的前夫因为家境贫
穷，无法在日本生存下去，只得去满洲去讨生活。这在普通的日本人看
来，其实是一种走投无路的无奈之举，在他们看来去满洲的结果无非只
有两种：一种是"捡钞票"，一夜暴富实现淘金的梦想；另外一种则是
"去送死"，客死他乡，葬身异地。

在小说的结尾处那美送弟弟去满洲，"车轮一旦转动起来，久一就
不是我们这个世界上的人了。他将到遥远遥远的世界去。那个世界硝烟
弥漫，人们在火药气味里忙忙碌碌，在鲜红的血地上跌打滚爬。空中响
着隆隆的炮声。久一就奔向这样的地方，他站在车厢里，默默望着我
们"②。就在火车开动的一瞬间，那美通过车窗在士兵中看见了落魄的丈
夫，"最后一节的三等车厢从我们面前经过的时候，车窗里又露出一个
面孔。茶色的破旧礼帽下面，满脸络腮胡子，那村野武夫留连地把头伸
出窗外。这时，那美姑娘和这汉子不期而然地打了个照面。铁车隆隆地
行驶，汉子的面孔立即消失了。那美姑娘茫然地目送着奔驰的火车。她
那茫然的神情里，奇妙地浮现着一种从前未曾见过的怜悯之情"③。在夏
目漱石看来，满洲是有别于他所处的世界的另外一个世界，这个世界是
一个"遥远遥远"的世界，硝烟弥漫，满地鲜血，空中响着隆隆炮声，
危险而残酷。那美的前夫也当兵去了那个危险的死亡无处不在的地方，

---

① 〔日〕夏目漱石：《哥儿·草枕》，陈德文译，海峡文艺出版社 1986 年版，第 212—
213 页。

② 〔日〕夏目漱石：《哥儿·草枕》，陈德文译，海峡文艺出版社 1986 年版，第 220 页。

③ 〔日〕夏目漱石：《哥儿·草枕》，陈德文译，海峡文艺出版社 1986 年版，第 221 页。

在那美不知所措的茫然表情里，表现出来的更多的是一种怜悯之情。由此也可以看出夏目漱石对于满洲的复杂情感，既向往又抗拒，满洲是一个可以实现淘金梦想的地方，同时又是一个危险重重，是一个普通人难以企及难以到达的地方。

所有这些想象在夏目漱石真正踏上满洲土地前，成了他对满洲的主要认识。

（二）现实中的中国形象 —— 意识形态

1868 年，也就是夏目漱石出生之后的第二年，随着日本明治天皇的即位，明治维新的结束，在德川幕府统治之下的日本，在经历了两个半世纪的闭关锁国之后，终于打开了国门。在日本人将好奇的目光重新投向他们的邻国 —— 中国的时候，他们惊奇地发现昔日的中华帝国已经褪去了昔日的辉煌荣耀，正处于清王朝统治的末期，不仅内忧外患，腐朽虚弱，而且在列强的侵略之下变得分崩离析，混乱不堪，与他们原来印象中的那个令人景仰的遥不可及的国度有着云泥之别。在经历了中日甲午战争以及日俄战争之后，中国的形象在日本愈发成为一个被人嫌弃甚至于是鄙视的对象。此时的日本人，通过来中国实地的考察、旅游，逐渐地将中国古代的美好形象替换为近代中国的虚荣、愚昧形象。此时的中国的形象对日本人来说依然是一个"巨大的他者"，但是这个他者已经由原来不遗余力加以美化的令人向往的理想境地，转变为一个令人鄙视、唾弃的形象。

周宁在《跨文化研究：以中国形象为方法》一书中所说："文化研究中的'他者'概念主要来自福柯和萨义德的理论，指一种文化为确立自身为中心的价值与权力秩序并认同自身，而塑造一个与自身对立并低于自身的文化影像。'他者'作为'自我'或'主体'相对的概念，可以追溯到黑格尔的欲望主体理论，他者是主体认识、扩张自身的外化疆界。"① 近代日本为确立其自身的现代性，为在世界秩序中确立超越于中国的亚洲领袖地位，塑造了一个与日本自身对立，并且显著低于自身的"他者"即"中国"形象。近代日本打开国门之后，首次接触到了西方工业革命的先进成果，从此走上了一条"脱亚入欧"的道路。福泽谕吉在其《文明论概略》中，将世界历史以文明为尺度划分为野蛮、半开化、文明社会三种，其中"现代世界的文明情况，要以欧洲各国和美国为最文明的国家，土耳其、中国、日本等亚洲国家为半开化的国家，而非洲和澳洲的国家算是野蛮的国家"②。在福泽谕吉看来，半开化的国家都承袭旧有的陋习，而不愿意对传统有任何的改变，整个国家封闭、压抑没有活力。中国和日本虽然同属"半开化"的国家，但是日本与中国相比又有所不同，因为日本"至尊的天子既然没有至强的权力，因之人民就把它置之度外而不加重视。再如至强的将军，他的权威十分强大足以压服一世，但在人民的心目中，并不像拥戴至尊的天威那样，而是自然地把他看做凡人，这样，至尊和至强的两种思想取得平衡，于是在这种思想当中便留下了思考的余地，为真理的活动开辟了道路，这不能不是我们日本的偶然幸运。……中国是一个把专制神权政府传之于万世的国家，日本则是在神权政府的基础上配合以武力的国家。中国是一个因素，日本则包括两个因素。如果从这个问题来讨论文明的先后，那么，中国如果不经过一番变革就不可能达到日本这样的程度。在汲取西洋文明方面，可以说日本是比中国容易的"③。因此，在福泽谕吉看来，日本权威与武力分立，而中国合为一体，日本有自由思考的余地和通向真理的道路，而中国则没有，因此在顺应历史的发展潮流，学习西方先进文明的进程中，日本已经天然地领先了中国。

日本经历明治维新之后，国力大大增强，成了亚洲唯一的工业化

---

① 周宁：《跨文化研究：以中国形象为方法》，商务印书馆 2011 年版，第 38 页。
② 〔日〕福泽谕吉：《文明论概略》，北京编译社译，商务印书馆 1959 年版，第 9 页。
③ 〔日〕福泽谕吉：《文明论概略》，北京编译社译，商务印书馆 1959 年版，第 18 页。

国家，不仅加入了西方主导的世界经济体系，并且进入到了西方现代性的世界观念体系。这一观念由一系列二元对立的观念构成，"以进步 / 停滞、自由 / 专制、文明 / 野蛮为价值尺度，以西方 / 东方、欧洲 / 亚洲为地缘文化政治格局"[①]。在这种观念之下，日本要脱离亚洲的"原罪性身份"，确立日本的现代性身份，则必须与亚洲划清界限，而考虑到日本与中国特殊的文化一体化身份，实际上脱离亚洲，实质上是要与中国划清界限。而摆脱这种"亚洲身份"的手段则需要有一个"他者"，通过与"他者"的对比，来凸显自己的现代性身份。在这种背景之下，"中国"这一"他者"形象不可避免地被"污名化"，中国成了停滞、专制、野蛮的亚洲代表，成了否定性的形象出现在了日本的对立面，成了被贬低、排斥的对象。在时代的大背景之下，夏目漱石亦不能例外，这种意识形态的中国形象在夏目漱石的作品中也屡屡出现，尤其是在其游记《满韩漫游》中表现得淋漓尽致。

在近代日本构筑自身现代性身份的过程中，提出了一系列关于日本现代性身份的特征，正如刘建辉在《产生自日本的中国"自画像"》一文中所说："综合甲午战争之后的一系列关于日本及日本人的论述便可发现，大致主要强调了三个要素，即国家观念、勤劳观念及卫生观念。几乎所有的作者都不厌其烦地反复提示道，日本人自古以来就具备这三种观念。其意图无非是旨在构建近代国家，有意识地彰显作为其基础的国民观念的存在而已。并且，如前所述，这种彰显工作，说到底，多半是以否定和异化中国及韩国而完成的。"[②]在夏目漱石的小说和日记中，对中国的看法也难逃其窠臼，对中国的描述很难说是客观真实的，反而有很大的嫌疑是按照日本当时对中国的想象来描写的。

夏目漱石于 1900 年 9 月前往欧洲的途中，所乘的轮船 13 日在上海

① 周宁：《跨文化研究：以中国形象为方法》，商务印书馆 2011 年版，第 220 页。
② 中国社会科学研究会编：《中国与日本的他者认识：中日学者的共同探讨》，社会科学文献出版社 2004 年版，第 91 页。

停靠，这是夏目漱石第一次踏上中国的土地，并于当天去了南京路，并觉得"十分稀罕"。在第二天14日"看了愚园张园，愚园颇愚、支那人的轿子、西洋人的车子，杂乱无章。午后三点搭小蒸气回船，就寝，支那人的说话声、挑东西的动静，喧闹异常"①。轮船在17日停靠福州的时候，夏目漱石回忆道："有很多支那人带着杂货来卖，十分喧闹。"② 在夏目漱石第一次真实地看到中国的时候，感受到最多的便是"喧闹"、"杂乱无章"，与他想象中的中国有很大的区别。

夏目漱石第二次踏上中国的土地是在1909年，其游记《满韩漫游》记录的便是这次旅行。夏目漱石在游记中描述的最多的便是说中国的卫生状况，在他乘坐的轮船刚刚靠岸，所看到的第一景象便是："河岸上人头攒动，大都是中国苦力，单个人显得脏，两个人在一起仍然难看，如此多的人挤在一起更加不堪入目。"③ 接下来坐马车去旅馆的时候，印象最深刻的依然是中国人的"肮脏"，夏目漱石接着写道："往河岸望去，的确有马车停在那里，很多洋车也停在那里。不过，洋车都是苦力集团拉的，和内地的洋车相比那可是大煞风景。多数马车也是由苦力集团驾驭的，所以，全都像苦力集团那样肮脏不堪。"④ 从此之后，"脏"成了夏目漱石在随后的旅行之中时刻强调的重点。在他到达大连的第二天去参观研究所的时候，遇到了两三个不属于他眼里"苦力"阶层的中国人，"两三个穿着邋遢的中国人提着漂亮的鸟笼走了过来。是公一个劲地称赞中国人，他说中国人很会附庸风雅！"⑤ 在夏目漱石的笔下，"邋遢"似乎成了中国人固有的一个特征。这在夏目漱石看来，显然不

---

① 〔日〕夏目漱石：《夏目漱石全集》第19卷，明治三十三年日记，第15页。

② 〔日〕夏目漱石：《夏目漱石全集》第19卷，明治三十三年日记，第15页。

③ 〔日〕夏目漱石：《满韩漫游》，《中国印象记·满韩漫游》，中华书局2007年版，第159页。

④ 〔日〕夏目漱石：《满韩漫游》，《中国印象记·满韩漫游》，中华书局2007年版，第160页。

⑤ 〔日〕夏目漱石：《满韩漫游》，《中国印象记·满韩漫游》，中华书局2007年版，第170页。

是与经济状况有关，因为能够提着漂亮的鸟笼到处闲逛，其经济状况应该不差，那么衣着邋遢只能是与生活习惯有关。与讲究卫生的日本人相比，中国人自然就会低人一等，是落后的民族。

在随后的行程中，夏目漱石乘坐轨道车继续他的旅程，他这样写道："推车的自然是中国人。用力推着跑二三十间，然后纵身一跳坐到车上。有时弥漫汗臭味的浅黄色裤腿会碰到我的西装下摆，令人作呕。"[1] 这样的看法，已经完全是一种歧视的态度了。当"苦力"的只能是中国人，而且中国人的衣服碰到他的西服下摆的时候，还会"令人作呕"。中国人奋力劳动，没有得到丝毫的尊重与理解，换来的反而是彻彻底底的鄙视和厌恶。在一个日本人开的旅馆吃饭的时候，夏目漱石再次对中国人的卫生状况进行了描绘："房间是土地面，中央摆着一张普通的桌子，三个男人围着桌子吃饭，从盘碟到碗筷全都显得很脏，再看那靠近桌子吃饭的男人更是肮脏不堪。他们和我在大连码头看到的苦力没什么差别。看到他们这副模样，我马上想到在厨房里往嘴里扒拉饭的仆人。"[2] 肮脏不堪成了夏目漱石在文中反复出现的字眼。并且中国人吃饭的时候，马上就会联想到在厨房里吃饭的仆人，这种在潜意识里将中国人贬低的心理，可以说是日本人厌恶中国人心态的真实写照。

对于中国城市的描写，夏目漱石的这种意识形态偏见表现得更为突出，他在文中如此写道："穿过狭窄的小巷，我们来到了中国的城里。城里有一种异样的臭味。"[3] 整个城市在夏目漱石的笔下一下子变得生机全无，成了一个令人望而却步的地方，整个城市都弥漫着一股臭味，那

---

① 〔日〕夏目漱石：《满韩漫游》，《中国印象记·满韩漫游》，中华书局 2007 年版，第214 页。

② 〔日〕夏目漱石：《满韩漫游》，《中国印象记·满韩漫游》，中华书局 2007 年版，第228 页。

③ 〔日〕夏目漱石：《满韩漫游》，《中国印象记·满韩漫游》，中华书局 2007 年版，第230 页。

么潜台词便是居住在此的中国人显然是不注重卫生，脏乱无比。这一种
情绪到了夏目漱石在奉天旅行时变得更为突出："我端起茶碗喝茶时，
尝到一种又酸又咸的味道，觉得有些奇怪，于是，放下茶碗慢慢听桥本
讲解。根据桥本的解释，奉天自古至今没有下水道，拉屎撒尿不能得到
有效的处理。因此，自古以来的几百年间奉天排泄出的大小便靠着岁月
的力量，自然而然地渗到地下，至今仍然影响着饮用水的水质。……
果然是肮脏的国民。"① 由此看来，夏目漱石对中国的种种描绘，绝非是
真实的反映，而是根据当时日本人对中国的偏见来加以描述和印证。奉
天的水喝起来味道欠佳，夏目漱石同时代的日本人便将之归结为几百年
以来，奉天没有下水道，粪便不能得到有效的处理。从这一捕风捉影的
证据最后论证了中国人"果然是肮脏的国民"这一充满偏见的结论。当
然在大肆描绘中国人如何不讲卫生的同时，夏目漱石也不忘突出作为
参照物的日本人是如何的"干净"。在他游记的最后部分，描写他下榻
的旅馆的时候，这样写道："窗户上装的拉窗就像北斋画的《睡图三国
志》里的那种中国风格，而且不太干净。房间里还散发着一种奇怪的臭
味。那是中国人执意留下来的臭，不管爱干净的日本人怎么打扫，依然
很臭。据说旅馆最近就要在车站附近重建随后搬过去，那样一来，这种
臭味就会去掉，但是，要有思想准备，只要旅馆还在奉天，发酸的茶水
还会影响着人畜。"② 在这里夏目漱石将这种偏见发挥到了极致，只要有
中国人的地方，便会有去不掉的臭味，而且爱干净的日本人无论如何打
扫，依然很臭。此外因为中国人没有下水道，导致地下水也变质了，而
且无法改变，发酸的茶水会一直影响着人畜。夏目漱石正是通过对中国

---

① 〔日〕夏目漱石：《满韩漫游》，《中国印象记·满韩漫游》，中华书局 2007 年版，第
243 页。
② 〔日〕夏目漱石：《满韩漫游》，《中国印象记·满韩漫游》，中华书局 2007 年版，第
244 页。

人卫生状况的一系列描绘，成功地刻画出了一种不讲卫生"肮脏不堪"的中国人形象，迎合了当时日本人对中国的普遍心理预期。

在夏目漱石的笔下，中国人不仅麻木而且还残酷，与"爱好和平"①的日本人形成了鲜明的对比。夏目漱石从北陵回来的途中，碰到了一位被马车轧伤了腿的老人。"从黑鸦鸦的头顶往下看，一个六十多岁的老头坐在地上，两条小腿弯曲着伸向前方。右腿膝盖和脚背之间被强大的力量开了一个两寸长的口子，就像剜开的一样，小腿上的肉从骨头上滑下来，往下耷拉拉皱缩到一起简直就像一个石榴被砸破后呈现出的景象。即使已经习惯这种情况的导游也有些发抖，他立刻让马车停下，用中国话询问发生了什么事故。我尽管听不懂什么，但是，竖起耳朵反复问：发生了什么事？令人不可思议的是，黑鸦鸦聚在一起的中国人看着老人的伤口谁都不回答，连动也不动，更加显得安静。我尤其感到两手向后直支撑着地面，把伤口暴露在人们面前的老人脸上没有任何表情，既没有留下痛疼的印象，也没有表现出痛苦的样子。我所察觉到的是他的眼神，老人用木然的眼神呆呆地望着地面。"②通过夏目漱石的描述，不难看出中国人麻木的一面，但是更为明显的是夏目漱石在文中表现出来的居高临下的态度，中国人黑鸦鸦地聚在一起看着受伤的老人，没有一个人伸出援手给予帮助，反而是作为日本人的夏目漱石急切地想要关心伤者，处处透露出日本人要比中国人更加人性更加道德。最后在回旅馆的路上"满身灰尘的车夫非常鲁莽地赶着马行驶，根本不在乎车马行人。我的帽子和身上落满了黄土。在旅馆门口下车的时候，我产生一种终于和残酷的中国人断绝了缘分的心情，不由得高兴起来"③。

---

① 〔日〕夏目漱石：《满韩漫游》，《中国印象记·满韩漫游》，中华书局2007年版，第239页。

② 〔日〕夏目漱石：《满韩漫游》，《中国印象记·满韩漫游》，中华书局2007年版，第240页。

③ 〔日〕夏目漱石：《满韩漫游》，《中国印象记·满韩漫游》，中华书局2007年版，第240页。

在夏目漱石看来，中国人都显得残酷无情，不关心同胞的死活，不是鲁莽地驾车狂奔，就是麻木无情地看着受伤的老人而不施予援手，在这样的情况之下，最终得出了残酷的中国人的结论。

夏目漱石将狡猾的标签也贴到了中国人的身上。在文中夏目漱石提到了看守北陵的中国人玩忽职守，盗卖陵园财产的行为，并在夏目漱石的一再追问之下，旅店老板告诉了他实情："装在房檐上的金球前一段时间掉下来一个，他就捡起来了，让我买下来。一旦公开的话那可不是小事，所以，当参观的客人来时，他们就悄悄地推销，中国人可真狡猾。中国的守陵人的确狡猾，可是试图以便宜的价格买下那个金球的旅店掌柜也不是什么正直的人。掌柜好像悄悄地交了钱，然后把金球装进了衣袋。"① 守陵人盗卖财产固然不好，但这仅仅只是个人的行为，而夏目漱石却将之上升到了全体中国人的高度，通过一个人的行为就认为"中国人可真狡猾"，其背后包含的其实是对中国人的蔑视和偏见。

夏目漱石通过对中国人的一系列描写成功地矮化了中国人的形象，与日本人相比中国人不仅愚昧无知而且残酷狡猾，还不讲卫生。夏目漱石正是通过这一系列形象的刻画，完成了其意识形态化的符合当时历史状态之下日本人心中的中国形象的塑造。

---

① 〔日〕夏目漱石：《满韩漫游》，《中国印象记·满韩漫游》，中华书局 2007 年版，第 250 页。

第四章　中国的夏目漱石译介与研究

夏目漱石逝世两年后，中国就开始对他的介绍和研究，至今近百年。他的主要作品在中国都有了翻译，而且大都有多种译本。作为中日文化文学交流的个案，夏目漱石在中国的译介和研究，具有典型性，从一个特定角度，表现了近百年中国社会文化的进程和演变。

第一节　夏目漱石的译介

一、"五四"时期到 20 世纪 50 年代的译介

中国的夏目漱石译介始于 1918 年周作人在北京大学的一场演讲《日本近三十年小说之发达》，对日本明治以来近 30 年的小说概括进行了梳理，尤其对夏目漱石表露文学的"低徊趣味"和"有余裕的文学"进行了个人意义上的深入理解与阐析。他认为："自然派的小说，凡小说须触着人生；漱石说，不触着的，也是小说，也一样是文学。并且又何必那样急迫，我们也可以缓缓的，从从容容的玩赏人生。譬如走路，自然派是急忙奔走；我们就缓步逍遥，同公园散步一般，也未始不可。这就是余裕派的意思的由来。"① 周作人对夏目漱石"有余裕的文学"的

---

① 见《新青年》，第五卷第 1 号。

推崇并不是一个偶然的现象，这与周作人本人对"人的文学"的追求和五四时期对"人的发现"、思想启蒙有着不可分割的联系。周作人对晚明小品文的迷恋，延续了中国古人对独抒灵性的一种人生的品位和格调，这是他对夏目漱石产生浓厚兴趣的一个潜在文化底蕴。而"五四"时期对个人思想解放的呐喊，对个性解放的追求，其实蕴含了对人的重新发现以及一种个人主义的自由抒发。当然，我们也要看到，夏目漱石在"五四"时期至20世纪40年代期间，只是集中在中国少数几个文人间的译介，是因为一般人只是将夏目漱石的"余裕"与"悠闲"定位在一种有闲文化的位置上看待，在整体氛围上，夏目漱石与自梁启超以来提倡"小说与群治"的宏大家国话语是抵牾的。"五四"以后，革命政治文学的风潮，以"革命救亡"的高调掩盖了这种对人的全面发现和自由追求。周作人在政治追求中的失调，更加剧了人们对夏目漱石这种"有余裕的文学"的疏淡与冷遇。在某种程度上，周作人对夏目漱石的论析，规约和牵制了三四十年代的人们对夏目漱石的进一步解读。即便是现代文学的启蒙大家和后来作为革命青年人和革命战斗文学的引路人和推动者鲁迅来讲，也是将夏目漱石定位在一种"余裕文学"的视角，并在与周作人编辑的《现代日本小说集》（商务印书馆1923年版）提出："夏目漱石的著作以想象丰富、文词精美见称，……轻快洒脱，富于机智。是明治文坛上的新江户艺术的主流，当世无与匹者。"[①]鲁迅翻译了夏目漱石的两个短篇小说《挂幅》和《克莱喀先生》，他对夏目漱石的看法基本与周作人一致。作为中国现代文学的开创者和思想启蒙者，鲁迅对夏目漱石的喜爱，当然有他个人美学上的追求。事实上，他对汉魏六朝的崇尚自由和强烈个性表达的散文就十分喜爱，如他曾经写下了流传广泛的名篇"魏晋风度及文章与药及酒之关系"，对"清峻"、"通脱"的魏晋风度大为赞赏。这种风格追求与夏目漱石文风是有着密

---

① 鲁迅：《鲁迅全集》（第十卷），人民文学出版社1982年版，第57页。

切关联的。实际上，夏目漱石除了在文风上吸引周氏兄弟外，他的"文明批评"和社会批判思想对鲁迅影响尤为明显，他的《阿Q正传》和《藤野先生》等文章，就是受到了夏目漱石这种思想的启发而作。

　　1929年，上海真善美书店出版了《草枕》（即《旅宿》）的译本，由崔万秋翻译。（1941年，上海益智书店又出版了李君猛的译本。1956年，丰子恺翻译了《旅宿》，收入《夏目漱石选集》）。文中描述了一个躲避俗世烦扰的画家，来到一个偏僻的山村，寻找一个"非人情"的唯美世界的见闻感悟。文中，对空灵世界的唯美描写，对东方尤其是中国庄禅世界的追求和向往，深得国人的喜爱。译本一经传世，便赢得了世人的广泛注目与好评。当时市面上多次流传翻译的盗版本，后来亦有学者多次翻译，比较突出的是丰子恺于50年代的译本。

　　1931年，神州国光社出版了张我军翻译夏目漱石的《文学论》，周作人为之作序。这是我国较为系统地翻译国外文学理论的著作，对我国文学理论及文学创作均产生了较大的影响。这是夏目漱石于1907年发表的成体系的文学概论性质的专论，在理论的系统性和完整性方面远远超出同时期的欧美。他提出，文学是从心灵出发的，文学是"F+f"的结合，即认识性的要素（F）和情绪性的要素（f）的结合。王向远认为："作者不是以某种'主义'而是以'全义'的视阈，以文学批评家、文学史家、作家的三重角色，从（F+f）的'文学公式'出发，以'焦点意识'、'幻惑'、'文学语法'、'暗示'、'渐进推移'等一系列独特的概念范畴为中心，以18—19世纪英国文学原著为主要例证，阐述了文学构成论、文学特性论、文学创作与文学鉴赏论、文学修辞论、文学推移论，形成了独特的理论体系，堪称世界上第一部用社会心理学方法写成的自成体系的文学概论著作，对今天的中国文论界仍具有重要的参考价值。"[1] 由于翻译时间较早，译者对夏目漱石《文学论》中的一些概

---

　　①　王向远：《卓尔不群，历久弥新——重读、重释、重译夏目漱石的〈文学论〉》，《南京师范大学文学院学报》2014年第1期。

念理解的不准确甚至错误，促发了王向远重译这一对我国产生重大影响的文学理论专著。

1932 年，中国开明书店出版了章克标的《夏目漱石集》，内收中篇小说《哥儿》、短篇作品《伦敦塔》和《鸡头序》。译本前有章克标写的题为《关于夏目漱石》的译本序言。章克标认为："漱石的文艺的精神，第一是在俳句，他大概很受了正冈子规的感化的。子规和他同时在第一高等学校及帝国大学念书，他们是很好的学友。其次是写生文，也是子规所提倡的照真实叙写自然的文章。因此达到托怀感于天然自然的风物，忘却尘世俗事的一种东洋的趣味。再由此达到对于禅味的兴感，造成了漱石的文艺观的不动的根基。"[①] 章克标在译介过程中，对夏目漱石的文风深有研习，他指出，夏目漱石将小说分为两类即"有余裕的小说"和"非余裕的小说"。"所谓有余裕的小说，是优游不迫的小说，避开非常这字眼的小说；没有余裕的小说是紧张逼迫的小说，像要窒息的小说，不含有幽闲悠逸的分子，而以关于一生沉浮的大问题为主的小说。"[②] 而由"有余裕的小说"，发展出一种"低徊趣味"，"此种风趣，贯流于漱石的全部作品之中，稍一留神就可以发现的。更从这低徊趣味联想过去，还有一种非人情的世界，是主张艺术的一境地中，有一种超越了人情的世界。《草枕》可以算是去描写这境地的。"[③] 从中可以看出，章克标对夏目漱石文风的了然于胸，这在他以后的创作中多有借鉴。

1958 年，人民文学出版社出版了两卷本的《夏目漱石选集》，包括《我是猫》及《哥儿》、《旅宿》（即《草枕》）。其中，《我是猫》由胡雪和由其（即尤炳圻）翻译，《哥儿》由日本文学教学与研究大家刘振瀛先生翻译，《旅宿》由我国著名文学家、画家丰子恺先生翻译。此外，选集中收入多篇论夏目漱石作品的作者译本序以及关于夏目漱石的

---

① 〔日〕夏目漱石：《夏目漱石集》，章克标译，上海开明书店 1932 年版，第 2 页。
② 〔日〕夏目漱石：《夏目漱石集》，章克标译，上海开明书店 1932 年版，第 3 页。
③ 〔日〕夏目漱石：《夏目漱石集》，章克标译，上海开明书店 1932 年版，第 4 页。

思想、艺术特色的剖析，刘振瀛先生为选集作了总序。刘振瀛先生介绍了夏目漱石的生平与创作，重点评论了《我是猫》、《哥儿》及《草枕》三部作品。他指出了夏目漱石对社会批评的批判现实主义文风以及文本所体现的一种人民性的观点，由此鲜明透露出时代的烙印。《旅宿》的译本因着丰子恺先生在文学造诣方面的精深以及对日本文学精髓的心领神会，充满了日语与汉文的一种交融之美。既最大限度地保留了日本词汇的一种原有语感，同时又体现了汉语的一种包容性和古雅。加上夏目漱石在文本中所体现的一种空灵虚幻的唯美世界，他独特的意象世界和结构特色，借鉴了中国道家和佛禅的哲理思维，对中国古典诗词的妙用，这些因素都契合了中国文人对文学理想和纯美世界的崇高追求，尤其是对深深地浸染于中国古典文化的丰子恺而言，更是深以为然。因此，他的译本文采斐然，古雅而不失明晰就是很容易理解的。我们选取一段丰子恺译文来看：

> ……诗思岁不落纸，而铿锵之音起于胸中。丹青虽不向画架涂抹，而五彩绚烂自映心目。只要能够如此观看自身所处的世间，而把浇季涸浊的俗界明朗地收入在灵台方寸的镜头里，也就够了。是故无声之诗人虽无一句，无色之画家虽无尺绢，但在能如此观看人生的一点上，在如此解脱烦恼的一点上，在能如此出入于清净界的一点上，以及在能够建立这晴朗的天地的一点上，在扫荡我利私语的羁绊的一点上，——比千金之子，比万乘之君，比一切俗界的宠儿，都更加幸福。①

整体上，这几位译者由于自身文化修养较高，对中日文学的造诣颇

---

① 〔日〕夏目漱石：《旅宿》，《夏目漱石选集》第二卷，丰子恺译，人民文学出版社1958年版，第113—114页。

为精深，个别学者曾长期从事中日文学的教学与研究，因此，对于夏目漱石的文风和遣词造句颇为了解，译出的文本质量较高，受到了世人的广泛好评，是后辈学人研究夏目漱石乃至日本文学的重要参考译本。

二、80—90 年代的译介

这一时期对夏目漱石的译介呈现系统性，规模较之以前有较大的提升，这是随着我国对夏目漱石翻译与研究的深入而不断发展变化的。最为突出的是湖南人民出版社和上海译文出版社出版的相关书籍。20 世纪 80 年代初，陈德文等人翻译出版了《三四郎》、《从此以后》的单行本，以及《夏目漱石小说选》（上、下卷），由湖南人民出版社出版。上卷于 1984 年出版，是陈德文在发行单行本的基础上加以修改而成。1985 年，该社又出版了下卷，由张正立、赵德远、李致中翻译了夏目漱石的《春分以后》、《使者》（原名《行人》）、《心》三部小说。这套总共 100 余万字的小说译本，是自 50 年代人民文学出版社的《夏目漱石选集》之后规模最大的中文译本，是我国的夏目漱石研究中必要而厚重的参考资料。

日本文学翻译家吴树文在上海译文出版社于 1983、1984、1985 年连续出版了《三四郎》、《其后》、《门》。1988 年，将以上这三部作品合为《爱情三部曲》在该出版社发行。吴树文的译本文风老到，文辞优美，可读性强。1987 年，该出版社出版了刘振瀛等译的《哥儿》，还包括《伦敦塔》、《玻璃窗内》、《文鸟》、《十夜梦》等散文作品，均由陈德文译。夏目漱石的后期两部长篇小说《道草》和《明暗》（未完成）则分别由柯毅文和于雷于 1985 年和 1987 年翻译出版。

除了上述这些译作外，再一个就是关于夏目漱石的作品重译。如1989 年海峡文艺出版社陈德文翻译的《哥儿·草枕》。我们比较章克标、刘振瀛、陈德文三人对《哥儿》翻译的版本，可以看出他们对翻译文风的不同追求。章译追求的是像鲁迅一样的忠实于原文，但又超于鲁迅的硬译风格。而刘译除了追求文本的"信"和"达"以外，还追求一种神似和生动传神的效果。陈译也是文学性极强，生动可读。总的来说，这些译者的日语水平和文化修养都很高，译本质量可靠，既较好地传达了原文的韵味（章译稍逊），而且突破了简单的翻译语词转换，更加注重一种个人式的翻译效果，讲求文学性和文本的审美特色。另一个被重译的突出经典文本是《我是猫》。1993 年南京的译林出版社出版了于雷的译本，1994 年上海译文出版社出版了刘振瀛的另一个译本。于雷先生认为："文学翻译，既是翻译，又是文学。二者浑然一体，如同花卉与色彩，并无轻重之别，主次之分，忽视这两个特征的任何一方，都谈不上文学翻译。"① 由此，他指出翻译就要"力求与原文词语等呈信息的转换；力求准确地译出原文句式与语法特色；力求最充分、最贴切地转达原文的内容、神韵以及文字美、风格美"②。这种对文学翻译精益求精、孜孜不倦的追求与刘振瀛先生是相似的。刘振瀛先生认为，翻译不应只追求表面上的"信"、"达"，翻译者"应当是他所从事翻译的那个作家的研究者，或者退一步说，也应当是个好的理解者"，他翻译的《我是猫》就很好地贯彻了他的翻译主张，译文生动准确而传神。二人这种由翻译而文学的理解，在翻译追求上的锲而不舍、兢兢业业，奠定了他们译本的高水平，成为后辈学人翻译和研究的优秀范本。

三、新世纪的译介

2000 年，花城出版社出版了林少华译的《心》。小说以徐缓沉静而

---

① 金中：《艰苦探索的结晶 —— 评介于雷著〈日本文学翻译例话〉》，《日本研究》1994年第 2 期。

② 金中：《艰苦探索的结晶 —— 评介于雷著〈日本文学翻译例话〉》，《日本研究》1994年第 2 期。

又撼人心魄的笔致，描写了爱情与友情的碰撞、利己之心与道义之心的冲突，凸现了日本近代知识分子矛盾、怅惘、无助、无奈的精神世界。这是夏目漱石后期作品中较为注重从心理刻画方面描写人物的重要作品。华东师范大学出版社于 2008 年出版了李正伦、李华译的《十夜之梦》，这是夏目漱石的随笔集。上海文艺出版社于 2012 年出版了夏目漱石的《玻璃门内》，含夏目漱石小品四种。

中国著名日本文学翻译家竺家荣于 2013 年翻译了夏目漱石的《心》（陕西师范大学出版社），于 2014 年出版了夏目漱石的《我是猫》（中国华侨出版社）。由于翻译较晚，使得译者能够充分吸收先前译本的特点和长处，加之译者本身的艺术修养，使得译本成为能够吸收众家之长的优秀译本。

值得一提的是，著名文学翻译家文洁若翻译了夏目漱石的《杂忆录》（红旗出版社 2013 年版），收入了夏目漱石的小说《趣味的遗传》（1906）、散文《杂忆录》（1911）、怀念文章《基布勒先生》（1912）、《战争造成的差错》（1914）。夏目漱石的文学理想是一种尊重道义的个人主义，由此出发对日本进行社会批判。这本《杂忆录》，深刻反映了作者内心复杂的思想状态。而一直没有得到翻译的《虞美人草》在新时期也得到大家的关注，并由陆求实于 2014 年在陕西师范大学出版社出版。小说以三对青年男女的恋爱为线索，描写了一系列的情感纠葛和冲突，小说反映的不仅仅是情感上的纠葛，更是价值观、人生观的冲突。它是夏目漱石成为职业作家后的首部作品，也是他从创作初期进入中期的承上启下和转型之作，作品深刻揭示了"我执"这个人性主题。2015 年，北京理工大学出版社出版了《日本文学大师夏目漱石作品精选集》，应该说，这是一个夏目漱石的普及本。对于喜爱夏目漱石的读者来讲，是一件值得庆幸的事情。

总的说来，夏目漱石在我国的译介走过了一条从简单到深刻、从单部作品的译介到有系统成规模译介的历程。从最初的周氏兄弟对夏目漱石的译介，就翻译的"信"而言，鲁迅显然要做得更为忠实。但就翻译的文学性而言，显然，周作人要高出一筹。而稍后的章克标在文风上酷似周作人，但在翻译理念上确实是传递鲁迅等人的"硬译"思想。而20世纪50年代刘振瀛先生和丰子恺先生既做到了较好地传达原文的韵味，同时也做到了优美传神。可说兼顾"信"、"达"、"雅"之美，翻译的文本呈现一种各因素浑融的审美之境。80年代以来，于雷、陈德文、吴树文等人的译本尤其突出，他们深厚的语言功底和较高的艺术修养，对翻译至高境界的孜孜追求，奠定了他们译本的可靠和可读。新时期的文洁若、竺家荣等人，或是对经典的重译如《我是猫》、《心》、《哥儿》等，或是翻译夏目漱石未译之作如《虞美人草》、《杂忆录》等，表明我国翻译界对夏目漱石的作品翻译和研究的不断发展和深化，认识越来越深刻。在兼采众家之长的基础上，翻译家的功底和水平得以发挥和展现，夏目漱石译本的文学性和语言的准确性都得到了进一步的提升。各种小说、散文的选读、选集等开始纷纷面世，这将意味着新时期我国夏目漱石译介的全面开启和重视。对于在日本与中国相似的鲁迅的崇高地位比较而言，鲁迅在日本受到了应有的重视，各种选集和全集都有面世，相反，夏目漱石至今在中国没有见到全集出版。这既与我国特定条件下特殊的政治环境和学术氛围有关，同时也与夏目漱石本人的文学理想和追求以及国人对之进行阐释而产生的误解有着极为密切的关联。但无论怎样，各种气象都表明，新时期的夏目漱石译介和研究，既是一个起点，也是一个契机。

四、个案：《我是猫》的译介

《我是猫》是日本明治大文豪夏目漱石的成名作，也是他的代表作之一。这部作品也是在中国译介最多、传播最广、影响最大的夏目漱石的作品。梳理《我是猫》在中国翻译的情况，是中日文学交流的题中之义。

从相关文献提供的信息得知，《我是猫》在中国最早的翻译是 1926 年。20 世纪 80 年代东北师范大学外国问题研究所出版的《五四运动以来日本文学研究与翻译目录》所收录的夏目漱石的译本目录中，列有《我是猫》的一个译本，即"程伯轩译，风文书店 1926"[1]。刘振瀛先生在谈到夏目漱石作品在中国翻译时，也谈到了 1926 年出版的《我是猫》的译本[2]。虽然笔者没有看到这个译本，但查阅上海图书馆书目，可以看到"东京风文书院 1936 年程伯轩、罗茜翻译的《我是猫》"译本的信息，大概这一版本就是前一译本的再印或再版。主译者程伯轩是著名旅日华侨和语言学学者，在 20 世纪 30 年代先后出版过《日语公式（成语熟语）详解》（1935）、《日本文言文法》（1936）、《日本文章解剖》（1937）、《抗战与太平洋问题》（1937）、《暴日侵华血史》（1938）等语言学和政治学著作。

之后出版的《我是猫》的新译本是大陆 1958 年的《夏目漱石选集》中收了胡雪、由其的合译本和台湾地区李永炽的译本。20 世纪 90 年代以来，这两个译本不断再版，同时出现新的译本。

根据不太完全的统计，在大陆和台湾地区[3]，《我是猫》的翻译版本（包括再版本）达 40 余种，列表如下：

序号	译名	译者	出版社	出版时间	备注
1	《我是猫》	程伯轩	风文书院	1926	
2	《猫》	出云	《东方杂志》31 卷第 15 期	1934	译出完整的第一章
3	《我是猫》	程伯轩、罗茜	风文书院	1936	

---

① 东北师范大学外国问题研究所日本文学研究室：《五四运动以来日本文学研究与翻译目录》，《日本文学》1983 年第 4 期，第 312 页。

② 刘振瀛：《日本文学论集》，北京大学出版社 1991 年版，第 216 页。

③ 限于资料，香港、澳门地区没有统计。

序号	译名	译者	出版社	出版时间	备注
4	《我是猫》	胡雪、由其	人民文学出版社	1958	日本文学丛书《夏目漱石选集》上卷
5	《我是猫》	尤炳圻、胡雪	人民文学出版社	1997	世界文学名著文库
6	《我是猫》	尤炳圻、胡雪	人民文学出版社	2006	名著名译插图本
7	《我是猫》	于雷	译林出版社	1993	
8	《我是猫》	于雷	译林出版社	1994	译林世界文学名著
9	《我是猫》	于雷	译林出版社	1999	世界文学名著百部珍藏本
10	《我是猫》	于雷	译林出版社	2002	
11	《我是猫》	于雷	译林出版社	2010	
12	《我是猫》	于雷	吉林大学出版社	2000	日汉对照·世界名著丛书
13	《我是猫》	于雷	吉林大学出版社	2009	日文名著·日汉对照系列
14	《我是猫》	刘振瀛	上海译文出版社	1994	
15	《我是猫》	刘振瀛	上海译文出版社	2003	世界文学名著普及本
16	《我是猫》	刘振瀛	上海译文出版社	2007	译文名著文库
17	《我是猫》	刘振瀛	上海译文出版社	2011	译文名著精选
18	《我是猫》	罗明辉	南方出版社	2003	外国文学名著大系
19	《我是猫》	蒋蜀军	广州出版社	2008	世界文学名著典藏
20	《我是猫》	朱巨器	长江文艺出版社	2008	世界文学名著典藏
21	《我是猫》	郭涵等	延边人民出版社	2001	
22	《我是猫》	王学兵	远方出版社	2001	
23	《我是猫玩偶之家》		吉林摄影出版社		世界文学名著精粹
24	《沙恭达罗我是猫》		伊犁人民出版社		世界名著百部
25	《我是猫》	卡吉	小知堂文化有限公司	2001	世界文集系列
26	《我是猫》	卡吉	立村文化	2009	
27	《我是猫》	赵慧瑾	星光出版社	1995	

序号	译名	译者	出版社	出版时间	备注
28	《我是猫》	石榴红文字工作坊	花田文化股份有限公司	1995	日本经典文学大系1、2
29	《我是猫》	李永炽	远景出版事业公司	1976	世界文学全集85
30	《我是猫》	李永炽	远景出版事业公司	1997	
31	《我是猫》	李永炽	桂冠出版社	1994	桂冠世界文学名著45
32	《我是猫》	李永炽	书华出版事业有限公司	1995	世界文学全集66
33	《我是猫》	刘振瀛	志文出版社	2001	新潮文库450
34	《我是猫》	安娜	远方出版社	2000	含《罗生门》
35	《我是猫》	胡雪、由其译，奇华改写	中国少年儿童出版社	2000	
36	《我是猫》	李雪堂改写	上海人民美术出版社	2002	青少年版
37	《我是猫》	李光辉编译	现代出版社	2013	
38	《我是猫》	郝芳	安徽师范大学出版社	2014	经典世界文学名著（全译本）
39	《我是猫》	尤炳圻、胡雪	上海文艺出版社	2014	企鹅经典
40	《我是猫》	竺家荣	中国华侨出版社	2014	
41	《我是猫》	马丽	北京理工大学出版社	2015	日本文学大师夏目漱石作品精选集
42	《我是猫》	曹曼	浙江文艺出版社	2015	

从上表中可以看到，《我是猫》在中国的翻译影响最大、流传最广的是尤炳圻、胡雪的合译本和于雷、刘振瀛、李永炽的译本。这四种译本都称得上是名家名译，五位译者都精通日文，是著名翻译家，或者是大学教授、作家、学者。

尤炳圻（1912—1984），江苏无锡人，20世纪30年代初在清华大学学习英国语言文学，1934年至1937年留学日本，在东京帝国大学研究院研究英国文学和日本文学。回国后，他先后在北京师范大学日本文学系、北京大学日本文学系讲授日本文学、日文语法等课程。

1950 年以后他任教于西北师范学院中文系。尤炳圻著有《日本语文法》（1941）、《日本文学史》（北京艺文杂志于 1943 年 7 月至 1944 年 9 月连载）等著作，30 年代翻译出版日本学者内山完造的《一个日本人的中国观》（1936），受到鲁迅的称赞，还翻译出版夏目漱石的《梦十夜》（1936）、藏原惟人的《日本新民主主义文化运动》（1950）、岛崎藤村的《破戒》（1958）、木下尚江的《火柱》（1981）等作品。尤炳圻的《我是猫》译文最早在 1942 年 12 月至 1943 年 12 月连载于天津的《庸报》。1958 年人民文学出版社出版《夏目漱石选集》，上卷即《我是猫》，译者署名为"胡雪、由其"，大概是以尤炳圻 40 年代的译文为基础，由胡雪做了校订和修改，故署名两人合译（"由其"即尤炳圻），而 90 年代人民文学出版社出版《我是猫》单行本时，署名为"尤炳圻、胡雪"。胡雪（1909—1985），湖北黄冈人，1925 年大学毕业后入黄埔军校。1927 年至 1931 年留学日本。归国后任上海神州国光社编辑，从事文学、哲学研究和翻译工作。抗战时期曾任国民政府军事委员会政治部第三厅对日宣传核心小组文艺写作组组长。1947 年任国立湖北师范学院教授，1948 年任中华大学中文教授兼系主任，讲授文艺学、西洋哲学史、英语、日语等课程。1952 年以后任华中师范学院中文系教授兼外国文学教研室主任。其著译有《欧洲思想史》、《中国资本主义发达史》、《高尔基评传》、《现代世界文学小史》、《帮闲文学》等。尤炳圻、胡雪合译的《我是猫》是在中国流行时间最长的译本。

于雷（1924—2010），吉林梅河人，1945 年开始发表作品，1950 年毕业于东北师范大学文学院国文系，之后在东北人民出版社、辽宁人民出版社从事文学编辑工作，曾被错划为右派，下放农村劳动。"文化大革命"后任春风文艺出版社外国文学室主任，《春风译丛》副主编、编审，辽宁省作家协会中外文学交流委员会主任，辽宁省文学翻译协会会长。著有报告文学《沙河桥边的喜事》、《吕根泽》、《人与鬼：日本战犯关押纪实》，诗词集《苦歌集》，学术专著《日本文学翻译例话》，

主要译作有清少纳言的《枕草子》、夏目漱石的《我是猫》和《明暗》、
德富芦花的《不如归》、谷崎润一郎的《春琴抄》、石川达三的《风
雪》、井上靖的《彩色的暗露》和《猎枪》、石坂洋次郎的《绿色的山
脉》等，共计400余万字。于雷的《我是猫》译文顺畅活泼，比较受读
者欢迎，译本在译林出版社多次再版，还有吉林大学出版社以日汉对照
出了两版。译者本人对译文也很得意，在吉林大学出版社2009年版的
"序言"中写道："此次编排《我是猫》对译时，采用译本为购买版权的
旧译本，译者于雷的译笔精准，已成定论，恕不赘述。"①

　　刘振瀛（1915—1990）辽宁沈阳人，自小喜欢文学，中小学阶段
大量阅读中国古典和现代新文学作品，1935年至1941年留学日本，毕
业于日本东京高等师范大学日本国文系，其间研读日本和西方的文学名
著。回国后任教于北京师范大学日本文学系和北京大学东方语言文学
系，担任日语和日本文学课程的教学，著有《日本文学论集》（1991）、
《日本文学史话》（1995）、《日本近现代文学阅读与鉴赏》（上、下，
1993）、《日语中谓语的附加成分与汉译》，译著有夏目漱石的《我是
猫》、《哥儿》、西乡信纲的《日本文学史》（古典部分，1978）、坪内逍
遥的《小说神髓》、世阿弥的《风姿花传》、藤原定家的《每月抄》等。
对于文学翻译，刘振瀛曾经说过："一个有功底的文学翻译者，不但要
有一般的文化修养、文学素养和驾驭双方语言的能力，而且更需要对原
作品乃至对原作者的整个创作的倾向、特色，下一番研究工夫。换句话
说，一个译者，不但要对着手翻译的原作品所涉及的语言，有精确理
解，而且也应当是他所从事翻译的那个作家的研究者，或者退一步说，
也应当是个好的理解者。"②他也谈到《我是猫》的翻译，认为这是一部
具有"俳文"精神和风格的作品，"对于这样一部作品，如果想要真正

---

　　①　于雷：《我是猫·序言》，吉林大学出版社2009年版。
　　②　刘振瀛：《片断的感想》，王寿兰编：《当代文学翻译百家谈》，北京大学出版社1989
年版，第211页。

理解它的语言上的特色，就不能不探索它与'俳文'传统的继承与发展的关系，并在'俳文'的艺术特点上，下一番研究工夫。只有这样，才能充分体会作者在《我是猫》这部作品中苦心孤诣的独创性，才能更好地完成这部作品的汉语翻译的工作"①。刘振瀛的《我是猫》译文，是一种研究性的翻译，不仅仅是语言的转换，而是原作文化、文学精神与韵味的传达。他的译本在上海译文出版社一版再版，还在台湾出版发行繁体文版。

李永炽（1939— ），台湾台中县人，1958 年至 1966 年在台湾大学历史系和历史研究所学习，硕士毕业后在台湾大学历史系任教，是著名的史学家和翻译家，致力于日本和中国历史研究。著有学术专著《福泽谕吉社会思想之研究》、《日本的近代文化与知识分子》、《日本史》、《日本近代思想论集》、《中国历史一百讲》、《西洋历史一百讲》、《莽原集》、《历史的长城 —— 史记》、《不屈的山岳 —— 雾社事件》、《历史的跫音》、《台湾历史年表·终战篇》、《日本式心灵 —— 文化与社会散论》、《日本近代史研究》、《历史·文学与台湾》、《世纪末的思想与社会》等；日本文学的译著有吉田兼好的《徒然集》，井原西鹤的《好色五人女》，森鸥外的《雁 山椒大夫》，夏目漱石的《我是猫》、《之后》、《矿工》、《行人》，岛崎藤村的《春》，志贺直哉的《暗夜行路》、《和解》，武者小路实笃的《幸福家庭》、《友情 爱与死》，芥川龙之介的《芥川龙之介精选集》，川端康成的《山之音》、《雪国》、《千羽鹤》，三岛由纪夫的《金阁寺》、《假面的告白》、《蓝色时代》，井上靖的《黑蝶》、《夜之声》、《西域的故事》，水上勉的《马儿啊！在大地上安息吧！》、《越后·亲不知》，大江健三郎的《万延元年的足球队》、《当代世界小说家读本大江健三郎》，太宰治的《当代世界小说家读本太宰

---

① 刘振瀛：《片断的感想》，王寿兰编：《当代文学翻译百家谈》，北京大学出版社 1989 年版，第 212 页。

治》，宇野千代的《我要活下去》，吉行淳之介的《等待的女人》，藤堂志津子的《熟夏》以及作品集《"内向世代"小说选》、《日本掌中小说选》等，几乎对近现代日本文坛的重要作家都有涉足，还组织过几套日本文学"丛书"的翻译。他的《我是猫》译本在台湾多家出版社出版，是台湾流传最广、影响最大的译本。

正是由于这样的名家名译，才使《我是猫》在中国得以广泛传播。而就这四个译本而言，可谓各有特色，我们以开篇的第一段为例，来比较考察四部译作的翻译特点与风格。

原文：

吾輩は猫である。名前はまだ無い。

どこで生れたかとんと見当がつかぬ。何でも薄暗いじめじめした所でニャーニャー泣いていた事だけは記憶している。吾輩はここで始めて人間というものを見た。しかもあとで聞くとそれは書生という人間中で一番獰悪な種族であったそうだ。この書生というのは時々我々を捕えて煮て食うという話である。しかしその当時は何という考もなかったから別段恐しいとも思わなかった。ただ彼の掌に載せられてスーと持ち上げられた時何だかフワフワした感じがあったばかりである。掌の上で少し落ちついて書生の顔を見たのがいわゆる人間というものの見始であろう。この時妙なものだと思った感じが今でも残っている。第一毛をもって装飾されべきはずの顔がつるつるしてまるで薬缶だ。その後猫にもだいぶ逢ったがこんな片輪には一度も出会わした事がない。のみならず顔の真中があまりに突起している。そうしてその穴の中から時々ぷうぷうと煙を吹く。どうも咽せぽくて実に弱った。これが人間の飲む煙草というものである事はようやくこの頃知った。

1. 尤炳圻、胡雪的译文：

　　我是猫，名字还没有。

　　出生在什么地方，我一点也不清楚，只记得曾在一个昏暗潮湿的地方，咪唔咪唔地哭泣着。我在那地方第一次看到叫做人的这个东西。后来听说那便是所谓书生^①，是人类之中最凶恶的一种。据说这类书生常常捉住我们，把我们煮了吃掉。不过，那时我还不大懂事，所以倒不觉得怎样可怕，只是当他把我放在手掌上，猛一下举起来的时候，心里有些摇摇晃晃的。我在书生的手掌上稍稍定下心来后，才向他的脸一望，这大概就是我第一次看见所谓人的开始罢。当时我那种奇怪之感，至今都还存在着。本来应该有毛的那张脸，却是光溜溜的，简直像个开水壶。后来我也碰见过很多的猫儿，可一次也未曾见过这样带残疾的脸。不仅这样，脸的中央还凸得很高，从那窟窿里面不时噗噗地喷出烟来，呛得我实在难受！到了最近，我才知道那就是人类所吸的香烟。

2. 于雷的译文：

　　咱（zá）家是猫。名字嘛……还没有。

　　哪里出生？压根儿就搞不清！只恍惚记得好像在一个阴湿的地方咪咪叫。在那儿，咱家第一次看见了人。而且后来听说，他是一名寄人篱下的穷学生，属于人类中最残暴的一伙。相传这名学生常常逮住我们炖肉吃。不过当时，咱家还不懂事。倒也没觉得怎么可怕。只是被他嗖的一下子高高举起，总觉得有点六神无主。

　　咱家在学生的手心稍微稳住神儿，瞧了一眼学生的脸，这大约

---

① 书生亦可译作青年学生。——原注

便是咱家平生第一次和所谓的"人"打个照面了。当时觉得这家伙可真是个怪物，其印象至今也还记忆犹新。单说那张脸，本应用毫毛来妆点，却油光锃亮，活像个茶壶。其后咱家碰上的猫不算少，但是，像他这么不周正的脸，一次也未曾见过。况且，脸心儿鼓得太高，还不时地从一对黑窟窿里咕嘟嘟地喷出烟来。太呛得慌，可真折服了。如今总算明白：原来这是人在吸烟哩。

3. 刘振瀛的译文：

我是只猫儿。要说名字嘛，至今还没有。

我出生在哪里，自己一直搞不清。只记得好像在一个昏暗、潮湿的地方，我曾经"喵喵"的哭叫来着，在那儿第一次看见了人这种怪物。而且后来听说，我第一次看见的那个人是个"书生"①，是人类当中最凶恶粗暴的一种人。据说就是这类书生时常把我们抓来煮着吃。不过，我当时还不懂事，所以并不懂得什么是可怕，只是当他把我放在掌心上，嗖的一下举起来的时候，我有点悠悠忽忽的感觉罢了。我在书生的掌心上，稍稍镇静之后，便看见了他的面孔。这恐怕就是我有生以来第一遭见到的所谓人类。当时我想："人真是个奇妙之物！"直到今天这种感觉仍然深深地留在我的记忆中。甭说别的，就说那张应当长着茸毛的脸上，竟然光溜溜的，简直像个烧水的圆铜壶。我在后来也遇到过不少的猫，可是不曾见过有哪一只残废到如此的程度。不仅如此，面部中央高高突起的黑洞洞里还不时地喷出烟雾来，呛得我实在受不了。最近我才知道那玩意儿就是人类抽的烟。

---

① 指寄食人家，边照料家务边上学的书童。——原注

4.李永炽的译文：

我是猫，还没有名字。

在哪里出生的，一点儿也不记得。只是在印象中仿佛曾经在一个阴暗潮湿的地方，喵——喵——地叫着。在这里我头一次看到了人类。而且，后来才听说这就是所谓的书生——是人类之中最狰狞凶恶的一种。这种书生，听说偶尔还会捕捉我们，烹猫而食呢！可是，当时我还没什么思想，只是在他的手掌上嗖——地一声被提了起来时，感觉到有一点摇摇晃晃罢了。在他的手掌上稍微稳定后，所看到的书生的脸孔，大概就是初次见到所谓的"人类"吧！

直到现在，当时那种奇妙的感觉仍然残留着。首先，应该是长满毛的脸，却光滑发亮地像个茶壶一样。在那之后我也碰见过许多猫，但是像这样残缺不全的动物，倒再也没有遇见过。再加上脸孔正中央还高高地突起一块，同时从那洞中呼——呼——地冒出烟来。我被呛得实在受不了，最近我终于知道，这就是人类所抽的烟草。

一般而言，开篇的译文是译者最用心的，它往往奠定了全篇的基调。从几部译作的开头一段我们可以看到，尤炳圻和胡雪的译文简洁流畅、轻快洒脱，以忠实原文的直译传达出原文的内容，但对原文中表达的语气，婉转细微处有所忽略。

于雷的翻译在整体忠实原文的基础上更多为传神而做出的创造性改造，表达更加中国化。下笔将"吾辈"译成"咱（zá）家"，译者在"译序"中有专门的说明，还引起过学界对"吾辈"翻译的讨论，体现了于雷译文本土化的努力。译文中的"压根儿"、"寄人篱下"、"六神无主"、"打个照面"、"记忆犹新"、"油光崭亮"、"周正"、"折服"等都是非常中国化的语言，也赋予译文以文采，体现出身为作家的译作风

格。但对原文的理解有些可商榷之处，如将"この書生というのは時々我々を捕えて煮て食う"译成"这名学生常常逮住我们炖肉吃"，原文中的"この書生"，承前文看应该是指"这类书生"，是群体，而不是特指这一个。

刘振瀛的译文字数最多，对原文的把握非常精确，不仅传达文句原意，还将原文中的细微处表达得准确到位。有研究者分析下笔的"我是只猫儿。要说名字嘛，至今还没有"一句的译文："这句译文看上去虽简单无奇，但显然包含着译者对作品的深刻的体会，'我是只猫儿'，表示猫的量词'只'以区分表示人的量词'个'，这就使得'猫'自己不屑与人类为伍的自负语气强调出来了；不用'猫'而用儿化音'猫儿'，就很轻松地传达出了原文的滑稽幽默；'要说名字嘛，至今还没有'，其中的'要说……嘛'，语气中有轻微的转折和迟疑，这就把'猫'因'至今还没有'名字而造成的不满足感和不易觉察的自卑感体现了出来。"[1]译文中的"只记得……"、"好像……"、"叫来着"、"据说……"、"不过……"、"只是……罢了"、"竟然……"、"简直……"、"不仅如此"这些句式将原文中猫的心绪、神态做出细腻的刻画。刘振瀛的译文逼近细腻，还很严谨，注重句子成分的完整，体现长期从事日语语言教学研究的学者译文的特点。这样的细腻与严谨，显得译文的简洁稍显不足。如译文中每句的主语"我"，不必每句不缺，有些承前省略不会影响内容的表达，而会更加简洁流畅。

李永炽的翻译比较忠实原文，也注重细微的语气，特别注重场景气氛的再现。"喵——喵——地叫着"、"嗖——地一声"、"呼——呼——地冒出烟来"这样拟声拟态的表达，生动传神，给人以身临其境的画面感。不过，译文中的一些地方可以再斟酌，如将原文"こ

---

① 王向远：《八十多年来中国对夏目漱石的翻译、评论和研究》，《日语学习与研究》2001 年第 4 期。

の書生というのは時々我々を捕えて煮て食うという話である"中的"時々"译为"偶尔"似乎不确。虽然作为副词的日语词"時々"（ときどき）可以作"经常，时常"和"有时，偶尔"等多种解释，但在上下文的语境中，译成"经常"或"常常"更确切，更能表现"猫"对这类书生烹食同类的恨意。再如将"ただ彼の掌に載せられてスーと持ち上げられた時"一句翻译成"只是在他的手掌上嗖 —— 地一声被提了起来时"也可商榷，"在手掌上"和"提起来"在情理上不能连用，"提"必须是手掌蜷拳才能做的动作，原文中的"持ち上げる"本意就是"举起"或"抬起"，另外三个译本都译作"举起"是准确的。

　　总之，《我是猫》作为日本 20 世纪文学的名作，在中国广泛传播，以前述的几位译者为代表，他们通过各有所长的翻译，为中国广大读者走进夏目漱石的艺术世界搭建起一座桥梁。

第二节　夏目漱石研究的主要成果

　　虽然周氏兄弟对夏目漱石的"有余裕的文学"的推崇无形之中给后人以潜在的影响，但中国革命风潮的汹涌，却造成了人们对夏目漱石理解的片面。加之夏目漱石本身存在主观唯心主义倾向和后期在纯审美的艺术之境中做心灵的遨游，又提倡"则天去私"的无为思想，这一切导致了中国大多数学人对夏目漱石的理解仅仅止步于资产阶级化的"悠游"和"余裕"，他的"有余裕的文学"被视为一种有闲阶级的奢侈品，人们对夏目漱石保持了敬而远之的态度。当然，鲁迅除了在文学创作上的要有"余裕"心态而对夏目漱石持赞赏态度之外，另外也对之进行了符合自己审美习惯的改造，这一点，我们下一节会详细论述。作为有着留学日本的经历并翻译夏目漱石作品的章克标来说，其接受夏目漱石的影响是不言而喻的。表现在文本中二者对社会的批判意识、文学理想和创作手法方面有着诸多的相同点，但其本质的差异也是明显的。1930
年，章克标翻译并出版了《漱石集》，其中包括中篇小说《哥儿》、散
文《伦敦塔》以及一篇夏目漱石论高滨虚子的"鸡头序"。章克标对夏
目漱石流露在小说中暴露社会的黑暗与腐败，对不公平社会的批判以及
幽默诙谐的创作手法都了然于胸。在章克标一系列的作品中，都体现了
夏目漱石的这种潜在影响。他认为夏目漱石的性格"第一就是反抗的精
神，反抗时代的潮流及锄强扶弱的一种所谓侠气；第二是依了正义的所
指，调制自己的行动；第三是轻快洒脱的趣味"①。章克标指出，《哥儿》
"自然是着意地痛骂当世的社会及教育界了，但是只使人觉得痛快的。
这比他别的小说，还有一个异点，是在滑稽谐谑的嘲骂世俗以外，还是
替天行道，对于不正不德的人，加以制裁，有高树理想的旗帜之概"②。
夏目漱石这种对教育界的醒目辛辣的批判给予章克标极大的警醒和启
发，他也曾发出"对于教育界的痛下针砭，毫不容赦笑骂，实在使人冷
汗淋淋的。这个我想对于现在中国的教育界，也可以当做一声警钟吧"
的类似思考。

　　20 世纪 50 年代，对夏目漱石有突出研究的是刘振瀛。他不仅是夏
目漱石作品的翻译者，而且也是夏目漱石作品的深刻解读者。刘振瀛最
早接触夏目漱石，应该是在他早年留学日本的生涯中。在回国后的教学
和研究中，他逐渐加深了对夏目漱石的认识和理解。在对夏目漱石的作
品进行翻译之前，他早已对他的小说创作有了一定程度的了解和研究，
尽管这种研究不可避免地打上了时代的烙印。在《〈夏目漱石选集〉前
言》中，刘振瀛对夏目漱石的三部作品（《我是猫》、《旅宿》、《哥儿》）
进行了自己的分析和评论。有学者认为，刘振瀛在"选集"中的分析有
着强烈的 50 年代的印记："一方面，在文学批评的方法、视角上，有僵

---

① 〔日〕夏目漱石：《夏目漱石集》，章克标译，上海开明书店 1932 年版，第 2 页。
② 〔日〕夏目漱石：《夏目漱石集》，章克标译，上海开明书店 1932 年版，第 12 页。

硬地套用苏联式马克思主义文学批评的一面，但他作为熟知夏目漱石及其作品的专家，其批评基本上是从作品实际出发，学风和态度是严肃求实的，这与后来出现的'极左'的主观臆断的批评还是不同的。"[①] 事实上，刘振瀛对夏目漱石的认识有一个不断深入和变化的过程，这在他后来翻译的夏目漱石的作品中所写的序言中可以体现出来。如刘振瀛于1994年翻译出版的夏目漱石的《我是猫》，这一时期他对作家的看法对比以前发生了改变。不再局限在资产阶级的批判层面，而是建立在对作品的详细分析上面；不再从"批判现实主义"的角度看待这部作品，而是力图从作品分析入手，探讨这部小说的美学特征；也不同意其他研究者对这部作品所作的"对小资产阶级知识分子的自我批判"的断言，他以为这没有体现出作家笔下知识分子的实质。

50年代，刘振瀛进入北大后，开设了一系列有关日本文学的课程，如"日本文学史"、"日本文学选读"和"日本文学"等，这为他很好地解读夏目漱石提供了深厚的理论和文化素养。这一时期，刘振瀛论夏目漱石的观点主要体现于《〈夏目漱石选集〉前言》（源自《日本文学论集》1991年版）和《夏目漱石的艺术书简》（初发表于《世界文学》，1964年3月号）这两篇论文中。前一篇论文主要是运用阶级分析的观点来分析国内翻译的夏目漱石的三部作品即《我是猫》、《旅宿》、《哥儿》。后一篇论文主要是由夏目漱石对小说创作的一些直接看法，包括和青年的通信以及演讲内容组成。在"书简"里，刘振瀛突出地表达了这样的思想：即夏目漱石的创作是一个复杂的体系和存在。他既是一位理性至上主义学者，同时又提倡人生的"余裕"。而且站在资产阶级个人主义道义观上看问题，所以，作家对知识分子估计不足，导致在创作中屡屡失败，到处碰壁。另外，刘振瀛还认为，夏目漱石在形式与

[①]　王向远：《八十多年来中国对夏目漱石的翻译、评论和研究》，《日语学习与研究》2001年第4期。

内容上也强调了内容和形式的统一关系，尤其提出不注重内容的形式是站不住脚的，这就给予创作思想上以无比重要的地位。刘振瀛认为，作品《哥儿》比《我是猫》的批判精神要强。在《我是猫》中，作者还只是冷眼旁观，而在《哥儿》中，作者与冷酷的现实作了不屈不挠的斗争。但这种不妥协的精神到了《旅宿》，作者却为自己安排了一个逃避的场所，那就是艺术世界，美的世界。这种逃避的艺术也叫作"非人情的艺术"。刘振瀛认为，这是一种唯心主义的美学观，而在现代，一切唯美的作家也只不过是资产阶级豢养的奴仆，为着统治阶级的利益，竭尽其遮蔽现实、粉饰现实之能事而已。刘振瀛进而分析道，夏目漱石在文中体现了一种资产阶级狭隘的反动美学观，对此要予以警醒和批判。他还认为："历来小资产阶级出身的作家在向现实呐喊了一阵之后，立刻退阵脱逃，钻到唯美的防空洞里去，原是文学史上常见的事实。但这种唯美的世界势必要窒息作家的创作生命，夏目漱石虽然终生未能忘怀于这个世界如他始终热心于画水彩画，作汉诗，但在创作上却很快地从里面解脱出来了。"① 然，受阶级和时代的局限，刘振瀛早期对夏目漱石的研究不可避免地带有阶级分析的观点。尽管如此，他的分析也正如学者所言，是严肃求实的，也是很有值得借鉴的价值的。这一点，我们不必苛求。事实上，从 20 世纪 80 年代初以来，他就自己动手翻译夏目漱石的作品。与此同时，刘振瀛更注重从文本分析和细读的角度对作品进行评论，这为我们提供了高质量的文学性分析和美学论文，为我们进一步研究夏目漱石提供了坚实的基础。

刘振瀛认为，夏目漱石是个清醒的现实主义者，他在早期的作品《我是猫》、《哥儿》中，形成了一种"愤怒的漱石"的形象。后期，他把笔触伸向知识分子的内心领域，近于一种"我执"的世界里，使他对人生和社会的思考更加深化和复杂化。但无论如何，夏目漱石的创作是

---

① 刘振瀛：《日本文学论集》，北京大学出版社 1991 年版，第 143 页。

不同于日本的自然主义作家的。刘振瀛认为，《后来的事》这部作品结构严整，人物刻画有血有肉，比较传神地刻画了知识分子那种"既不屑与现实同流合污，又无力同现实搏斗"的典型形象。他认为，这部作品是作家全部创作中人物性格塑造得十分成功而又富于思想意义的作品。相比于《我是猫》的强烈批判却空疏，相比于《哥儿》的血肉丰满却缺乏深邃思想，这部作品的成功之处是明显的。刘振瀛进而总结道，夏目漱石一生的创作主要集中于知识分子在日本近代社会中的处境及如何对待这种处境上。他的作品以透彻的理性、心理的深层探索及他对现代社会伦理道德观念的追求，给读者提示了各种令人深思的问题。因此他不是单纯描述现实的作家，而是具有近代文化教养的、勤于思索、探讨人生问题的作家。他的创作直到今天在知识界和学生当中仍然拥有大量的读者，而且在自然主义文学运动衰落后，对继之而起的"白桦派"、"新思潮派"都具有深刻的影响。①

　　纵观刘振瀛的一生，他在日本文学研究方面所取得的成就是有目共睹的。学者林林评价道："刘振瀛先生一身兼三种工作——研究、翻译和教学，都做出卓著的成绩。他首次设课，较早编文学史、文学作品选教材，培养多批本科生、研究生。他治学严谨，工作勤奋，运用历史唯物主义的观点分析问题，认真细致，有自己的见解，在日本文学方面有很深的造诣。"② 刘振瀛扎实勤恳的日本文学研究，让我们得以一览日本文学的精髓。同时，他也用自己的妙笔翻译了一批深值玩味的日本文学著作。他为日本文学的教学、研究和翻译贡献了毕生精力，是值得后人怀念的一位令人尊敬的学者。

　　何乃英的《夏目漱石和他的小说》（北京出版社 1985 年版）是我国最早的论述夏目漱石的学术专著，但该论著并不是从严格意义上讲的

---

① 刘振瀛编：《日本近现代文学阅读与鉴赏》，商务印书馆 1993 年版，第 19—20 页。
② 刘振瀛编：《日本文学论集》序，北京大学出版社 1991 年版，第 1 页。

学术研究专论，而是具有普及意义的介绍夏目漱石生平与创作经历的著作。它不仅对夏目漱石的生活经历有着详细的资料考证和说明，同时也论析了他创作过程的一些心路历程，这是后人研究夏目漱石不可缺少的资料性著作。在我国还未见到夏目漱石专论的阶段，它确实是一本开拓性论著。

李国栋的《夏目漱石文学主脉研究》（北京大学出版社1990年版），论者长期浸淫在日本文学里，对夏目漱石的创作有着颇多的体会与理解。在掌握大量资料的基础上，进行了扎实的文本考证功夫，对夏目漱石的中长篇小说进行了认真细致的解读与阐发。往往从小说的关键词出发，找到能够涵括文本的语汇，由此透视文本的时空结构、写作视角与叙述路径。从一个新的角度解读了夏目漱石，为我国的夏目漱石研究提供了一个崭新的范本。作者认为，"头脑"（形式逻辑）与"心灵"（实质）是相克的，运用这种理论，从新的角度解读了夏目漱石的中长篇小说。并在第四章展开了与鲁迅的比较研究，视角集中在《梦十夜》与《野草》。这既是本著作的结尾，同时也是论者宏大目标的开始，因为，对夏目漱石的解读，归根结底是为了他既定的宏伟目标：展开对鲁迅与夏目漱石的比较研究。对夏目漱石的研究可以看作是前期的一个准备工作。

何少贤的《日本现代文学巨匠夏目漱石》（中国文学出版社1998年版）是作者集十年之功集中论述夏目漱石文艺理论和文学思想的论著。该书以夏目漱石的两部文学理论著作《文学评论》和《文学论》为立论基点，展开自己的阐发和解读。论者认为，夏目漱石以社会学和心理学结合的形式展开自己对文学理论的论述，同时大量征引东西方文学实例，为自己的文学理论提供了坚实的说服力。这对于只知道东方文学或只理解西方文学的人是不可能读懂其中的深意的。只有建立在东方文学与文化的融会贯通的基础上，才能理解夏目漱石的博大精深和思想的深邃性。论者还讨论了夏目漱石对文学与其他学科的比较认知，夏目漱石对想象的重视、对读者的推崇、对西方"个人主义"的发展、对日本自然主义的批评等都成为论者论述的对象。夏目漱石文学批评的特色在于"真"、"善"、"美"、"庄严"的统一，最后形成了他"则天去私"的文艺观和人生理想。

李光贞的《漱石小说研究》（外语教学与研究出版社 2007 年版）主要集中在夏目漱石的小说研究上，对夏目漱石的文学观、小说的思想内涵、人物形象、叙事特征四个方面进行了详细论述。要知道夏目漱石小说的立足点首先在于搞清他的文学创作思想，这从他本人对文学的阐释和理解可以得出。实际上，夏目漱石的文学理想包含了中国"文以载道"的社会理想和发源于西方的个人主义的"自我本位"思想。他将这两者融于自己的创作中，既保持了文学的一种个性和自由，同时，也把东方人特有的一种社会理想包容进来。夏目漱石的小说立足于文明批评和社会批判，这与他自身的经历以及对东西文化的深切体会有着密切的关联。夏目漱石小说的描述重点在于知识分子，通过不同类型的知识分子，作者揭示了他们的痛苦、希望、迷惘与孤独的心路历程。另外，该论著还探讨了作品中的叙事结构、视角和语言的特色，这对进一步解读夏目漱石提供了坚实的文本实证分析。应该说，该论著文本分析是一大特色，夏目漱石对转型期的知识分子的描述，展示了他们的内心矛盾与精神世界。

张小玲的《夏目漱石与近代日本的文化身份建构》（北京大学出版社 2009 年版），作者从夏目漱石对"文"的追寻，探讨日本近代语境中，对文化身份的建构问题。可以说，著作有意从论述较多的关于夏目漱石的文明批评和东西文化比较等视角中脱离出来，而是立足于从文学的视角，以"文"这个独特的现代审美视野，来关照近代日本知识分子与文化身份的密切关联，不失为一种有个性的独立思考之作。论著将文学性即对"文"的探寻作为理论基点，考察了夏目漱石对"文"的独特理解，同时也在日本近代化语境中，将探寻知识分子的一种生存方式作了较好的勾勒。

李玉双的《疯狂与信仰 —— 夏目漱石研究》（中国社会科学出版社 2013 年版），论著视野宏阔，试图在多元文化语境中把握夏目漱石的创作。通过对夏目漱石文学理论的解读、对"存在"的认识、对女性观的探讨、对宗教观的透视，全面地展示了夏目漱石文学中对人性的思考和对人的存在现状的剖析，深刻地阐析了人类各种复杂的心理幽思与欲望潜流。夏目漱石在文中表达了对个性和自由的向往与追求，提倡人文精神，但论著中一个关注点在于从宗教的视角探讨夏目漱石的宗教观以及由这种宗教观导致的人生痛苦与矛盾，实则揭示了夏目漱石对人的生存本质的深切关怀。以宗教的情怀介入人生的问题，二者并不是矛盾的，而是一种紧密的联系。

以上关于夏目漱石的研究都是目前我国具有代表性的学术著述，而单篇的夏目漱石的研究论文则较多。仅以"夏目漱石"为题名，检索知网，发现有 431 篇论文。以之为博士、硕士学位论文研究方向的占到了 337 篇，且呈逐年增加的势头，这一方面说明我们对夏目漱石的研究兴趣与日俱增，同时从另一方面说明了我们对夏目漱石的认知、了解与体会也越来越深刻，夏目漱石于我们的重要性可见一斑。众多的学术论文中，既有对夏目漱石单篇论文的分析，也有对整个创作历程的阐发；既有对文学思想的解析，也有对作品艺术手法的深刻解读；既有纯粹的对作家作品的解读，同时也有和其他作家作品的对比阅读；既有对人生历程的勾勒，也有对文学创作过程的还原；既有对文学理论的阐发，也有对文学批评实践的检验；既有对文学观和宗教观的考察，也有对女性观和哲学观的透视。总之，新时期以来，夏目漱石在我国的研究呈现规模化、多元化、立体化的特色，这为我们从深层次理解夏目漱石提供了坚实的基础，同时也为进一步研究夏目漱石提供了扎实丰厚的参考性的资料和某种方向感。

第三节　夏目漱石研究的焦点

一、"余裕文学"与"非余裕的文学"的文学理想与区分

夏目漱石提出，文学分为"余裕文学"与"非余裕的文学"两种。在周氏兄弟看来，尤其是对于周作人而言，更为看重夏目漱石的"余裕文学"，关于这一点，我们在第一节已经分析过，这与作者本人的思想倾向以及当时五四时期对"人的文学"的发现的整体氛围有关。但是，对于鲁迅来讲，情况更为复杂。

夏目漱石小说中的"余裕"思想，其实并不能代表他创作的整体面貌，这只是他创作思想的一部分，而他同时还提出了小说的"非余裕"思想，也即文学的批判功能和批评色彩，这是夏目漱石在深刻考察和分析东西方文明之后发挥的"文明批评"的意识形态批评。在这一点上，夏目漱石更契合了中国自古以来提倡的"文以载道"的政治使命感和文学的社会意义。因此，当我们将夏目漱石的这两方面结合起来看，就不会对具有启蒙意义的鲁迅接受夏目漱石的"余裕论"感到惊异了。但长期以来，尤其是"五四"到 50 年代期间，我国学界一般都是偏向于接受周氏兄弟对夏目漱石"有余裕的文学"的认定，导致了对夏目漱石文学认识的片面化，这也直接造成了他在中国特定历史条件下的冷遇。即使注意到夏目漱石文中的"文明批评"思想，一般也是从批评资产阶级文化的角度以更符合当时中国政治文化语境的阶级批判论来看待，而没有从根本上注意到夏目漱石"文明批评"的立足点在于东西方文化冲突中的文明形态的批评。对于鲁迅这一代人来讲，他们是中国文化革新的先锋人物，在打倒传统、启蒙民众的态度上，他们对古老中国的封建传统是持推翻一切、打倒一切的决绝态度。这与中国自鸦片战争以来受欺凌的整体挫折感，以及国人在一系列探索失败之后猛然在文化上的启悟

有着强烈的刺激与关联。鲁迅作为新文化的干将,有着传统中国文化人的责任意识和强烈使命感,他首要的任务在于推翻旧文学,崇尚新文学。鲁迅在《文化偏至论》里提出:"外之既不后于世界之思潮,内之仍弗失固有之血脉,取今复古,别立新宗,人生意义,致之深邃,则国人之自觉至,个性张,沙聚之邦,由是转为人国。"由此,我们不难理解为什么他会对域外的夏目漱石产生兴趣的原因所在了。他的目的在于借来域外的小说清风,推翻国内陈腐的压抑人性的封建余毒。而夏目漱石提倡的一种悠游余裕的心态,一种个性彰显的"自我本位"主义,就是鲁迅借来批判压抑人性的八股文章,而主张"人的发现"与个性自由的接受前提了。鲁迅提倡的"余裕文学",就是一种精神的解放。同时,鲁迅也认为余裕心态对文艺的创作起着重要的作用,有论者认为:"鲁迅以外国的讲学术文艺的书为例,说它们往往夹杂闲话或笑谈,以增添活气,使读者更感兴趣,但中国的有些译本却偏偏把它删去单留下艰难的讲学语,正如折花者除去枝叶,单留花朵,使花枝的活气都被灭尽了……'到了失去余裕心,或不自觉地满抱了不留余地心时,这民族的将来恐怕就可虑。'"①关于文艺,鲁迅在《文艺与政治的歧途》中,早就表达得清晰明了,他说:"但做文学的人总得闲定一点,正在革命中,那有功夫做文学。我们且想想:在生活困乏中,一面拉车,一面'之乎者也',到底不大便当。古人虽有种田做诗的,那一定不是自己在种田;雇了几个人替他种田,他才能吟他的诗;真要种田,就没有功夫做诗。革命时候也是一样,正在革命,那有功夫做诗?"这就深刻说明了文学家不能不拥有一种悠游余裕的心态,"余裕"实在是做文艺的人必备的一个质素。

但是,"余裕"只是一个条件之一。鲁迅还提出:"据我的意思,即使是从前的人,那诗文完全超于政治的所谓'田园诗人','山林诗人',

---

① 孙席珍:《鲁迅与日本文学》,《鲁迅研究论文集》,浙江文艺出版社1983年版,第143页。

是没有的。完全超出于人间世的，也是没有的。既然是超出于世，则当然连诗文也没有。诗文也是人事，既有诗，就可以知道于世事未能忘情。"（《魏晋风度及文章与药及酒之关系》，见《而已集》）而事实上，夏目漱石除了"有余裕的文学"主张之外，还提倡一种易卜生式的"非余裕的文学"观念。关于这一点，新时期以来，国内有学者也从夏目漱石的政治倾向上进行了详细分析，如高宁认为："应该说夏目漱石在政治上是保守的。……他根深蒂固的尊皇思想制约着他的国家观，左右着他的文明批评和社会批评。"① 这里，我们无意评说论者的对与错，但这从某一个方面启示着我们，夏目漱石并不是超脱于社会的有闲者，他的文艺思想的根底是与社会现实紧密相联的。而他这种思想，与他对传统中国儒家的道德情怀的吸纳以及与他本人的经历有着不可分割的血肉联系。

夏目漱石对"非余裕的文学"的观念，是影响鲁迅接受他的另一个层面。只不过，夏目漱石主要是从东西方文化的文明形态和价值观上进行的考量，他的批判立足点在于日本国民不可一味执着于追赶西方文明，而抛弃自己的东方文明价值观。从这一点上，鲁迅又是有别于夏目漱石的。鲁迅的理解，主要是从文艺与政治和社会的辩证关系上进行阐析的。文艺本来就与社会脱不了干系，另外，中国"五四"以后特殊的社会现状，也极易引起鲁迅做一种社会启蒙意义上的辨析。他认为，文艺不能沉浸于象牙之塔，这也是他与周作人等人发生分歧的要义所在。实际上，我们在后来的章克标、刘振瀛等人身上，都看到了他们对夏目漱石"有余裕的文学"的观点所作的一种切合于中国传统道德文人的改变与思考。也就是说，夏目漱石的"文明批评"被这些人拿来作为自己批判资产阶级的腐朽和国内封建思想的有力武器，并没有意识到双方批评的立足点是大不相同的。但我们无法苛责他们，毕竟，这是一个时代的烙印。

---

① 高宁：《夏目漱石的政治倾向研究》，《日本研究》2000 年第 4 期。

二、鲁迅与夏目漱石比较研究

　　鉴于夏目漱石在日本的地位与鲁迅在中国的地位的形似性，不少学者从比较研究的角度论析二者的思想与创作手法。国内较早从事鲁迅与夏目漱石比较研究的则是 1985 年刘柏青先生出版的《鲁迅与日本文学》，其中，有专章论述二者。论者认为，鲁迅之所以对夏目漱石产生兴趣的原因在于："看重夏目漱石作品中的批判精神，为那种寓庄于谐的文明批评和社会批评所吸引，而成了夏目漱石作品的热心读者。"① 论者还认为："鲁迅创作的嘲讽中轻妙的笔致，颇受夏目漱石影响；并且说，对于这种影响鲁迅自己也不否认。他的这种论断是正确的，虽然鲁迅的讽刺以及语言风格和夏目漱石有很大的不同。但是，如果我们把影响理解为艺术上的启发，那么，鲁迅受夏目漱石的影响就不单是讽刺的笔致了。"② 事实上，我们在结构上和文体上，也看到了这种相似性，比如鲁迅的散文集《野草》就是受到夏目漱石的《梦十夜》的启发而作。关于二者的比较，论者作了一个总结，现在看来，仍不失其价值和意义："同是探求理想人性的文学，我们看到了鲁迅与夏目漱石的不同。夏目漱石的文学，是想为资本主义制度清扫灰尘，使它多少能够清丽净朗一点；但夏目漱石离开人的社会实践性，抽象地谈人性，自然于事无补，他的文学也难以产生预期的效果。而鲁迅终能把人性的改造和社会的革命结合起来，算是找到了解决人性问题的正确途径，他的文学就为通向合理的社会进而改造人性指明了道路。从这一点看，这两种文学，在性质上毕竟是不同的。"③

　　1991 年，刘振瀛的《日本文学论集》（北京大学出版社）收入了他

---

① 刘柏青：《鲁迅与日本文学》，吉林大学出版社 1985 年版，第 77 页。
② 刘柏青：《鲁迅与日本文学》，吉林大学出版社 1985 年版，第 87 页。
③ 刘柏青：《鲁迅与日本文学》，吉林大学出版社 1985 年版，第 96 页。

的论文"夏目漱石的思想与前期鲁迅的思想",实际上,这篇论文发表于 1988 年。论者认为,鲁迅"求新生于异邦"的启蒙主义,"在文学上推崇拜伦式的人物,主张作家要以主观与意力的浪漫主义精神,来'争天抗俗'"①的叛逆思想是受到了夏目漱石的启发,这也是他接受夏目漱石的一个很重要的文化因素。另一个因素就是作者的道德使命感和文人的家国情怀,在这一点上,我们前面已经分析了夏目漱石对中国儒家观念的接受,自然很好理解鲁迅在这一层面上的接受。当然,二者的不同,论者也指出:"一个是处在本国进入帝国主义内部相对安定时期的日本作家,一个是投身到社会伟大革命激流中去的中国作家,他们各自所处的社会、时代条件不同,作家本人从家庭环境到社会经历也各自不同,所有这些都使他们走着各自的道路,取得各自独特的成就,也使他们最后的到达点出现更大的差异。"②

1990 年程麻的《沟通与更新——鲁迅与日本文学的关系发微》(中国社会科学出版社)第四章中以"夏目漱石的讽刺精神与鲁迅的能动文学"为题进行了专门论述,讨论了二者的讽刺手法的借鉴与传承关系,尤其是鲁迅在借鉴着夏目漱石的表现手法所作的具有能动性的创新。

王向远 1998 年出版的博士论文专著《中日现代文学比较论》(湖南教育出版社),视野宏阔,采用微观和宏观相互交叉的研究方法对中日现代文学进行了仔细辨析。其中,对鲁迅与夏目漱石的关系也进行了有自己独特看法的研究。他指出,鲁迅的社会批判思想受到了夏目漱石的"文明批评"思想的启发,同时又进行了某种程度的超越。这一点,上文有论述,不再赘述。论者还分析了鲁迅的散文集《野草》与夏目漱石《梦十夜》的关系,《野草》在梦境的借鉴和象征手法的运用上显然与夏

① 刘振瀛:《日本文学论集》,北京大学出版社 1991 年版,第 195 页。
② 刘振瀛:《日本文学论集》,北京大学出版社 1991 年版,第 211 页。

目漱石有着密切关联。另外，论者还揭示了鲁迅之所以接受这种影响的共同文化底蕴即东方佛教文化思想。

2012 年，吉林大学孙放远的博士论文《鲁迅与夏目漱石》就二人的人生观、世界观、文学观进行了详细的比较研究，尤其是将二人的讽刺艺术进行了对比。不仅解释了讽刺艺术的来源，而且对讽刺的不同类型进行了区分。事实上，我们在夏目漱石的文本中，确实体味了一种别有风味的讽刺艺术。

夏目漱石生活的时代，是一个闭塞、混乱而又黑暗的时代。日本明治维新末年，采用西方的文明开化政策，却只是学习了西方的表面，并没有深入到里层去，所以造成了社会的种种流弊。而对于夏目漱石来说，他一方面接受了中国的传统文化教育；另一方面又留学英国，接受了西方的文明，因此，对西方文明的弊端也十分清醒，保持理性的距离。面对国内生活的混乱，他深刻指出日本这种照猫画虎的肤浅，批判了种种不合理的社会现实。比如《我是猫》，通过一只猫眼，来讽刺揶揄国内种种肤浅的学习西方文明的现象，对种种不文明的事实进行了辛辣的嘲讽和批判，其诙谐幽默的手法读来确实令人畅快淋漓。尤其是他通过一只动物的眼睛，来描绘社会万象，确实给人带来耳目一新的感觉。《哥儿》中，以主人公哥儿的经历为主轴，突出了哥儿、野猪一批人正直、敢于同邪恶势力做斗争的不妥协精神。揭发了教育界的种种丑闻，暴露了知识分子的种种弊端，读来感觉批判有力度，简洁爽快。

《哥儿》中，哥儿给这些东西都一一取了绰号，而这些绰号都十分契合他们的本性，可谓一语中的。在给清的信中，哥儿把这些都讲了出来："校长是狐狸，教头是红衬衫，英文教师起蔓，数学是野猪，图画是花脸。"① 在接下来的行文中，夏目漱石都是采用这种绰号的称呼，给

---

① 〔日〕夏目漱石：《夏目漱石集》，章克标译，上海开明书店 1932 年版，第 36—37 页。

人一种辛辣的嘲讽意味。红衬衫丑恶的嘴脸和哥儿不为所动、正义勇敢的行为形成了鲜明的对比，其讽刺意味更为突出。在《我是猫》中，夏目漱石通过一只猫的观察，表现了人类的种种丑恶行径。如对主人嗜睡的直接讽刺："咱家常常蹑手蹑脚溜进他的书房偷偷瞧看，才知道他很贪睡午觉，不时地往刚刚翻过的书面上流口水。他由于害胃病，皮肤有点发黄，呈现出死挺挺的缺乏弹性的病态。可他偏偏又是个饕餮客，撑饱肚子就吃胃肠消化药，吃完药就翻书，读两三页就打盹儿，口水流到书本上，这便是他夜夜雷同的课程表。"①主人懒惰成性、附庸风雅、装点门面的虚假用功的形象一下子就跃然纸上。

　　顺便向读者声明：原来人类有个毛病，动不动就叫喊什么猫呀猫的，平白无故以轻蔑的口吻评论咱家。这很不好。那些教师者流对自己的愚昧无知浑然不觉，却又摆出一副高傲的面孔。他们似乎以为人间的渣滓生了牛马，牛马粪里养出了猫。这在他们来说，也许已经习以为常，然而客观看来，却不是怎么体面的事。就算是猫，也不是那么粗制滥造就能画得像的。……何况，说实话，人类并不像他们自信的那么了不起，这就更难上加难了。更何况我家主人者流，连同情心都没有，哪里还懂得"彼此深刻了解是爱的前提"这些道理？还能指望他什么？他像个品格低劣的牡蛎似的泡在书房里，从不对外界开口，却又装出一副唯我达观的可憎面孔，真有点滑稽。②

比如对唯金钱价值观的讽刺：

———————

① 〔日〕夏目漱石：《我是猫》，于雷译，译林出版社2001年版，第3页。
② 〔日〕夏目漱石：《我是猫》，于雷译，译林出版社2001年版，第15页。

嗬，又是阴谋！实业家果然势力大。不论使形容枯槁的主人上火，也不论使主人苦闷的结果脑袋成了苍蝇上去都失滑的险地，更不论使主人的头颅遭到伊索克拉底斯同样的厄运，无不反映出实业家的势力。咱家不清楚使地球旋转的究竟是什么力量，但是知道使社会动转的确实是金钱。熟悉金钱的功能、并能自由发挥金钱威力的，除了实业家诸公，别无一人。连太阳能够平安地从东方升起，又平安地落在西方，也完全托了实业家的福。咱家一直被养在不懂事的穷学生寄身之府，连实业家的功德都不知道，自己也觉得这是一大失策。不过我想，就算顽冥不灵的主人，这回也不能不多少有所醒悟的。如果依然顽冥不灵，一硬到底，那可危险，主人最珍惜的生命可要难保。不知他见了铃木先生将说些什么。闻其声便自然可知其觉醒的程度如何了。别再啰嗦！咱家虽然是猫，对主人的事却十分关心。赶快告诉铃木先生，先走一步，回家去了。①

夏目漱石在塑造心目中理想人物的同时，与反面人物形成了鲜明对比，比如苦沙弥与实业家金田、苦沙弥与空谈家迷亭、苦沙弥与狗腿子铃木的对比等。在《哥儿》中，与哥儿同一条战线上的有"野猪"，而与他们形成鲜明对比的是校长狐狸和教务长红衬衫以及帮凶鬼花。《我是猫》在讽刺爱作弄人的、夸夸其谈的迷亭的同时，突出了苦沙弥的实干和诚实。而实业家是作者要着力批判的对象，他奉行"三缺"主义：缺义理、缺人情、缺廉耻，唯有做到这三点，才能不愧称之为一个赚得流油的实业家。为了达到他们的目的，他们可以不择手段，欺骗、撒谎、耍手段、玩诡计是他们的惯常。而狗腿子铃木，则充当金田的帮凶，寡廉鲜耻地帮他实现不可告人的目的。在这种对比下，尽管主人公苦沙弥有着懒惰、嗜睡、头脑昏庸、也爱夸夸其谈等种种不好的习

---

① 〔日〕夏目漱石：《我是猫》，于雷译，译林出版社 2001 年版，第 244—245 页。

惯，但在这些人的映照下，他就是作者理想中的人物，他诚实、不欺骗、不撒谎、不做作、不耍阴谋诡计，就是一个清贫的知识分子，在强权和金钱面前，守住了自己的道德底线，没有做出违背良心和有辱知识分子人格的事情来。《哥儿》中的哥儿就是一个耿直不喜欢撒谎的正直知识分子，在初来到学校时，校长就给了他一个下马威，立下许多条目，要哥儿一一遵守。当时，哥儿就表示反抗，如果要全部做到是不可能的，还不如一走了之的好，只不过，虚伪的校长一再挽留才留下来了。后来，在教务长红衬衫的阴谋之下，哥儿被学生捉弄，还指责他不该在外面吃东西、洗澡。而红衬衫自己却在外面嫖娼，显然，红衬衫虚伪的本性一下子就暴露了。后来，起蔓君的未婚妻被红衬衫勾引了，他借故调走了起蔓君，还和校长堂而皇之地说什么为起蔓君考虑，简直是虚伪至极。哥儿和野猪合伙，逮住了正在嫖宿的红衬衫，将他暴打一顿，然后一起辞职了。

上述论著是比较有代表性的鲁迅与夏目漱石的研究著述，而单篇论鲁迅与夏目漱石的文章较多。主要集中在二者对"余裕文学"的理解、"文明批评"与社会批评思想的社会基础与文化语境、个人主义的不同取向、讽刺幽默手法（除了讽刺和幽默的艺术手法外，还有对文本的叙事特色和结构特征也进行了探析）的借用与异同、《野草》对《梦十夜》的借用与异同比较等。

三、知识分子的觉醒与探索以及女性观

知识分子是夏目漱石一生探索的中心人物形象，他自始至终都没有脱离对这一群体的关注。他们的彷徨、痛苦、矛盾、欲望都呈现在他的笔端。夏目漱石是"日本近代文学史上知识分子文学的开拓者"[①]。他前

---

① 何乃英：《夏目漱石——日本近代文学的杰出代表》，《国外文学》1987 年第 4 期。

期的作品主要是人物的外部描述较多，以谐谑和讽刺的文笔，对各种不同形态的知识分子进行了嬉笑怒骂式的批评和描写。后期主要集中在知识分子的心路历程描写，用笔多重人物的内心，他们的种种失望与痛苦，欲望与理想，矛盾与彷徨等，都一一呈现在读者面前。在山东大学李光贞2006年的博士论文《夏目漱石小说研究》中，作者仔细梳理了夏目漱石对不同类型知识分子的描绘。论者将夏目漱石小说中人物分为三种类型：江户儿、东西方文化冲突中的知识分子以及"多余人"。当然，江户儿除了体现出一种侠气之外，还不免透露出黑暗社会的一股邪恶之气，这使得人物也沾染了一些不良风气和恶的性质，这是夏目漱石批评的对象。而"多余人"其实就是前面第一种人物类型的异化形象，也即《我是猫》中的苦沙弥。而夏目漱石集中笔力最多的是第二类人物形象——文化转型中的知识分子形象。在夏目漱石一系列的文本中，都呈现了他们的彷徨苦痛的身影。这些人物形象也是研究者着力的地方。

　　如前三部曲的《三四郎》（1908）描写了意气风发的有为青年三四郎在现实中处处碰壁，能力得不到施展的痛苦。而《从此以后》（1909）中作为富家子弟的代助，虽然生活富裕，但同样对社会感到惊恐不安，"整个日本不管走到哪里都看不见一寸光阴，眼前只是一片黑暗。我一人置身在这样的环境里，能说些什么，做些什么呢？"① 《门》（1910）描写了宗助和朋友的女友阿米真诚相爱却不为世俗所容的爱情悲剧，深刻描写了知识分子在情感和道德、个性与世俗之间的矛盾冲突。三部曲暴露了时代闭塞、压抑的特征，对日本社会的黑暗腐朽作了深刻的洞察与批判，揭示了知识分子的软弱性格与人性的缺陷。后三部曲同样是描写知识分子，作者把笔触伸向人物内心，探索了知识分子心灵的矛盾与痛苦。《过了春分时节》（1912）、《行人》（1912）、《心》（1914）的主

---

① 张良村：《世界文学历程（上卷）》，国际文化出版公司1997年版，第768页。

人公须永、一郎和"先生"都经历了爱情的挫折和失败，走向人生的悲剧。而悲剧的产生是知识分子自私自利的利己主义和自我中心的个人主义所导致的。这种个人主义根源于西方资产阶级的腐朽人生观对日本近代化的冲击，知识分子的人生悲剧表明了日本资产阶级树立的道德价值观的破产。

关于夏目漱石的研究，近来值得关注的一个视角就是对女性问题的研究。夏目漱石的作品中，女性的描写所占的比重是很大的。他对女性的态度在某种程度上也影响了章克标的女性观。夏目漱石从小就被养父母收养，可以说，是亲生父母抛弃了他，尽管后来他又回到了自己的亲生父母身边，但骨肉之情却淡了许多。夏目漱石的童年是不幸的，他怀着对两个女人既爱又恨（感激养母的爱，同时恨自己的生母）的心情度过了自己的少年时代。这种经历导致了他日后的"非人情"的艺术观和对女性爱憎分明的强烈态度。在《哥儿》中，主人公"我"从小不被父母看好，与哥哥吵架，但家里唯一的仆人清却对我出奇地好，是她让我感到了人世间还有温情存在。她偷偷地给我零花钱，夸赞我，令我感动不已，以至于后来我无论在哪里，都要记起她来。这是一个无私地给予他爱的典型形象。而小说中的另一个人物形象麦童娜，却是一个令人憎恶的典型。她始终没有出现正面形象，只是在他人的口中刻画。她本是教员古贺先生的未婚妻，却被教务长红衬衫耍诡计霸占，而她自己甘愿被人摆弄，做人家的姘头，是主人公极力所不齿的对象。野猪（数学教师）在古贺君的送别会上说："延冈虽然是偏僻之地，比之此地自然有物质上的不便，不过听说风俗却极纯朴，职员学生都带着上代朴直的风气，说那些口不应心的虚谀、摆着好看的面孔、逼害好人的漂亮的坏坯子，我想一个也不会有的。像古贺君那样的温良笃厚的君子，必然受该地社会一般的欢迎。为此我们非常祝贺古贺君的转任。最后一句，希望他到了延冈之后，在该地找到一个合于好述君子的淑女，早早地组织了圆满的家庭，使得那个朝三暮四的臭花娘惭死。"① 这些话既是主人公哥儿和数学教师的心声，同时也是对红衬衫和校长狐狸一帮人的讽刺与批判。在其代表作《我是猫》中，夏目漱石借主人之口表达了他的女性态度：

> "毕达哥拉斯说：'天下可畏者三，曰火，曰水，曰女人。'"
>
> "希腊的哲学家们竟然出乎意料地说了些豁达的话呢。依我说：天下一切都不足惧。入火而不焚，落水而不溺……"独仙只说到这里便词穷了。
>
> 迷亭充当援兵，给他补充说：
>
> "见色而不迷。"
>
> 主人迅速接着谈下去：
>
> "苏格拉底说：'驾御女人，人间最大之难事也。'德莫塞尼斯说：'欲困其敌，其上策莫过于赠之以女，可使其日以继夜，疲于家庭纠纷。'寒涅卡将妇女与无知看成全世界的二大灾难；马卡斯·奥莱里阿斯说：'女子之难以驾御处，恰似船舶。'贝罗塔说：'女人爱穿绫罗绸缎，以饰其天赋之丑，实为下策。'巴莱拉斯曾赠书于某友，嘱咐说：'天下一切事，无不偷偷地干得出。但愿皇天垂怜，勿使君堕入女子圈套。'又说：'女子者何也？岂非友爱之敌乎？无计避免之苦痛乎？必然之灾害乎？自然之诱惑乎？似蜜实毒乎？假如摒弃女人为非德，则不能不说不摒弃女人尤为可谴。'"②

这一段表明了夏目漱石对女性的评价并不高，甚至达到了苛刻的地步。实际上，我们了解到，在写《我是猫》之前，夏目漱石与其妻子镜

---

① 〔日〕夏目漱石：《夏目漱石集》，章克标译，上海开明书店 1932 年版，第 133 页。
② 〔日〕夏目漱石：《我是猫》，于雷译，译林出版社 2001 年版，第 374 页。

子的关系已经非常紧张，他的妻子患有严重的精神病，而他本人也患上了神经衰弱症，两人经常为小事吵架，家庭不和睦。这种紧张的家庭关系必然影响到作家对待女性的态度，我们看到，夏目漱石前期作品中的女性是灾难的代表，这种极端的女性观与作者的非同寻常的遭遇紧密相关。但从夏目漱石一生的创作来看，他显然对女性的态度是公允的，而且为女性摆脱男性、男权的束缚，大胆追求自己的婚姻，反抗不合理的婚恋，都提出了自己的期望。

> 因为丈夫永远是丈夫，不管怎么说，妻子也还是妻子。为人妻者，都是在学校里穿着没有裆的和服裙裤，练就了坚强的个性，梳着西式发型嫁进门来的，毕竟不能对丈夫百依百顺。而且，如果是对丈夫百依百顺的妻子，那就不算是妻子，而是泥偶了。越是贤慧夫人，个性就越是发展得棱角更大；棱角越大就越是和丈夫合不来；合不来，自然要和丈夫发生冲突。因此，既然名之曰贤慧夫人，一定要从早到晚和丈夫别扭。这诚然是无可厚非的事；但越是娶了个贤慧夫人，双方的苦处就越是增多。夫妻之间就像水和油，格格不入，存在着不可逾越的铜墙铁壁。①

这就为妇女走出男权的阴影，提倡男女平等，争取妇女的权益提出了很好的说明。还有比如《明与暗》对自由爱情的追求，《路边草》、《三四郎》、《虞美人草》对女性意识觉醒的赞赏等。夏目漱石的女性观有一个发展变化的过程，并没有停留在一味写女性恶、批判女性的地步上。他十分清楚，女性的地位是环境和社会造成的，并不是女性本身的问题。在一个女性受压迫、受歧视，没有地位的社会，要想写出女性的好来，是不容易的一件事。但夏目漱石就敢于写女性的种种美的表现，

---

① 〔日〕夏目漱石：《我是猫》，于雷译，译林出版社 2001 年版，第 369 页。

这与他接受西方开放思想的影响不无关系。

四、"则天去私"的研究

夏目漱石后期的小说明显倾向于人物内心探索，知识分子徘徊在幽暗的苦闷与痛苦中，不得解脱。这是当时日本国内一批知识分子的真实而生动的内心写照。夏目漱石着眼的是东西方文化冲突中的文明人面对西方资本主义文明的个人主义以及极端的自私自利思潮而产生的一种焦虑感。表现在文本中的知识分子，他们有理想，有追求，但是却没有实际行动能力，最终在极端的利己主义和物欲大潮中凄惶不定，走向人生和命运的悲剧。这可以在夏目漱石的后"三部曲"（《过了春分时节》、《行人》、《心》）中得到明显的体现。最终，夏目漱石为自己这种矛盾的思想找到的一条解决路径就是"则天去私"，即抛弃个人的"小我"，融于自然的"大我"，这个"大我"就是天道和自然，进入一种澄明的境界。但同时，我们也要看到，这个自然的"大我"即天道，并没有抛弃与社会的关联。只是相比他前期明显的社会批判，他表面的嬉笑怒骂和讽刺文风变得弱化了，而是沉潜入一种更深沉的哲理思辨中。正如有学者所言："总而言之，'则天去私'的含义是丰富的深刻的。从伦理道德看，它是无私无欲的，在处理人与人的关系时主张宽容；在人与世界的关系上，倾向超尘脱俗，万事顺其自然；作为一种文学创作方法，它是无私的。所谓无私包括两个意思：一是不要只写自己，更不要把自己写成完美无缺的人；其次，不要有人工雕琢的痕迹，而要做到天真地自然流露。这是返璞归真的艺术境界，也是他一生创作实践的最后总结。"①

所谓"则天"，就是讲求自然的浑融天成，不饰人工雕琢。这与

---

① 何少贤：《日本现代文学巨匠夏目漱石》，中国文学出版社 1998 年版，第335页。

夏目漱石受到中国传统文化的滋养有着密切的关联。儒家"天人合一"的自然伦理观和道家人与自然和谐混一的整体价值观，尤其是禅宗的"空"、"无"理念深深地影响了夏目漱石的这一人生观和文学观。夏目漱石把"则天去私"作为他最终化解东西方文明的一条准则和信条，一种人生理想，这是他多年苦思之后的结晶。不管这条路行不行得通，但我们看到了夏目漱石一生孜孜不倦的追求。

日本在文明开化后，走的是一条全面西化的道路，我们看到，夏目漱石对日本这种盲目追求西方的风气是持排斥和鄙夷态度的。他并不是憎恨西方文明，他所反对和憎恨的，只是国人在吸纳西方文明的同时，不管不顾的囫囵态度，"一切西方的都是好的"，在他看来，就是不加选择地胡乱借鉴。比较明显的一个倾向，就是日本对西方个人主义的追赶，在物化大潮中，日本国民尤其是大多数知识分子，陷入了极端个人主义和自私自利的深渊。另外，作为反对当时文坛极为流行的自然主义和"私小说"，也促发了他提出自己的这一主张。对于自然主义的纯生物性描写，夏目漱石提出，小说应该有着自己的社会意义和人生理想，那就是在审美的同时，不忘记社会批判。这是他前期小说的宗旨。越到后期，他越来越体味到日本人在西化思潮中的个人主义所走的一条狭窄的道路，于是，在借鉴中国传统和深入思考东方文明的基础上，根据他多年来创作经验和人生经历的总结，他提出了"则天去私"这一在人生观和文学观上具有双重指导意义的观点。这也是研究者比较感兴趣的话题，其中哲理的思辨、宗教的澄明以及后期更为成熟的文学创作，都成为学界关注的一个焦点。

总的来说，我国关于夏目漱石研究的重心集中在他文本中的思想探索，而思想的探索又主要围绕"有余裕的文学"与"没有余裕的文学"即"非余裕文学"这一辩证的主题展开。沿着这一主题拓展开去，我们可以深刻地了解到夏目漱石在思想上的深层探索与思考，尤其是对东西方文明的思考，对于我们有着重要的启发意义。另外一个学者一直以来的研究重点，就是鲁迅与夏目漱石的比较研究，这个研究课题一直是研究者的着力点，因为，对于在日本和鲁迅之于中国相似的社会地位和文学成就，夏目漱石与鲁迅的参照阅读与思考，自然是研究者们关注的一个课题。二者在文学理念、思想追求以及创作手法上，有着诸多的异同，这些异同源于两国不同的文化语境与个人在文学上的不同追求。二者的比较研究，既是一种从个体出发落实到文化辨析的深层思考，同时也是一种比较文学与比较文化的思维与跨文化眼光。更加值得关注的是将二者融于特定历史条件下的世界文学与文化的坐标下来展望，就会得出许多值得深思的结论。知识分子是夏目漱石贯穿创作始终的一个话题和人物形象，因此，探索他笔下的知识分子形象就成为学界的另一个研究重心。同样作为知识分子，他笔下的知识分子形象是千差万别的，这是他对这一特定的群体感同身受与深研刻画的结果。夏目漱石虽然是一个有"余裕"的文学家，但他同时也是一个"文明批评"家和社会批判家，这是他接受中国传统儒家文化以及作为文化人的道德责任感和使命感。东方传统的审美心理和文化规约在牵制着他的创作心理和思想倾向。从另一个角度而言，这也是具有相同文化背景的中国学人能够接受、认同并认真研究他的前提条件。在他一生不倦的探求中，他始终痛苦地徘徊在东西方两种文化的矛盾与冲突状态中，当然，传统的东方文化底蕴始终是他的根基和基本文化质素。这在某种程度上决定了夏目漱石的价值取向、思想追求和对西方文化的取舍。最终，夏目漱石为自己开出的文化药方，就是"则天去私"，在人生观和文学观的双重性上，追求一种自然无痕、天道自然的浑融境界。不管是人与人之间的宽容忍让，不管是人与自然的亲密和谐，还是文学中的浑然天成，都成了他解决人生冲突与文化苦恼的一剂良药。如果我们不去执着追问夏目漱石的这种追求到底有效与否的话，那么，我们就不会怀疑与否认，夏目漱石的的确确是日本近现代文学史上一个文学与文化的先锋、引路者，甚至毫不夸张地说，是一个文化巨人。

第五章　夏目漱石与中国现代留日作家

中国现代有一大批留学日本的作家，他们或在留日期间已经开始文学活动，或学成归国后成为作家。他们以其留日经历和语言优势，大都直接从日语原文阅读日本文学，了解当时日本文坛情况。夏目漱石作为近代文豪，以各种形式影响了他们当中的一些作家。学界对鲁迅、周作人、丰子恺等人与夏目漱石文学关系的研究比较多，这里不作重复的考察。本章选择谢六逸、丰子恺、章克标、梅娘几位作家作为研究对象，探讨他们的思想、创作与夏目漱石的影响一接受关系。

第一节　谢六逸与夏目漱石

谢六逸（1898—1945）是 20 世纪二三十年代活跃的作家、学者、翻译家和编辑，在散文、报章文学创作、文学评论，日本文学译介与研究，儿童文学、神话学、新闻学诸多领域都做出了杰出的贡献，是新文化运动的开拓者之一。在现代中国的日本文学系统研究方面，当时学界无出其右者；在借鉴日本文学，推进中国新文学的发展层面，他的贡献甚巨。他对日本近代文豪夏目漱石的译介和借鉴，对研究日本文学的现代影响具有启示意义。

一、谢六逸的日本文学译介与研究

谢六逸 1917 年中学毕业后考取官费留学日本，经过一段时期日语预备学习，于 1919 年进入早稻田大学学习，虽然学习的专业是政治经济学，但他用功最勤的却是文学，广泛涉猎和系统研读欧洲和日本的文学作品，把文学当作了解和研究异域文化和民族精神的途径。还在留学期间就完成了著作《西洋小说发达史》[①]。1922 年留学毕业归国后，主要精力用于外国文学的翻译与研究。因为他精通日语，熟悉日本文学和文化，加上他认为日本近代以来的文学对我国新文学的发展具有极大的借鉴意义，所以在二三十年代，他为译介日本文学倾注了大量心血。

（一）日本文学的翻译

谢六逸的日本文学翻译涉及面很广。收集整理他翻译的日本文学单篇文章列表如下：

种类	篇名	作者	署名	时间	报刊	备注
文学理论	文艺思潮论	厨川白村	谢六逸	1921 年 5 月 27 日	《民国日报·觉悟》	
	我为什么写作	长与善郎	谢六逸	1922 年 3 月 21 日	《文学旬刊》 第 32 期	
	戏曲创作谈	菊池宽	谢六逸	1929 年	青海半月刊	
	《游仙窟》题解	山田孝雄	谢六逸	1929 年 1 月 5 日	《文学周报》 第 352 期	入《水沫集》
	新兴小说的创作理论	片钢铁兵	谢六逸	1930 年	《现代文学》 第 1—4 期	连载
	Journalism 与文学	平林初之辅	谢六逸	1931 年	《新学生》 第 2—3 期	入《茶话集》
	日本文学的特质	高须芳次郎	谢六逸	1931 年 5 月 10 日	《现代文学评论》 1 卷第 2 期	

---

① 《西洋小说发达史》最初刊发于《小说月报》1922 年第 1—11 期，1923 年作为 "文学研究会丛书" 由商务印书馆出版。

种类	篇名	作者	署名	时间	报刊	备注
散文	五月雨的诗趣	近松秋江	六逸	1924 年 6 月 10 日	《文学》第 126 期	
	不响的笛子	水谷胜	六逸	1924 年 11 月 10 日	《文学》第 147 期	
	女体	芥川龙之介	谢六逸	1927 年 9 月 10 日	《小说月报》18 卷 第 9 期	收入《近代日本小品文选》
	黄粱梦					
	尾生的信					
	英雄之器					
	嗅妻房的男人	薄田泣堇	谢六逸	1927 年 11 月 10 日	《小说月报》18 卷 第 11 期	
	火钵	夏目漱石	谢六逸	1928 年 1 月 10 日	《小说月报》19 卷 第 1 期	
	猫的墓					
	观动乱的中国	鹤见祐辅	谢宏徒	1928 年 2 月	《当代文艺》1 卷 第 1 期	
	逝了的哈代翁	宫岛新三郎		1928 年 3 月	《当代文艺》1 卷 第 1 期	
	雪之日	志贺直哉	谢六逸	1928 年 10 月 15 日	大江创刊号	
	在某殖民地发生的事变	麻生久	谢六逸	1928 年 11 月 4 日	《文学周报》第 342 期	
	呵呵，蔷薇你病了	佐藤春夫	谢六逸	1928 年 11 月 15 日	《大江》第 2 期	
	朝诣		谢六逸	1929 年 1 月 27 日	《文学周报》第 355 期	
	一篇稿子	加藤武雄	宏徒	1929 年 2 月 24 日	《文学周报》第 359 期	
	蚤	浅原六郎	谢宏徒	1931 年 3 月 15 日	《当代文艺》1 卷 第 3 期	
	小品二篇	加藤武雄	谢六逸	1931 年 3 月 30 日	《青年界》1 卷 第 1 期	
	萤	横山桐郎	谢六逸	1933 年 6 月 5 日	《青年界》3 卷 第 4 期	
	日本人的幽默	佚名	宏徒	1933 年 7 月 1 日	《文学》1 卷 第 1 期	译自《幽默百种》
	清闲	芥川龙之介	谢六逸	1934 年 5 月 5 日	《人间世》第 3 期	
	日本的随笔	相马御风	谢六逸	1934 年 9 月 1 日	《文学》3 卷 第 3 期	

种类	篇名	作者	署名	时间	报刊	备注
诗歌	诗人之力	千家元磨	谢六逸	1921 年 12 月 25 日	《时事新报·学灯》	
	诗人之梦	百鸟省吾	路易	1922 年 2 月 18 日	《时事新报·学灯》	
	《万叶集》选	佚名	谢六逸	1925 年 7 月 7 日	《文学周报》第 182 期	
	贫穷问答歌	山上忆良	谢六逸	1927 年 4 月 10 日	《小说月报》18 卷第 4 期	
小说	阿富的贞操	芥川龙之介	谢六逸	1927 年 9 月 10 日	《小说月报》18 卷第 9 期	
	接吻	加藤武雄	谢六逸	1927 年 12 月 10 日	《小说月报》18 卷第 12 期	
	爱犬故事	加藤武雄	谢六逸	1928 年 1 月 10 日	《小说月报》19 卷第 1 期	
戏剧	日本狂言·鬼的义兄 日本狂言·自杀	佚名	谢六逸	1927 年 5 月 10 日	《小说月报》18 卷第 5 期	
	我也不知道	武者小路实笃	谢六逸	1928 年 2 月 10 日	《小说月报》19 卷第 2 期	

　　除上表所列的单篇译文之外，谢六逸辑集出版的日本文学方面的译作还有：（1）松村武雄的《文艺与性爱》（上海开明书店 1927 年版）；（2）志贺直哉等著的《日本现代创作集》（上海大江书铺 1928 年版）；（3）《近代日本小品文选》（上海大江书铺 1929 年版）；（4）《海外传说集》（包括《罗马故事集》和《日本故事集》，世界书局 1929 年版）；（5）《范某的犯罪》（日本短篇小说集，上海现代书局 1929 年版）；（6）《志贺直哉集》（上海中华书局 1935 年版）。

　　从上述材料可以看到，谢六逸的日本文学翻译涉及面非常广，古代、现代，文论、诗歌、戏剧、小说、散文、民间文学各种文类都有译作。其中以散文的翻译数量最多，以发表于报刊的散文译作为主，谢六逸出版的《近代日本小品文选》，包括了夏目漱石、芥川龙之介、佐藤春夫、鹤见祐辅、岛崎藤村、志贺直哉、薄田泣堇、加藤武雄等人的作品。这体现了谢六逸对随笔、小品这种文体的偏好。他对这些小品的价值有自己的理解，在译作《前记》中写道："因为环境的影响，近代日本作家的作品里，有许多优美的小品文字。"这些作品有一种特别的情趣，"这种情趣，是由于日本的自然与作者的日常生活交织出来的。日本的著作家虽然不少皇皇的大作，但终未能掩蔽这些小品文字的价值"①。从翻译的作家方面看，翻译最多的是志贺直哉。谢六逸曾说："在现存的日本作家中，志贺直哉的作品，我很喜欢。志贺氏虽属白桦一派，可是他的作品中时常用这 Realism 的手法，他的 Realism 是极自然的，毫无一点做作。"②他推崇志贺直哉的现实主义手法，翻译了他的《范某的犯罪》、《一个人》、《荒绢》、《死母语圣母》、《焚火》、《雪之日》集为《志贺直哉集》出版，在《日本现代创作集》、《近代日本小品文选》、《范某的犯罪》（日本短篇小说集）等日本文学选集中，都收入志贺直哉作品的译作。

（二）日本文学的介绍与研究

郑振铎在 1947 年《忆六逸先生》的文章中写道："六逸专门研究日本文学和文艺批评。关于日本文学的书，他曾写过三部以上。有系统地介绍日本文学的人，恐怕除他之外，还不曾有过第二人。"③的确，谢六逸是 20 世纪上半期中国研究日本文学的权威学者。据笔者考察，谢六逸至少出版过 5 种系统介绍"日本文学"的著作：（1）《日本文学》（上），上海开明书店 1927 年版（列入世界文学丛书）；（2）《日本文学》（增订本），上海开明书店 1929 年版；（3）《日本文学史》（上、下卷），上海北新书局 1929 年版（1991 年上海书店列入"民国丛书"重印）；（4）《日本文学》，商务印书馆 1929 年版（列入"万有文库"，1934 年

---

① 谢六逸：《近代日本小品文选·前记》，上海大江书铺 1929 年版，第 1 页。
② 谢六逸：《谢六逸集》，"才子英年"丛书，辽宁人民出版社 2009 年版，第 21 页。
③ 郑振铎：《忆六逸先生》，《文讯》第 7 卷第 3 期（1947 年 9 月 15 日）。

再版）；（5）《日本之文学》（上、中、下），长沙商务印书馆1940年版。

著作之外，谢六逸还在报刊上发表了一批日本文学及其背景的介绍研究文章，列表如下：

种类	篇名	署名	时间	报刊	备注
作家作品	介绍《万叶集》	谢六逸	1925年6月7日	《文学周报》第176期	
	《源氏物语》	谢六逸	1926年10月1日	《趣味》第2期	入《水沫集》
	桐壶	谢六逸	1926年12月1日	《趣味》第4期	
	十返舍一九的滑稽	宏徒	1927年4月10日	《小说月报》18卷第4期	
	篇末·志贺直哉	谢宏徒	1928年10月15日	大江创刊号	入《茶话集》
	《草枕》吟味	谢六逸	1929年10月11日	《幽默旬刊》第5期	入《茶话集》
	新感觉派	谢六逸	1931年4月10日	《现代文学评论》1卷第1期	
	坪内逍遥博士	谢六逸	1933年9月1日	《文学》1卷第3期	
	良宽和尚	谢六逸	1934年6月5日	《人间世》第5期	
	夏夜漫笔（四）介绍菊池宽	毅纯	1936年7月8日	《立报·言林》	
	夏夜漫笔（五）介绍长谷川如是闲	毅纯	1936年7月8日		
	漫文（介绍内山完造作品）	毅纯	1936年9月9日		
现状动态	杂谈	路易	1922年3月21日	《文学》第94期	
	1928年的日本文学界	谢六逸	1929年1月1日	《文学周报》第351期	
	日本文艺家协会对于各艺志社提出最低稿费要求	宏徒	1929年1月5日	《文学周报》第352期	
	东邻消息	宏徒			
	日本文坛又弱两个	宏徒	1930年7月10日	《小说月报》21卷第7期	

种类	篇名	署名	时间	报刊	备注
文学史论	近代日本文学（上、下）	谢六逸	1923 年	《小说月报》13 卷	
	二十年来的日本文学	谢六逸	1929 年7 月 10 日	《小说月报》20 卷第 7 期	
	《日本文学史》序	谢六逸	1929 年9 月 30 日	《语丝》5 卷第 29 期	北新书局版序
	关于日本古典文学	谢六逸	1929 年 7 月	《改造》8 卷第 7 期	日文刊物
	介绍《近代文学十二讲》	谢六逸	1932 年6 月 1 日	《微音》2 卷第 2 期	
其他	日本传说十种	谢六逸	1927 年4 月 10 日	《小说月报》18 卷第 4 期	
	讲谈	谢六逸	1929 年1 月 10 日	《小说月报》20 卷第 1 期	
	日本的学生新闻	谢六逸	1931 年4 月 10 日	《青年界》1 卷第 2 期	
	苏俄刊行日本古典文学集	谢宏徒	1931 年7 月 10 日	《小说月报》22 卷第 7 期	
	日本明治维新之研究	谢六逸	1935 年6 月 30 日	《复旦学报》创刊号	
	日本的新闻事业	谢六逸	1936 年 1 月	报展纪念号专刊	
	芳邻的武士	中牛	1936 年3 月 2 日	《立报·言林》	
	芳邻的浪人	中牛	1936 年3 月 3 日		
	夏夜漫（二）	毅纯	1936 年7 月 3 日		日本国防
	日本的杂志	谢六逸	1936 年9 月 16 日	《宇宙风》第 25 期	

正是这些实绩，谢六逸被当时学界称为研究"日本文学的权威"[①]，认为"在国内，系统地介绍日本文学者，除了谢先生外没有第二人"[②]。谢六逸的日本文学研究和介绍，具有鲜明的特点和突出的意义。

第一，不仅系统全面，而且视野开阔。谢六逸是中国第一本"日本

---

① 赵景深：《文坛忆旧》，北新书局 1948 年版，第 94 页。
② 徐调孚：《再忆谢六逸先生》，《文艺复兴》第 1 卷第 6 期（1946 年 7 月）。

文学史"的作者，对自古代到现代的日本文学作了轮廓式的完整叙述，为中国学界展示了日本文学的整体面貌。而且是在世界文学的大体系中认识和把握日本文学，他留学日本虽然学的是政治经济学，但他借助日文翻译，大量涉猎西方文学，他最早编写著作是系统介绍西方小说的《西洋小说发达史》（1924），他还编著过《世界文学》，对英、法、德、俄的古典主义、浪漫主义、现实主义与自然主义等流派作了系统的介绍。他在《日本文学史·序》中写道："近二十年的日本文学，已经在世界文学里获得相当的地位。许多著名作家的作品，曾有欧美作家的翻译介绍；我国近几年的文学，在某种程度上，也受到日本文学的影响，日本作家的著作译本，在国内日渐增多；德俄的大学，有的开设日本文学系，研究日本的语言与文学；法国的诗坛，曾一度受日本'俳谐'的影响。根据这些事实，日本的文学，显然已被世人注意。"[1] 他就是以这样的世界文学视野，理解、介绍和研究日本文学。

第二，中国新文学建设和发展的主体立场。谢六逸研究介绍日本文学是本着"日为中用"的目的，他曾明确提出："以现代的眼光，研究历代的文学；以世界的眼光，创造本国的文学。"[2] 他在《日本文学史》"编例"中写明："对于叙述的轻重与材料的取舍，悉以适应我国的阅者为准则。"[3] 他还说："在东方的国度里，努力于文学而获得了效果的，我们不能不说是日本。他们在真正文艺的意味上介绍、研究、创作，足有三十余年；在文艺演进的路途上，因为受了西欧文学的影响，也有古典、浪漫、自然、新浪漫等倾向的变迁；又有文言口语的改革；也有翻译文学的盛行，这些经过，在领略近代文艺较迟的我国，有足供借鉴之处。……他们的功绩，我们也得偷暇来看看究竟是怎样，为我们的前车。况且我们现在需要文学趣味的情形，和二十年前的日本所差无几，

---

① 谢六逸：《日本文学史·序》，《语丝》1929 年第 5 卷第 29 期。
② 谢六逸：《中国文学系往何处去》，《谢六逸文集》，商务印书馆 1995 年版，第 172 页。
③ 谢六逸：《日本文学史》，北新书局 1929 年版，"编例"。

我们不妨看他们这许多年来所走过的路有没有错，倘使有错，我们可以不必仍走那条路了。"①的确，日本明治维新后，在借鉴学习西方文学的基础上，发展自己的民族文学，在东方国家中，日本最早完成古典文学向现代新文学的转型，为东方国家新文学的发展提供范例。谢六逸致力于日本文学的介绍，就是为我国"五四"新文学提供借鉴，添薪加火，用他的话说，"研究日本文学，不啻给我们一个学样的机会"②。

第三，将文学与其他学科联系起来研究。谢六逸学识渊博，在众多学科领域都卓有建树，在日本文学研究中，自然会跨越学科界限，在多学科的融会中探讨日本文学问题。他在复旦大学建校 25 周年、中国文学系建系 6 周年（1930）时，作了一个"中国文学系往何处去"的演讲，其中讲道："处在现在的时代来研究文学，决不是为前人的只知吟风弄月，也决不是如私塾里的默诵古书。'文学'这一个词的范畴，'中国文学'这个名称的范畴，早已增高扩大了。研究文学或研究中国文学的时候，时有涉及其他各种学科的地方。待了现在，研究文学而不顾及其他有关系的各种学科，是绝对不行的。"③他的日本文学研究，不是就文学研究文学，而是在民俗学、宗教学、社会学、新闻学的交织中展开研究。《日本文学史》上卷的"绪论"章，对日本民族的形成发展、民族性格、文字的演变作了系统的论述，为文学史的论述奠定基础。各阶段的文学史论述之前，都有专节介绍日本宗教、社会、历史的情况。他对日本传说、报章文学的研究，都是多学科交叉研究的例子。

第四，注重文学思潮和文学流派的介绍。文学思潮流派研究是介于文学史和作家作品之间的文学研究层次，以此为突破口，是介绍研究国别文学的有效门径。谢六逸深谙此道。他是由文学思潮流派的介绍走上文学研究之路。1920 年 5 月，还在东京留学的谢六逸，将长篇论

---

①　谢六逸：《近代日本文学》（上），《小说月报》第 13 卷第 11 期（1923 年 11 月）。

②　谢六逸：《日本文学·序》，《神话学 ABC 日本文学》，贵州大学出版社 2014 年版，第 77 页。

③　谢六逸：《中国文学系往何处去》，《谢六逸文集》，商务印书馆 1995 年版，第 173 页。

文《文学上的表象主义是什么？》投寄《小说月报》得以刊发，表现了向国内文坛介绍欧洲新兴文学思潮的热情，随后陆续写出《自然主义派小说》（《小说月报》1920 年第 11 期）、《未来派的诗》（《时事新报·学灯》1921 年 11 月 25 日）、《西洋文艺思潮的变迁》（《学林杂志》1922 年第 1 卷第 2 号）等论文。在日本文学的介绍和研究中也同样关注思潮流派，刊发于 1923 年第 11、12 期的《小说月报》的《近代日本文学》对明治大正文学作了全面梳理，其中对政治小说、民友社、砚友社、写实主义、国粹主义、浪漫主义、自然主义、唯美主义、人道主义、社会主义等文学思潮流派加以系统介绍。《日本文学史》（北新书局 1929 年版）的"现代文学"部分，对浪漫主义、自然主义、新理想主义、新思潮派、普罗列塔利亚文学等重要文学思潮作专节探讨。作为附录，书末还有《最近日本的文艺团体》一篇。1931 年 3 月，谢六逸还在复旦大学作了一次关于"新感觉派"[①]的讲演，以川端康成、横光利一为代表的"新感觉派"在日本刚兴起不久，他就介绍给青年学生，对新感觉派的产生、特点、艺术表现等作了阐述，也为中国现代新感觉派文学提供借鉴。

二、对夏目漱石的译介

夏目漱石不是谢六逸翻译最多的日本作家，但是谢六逸最喜欢的近代作家之一。夏目漱石清高独立的人格，其作品深邃的思想和丰富多样的艺术表现风格，都获得谢六逸的高度赞赏，甚至有内心深处的共鸣。

（一）日本文学史述著作中对夏目漱石的评价

谢六逸对夏目漱石的认识有个反复和深化的过程。在著述中他最

---

① 讲演稿以"新感觉派 —— 在复旦大学的讲演"为题，刊发于《现代文学评论》创刊号（1931 年 4 月）。

早提到夏目漱石是 1923 年在《小说月报》第 11、12 期的《近代日本文学》中。这篇长文主要以高须芳次郎的《近代文艺史论》、《明治文学十一讲》为基本材料，分九个部分对日本明治、大正文学的复兴、勃兴的原因，发展演变阶段作了系统介绍。在第四个时期，即自然主义兴盛时期谈到夏目漱石："当时与自然主义运动分离，别取途径的有夏目漱石、森鸥外、永井荷风等。夏目漱石以《我是猫》一作出名，至《虞美人草》、《三四郎》、《门》等作出，初称为低徊趣味小说首领。"[①] 这里谢六逸对夏目漱石一笔带过，提出他作为异于自然主义风格的低徊趣味。

1927 年郑振铎的《文学大纲》四册由商务印书馆出版，在书后的《跋》中郑振铎写道："为本书帮忙最多者，为谢六逸和徐调孚二君。本书中关于日本文学的一部分，几乎全为谢君手笔，……"[②] 在《文学大纲》的第四十五章"十九世纪的日本文学"中有下列文字：

> 第四期为自然主义文学兴起的时代，在文学史上占重要的位置。这时期的作家以国木田独步为先驱，他的《独步集》的影响甚大。其次如岛崎藤村的《破戒》，田山花袋的《棉被》、正宗白鸟的《红尘》，真山青果的《青果集》皆有名。岛村抱月、长谷川天溪、岩野泡鸣诸人均加入自然派。后藤宙外等则非难他们。自夏目漱石的《我是猫》、《三四郎》、《门》等作出后，自然派的运动，可算达到顶点。[③]

在这里，谢六逸将夏目漱石当作自然主义作家，与岛崎藤村、田山花袋、正宗白鸟、岛村抱月、岩野泡鸣等相提并论，并认为他的作品将

---

① 谢六逸：《近代日本文学》（下），《小说月报》第 13 卷第 12 期（1923 年 12 月）。
② 郑振铎：《郑振铎全集》第 12 卷（《文学大纲》三），花山文艺出版社 1998 年版，第 472 页。
③ 郑振铎：《郑振铎全集》第 12 卷（《文学大纲》三），花山文艺出版社 1998 年版，第 422 页。

自然主义发展到鼎盛。

两年后的 1929 年 7 月，谢六逸还是在《小说月报》发表《20 年来的日本文学》，对夏目漱石的理解有了变化。文中写道："明治四十年左右是自然主义的全盛时代，在此时出现的作家，可以说都是自然派。当时后藤宙外以《新小说》为根据，与泉镜花、樋口、龙峡等人结纳，发起文艺革新会，力揭自然主义的不是，但此种反自然主义，是根底极薄弱的运动，不为世人所注目。不过在此时有一人站立于自然主义之外，大事活动，就是夏目漱石。他的出世作是一篇《我是猫》，原作假托一只猫的观察，细描某绅士家庭、交友的状况，一种轻快滑稽的风格，极引起世人的注目。接着又以《哥儿》、《二百十四日》①、《草枕》、《虞美人草》、《坑夫》、《三四郎》、《其次》②、《门》、《越过彼岸》③、《行人》、《心》、《明暗》等篇公世，遂被称为文坛一角的巨匠。"④ 文中不再将夏目漱石视为自然主义作家，而视之为反对自然主义的文坛巨匠。文中进一步分析了夏目漱石不同于自然主义"迫切的、真实的、痛切地触着人生意义的"文学，而是"譬如在祭日的散步似的，有轻松的宽舒的心情，即是低徊趣味的文学"。称夏目漱石为"余裕派"作家，并结合作品论析他的创作特点："《虞美人草》与《草枕》二作，以作者的丰富的才藻惊世，虽是显露空想的作品；但在《其次》一作里面，现实的客观的倾向是显然的，至于他深入细致的心理描写的文笔，为他人所不及，在他最后的作品《明暗》里，又显示一转化，不料因病逝世，实在是日本文学界的不幸。他长于技巧，富于机智，用话语的丰富；混合日、汉、洋文派，而句法之自在，等等，是难以企及的。"这时的谢六逸，应该说从文本出发，比较准确地把握了夏目漱石创作的独特之处。

---

① 应为《二百十日》，此系笔误。
② 原文为《それから》，现在一般译为《从此以后》或《其后》。
③ 原文为《彼岸过迄》，现在一般译为《春分之后》或《过了春分时节》。
④ 谢六逸：《二十年来的日本文学》，《小说月报》第 20 卷第 7 期（1929 年 7 月）。

1929 年 9 月，谢六逸的《日本文学史》由上海北新书局出版，这是谢六逸最系统全面研究介绍日本文学的著作。著作包括上、下两卷，上卷有"绪论"、"上古文学"、"中古文学"、"近古文学"四章，下卷有"近代文学"、"现代文学"（上）、"现代文学"（下）三章。在第六章"现代文学"（上）中，对夏目漱石有较大篇幅的介绍。明确称夏目漱石是自然主义的"劲敌"，列出了夏目漱石从处女作《我是猫》到未竟之作《明暗》的 22 部（篇）小说和创作时间，还提到《到京的晚上》、《文鸟》、《梦十夜》、《永日小品》、《满韩纪行》、《玻璃门内》等散文作品和《文学论》、《文学评论》两部文论著作，按内容将夏目漱石的作品分成三类："一、写梦幻缥缈的情趣（如《伦敦塔》、《幻影的盾》、《琴音》、《一夜》、《草枕》、《二百十日》、《虞美人草》等）。二、在滑稽谐谑里，讽刺社会人生（如《我是猫》、《哥儿》、《野分》等）。三、写心理的（自《三四郎》以后著作都是）。"[1] 应该说，这样的介绍是非常全面的。但在探讨夏目漱石的创作思想和倾向时，还是突出他作为"余裕派"作家的一面，还进一步论述道：

从这"余裕的小说"引申出来的，就是他所谓的"低徊趣味"。这种趣味是指对于一事一物起独特的或联想的兴味，从左看或从右看都不肯轻易舍去的趣味。用诗与小说表现现实生活的苦味与悲哀，原是无味的，但是，能使人忘却现实生活的苦味与悲愁，具有浮扁舟游桃源的趣味的艺术，是有存在的意义。艺术的能事，尽于使读者愉快有味，忘却现实生活的苦斗。他的主张，明明是艺术至上主义，是崇奉"为艺术的艺术"（Art for Art's sake）。[2]

---

① 谢六逸：《日本文学史》（下卷），北新书局 1929 年版，第 89 页。
② 谢六逸：《日本文学史》（下卷），北新书局 1929 年版，第 87 页。

从引文可以看到，谢六逸理解的夏目漱石是一个追求低徊趣味的"余裕派"作家，反对自然主义切迫的人生现实问题探讨，以超脱现实的"趣味"，"使读者愉快有味，忘却现实的苦斗"，甚至称夏目漱石的主张是"艺术至上主义"。这是对夏目漱石的误读，至少是以偏概全。夏目漱石的创作倾向不是单一的，谢六逸也将夏目漱石的小说分成了三类，但只突出了第一类创作的特征，忽视了夏目漱石"非余裕"的一面：他对明治文明的批判，对人性真实的深刻剖析。这种误读，既是谢六逸个人审美倾向的主体选择，也是 20 世纪二三十年代中国现实文化接受屏幕的显示。事实上，在当时中国文坛，无论是鲁迅、周作人，还是谢六逸、章克标的著述中，都凸现出夏目漱石作为"余裕派"作家的"低徊趣味"。20 世纪末的中国学者却从夏目漱石的"余裕"和"低徊趣味"中看到了不同的内涵。当代学者程麻认为："夏目的所谓'余裕'情趣和低徊品味的文学特征，并非是引导人们从艰难时世中逃出，避之山林。因为他懂得：'难处的世界是无法逃避'的。夏目漱石希望的是人们莫要因生活辛苦而麻木了自己的神经和情绪，而应该在局促而紧迫的痛苦中千方百计地体味生活的酸甜苦辣。夏目漱石认为，这是文学的本职。因此，他所说的'余裕'情趣虽然带有'忙里偷闲'、'以苦为乐'的俏皮色彩，实际上是提倡积极感受生活矛盾的美学观点，是认真入世的。"[①]

（二）两篇小品的翻译

谢六逸翻译了夏目漱石的两篇小品：《火钵》和《猫的墓》，最初刊发在《小说月报》第 19 卷第 1 期（1928 年 1 月），后收入 1929 年出版的《近代日本小品文选》。这两篇作品原作出自夏目漱石的《永日小品》。《永日小品》是夏目漱石创作于 1909 年、包括 25 篇小品的散文

---

① 程麻：《沟通与更新——鲁迅与日本文学关系发微》，中国社会科学出版社 1990 年版，第 109—110 页。

集。各篇记录的都是琐碎的过去生活中的点点滴滴，儿时的玩伴、冬天暖手的火钵、一幅年代久远的挂轴、早晨窗外的雾气、家里孩子的游戏、一幅仿作的名画、妻子的碎语、留学英国的见闻等，都能落笔成文。夏目漱石有意淡化时空背景，以一种超然闲适的心境，将记忆做艺术化的加工，以某种心绪渗透进精细的描写和委婉的叙述中，产生"专注一事、倾心一物"的"低徊趣味"，形成"余裕"风格的审美效果。谢六逸选译的《猫的墓》和《火钵》两篇，在小品集中具有代表性。

《猫的墓》描写家中饲养的猫因年老而死去被葬的过程，细致具体叙述猫变瘦、厌食、嗜睡到脱毛、呕吐、眼珠凹陷、呻吟、死于杂物间的各个环节，辅以家人对老猫的态度变化，笔墨之间渗透对生命卑微脆弱的感叹和一缕淡淡的哀伤。老猫最后的墓葬，墓标前供奉的花、水、鱼、饭，为画面涂上一抹亮色：面对脆弱的生命，人被激起的丝丝温情，既是对死去的老猫的纪念，也是人间爱的绽放。《火钵》记叙身患胃病的作家，在飘雪的极寒冬日里的一天，天寒地冻，无心工作，加之孩子哭闹、种种应酬，想做的事情无法进行。一种人生日常的无奈和焦虑力透纸背。夏目漱石以高蹈的目光看待人生，对身边琐事洞幽烛微，随手拈来，任意而为，文字低徊迂曲，妙趣天成。谢六逸的译文也生动传神，将原文的神韵准确复现。我们选取《火钵》中写到寒冷的片段看看：

日语原文：

火鉢に手を翳して、少し暖たまっていると、子供は向うの方でまだ泣いている。そのうち掌だけは煙が出るほど熱くなった。けれども、背中から肩へかけてはむやみに寒い。ことに足の先は冷え切って痛いくらいである。だから仕方なしにじっとしていた。少しでも手を動かすと、手がどこか冷たい所に触れる。それが刺にでも触ったほど神経に応える。首をぐるりと回してさえ、頸の付根が着物の襟にひやりと滑るのが堪えがたい感じである。自分は寒さの圧迫を四方から受けて、十畳の書斎の真中に竦んでいた。①

谢六逸的译文：

　　将手在火钵上烘着，稍稍暖和，孩子在对面那边，又在哭了。这时掌里发出了热气，暖起来了，只是从脊背到肩上觉得酷寒，尤其是脚尖像冷断了的痛着。没有法想，只有缩然不动。只要一动手，无论哪里，都触着冷的地方，好像触着了刺一般地反应到神经。甚至连回转头颈，颈项触着了衣服的领，也感觉冷滑得难堪。自己在四方受了寒冷的压迫，在十铺席子大小的书斋正中，缩做一团。②

另一汉译本的译文：

　　伸手烤着火钵，身子便有点儿暖和起来。孩子人在那边哭闹。随后手掌是热了，就像快要冒烟儿似的，可也只是手掌，脊背到肩膀仍冷得要命。尤其是脚指尖儿，冻得直发疼，无奈之下，只好一直不去动它。稍稍活动一下手，也马上会触碰到不知藏身在什么地方的寒冷，感觉就像让刺扎了一下似的。就连转动脖子时，脖根儿在和服领子上滑过，也会有一种禁耐不住想打冷颤的感觉。寒冷从四面八方压迫而来，我在铺十帖草席的书房的正中间疏缩成一团。③

　　对照原文，比较两段译文，就能看到谢六逸译文的准确和传神，对原文不作任何增加或简省，时态语态都有体现，原文具有的朴实有力和

---

① 〔日〕夏目漱石：《漱石全集》第八卷，岩波书店 1967 年版，第 78—79 页。
② 〔日〕夏目漱石：《火钵》，谢六逸译，《小说月报》第 19 卷第 1 期（1928 年 1 月），第 187 页。
③ 〔日〕夏目漱石：《火钵》，李振生译，《梦十夜》，广西师范大学出版社 2003 年版，第 19 页。

无奈感都得到生动表达。当然，五四新文学和白话文早期的语言表达与近百年后的语言表达还是有些差异。

（三）学术随笔《〈草枕〉吟味》

《〈草枕〉吟味》最早刊于复旦大学出版的《幽默》（旬刊）1929 年第 5 期，后收入 1931 年出版的《茶话集》。《〈草枕〉吟味》是谢六逸评论夏目漱石作品的一篇专文，虽然不是严格意义上的研究论文，是一篇品鉴性的学术随笔，但其中有谢六逸阅读《草枕》的艺术感悟，有日本文学学者、翻译家对夏目漱石文学特点和意义的把握。

《草枕》是夏目漱石早期的一部中篇小说，描述一位以“美”为最高价值的画家，不满现实生活的纷扰忧烦，来到充满闲静氛围、世外桃源般的那古井的温泉旅游，一路沉浸在和谐优美的大自然、人和事当中，其中旅馆老板的女儿那美就是超越世俗人情的美的化身。《草枕》1929 年 5 月由崔万秋翻译成汉语，在上海真善美书局出版，在当时的中国文坛引起较大的反响，很快就有两种假托为“郭沫若译”的盗版。谢六逸的文章也是当时文坛反响的体现。这篇 4000 余字的鉴赏小品由客厅中一幅名为“仰首听鸣泉”的中国古代山水画开始，对比现代社会“不胜迫切待命之至”的匆忙浮躁，突出中国诗画中闲适超然的艺术境界。由此引出夏目漱石和他的小说《草枕》。文中有几点要特别提出来：

首先，认为夏目漱石对人生的观察细致深入。文中认为《草枕》虽然体现了东洋人的闲适和谐优雅安逸的情趣，“但要注意的是，漱石绝对不是一个在深山结茅庵，远避人世的遁隐者，也不是一个憎恶现世的乌托邦的憬慕者，他对人生艺术，都喜欢发议论，又喜欢说俏皮话，是一个真正懂得‘幽默’的人。他想让这迫切的世人，得到一点‘不迫切’的境界。只消看他的大作《我是猫》、《哥儿》，与现在所谈的《草枕》，就可以知道他对于人生的观察是怎样的精透"①。这样理解夏目漱石是客观公允的，比之在《日本文学史》中强调他的"余裕"、"为艺术的艺术"是一个更真实的夏目漱石。

其次，认为夏目漱石将多种艺术趣味融为一体。文中写道："夏目漱石原是一个'俳句'作家，又是一个'写生文'的作家。他能将胸怀寄托于自然的风物，富有忘却世俗的东洋人的趣味。他将英国趣味、俳谐趣味、江户趣味融混为一。他的作品里充溢着'俏皮'、'轻笑'、'幽默'、'闲雅'、'清新'的风味。"②夏目漱石的创作风格确实不是单一的，汉学、西学和日本民族的审美传统都对他的创作产生影响。只强调他余裕超然的一面是不全面的，只强调他社会批判的一面也不准确。

再次，谢六逸称夏目漱石的《草枕》只是一部"感兴"的文字，"没有结构，也没有事件的发展"③。这是对这部小说结构和叙事特点的准确把握。夏目漱石本人也曾谈到作品的特点，说《草枕》是与一般意义上的小说不同的小说，他只是想将一种美感留给读者，因而这部小说既没有情节，也没有故事展开。"《草枕》讲述的是一位喜欢细腻观察的画工偶然邂逅某一美女并对其进行观察，这位被人观察的美女就是作品聚焦的中心人物，一直站在同一地点，位置丝毫没有变动。画工从前、后、左、右各个不同方位对其仔细观察，大致内容仅此而已。由于作品的中心人物丝毫未动，作品中的时间也就无法加以展开。"④可以说，这是一部以空间画面的描写取代情节叙述的独特的小说，小说将画面的美，直接诉诸读者视觉。

最后，文章标题中的"吟味"很有意味。"吟味"就是"品味"、

---

① 谢六逸：《〈草枕〉吟味》，《谢六逸文集》，商务印书馆 1995 年版，第 204 页。
② 谢六逸：《〈草枕〉吟味》，《谢六逸文集》，商务印书馆 1995 年版，第 204 页。
③ 谢六逸：《〈草枕〉吟味》，《谢六逸文集》，商务印书馆 1995 年版，第 206 页。
④ 〔日〕夏目漱石：《我的〈草枕〉》，《日本古典文论选译》（近代卷），王向远译，中央编译出版社 2012 年版，第 670 页。

"玩赏"的意思，以一种从容轻松的心境，满怀情味地品读鉴赏文学作品，这是谢六逸品读日本文学作品的独特方式。这既与他对日本文学民族性的理解有关，也关乎谢六逸自己的文学审美观。他曾经翻译日本学者高须芳次郎（1880—1948）的《日本文学的特质》，其中就谈到"要正当地吟味日本文学"①。他不仅"吟味"《草枕》，对日本作家的创作也往往从"味"或"趣味"的视角观照：认为有岛武郎的作品"最有兴味"，称佐藤春夫的小说具有"高蹈的趣味"；从志贺直哉平淡的语言中，读出"无限的复杂味"，从宇野浩二那里读出"描写的劳苦味"；而田村俊子散发出"醉人的艺术的香味"，永井荷风则洋溢着"官能的香味"；菊池宽的历史小说"富于新味"②等。

三、创作借鉴："趣味"小品

　　谢六逸在中国现代文学史上的贡献，不仅仅在对包括日本文学在内的外国文学的译介上，还以其创作实绩，推动新文学的发展。谢六逸主要创作散文，代表性的作品有散文集《水沫集》（上海世界书局 1929 年版）和《茶话集》（上海新中国书局 1931 年版），还有一些散见于当时报刊的篇什。谢六逸将自己的散文称之为"小品"。在《〈茶话集〉题记》中他写道："这本集子里的小品文字（第一部）是我在最近两年所写的，以前的都收在《水沫集》里……所谓小品与随笔，原是'随笔写成'（Following the pen），不拘于形式和内容。"③"小品"作为中国现代散文的一种类型，有学者指出：它根源于中国古代的传统散文（尤其是明代的"性灵小品"），对应于西方的 sketch（素描），借鉴于日本的

---

① 谢六逸：《茶话集》，河北教育出版社 1994 年版，第 185 页。
② 谢六逸：《二十年来的日本文学》，《小说月报》第 20 卷第 7 期（1929 年 7 月）。
③ 谢六逸：《〈茶话集〉题记》，《谢六逸文集》，商务印书馆 1995 年版，第 21 页。

写生文（俳文）①。对于这一点，考察谢六逸的小品创作与夏目漱石的关系，是富于说服力的佐证。

谢六逸的小品，我们称之为"趣味"小品。这里的"趣味"，也可以称为"情趣"，就是以轻松优雅的笔致，描述具有某种兴味的情景或事物，引发读者的兴趣和感奋。他在《水沫集·序》中谈到"随笔"和"富有情趣的小品文字"：

> 我喜欢用"随笔"的形式写我自己的感想或是介绍国外的著作。随笔与其他的杂文都具有特殊的效能，常常能够兴奋阅者的精神；随笔是各种文体中比较容易写成的一种，可以随笔写去（Following the pen），不必要什么伟大的构思与整齐的形式。可是要写得好也不容易。国内的 Journalism 到如今依然不常见富有情趣的小品文字，就可以知道我们对于它是怎样的忽略了。②

这里的"随笔"，是"趣味"小品的另一种表述。早在 1926 年，谢六逸独自创办了名为《趣味》的杂志。杂志出版预告中说："本刊内容与时下各种文艺刊物略有不同，以有趣的短文、感想等为主，努力于对现实生活的批评与事态的讽刺，并载有趣味的创作或译文。"③杂志虽然只出版 4 期就停刊了，但产生了一定的影响，知情人后来回忆："他（指谢六逸。——引者注）也曾一个人办过一个小周刊——《趣味》，自己编辑，自己发行，虽则不多几期就停刊，但看到的都称赞他编得好。他所提倡的趣味，是相当高级的，和后来《论语》等的趋于低级化者不同。"④这都充分说明谢六逸对"趣味"小品的倡导及其影响。

---

① 参看王向远《文体·材料·趣味·个性——以周作人为代表的中国现代小品文与日本写生文比较观》，《鲁迅研究月刊》1996 年第 4 期。

② 谢六逸：《谢六逸文集》，商务印书馆 1995 年版，第 1 页。

③ 陈江、陈达文：《谢六逸年谱》，商务印书馆 2009 年版，第 33 页。

④ 徐调孚：《再忆谢六逸先生》，《谢六逸文集》，商务印书馆 1995 年版，第 390 页。

在 20 世纪二三十年代的中国文坛，以周作人为核心，以《语丝》、《骆驼草》、《论语》等期刊为阵地，出现包括俞平伯、江绍原、章衣萍、废名、林语堂、施蛰存等一批作家创作的"趣味主义"小品①。谢六逸的"趣味"小品也许与当时文坛的这一风向有关，但我们要看到：谢六逸小品创作的思想艺术资源更直接来自日本文坛，尤其是夏目漱石的"余裕论"和"低徊趣味"思想。

谢六逸在 1927、1928 年翻译了一批日本作家的小品，从中体悟小品的文体特征和精神，感受到日本特有的岛国风光和优雅纤细的民族性格是形成他们小品创作的有利条件。在《近代日本小品文选·前记》里他写道："欧人常称日本是东方的一个 Garden City，她富有明净的山水与优雅纤巧的建筑，岛国的自然界的景色，和大陆的又有不同。因为环境的影响，近代日本作家的小品里，有许多优美的小品文字。在西方的文学里，如吉星（Gissing）的《草堂日记》……等，虽也是少有的小品文字，为世人所爱读，如把日本近代作家的小品文字和它们比较起来，又别有一种情趣。这种情趣，是由于日本的自然与作者的日常生活交织出来的。"② 这种在翻译中逐字逐句反复咀嚼得出的感悟是真切的，也在这过程中潜移默化地将日本小品把"自然与作者日常生活交织"的情趣内化为自己小品创作的审美追求。以优美的文字，将优雅的自然环境与琐细的日常生活彼此交融渗透，赋予描写对象以情趣和色彩，这就是谢六逸从日本小品文中体会到、在创作中借鉴的"趣味"。

影响谢六逸"趣味"小品创作的日本作家中，夏目漱石影响最大。谢六逸从《永日小品》选译的《猫的墓》、《火钵》，就是两篇极具"趣味"的小品。在对夏目漱石的研读品鉴中，谢六逸推崇的就是夏目漱石"余裕派"的"低徊趣味"，从总体上谢六逸就是将夏目漱石作为

---

① 参看赵海彦：《中国现代趣味主义文学思潮》，中国社会科学出版社 2005 年版。

② 谢六逸译：《近代日本小品文选》，大江书铺 1929 年版，第 1 页。

一个余裕派作家来理解，在相关的日本文学著述中，反复强调夏目漱石"余裕"创作的特点和"低徊趣味"，对夏目漱石论述这一文学思想的《〈鸡冠花〉序》也反复引证和阐述。夏目漱石在文中对"低徊趣味"做出了解释："所谓'低徊趣味'，是'专注一事，倾心一物'，是独特的或能够引起联想的趣味，是让人留连忘返、依依不舍的趣味。若以为叫'低徊趣味'不好理解，可以将其称作'依依趣味'、'恋恋趣味'。"[1] 谢六逸阐释夏目漱石的"低徊趣味"："这种趣味是指对于一事一物起独特联想的兴味，从左看或从右看都不肯轻易舍去的趣味。"[2] 这种阐释体现了谢六逸对夏目漱石"低徊趣味"思想的认同和欣赏，是审美体验在心灵深处的共鸣与契合。

对于以轻逸有趣、优雅闲适为特点的"趣味主义"小品，在20世纪30年代的中国文坛，遭到来自左翼作家的批评。成仿吾曾写道："文艺是生活基调的反映……而这种以趣味为中心的生活基调，它所暗示着的是一种在小天地中自己骗自己的自足，它所矜持着的是闲暇、闲暇，第三个闲暇。"[3] 谢六逸也曾以"小品文之弊"为题作文，对当时小品文创作中的量多质劣、小而无品、取材书本、唯我独尊等不良习气提出了尖锐批评。但对小品文的"闲适笔调"却加以辩护：

> 有人攻击小品文的"闲适笔调"。此点恕我不能附和。提起笔来写小品，就是"闲适"。没有"闲适"，便不能写小品。有几人能在"气得双脚跳"之下，把"小品"写得出来。又有几人能在饔飧不继之下，不写长篇论文，换取稿费，反而写出轻松的小品。在写小品之先，即令忙迫，但既写小品，就是表示那时已经闲适，因此"闲

---

① 〔日〕夏目漱石：《〈鸡冠花〉序》，王向远译：《日本古典文论选译》近代卷（下），中央编译出版社2012年版，第680—681页。

② 谢六逸：《〈草枕〉吟味》，《谢六逸文集》，商务印书馆1995年版，第203页。

③ 成仿吾：《完成我们的文学革命》，《洪水》第3卷第25期（1927年1月）。

适"并非小品之罪。①

这样强调小品的"闲适"，与夏目漱石的"余裕"文学观精神相通。夏目漱石曾说："世界是广阔的，在广阔的世界里居住着的人是形形色色的，能与形形色色的人相处便是一种余裕，在相处之中观察、体会和思考也都是余裕，由这些余裕产生事件，进而由事件产生感情，便构成了活灵活现的人生。"② 现实的人生充满了种种矛盾纠葛：利益争端、情仇爱恨、喜怒哀乐，一生在窘迫和挣扎之中。只有以闲适或余裕的心境和眼光来观察、体味这一切，才能感受到其中的意蕴和价值，转化为艺术审美，才能写出"趣味"小品和"余裕"小说。可以说，在这一层面上，谢六逸深得夏目漱石的"余裕"观和"低徊趣味"的真髓。

从谢六逸的小品创作《病，死，葬》、《三味线》、《鸭绿江节》、《作了父亲》、《童心》、《三等车》、《放鸟记》等代表作中，我们不难体会到其中清丽闲雅的笔致和轻逸委婉的情与呼。我们以《病，死，葬》为例，稍作分析。

《病，死，葬》初刊于1926年9月谢六逸独立创办的《趣味》创刊号，后收入《水沫集》。小品描述因病昏睡于床而展开的死与葬的联想。下笔一段描写病状，细腻传神，生动感人：

> 火焰般的阳光射到窗外的白石墙上，所有的热气都向我的房里送进来，我睡在床上发热，已有三天了。想到架在苏州河上的两座宽大的石桥，人和畜类喘着气流着汗在那炎热的桥上跑过；马路上的柏油被阳炎熏蒸至于溶化，摩托车轮驶过，柏油就被拔起，电车道旁变成软泥般的路，这时我的头就更加晕涨，头上的汗随着短发

---

① 谢六逸：《小品文之弊》，《谢六逸文集》，商务印书馆1995年版，第175页。
② 〔日〕夏目漱石：《〈鸡冠花〉序》，王向远译：《日本古典文论选译》近代卷（下），中央编译出版社2012年版，第679页。

濡湿了枕头，照常的听着弄堂里江北小孩叫卖"冰哟，冰哟"的迫切的呼声；我便想一跃而起，浑身去浸在水里。

　　这样的描写为后面对死和葬的联想作了铺垫。后面写到死的各种形态，守灵闹丧、析产闹剧、品尝浊水的风习，生死的不同心理；叙写丧葬的种种礼俗；风水堪舆、坟堆遍野、阡陌黑棺、出殡送葬等。在现实世界里，病患、丧葬都是人生大痛，充满苦情和哀感。但谢六逸以艺术眼光透视这些，用轻松戏谑而富于情味的笔致加以表现。这样的叙述风格和对待生死的态度，很容易令人想到夏目漱石 1910 年"修善寺大患"后写作的题为"浮想录"①的系列小品。因胃溃疡大出血，夏目漱石两次住院，已下病危通知，却又死而复生。这场大病，使夏目漱石的心灵得到净化，真正以一种闲适余裕的心境，思考生死、人生、社会的种种。当然，夏目漱石用 33 篇小品，记录了这场大病中的思索、见闻和感受；谢六逸只是一场几天的高烧，只写了一篇，其容量和深度不可同日而语，但其风格和心态是相通的。

　　不过，谢六逸创作小品的 20 世纪二三十年代，中国处于动荡不安的生存环境之中，在不安的时代和不安的环境中做人，因而他的小品，不是夏目漱石"低徊趣味"的平移，更多的是"夹板"的产物②。富于良知与爱国情怀的谢六逸对于"低徊趣味"的写作，非不愿也，是不能也。他曾说："只想多登几篇'平淡'的文章给大家看看，后来时代的波涛，越来越汹涌，不提笔则已，一提笔不免要触及'现实'，虽欲保

---

　　①　夏目漱石的《浮想录》原文为《思ひ出す事など》，汉语译本至少有 4 种：(1) 李振声译作《浮想录》，载《梦十夜》，广西师范大学出版社 2003 年版；(2) 李正伦、李华译作《往事种种》，载《十夜之梦 —— 夏目漱石随笔集》，华东师范大学出版社 2008 年版；(3) 文洁若译作《杂忆录》，红旗出版社 2013 年版；(4) 陈德文译作《往事漫忆》，载《暖梦：夏目漱石散文随笔集》，花城出版社 2014 年版。
　　②　谢六逸在《立报·言林》上发表了一组题为"夹板中的随笔"的小品。

持‘平淡’，已不可能，终于走向‘辛辣’方面。”①

　　现代散文作家徐蔚南（1900 — 1952）在 1935 年写过一篇《宏徒颂》②，对谢六逸的人格和小品创作作了不无幽默的描述：“宏徒是讲小品趣味的，但决不愿介绍阿猫阿狗的博士言论，也决不鼓励你自命风流隐逸。……宏徒是幽默的，但决不愿显《笑林广记》式的本领，至多像蜜蜂，甜津津地刺你一针。他曾说‘我在洁而精菜馆里吃饭，连小品的定义都吃出来了’，这样的幽默您不愿接受？宏徒是辛辣的，这是他家乡的地方色彩……他的心胸和他的身体一样，宽大而活泼。宏徒是集纳主义的专家，但决不做‘一对野鸳鸯对簿公堂’的刻板文章，他写的是生动的报告，动人的叙述。宏徒又是早稻田大学出身，早稻田风的修辞趣味，早稻田风的古典文学趣味，他都传染了。”③这是同行眼中的谢六逸和他的“趣味”小品，概括可谓独特精到，揭示了谢六逸小品创作的日本渊源，也不难感受到夏目漱石的人格和审美追求的痕迹。

第二节　丰子恺与夏目漱石

　　世人常慨叹知音难觅，丰子恺却在饱读夏目漱石的文字后发出了：“知我者，其唯夏目漱石乎？”④的慨叹。为什么这位伟大的艺术家在人生晚年之际，总结性地向世人倾吐这样的心声呢？究竟是什么力量让他将这位与自己早已阴阳相隔的异国作家觅作知音呢？本文以中日学者已有的研究为基础，做进一步的探讨。

---

　　①　谢六逸：《社中偶寄》，《立报·言林》1935 年 12 月 31 日。
　　②　宏徒是谢六逸的笔名之一，其他笔名还有路易、毅纯、中牛等。
　　③　徐蔚南：《宏徒颂》，《立报·言林》1935 年 9 月 24 日。
　　④　丰子恺：《塘栖》，《丰子恺文集》文学卷二，浙江文艺出版社、浙江教育出版社 1992 年版，第 675 页。

一、丰子恺对夏目漱石的喜好

日本学者西槇伟[①] 认为，丰子恺最早接触夏目漱石的作品的时间应是在他 1921 年赴日留学前后。夏目漱石的作品很可能是丰子恺学习日语和文学的教材。在《我的苦学经验》中丰子恺曾说："Stevenson 和夏目漱石的作品是我所最喜读的材料。"[②] 此外，在小品文半月刊杂志《人间世》1935 年新年号《新年附录 1934 年我所爱读的书籍》栏目中写到《漱石全集》是其最爱读的书籍之一。抗日战争期间，丰子恺辗转桂林、重庆等地，由于不便携带日文书籍，夏目漱石的著作暂时藏踪匿迹，这是他阅读夏目漱石作品经历中的一段空白。但战后不久，丰子恺就重新购买了一套《漱石全集》。通过西槇伟先生的描述，我们可以得知丰子恺对于夏目漱石作品的喜爱程度之深，且阅读夏目漱石的作品，几乎贯穿了丰子恺人生中的重要阶段。

丰子恺对夏目漱石作品的喜好之深，还体现在丰子恺一生的著译活动中。丰子恺于 1956 年、1974 年两度翻译夏目漱石的小说《旅宿》。这部小说，词汇丰富，词藻华丽，描写优美，更重要的是它反映了夏目漱石的人生观、文化观、艺术思想等，是夏目漱石人生与艺术的杰出代表，这些都使丰子恺产生了强烈的共鸣，在他身陷囹圄之时，再度翻译《旅宿》，足见其强大的艺术魅力。

中国学者杨晓文在日文专著《丰子恺研究》[③] 中，梳理了丰子恺提及、引用夏目漱石作品的情况。我们将其按时间整理，并添加了备注，详情见下表：

---

① 见〔日〕西槇伟《内心的隔阂 —— 丰子恺〈华瞻的日记〉与夏目漱石〈柿子〉》论文打印稿。
② 丰子恺：《我的苦学经验》，《丰子恺文集》文学卷一，浙江文艺出版社、浙江教育出版社 1992 年版，第 88 页。
③ 见杨晓文《丰子恺研究》，东方书店 1998 年版。

时间	作品	备注
1927	《中国画的特色》	引用夏目漱石的画论
1929	《秋》	引自《旅宿》
1930	《我的苦学经验》	提及夏目漱石的名字
1930	《中国美术在现代艺术上的胜利》	引用夏目漱石的画论
1932	《新艺术》	引自《旅宿》
1946	《读〈缘缘堂随笔〉读后感》	提及夏目漱石的名字
1956	《敬礼》	引自《旅宿》
1962	《我译〈源氏物语〉》	提及夏目漱石的名字
1972	《暂时脱离尘世》	引自《旅宿》
1972	《塘栖》	引自《旅宿》

二、艺术共鸣的思想基础

两位异域作家为何会有如此的艺术共鸣？

（一）超然出世的人生观

夏目漱石生于江户一个小吏家庭，后因家道衰落，两岁时被送给他人做养子。十岁时因养父母离异，又重返老家，但始终未能得到家庭的疼爱。后来养父的无理纠缠给他造成了巨大的精神痛苦。不幸的身世，动荡的时代，使夏目漱石对现世生活产生了失望的情绪。他曾说过："余图改良世界之勇气顿时受挫，以往知世界之污秽，而把希望置于未来，然而当断定未来亦如现世黑暗之时，余便左右盼望，因前顾后。当发觉被囚禁于暗窖不见一线光明之际，余无事可干，惟抚然而自失。"[①]可见，夏目漱石对人生的看法是悲观和失望的。为了逃脱世俗的烦扰，不与恶势力同流合污，夏目漱石也曾于 1895 年 4 月离开东京到日本南

---

① 转引自何少贤：《日本现代文学巨匠夏目漱石》，中国文学出版社 1998 年版，第 7—8 页。

方的爱媛县松山寻常中学教书，5月26日给正冈子规寄去的汉诗中写道："才子群中只守拙，小人围里独持顽，寸心空托一杯酒，剑气如霜照醉颜。"[①]夏目漱石就是抱着守拙、持顽的态度，给黑暗的现世以轻蔑和嘲讽。1894年秋天，夏目漱石住进小石川表町法藏院，同年底至年初又到廉仓归源院参禅。这些经历使夏目漱石的作品更飘逸出浓郁的超脱尘俗的佛教情绪。

这种超然出世的人生观，引起了丰子恺的强烈共鸣。尽管他并没有夏目漱石那样不幸的身世，但二人对人生的苦痛却有着共通的体会。丰子恺的悲天悯人，固然与恩师李叔同的佛家思想分不开，但夏目漱石追求宁静、淡泊的超脱出世的佛教情绪，也对其起到一定的影响作用。

丰子恺在1929年的《秋》中对于青春时代的消逝，借用夏目漱石《旅宿》中的文字，表达了苦闷的情绪和对死亡的体味。

> 夏目漱石三十岁的时候，曾经这样说："人生二十而知有生的利益；二十五而知有明之处必有暗；至于三十的今日，更知明多之处暗亦多，欢浓之时愁亦重。"我现在对于这话也深抱同感；有时又觉得三十的特征不止这一端，其更特殊的是对于死的体感。青年们恋爱不遂的时候惯说生生死死，然而这不过是知有"死"的一回事而已，不是体感。犹之在饮冰挥扇的夏日，不能体感到围炉拥衾的冬夜的滋味。[②]

接着，丰子恺通过详述对死的体味，说明正是"仗了秋的慈光的鉴照，死的灵气钟育，才知道生的甘苦悲欢，是天地间反复过亿万次的老

---

① 转引自何少贤：《日本现代文学巨匠夏目漱石》，中国文学出版社1998年版，第8页。
② 丰子恺：《秋》，《丰子恺文集》文学卷一，浙江文艺出版社、浙江教育出版社1992年版，第164页。

调，又何足珍惜？我但求此生的平安的度送与脱出而已”①。

在今天看来，夏目漱石与丰子恺这种超然出世的人生态度是消极悲观的，但考虑到现实的因素又是可以理解的。毕竟，率真正直的知识分子，在寻求出淤泥而不染的自洁之路上，要付出的巨大的代价，要承受远超常人的精神痛苦，超然出世的人生态度未尝不是一种选择，这也是丰子恺对夏目漱石产生共鸣的最根本的原因。由此二人在艺术观、文明观上的共识，是超然出世、不计功利的人生观的具体反映。

（二）“非人情”与“绝缘”的艺术观

尽管夏目漱石的思想中存在消极避世的成分，但人毕竟是生活在纷繁复杂的社会中，谁也无法摆脱这张无所不在的尘世之网，这也就注定他无法永远过“采菊东篱下”的隐居式生活。为了摆脱世态人情，不为世俗桎梏所拘束，夏目漱石采取了超然物外、不计功利的人生态度。他在《旅宿》中提出了“非人情”的说法，用以指称超越人情、不为世俗所扰的艺术观。

《旅宿》创作于明治三十九年（1907），描写一个青年画家离开东京后的一段经历和见闻。他离开令他感到厌恶的大城市，以便寻找无利害得失的、所谓“非人情”的纯美的艺术天地。作品用汉诗、和歌，美妙的词句来装点这个美的世界，主人公将旅途中看到的一切都看作艺术的表演，以超然一切的立场进行创作。

这部作品以小说形式叙述作者的所谓“非人情”审美观。开篇夏目漱石就提出了富有人生哲理的论断：“依理而行，则棱角突兀；任情而动，则放浪不羁；意气从事，则到处碰壁。总之，人的世界是难处的。”② 正因为现实世界苦难重重，因此需要“非人情”的艺术境界。在

---

① 丰子恺：《秋》，《丰子恺文集》文学卷一，浙江文艺出版社、浙江教育出版社1992年版，第165页。

② 〔日〕夏目漱石：《旅宿》，《夏目漱石选集》第二卷，丰子恺译，人民文学出版社1958年版，第113页。

作品中，夏目漱石对这种审美观的解释集中体现在下面这段文字中：

　　暂时把这旅行中所发生的事情和所遇到的人物看作能乐表演和能乐演员，便怎么样呢？不能完全放弃人情，但因这旅行的根本是诗的，所以随时随处力求接近于非人情。……我对今后遇到的人物，必然用超然远离的态度去看，务求双方不致随便流通人情的电气。这样，对方无论怎样活动，也不容易侵入我的胸怀，我就仿佛站在画幅前面观看画中人物在画面中东奔西走。相隔三尺，就可安心地观赏，放心地观察，换言之，不为利害分心，故能用全力从艺术方面观察他们的动作，故能专心一意地鉴识美与不美。①

　　这部"非人情"的小说，之所以引起丰子恺的强烈共鸣，不仅在于其蕴含着夏目漱石超脱尘世的人生态度，还在于这种"非人情"的艺术观，与丰子恺超越功利的"绝缘"的艺术观在精神上是相通的。这一思想体现在1929年的《看展览会用的眼镜——告一般入场者》一文中：

　　我已办到了一副眼镜。戴了这眼镜就可看见美的世界。但这副眼镜不是精益、精华等眼镜公司所发卖的，乃从自己的心中制出。牌子名叫"绝缘"。
　　戴上这副"绝缘"的眼镜，望出来所见的森罗万象，个个是不相关系的独立的存在物。一切事物都变成了没有实用的、专为其自己而存在的有生命的现象……
　　这眼镜不必用钱购买，人人可以在自己的心头制造。展览会的入场诸君，倘有需要，大可试用一下看。我们在日常的实际生活中，

---

　　① 〔日〕夏目漱石：《旅宿》，《夏目漱石选集》第二卷，丰子恺译，人民文学出版社1958年版，第120页。

饱尝了世智尘劳的辛苦。我们的心天天被羁绊在以"关系"为经"利害"为纬而织成的"智网"中，一刻也不得解放。万象都被结住在这网中。我们要把握一件事物，就牵动许多别的事物，终于使我们不能明白认识事物的真相。[①]

在丰子恺看来，静观事物本体的审美经验和注重实用功利的日常经验是两种不同的观照事物的经验。后者是从各种关系中来看事物，前者是"绝缘"的。只有通过"绝缘"，剪断事物的各种实用功利的关系，我们才能以超越功利的审美心态来观照事物。

尽管夏目漱石与丰子恺对于这种超脱尘世、超越功利的艺术观在概念和提出形式上并不相同，但二者的艺术观念在精神上却是惊人的相似，尽管我们没有充分的证据表明，丰子恺的"绝缘说"的提出受到了夏目漱石"非人情"艺术观的影响，但这种可能性还是有的，因为艺术观念的影响往往是潜移默化的，并且早在赴日留学前后，丰子恺已经对夏目漱石的作品有了一定的接触，并且在1929年的《秋》中也转述过《旅宿》中的文字，同年提出的"绝缘说"受其影响也不是没有可能的。

（三）对古代东方文化的推崇

夏目漱石对于以中国古典文学为代表的古代东方文明十分推崇，在15岁时退出东京府立第一中学进入二松学舍专门学习汉学。从青少年时代开始，夏目漱石为自己奠定了坚实的汉学基础。在他的作品中时常有中国文人、诗词、典故的出现。

且喜东洋的诗歌中有解脱尘世的作品。采菊东篱下，悠然见南

[①]　丰子恺：《看展览会用的眼镜——告一般入场者》，《丰子恺文集》艺术卷二，浙江文艺出版社、浙江教育出版社1990年版，第301—302页。

山。只在这两句中，就出现浑忘浊世的光景。这既不是为了邻女在隔壁窥探，也不是为了有亲友在南山供职。这是超然的、出世的，涤荡利害得失的一种心境。独坐幽篁里，弹琴复长啸。林深人不知，明月来相照。只此二十字中，卓越地建立了另一个天地，这天地的功德，不是"不如归"或"金色夜叉"的功德，是在轮船、火车、权力、义务、道德、礼义上筋疲力尽之后忘却一切，浑然入睡似的一种功德。①

上面这段文字出自《旅宿》，其中说明作者超然出世、不计功利的人生态度的诗句，正是陶渊明的《饮酒》和王维的五言诗《竹里馆》。在《旅宿》中夏目漱石多次谈及陶潜，并亲切地称之为"渊明"，《旅宿》自身就是一部《桃花源记》风格的作品。

丰子恺对王维、陶渊明的喜爱也多次反映在其作品中。他在文艺评论《中国画的特色 —— 画中有诗》②、《文学中的远近法》③、《文学的写生》④、《中国绘画的完成》⑤ 中，都论及王维，在散文《闲》里也写到了《竹里馆》，"在饱尝了尘世的辛苦的中年以上的人，'闲'是最可盼的乐事。假如盼得到，即使要他们终生高卧空山上，或者独坐幽篁里，他们也极愿意。"⑥ 在《艺术的效果》中曾说："陶渊明的《桃花源记》便是一

---

① 〔日〕夏目漱石：《旅宿》，《夏目漱石选集》第二卷，丰子恺译，人民文学出版社1958年版，第 118 页。

② 丰子恺：《中国画的特色 —— 画中有诗》，《丰子恺文集》艺术卷一，浙江文艺出版社、浙江教育出版社 1990 年版，第 34—52 页。

③ 丰子恺：《文学中的远近法》，《丰子恺文集》艺术卷二，浙江文艺出版社、浙江教育出版社 1990 年版，第 456—468 页。

④ 丰子恺：《文学的写生》，《丰子恺文集》艺术卷二，浙江文艺出版社、浙江教育出版社 1990 年版，第 469—485 页。

⑤ 丰子恺：《中国绘画的完成》，《丰子恺文集》艺术卷三，浙江文艺出版社、浙江教育出版社 1990 年版，第 150—158 页。

⑥ 丰子恺：《闲》，《丰子恺文集》文学卷一，浙江文艺出版社、浙江教育出版社 1992 年版，第 426 页。

例。我们读到'豁然开朗。土地平旷，屋舍俨然。有良田美池，桑竹之属。阡陌交通，鸡犬相闻。……黄发垂髫，并怡然自乐'等文句，心中非常欢喜，仿佛自己做了渔人或者桃花源中的一个住民一样。我们还可在这等文句以外，想象出其他的自由幸福的生活来，以发挥我们的理想。"① 在《庐山游记之二》中写道："我躺在竹榻上，无意中举目正好望见庐山。陶渊明'采菊东篱下，悠然见南山'，大概就是这种心境吧。"②

　　丰子恺与夏目漱石对王维、陶渊明的推崇，根源于王、陶的诗作能够真实地反映出二人脱离尘世、悠然自得的人生追求。夏目漱石作为一位日本作家，有如此深厚的汉学功底，且对王维、陶渊明也是倍加推崇，这怎能不引起丰子恺的兴趣和共鸣呢？而这种出世的士大夫的趣味，也是古代东方文化传统的典型代表。

（四）对现代物质文明的厌恶

　　夏目漱石厌恶现代文明，十分重视个性，小说《旅宿》从另一角度说，也反映了夏目漱石的这种文明观。厌恶了物质文明的画家，为了获得心灵的清静，来到了远离都市文明的风景区，寻求身心的自由。在对现代化的交通工具的描写中，更是体现了夏目漱石对现代文明的担心。他认为火车是蔑视个性的东西，"我每次看到火车猛烈地、玉石不分地把所有的人看作货物一样而一起载走的状态，把关在客车里的个人和毫不注意个人的个性的这铁火车比较一下，总是想道：危险！危险！一不小心就危险！现代的文明中，随时随地都有此种危险。不顾一切地横冲直撞的火车，是危险的标本之一。"③

---

　　① 丰子恺：《艺术的效果》，《丰子恺文集》艺术卷四，浙江文艺出版社、浙江教育出版社 1990 年版，第 122 页。
　　② 丰子恺：《庐山游记之二》，《丰子恺文集》文学卷二，浙江文艺出版社、浙江教育出版社 1992 年版，第 580 页。
　　③〔日〕夏目漱石：《旅宿》，《夏目漱石选集》第二卷，丰子恺译，人民文学出版社 1958 年版，第 229 页。

丰子恺也是现代物质文明的厌恶者。早在《山水间的生活》[①]中，他就表达了对都市生活的厌倦，在《楼板》中就对人与人之间冷漠的关系发出了"隔重楼板隔重山"[②]的慨叹。这种对现代物质文明的厌恶之情，在《塘栖》中更有集中的体现，并且作者点出了与夏目漱石在此点上的共识。

> 我翻译这篇小说时，一面非笑这位夏目先生的顽固，一面体谅他的心情。在二十世纪中，这样重视个性，这样嫌恶物质文明的，恐怕没有了。有之，还有一个我，我自己也怀着和他同样的心情呢。
> ……
> 我谢绝了二十世纪的文明产物的火车，不惜工本地坐客船到杭州，实在并非顽固。知我者，其唯夏目漱石乎？[③]

丰子恺与夏目漱石之所以都对现代物质文明表现出厌恶的情绪，这也是与他们的人生态度紧密相连的。都市文明使人与人之间的关系变得淡漠，使人逐渐异化，丧失鲜明的个性。而二人所崇尚的世外桃源般的生活却充满着温情，给人以施展个性的空间和时间。

综上所述，"非人情"与"绝缘"的艺术观、对古代东方文化的推崇、对现代物质文明的厌恶都是丰子恺与夏目漱石心灵相通的具体体现，而这些相通的基础还是在于二人超脱尘世的人生观。

---

① 丰子恺：《山水间的生活》，《丰子恺文集》文学卷一，浙江文艺出版社、浙江教育出版社 1992 年版，第 12—15 页。
② 丰子恺：《楼板》，《丰子恺文集》文学卷一，浙江文艺出版社、浙江教育出版社 1992 年版，第 130 页。
③ 丰子恺：《塘栖》，《丰子恺文集》文学卷二，浙江文艺出版社、浙江教育出版社 1992 年版，第 673、675 页。

三、创作的影响与接受

有了共鸣作为基础，丰子恺接受夏目漱石的影响势成必然。夏目漱石对丰子恺的文学创作影响最深的在于几个方面：现实主义的手法、独创的幽默笔调、超然出世的人生态度。

（一）现实主义的手法

夏目漱石在人生观上采取的是超然出世的态度，但在文学创作上却"用维新志士那种拼个你死我活，虽牺牲生命在所不惜的炽烈精神来从事文学"[①]。这看似是矛盾的，其实从某种角度上讲，正是在人生观上采取了不计功利，摆脱一切利害关系的出世态度，才能够在现世的文学创作中"拼个你死我活"，说别人不敢说之语，写别人不敢写之事。

他的第一部长篇小说《我是猫》，写一只猫所看到的社会，并且借猫之口鲜明地表达了作者对社会生活的褒贬和评价。由于在《我是猫》中作者通过猫的视角，尽情地揭示了自己所看到的人与现实的尖锐矛盾，洋溢着作者强烈的主观能动性，一反当时"自然主义"细致具体的"如实描写"的潮流，被某些自然主义文学评论家讥笑为"不真实"，把作品中幽默讽刺的风格，说成是"半开玩笑"。在当时这种一边倒向自然主义的倾向，使夏目漱石屡屡遭到攻击，但这都没有让这位"顽固"的艺术家放弃自己的艺术主张，即对人生和社会进行真实的批判。在他看来"真"，"并非是单纯地反映人的精神欲求和情感，或只是描绘客观事物，而是致力于掌握外在各种物质世界中的不同精神主体的心理体验和思想感受"[②]。而自然主义缺乏的正是激发读者感受主客体之间

---

① 〔日〕夏目漱石：《致铃三重吉书》（1906 年 10 月 26 日），转引自曾小逸主编：《走向世界文学：中国现代作家与外国文化》，湖南人民出版社 1985 年版，第 567 页。

② 程麻：《沟通与更新：鲁迅与日本文学关系发微》，中国社会科学出版社 1990 年版，第108 页。

矛盾的自觉性。

这些对丰子恺文学创作的影响不可小视。丰子恺心中的理想社会，早在《东京某晚的事》中，就表达得很清楚："天下如一家，人们如家族，互相亲爱，互相帮助，共乐其生活，那时陌路就变成家庭……"① 然而，现实社会的黑暗，使他的理想不能实现。同夏目漱石一样，尽管抱着超然出世的人生观，但在文学的创作中，他继承了夏目漱石以现实主义的笔法，真实描绘社会的黑暗、人生的苦痛，创作了一类同情人民疾苦，反映现实，关注人生的作品。如《穷小孩的跷跷板》写世间小孩的苦，穷的小孩更苦，没有游戏玩耍的器械，将两条长凳摆成十字形，模仿跷跷板的玩法。丰子恺不禁慨叹："在这社会里，穷的大人固然苦，穷的小孩更苦！穷的大人苦了，自己能知道其苦，因而能设法免除其苦。穷的小孩苦了，自己还不知道，一味茫茫然地追求生的欢喜，这才是天下之至惨！"②《肉腿》③ 写大旱时节，运河边上聚集了许多男女老少，他们拼命地踏着水车，在同太阳争夺着生命之水。作者将踏水车的农民的肉腿和舞场、银幕上舞女的肉腿对照，非常具有讽刺意味，反映了丰子恺爱憎分明的感情。《三娘娘》④ 写一位只拥有一个板厨、一张板桌的开杂货店的三娘娘，为了生存，整日地打着棉线，一天所得却不足十个铜板。作品对城市底层人民艰苦的生活寄予了深切的同情。这种现实主义的写作风格，到了抗日战争时期，更是占据了其创作的主导地位，在这些作品中，作者通过描写日军的暴行和个人的逃难生活，揭示了为攫取利益而选择暴力的人类的罪恶，同时也表达了丰子恺

① 丰子恺：《东京某晚的事》，《丰子恺文集》文学卷一，浙江文艺出版社、浙江教育出版社1992年版，第128—129页。

② 丰子恺：《穷小孩的跷跷板》，《丰子恺文集》文学卷一，浙江文艺出版社、浙江教育出版社1992年版，第350页。

③ 丰子恺：《肉腿》，《丰子恺文集》文学卷一，浙江文艺出版社、浙江教育出版社1992年版，第368—371页。

④ 丰子恺：《三娘娘》，《丰子恺文集》文学卷一，浙江文艺出版社、浙江教育出版社1992年版，第353—357页。

对祖国的深情，对人民疾苦的同情。

（二）轻快洒脱的笔调

在表现手法上，从丰子恺的作品中我们也可以找到夏目漱石的痕迹。作品《物语》就是对《我是猫》的模仿和再创造。作者先从个人的主体的角度对自家院内的景物给予一番评价。作为院内景物的主人，他自以为是地认为葡萄的蔓藤是因自己的良好照顾而长势良好，南瓜是尽忠于主人的作物，鸽子的叫声是在向自己问早，猫捉老鼠是在为主人服务，一切都是那么的美好，令人满心欢喜。但写到此处，作者笔锋一转，借这些景物之口来讽刺人类的傲慢和自以为是。葡萄说："……我受天之命而降生，借自然之力而成长，何干于你？……"[①]南瓜在历数了人类对自己家族的迫害（对南瓜子的剖取、炒制）后愤怒地说："……我们自有天赋的生产力，和天赋的凌云之志，但岂是为你们而生，又岂是你们所能养成？……"[②]其后，鸽子和猫也讽刺了人类的自作多情，因为认路和捕鼠分别是它们的遗传本能，并不是乐于为人类服务的。《我是猫》是人借猫之口，实现对社会和人性的批判，而《物语》虽然也借用了物之口讽刺人类的自私和虚伪，但又加入了人观察物的角度，在人与物的不同态度的对比中，更加深了批判讽刺的意味，这不能不说是丰子恺对夏目漱石表现手法上的创造性借鉴。

至于《我是猫》及后来的《哥儿》等作品中所体现的轻快洒脱、富于讽刺的笔法，日本文学评论家加藤周一认为："作品中的风俗描写和滑稽味道，是直接继承了十九世纪前半叶的《浮世澡堂》和《东海道中膝栗毛》的系统。也许可以远溯到同《风流志道轩传》及其后寺门静轩

---

① 丰子恺：《物语》，《丰子恺文集》文学卷一，浙江文艺出版社、浙江教育出版社1992年版，第538页。

② 丰子恺：《物语》，《丰子恺文集》文学卷一，浙江文艺出版社、浙江教育出版社1992年版，第540页。

的《江户繁昌记》是一脉相承。另一方面，它同德川时代的滑稽小说全然不同，它的讽刺往往是非常强烈的，它的知性的滑稽是及于批判社会的。这方面可以远溯到夏目漱石所学习的英国 18 世纪文学，尤其是斯威夫特的文学吧。"① 例如《我是猫》描写鼻子就颇有风趣："但是事物达到极限，固然是一种奇观，但总不免令人畏惧，难以接近。拿她那鼻梁说，固然是蔚为奇观，但未免过于险峻。古人苏格拉底、哥尔德斯密或萨克雷的鼻子，从构造上说，虽然有一些缺点，但正因为有缺点，才更有一种令人可爱之处。所谓'鼻不以高为贵，而以奇为贵'，恐怕即此之谓吧。"② 在《哥儿》中，夏目漱石给形式主义者的校长穿上男子大礼服，给崇洋媚外的教师加上一件红衬衫，给阿谀奉承的"吹鼓手"披上一件低劣的大褂，再加上一把伪劣的扇子……难怪鲁迅称"夏目的著作以想象丰富，文词精美见称"③。

细读丰子恺的散文，我们也常常感到作者文词的朴实与幽默，呈现出一种轻快洒脱的写作风格。在《吃瓜子》中，作者幽默地说中国人人人具有三种博士的资格：拿筷子博士、吹煤头纸博士、吃瓜子博士，而吃瓜子的才能最可叹佩。"常见闲散的少爷们，一只手指间夹着一支香烟，一只手握着一把瓜子，且吸且咬，且咬且吃，且吃且谈，且谈且笑。从容自由，真是'交关写意'！"④ 小姐太太们的姿态更加美妙，不但手指像兰花，而且"那手和头的转侧的姿势窈窕得很，有些儿妩媚动人。连丢去的瓜子壳也模样姣好，有如朵朵兰花"⑤。

丰子恺不仅吸收了夏目漱石幽默洒脱的文风，更汲取了这种文风的

---

① 〔日〕加藤周一著，叶渭渠、唐月梅译：《日本文学史序说·下》，开明出版社 1995 年版，第 306 页。

② 〔日〕夏目漱石著，刘振瀛译：《我是猫》，上海译文出版社 1994 年新 1 版，第 114 页。

③ 鲁迅：《鲁迅全集》第 10 卷，人民文学出版社 1981 年版，第 217 页。

④ 丰子恺：《吃瓜子》，《丰子恺文集》文学卷一，浙江文艺出版社、浙江教育出版社 1992 年版，第 234—235 页。

⑤ 丰子恺：《吃瓜子》，《丰子恺文集》文学卷一，浙江文艺出版社、浙江教育出版社 1992 年版，第 235 页。

精髓，即文词轻快绝不是表面词句的巧妙运用，而是其中蕴含深刻的寓意。《吃瓜子》表面上赞美少爷、小姐、太太们吃瓜子时悠闲自得的神态和精湛的技艺，实际是揭露他们无所事事、精于消闲的寄生生活和不求进取、空虚腐朽的精神世界。作者采用的是明褒暗贬的手法，在轻描淡写之中提出了令人惊心动魄的问题："将来此道发展起来，恐怕是全中国也可消灭在'格、哑'、'的、的'的声音中呢。"① 丰子恺将忧国忧民之情寄寓在洒脱轻快的表达中，正是对夏目漱石笔调的追求和效法，这些还表现在《作客者言》、《口中剿匪记》等作品中。

（三）超然出世："非人情"与"童真"世界

夏目漱石的《旅宿》为我们创造了一个超脱世俗的"非人情"世界，从丰子恺的多次引用和两度翻译中，我们就可以看出他对《旅宿》的喜爱程度，尤其是第二次翻译，正值丰子恺在"文化大革命"中受迫害时期，他能够忍辱负重，默默地再次翻译《旅宿》，说明在他的精神世界中，这本书所起的重大的精神支撑作用。

经过上文的分析，《旅宿》无疑反映了夏目漱石憎恶现世而把理想寄托于世外桃源的人生态度。主人公画家抛却尘世的烦扰，在青山秀水之间，寻求艺术的灵感。他认为只有从人情世界里拨去累累的砂砾，才能看到沉在底上的美丽的黄金。

而夏目漱石的思想是复杂的，有时往往又让我们感到矛盾。《旅宿》中的画家虽然始终主张"非人情"的审美态度，但当因丈夫破产而返回娘家的少妇那美托画家创作一幅她投水自尽的画以后，画家多方了解那美身世经历，又不动感情地如看戏似地仔细观察她的举动，苦心研究精心构思，却总是胸无成竹，一事无成。直到与那美一起送她堂弟出征送

---

① 丰子恺：《吃瓜子》，《丰子恺文集》文学卷一，浙江文艺出版社、浙江教育出版社 1992 年版，第 238 页。

死之际，发现那美突然见到丈夫也在车上时脸上顿时显现出可怜的表情后，画家才顿悟，终于形成腹稿。这好似又是对画家"非人情"主张的颠覆……

如果根据夏目漱石自己的创作意图："我的《旅宿》写成了与这个世上通常所说的完全相反的小说，目的是只要在读者的头脑里留下一种感觉——美的感觉就行。此外就没有特别目的。"① 这么说来，《旅宿》确实是一部"非人情"的小说。而且，从画家对这个不幸的少妇，对于将赴战场送死的那美的丈夫和堂弟以及不知革命为何物的农民等，始终采取"非人情"的冷眼旁观者以揶揄的笔墨涂抹他们的言行举止看，这个画家无疑属于"非人情"的艺术典型形象。

但再细读文本，我们也可以发现非"非人情"的叙述，如："我是人类的一分子，所以即使何等爱好非人情，长久继续当然是不行的。恐怕陶渊明不是一年四季望着南山的，王维也不是乐愿不挂蚊帐在竹林中睡觉的人吧。"② 最后明确写到他又回到现实世界，他认为看得见火车的地方就是现实世界，因为火车象征文明，是最能够扼杀人们个性的工具，预言法国式的革命一定会出现。

从这些矛盾之处，我们可以看到夏目漱石思想的复杂与矛盾，这说明他已经意识到在现实的生活中是不可能采取逃避态度的，但又找不到一条理想的生活道路，此时的《旅宿》是使心灵"暂时逃离尘世"的精神慰藉。在他后来的《行人》、《心》、《门》等作品中，作者回到了现实，以日本知识分子的理想、道德、爱情为主题，揭示不幸的人生和不幸的时代，作品中的主人公多以自杀作为人生的唯一出路，是夏目漱石悲观失望的世界观的真实流露。

丰子恺同夏目漱石有着相同的追求，即对"世外桃源"的憧憬。而

①　转引自何少贤：《日本现代文学巨匠夏目漱石》，中国文学出版社1998年版，第157页。
②　〔日〕夏目漱石：《旅宿》，《夏目漱石选集》第二卷，丰子恺译，人民文学出版社1958年版，第119页。

与夏目漱石寄情山水构筑的"非人情"的世界不同的是，丰子恺为我们构筑的却是充满纯情的儿童世界。夏目漱石的"非人情"的世界是对现实社会暂时的逃避，而丰子恺的纯情的儿童世界却是对满目疮痍的社会开出的一剂疗救之方。

在对缘缘堂的痴迷爱恋中，作者写到春天燕子的呢喃，夏天红了的樱桃、绿了的芭蕉，秋夜秋虫的合奏，冬天暖暖的太阳，这四季宜人的景色再加上孩子的嬉笑与吵闹，才共同构成了丰子恺憧憬中的理想世界。在这个"世外桃源"中，孩子是不可缺少的重要组成部分。他坚信"我在世间，永没有逢到像你们这样肺肝相示的人。世间的人群结合，永没有像你们这样的彻底地真实而纯洁"①。

在作品中，丰子恺用成人世界的隔膜与儿童世界的天真对照，把童心当作反对污浊尘世的一方净土。在《漫画创作二十年》中丰子恺明确地表达了这一点："我初尝世味，看见了所谓'社会'里的虚伪骄矜之状，觉得成人都已失本性，只有儿童天真烂漫、人格完整，这才是真正的'人'。于是变成了儿童崇拜者，在随笔中、漫画中，处处赞扬儿童。现在回想当时的意识，这正是从反面诅咒成人社会的恶劣。"②

丰子恺经常以儿童的眼光来观察成人的社会，因此得出了一些看似童言无忌的结论。如《华瞻的日记》中，"其实照我想来，像我们这样的同志，天天在一块吃饭，在一块睡觉，多好呢？何必分作两家？……这'家'的分配法，不知道是谁定的，真的无理之极了。想来总是大人们弄出来的。大人们的无理，近来我常常这样感到……"③。其实，看似幼稚的言语，却寄托了丰子恺那"天下如一家，人们如家族，互相爱，

① 丰子恺：《给我的孩子们》，《丰子恺文集》文学卷一，浙江文艺出版社、浙江教育出版社1992年版，第256页。

② 丰子恺：《漫画创作二十年》，《丰子恺文集》艺术卷四，浙江文艺出版社、浙江教育出版社1990年版，第389页。

③ 丰子恺：《华瞻的日记》，《丰子恺文集》文学卷一，浙江文艺出版社、浙江教育出版社1992年版，第142页。

互相助，共乐其生活"的社会理想。

但如果我们只浅尝辄止地认为，丰子恺只是在儿童的世界中逃避现实地建筑自己的乌托邦，那就错了。对儿童世界的痴迷其实是人对自身被加载的种种戒规，如习惯，道德，制度等的挣扎和反抗，是对人天生本性的尊重和自由的向往。因此丰子恺曾说过："……有人笑我故意向未练的孩子们的空想界中找求荒唐的乌托邦，以为逃避现实之所；但我也可笑他们的屈服于现实，忘却人类的本性。"① "我看见世间的大人都为生活的琐屑事件所迷着，都忘记人生的根本；只有孩子们保住天真，独具慧眼，其言行多足供我欣赏者。"② 因此，他非常主张 ——"护心"，即保护人的天生的本性，保护成人的未泯的童心。他给出了治疗社会病的药方 —— 童心。丰子恺曾这样写道："我相信一个人的童心，切不可失去。大家不失去童心，则家庭，社会，国家，世界，一定温暖、和平而幸福。所以我情愿做'老儿童'，让人家去奇怪吧。"③ 他就是这样以身作则，鼓励人们在现实生活中，从自己的"大人的世界"里走出来，从功利的、机械的、刻板的生活中逃出来，多回忆自己儿童时代的生活，从中找回丧失很久的孩子气，滋润心灵，寻回本心。

以童心疗救社会，以童心温暖社会，这不能不说是对夏目漱石暂时逃离社会的"非人情"世界的一种超越。而丰子恺实现这种超越的原因，一方面可以理解为二人由于所处时代背景不同，对社会的认识态度上还存在差异，相对于夏目漱石对社会的悲观失望而言，丰子恺的心中对理想社会的希冀之光还在燃烧，因此他还在努力地探索疗救社会的良方。另一重要方面在于中国传统文化中的"童心说"和佛家思想中的"心性

---

① 丰子恺：《谈自己的画》，《丰子恺文集》文学卷一，浙江文艺出版社、浙江教育出版社 1992 年版，第 468 页。

② 丰子恺：《谈自己的画》，《丰子恺文集》文学卷一，浙江文艺出版社、浙江教育出版社 1992 年版，第 468 页。

③ 丰子恺：《我与〈新儿童〉》，《丰子恺文集》文学卷二，浙江文艺出版社、浙江教育出版社 1992 年版，第 408 页。

本净"对丰子恺都产生了重要的影响，由于篇幅所限，在这里就不展开论述。这些因素都促使丰子恺在接受夏目漱石影响的同时，坚持自己的社会理想，立足于民族的、个人的文化底蕴，创造出独具个性的一方艺术天地。

第三节　章克标对夏目漱石的接收与变异

章克标（1900—2007）是我国跨世纪的著名作家。1918 年留学日本，与田汉、方光焘等人成为同学。受五四风潮影响，积极参加请愿抗议。由于国事危机日益加重，他于 1926 年归国任教浙江台州，后来转任于暨南和上海。在方光焘等人的倡议下，章克标成为《狮吼》社成员。最早出版的是杂文集《风凉话》，后来在《金屋》杂志做编辑时发表长篇小说《银蛇》，创作并出版短篇小说集《恋爱四象》、散文集《蜃楼》。1932 年，主编并出版《开明文学辞典》。后来又给《论语》杂志写稿。自费出版《文坛登龙术》，引发社会广泛关注。后来，迫于生计，在汪伪政权主管的文坛下求职。"文化大革命"中被迫害，平反后依然坚持写作。终以百岁高龄卒于世纪之初，可谓历经世纪沧桑，百年荣辱集于一身的传奇式人物。

章克标接触日本文学始于 1918 年的留学日本期间。他一边念数学科，一边坚持学习日语，对日本文学产生了浓厚的兴趣。他认为夏目漱石的性格"第一就是反抗的精神，反抗时代的潮流及锄强扶弱的一种所谓侠气；第二是依了正义的所指，调制自己的行动；第三是轻快洒脱的趣味"[1]。他的文艺精神在于"俳句"和对自然产生浓厚兴趣的"写生文"。在章克标看来，夏目漱石的文艺观是"真"、"善"、"美"、"壮"

---

[1]　〔日〕夏目漱石：《夏目漱石集》，章克标译，上海开明书店 1932 年版，第 2 页。

的，真正的文艺是这四者的结合，而不是彼此割裂。但夏目漱石并不是排斥丑恶，他也写到丑恶，但他的作品都会给人一种希望和理想，并不是为了丑恶而写丑恶，这也是他区别自然主义、唯美主义的所在。后期的夏目漱石，思想进入了佛教的澄明境界，提倡"则天去私"，更多地是对文明的一种形而上的深层思考，脱离了早期对社会现象的过多介入和批判。章克标对夏目漱石的社会批判精神、女性观念和讽刺诙谐的手法都有一定程度的借鉴和吸收，但由于他们不同的文化背景和对文艺不同的理解，导致章克标对夏目漱石的接受发生了变异。

一、社会批判精神的接受与变异

1930 年，章克标翻译并出版了《夏目漱石集》，其中包括中篇小说《哥儿》、散文《伦敦塔》以及一篇夏目漱石论高滨虚子的"鸡头序"。章克标对夏目漱石流露在小说中暴露社会的黑暗与腐败，对不公平社会的批判以及幽默诙谐的创作手法都了然于胸。在章克标一系列的作品中，都体现了夏目漱石的这种潜在影响。

夏目漱石的《哥儿》主要是对教育界腐败的揭露，讽刺了知识界的种种丑陋行径。小说是根据夏目漱石在日本松山从教的真实经历所改编，这就更增加了讽刺的力度和批判的分量。正如章克标所论："篇中主人公也是一个'江户儿'。不知世事，稚气纷纷，却又是尚侠好勇的性质，多少也许有点作者自况吧。"① 小说反映了当时日本的社会现状：进入明治末年，各种腐败横行，社会黑暗透顶，人们对明治维新的结果普遍感到失望。基于此，夏目漱石走出知识分子的"自我幽闭"，对明治末年的黑暗社会现实进行了无情的暴露和批判，尤其是把矛头指向知识分子。

---

① 〔日〕夏目漱石：《夏目漱石集》，章克标译，上海开明书店 1932 年版，第 12 页。

夏目漱石对权力和金钱带来的危险有着相当的警惕性："自己以为很好的事，合乎自己性格的事，侥幸之余碰上了这些得以发展自己个性的事，在这个过程当中忘记了自我和他人的别人，于是就有了'为什么不把那家伙拉进来入伙呢'的想法。那时候，前面说过有权力的兄弟那样奇怪的关系成立了；其次，也有钱力，把钱广为抛撒，把别人造就成了自己一样的人。也就是把钱作为诱惑的工具，用诱惑的力量使别人变成对自己满意的人。这两种情况，不论哪一种都会发生严重的危险。"[①] 在狐狸和红衬衫之流看来，他们是可以流于权力之外的，而别人却通通要在权力的监督之下，他们使用种种卑鄙无比的手段，威逼利诱"我"，使我沦为他们的同流，但最终对个性强大的我来说，这都是失败的。但夏目漱石以对个性的看法又是辩证的，不是无限制地任其发展："为了自己的幸福而发展自己的个性的同时，就必须把这种自由也给予别人。我们没有正当理由是绝对不能妨碍别人为了自己的幸福随意发展自己的个性。"[②] 就在狐狸等人以所谓冠冕堂皇的宏大理由约束我时，激起了我的强烈反抗情绪。尽管"构成个人幸福基础的个人主义，毫无疑问是以个人主义自由为其内容的，个人享有的自由，是依据国家的安危，像寒暑表一样升升降降"[③]。但是，"凡是把国家当作标准，把国家看作一个整体，本来应该甘于低级道德，面对坏事完全心平气和才对，但是看看个人主义的基础，必须把它看作很高才行"[④]。在夏目漱石心中，个人主义与国家主义并不是永远矛盾的，它们在时代不同的条件下，有各自此消彼长的客观性。但就《哥儿》中的红衬衫之流，他们

---

① 〔日〕夏目漱石：《十夜之梦：夏目漱石随笔集》，李正伦、李华译，华东师范大学出版社 2008 年版，第 129 页。
② 〔日〕夏目漱石：《十夜之梦：夏目漱石随笔集》，李正伦、李华译，华东师范大学出版社 2008 年版，第 129—130 页。
③ 〔日〕夏目漱石：《十夜之梦：夏目漱石随笔集》，李正伦、李华译，华东师范大学出版社 2008 年版，第 136 页。
④ 〔日〕夏目漱石：《十夜之梦：夏目漱石随笔集》，李正伦、李华译，华东师范大学出版社 2008 年版，第 138—139 页。

并不是真实地站在国家、集体的利益上，而是以之作为自己谋取私人利益，掩盖利欲熏心的遮羞布。故而哥儿的反抗是有道理的。

《我是猫》以新颖别致的手法，通过一只猫的眼来观看人情世态。"一群穷酸潦倒的知识分子面临新思潮，既顺应，又嘲笑；既贬斥，又无奈，惶惶焉不知所措，只靠插科打诨、玩世不恭来消磨难挨的时光。他们时刻在嘲笑和捉弄别人，却又时刻遭受命运与时代的捉弄与嘲笑。"① 夏目漱石在文中塑造了像苦沙弥这样的人物，苦沙弥的性格缺陷不少，但总比以金田为首的实业家要好一万倍。苦沙弥不说谎，不捉弄人，不做伤天害理的事，坚守了一个文人的底线，这在当时是难能可贵的。这个时代，"一方面，资本主义思潮兴起，人们学习西方，寻找个性，呼唤自由，自我意识和市场观念形成大潮；另一方面，东方固有的价值观、文化观与风尚习俗，包容着陈腐与优异，在抗议中沉没，在沉没中挣扎……"②

"关于日本社会的矛盾与缺陷，以及改革的必要性，漱石有清醒的认识，即使想回避也是不可能的，解决的唯一办法是接受矛盾，并设法改变它。漱石作为启蒙者期待知识分子的批判意识，能够改变现实，推动社会的发展。"③ 而同样作为文人、教育界的人士，章克标不可能不受到触动。事实上，虽然章克标到 1930 年才翻译并出版《夏目漱石集》，但他接触日本文学是很早的事了。他于 1918 年到日本留学，1919 年 4 月入日本东京高等师范学校，读数学科，但爱好文学。对于当时日本文坛较为有影响的文学流派，一个留学日本对文学有着敏锐嗅觉的中国留学生，是不能不加以关注的。作为反对自然主义的声音，夏目漱石以其批判现实主义的姿态屹立在文坛，他不赞同自然主义无理想、露骨描写的特征，认为应该要激起世人的理想，激发他们的热情，唤起人们对

---

① 〔日〕夏目漱石：《我是猫》，于雷译，译林出版社 2001 年版，译者前言，第 3 页。
② 〔日〕夏目漱石：《我是猫》，于雷译，译林出版社 2001 年版，译者前言，第 3 页。
③ 李玉双：《夏目漱石文学创作研究》，山东大学 2012 年博士学位论文，第 35 页。

理想的追求、对信念的执着。"漱石在文艺中，不像自然主义的只看人生丑恶的一面，他不排斥理想，不排斥灵性，重内面生活，而容忍主观。"① 章克标自己也认为，《哥儿》是"自然是着意地痛骂当世的社会及教育界了，但是只使人觉得痛快的。这比他别的小说，还有一个异点，是在滑稽谐谑的嘲骂世俗以外，还是替天行道，对于不正不德的人，加以制裁，有高树理想的旗帜之概"②。可见，夏目漱石不像自然主义一味只写丑陋，他在写丑、暴露丑的同时也寄予对美的关切与追求，而自然主义对这一点是不加以考虑的。夏目漱石这种对教育界的醒目辛辣的批判给予章克标极大的刺激，"对于教育界的痛下针砭，毫不容赦地笑骂，实在使人冷汗淋淋的。这个我想对于现在中国的教育界，也可以当做一声警钟吧"③。从章克标一系列的作品中，我们可以看到类似的这种控诉与批判意味。

在杂文《风凉话》中，章克标就集中了对当今教育界的批判。"况且真诚严肃是什么东西呢？那我只看它是一具纸老虎，是要去戳穿纸老虎的，自己也蒙起假面具来，那才真是笑话哩。态度的真诚严肃不是假面具纸老虎以外的东西，真心诚意是用不到这些假面具的，况且我的确根本疑心真诚存在的可能，口口声声真诚的，往往偏是顶虚伪的人。我实在不敢佩服严肃真诚，我反是喜欢嘻嘻哈哈的，虽则我已被教育来始终不会在嘴上嘻嘻哈哈。"④ 这种表面嘻哈的文风，实则内含了对社会的鞭挞和批判，在章克标的文中，对社会上种种丑言恶行进行了暴露和讽刺，比如拜金主义、官商勾结、权力崇拜等。在《再认认这个时代》一文中，他说："总而言之，统而言之，在这拜金思想支配之下，中国已经非走入资本制度国的行程上不行了，这已是无法可以挽救的了。这种

①　〔日〕夏目漱石：《夏目漱石集》，章克标译，上海开明书店 1932 年版，第 8 页。
②　〔日〕夏目漱石：《夏目漱石集》，章克标译，上海开明书店 1932 年版，第 12 页。
③　〔日〕夏目漱石：《夏目漱石集》，章克标译，上海开明书店 1932 年版，第 12 页。
④　陈福康、蒋山青编：《章克标文集》（上），上海社会科学院出版社 2003 年版，第 314 页。

情形在大都会中最易看见端倪，若由这一方面去看察社会上的许多事情，很有可以帮助理解的。"① 尽管这是极端之言，但在当时看来，是丝毫不为过的。章克标身处繁华至极的国际大都会上海，深深感到物欲横流的泛滥，人心不古，世风日下，种种社会弊端随处可见，只要翻翻这本《风凉话》，就可以了解当时社会的黑暗程度。至于对知识界，批判就更严厉了，对读书做官、发财的现象进行了无情嘲弄，对教育与社会脱节的现象，唯金钱是崇、学风日下的现象进行了严肃批评，暴露了当时教育制度的腐朽，亟待革新。

杂文《文坛登龙术》以对文坛种种的弊端的暴露和嘲讽为宗旨，意在唤起文人的自尊心，抛弃弊端，重新振作，提高民族的素质。登龙术，顾名思义，就是乘龙的技术，文坛登龙术比喻在文坛一帆风顺的技巧，其讽刺意味不言而喻。照章克标的说法，他是在日本读了坪内逍遥的《一唱三叹当世书生气质》，文中对明治末年到大正初期的知识分子的种种弊端进行了冷嘲热讽，其幽默诙谐的笔法深得章克标的认可，其内容正契合了批判当时中国文坛宣扬文学无用、文学亡国的论调。章克标站出来，宣扬文学可以救国的道理，这在当时是可以起到纠正文学无用之偏激的观点的。坪内逍遥是日本近代文学的鼻祖，开创了日本的写实主义，而同为写实主义的夏目漱石的激烈批判与辛辣嘲讽，章克标不可能不同时受到其影响。章克标的笔法的老练，对社会弊端包括对教育界和知识分子的无情批判，及诙谐幽默的手法的运用，比之坪内逍遥、夏目漱石都犹有过之而无不及。可以说，正是夏目漱石、坪内逍遥这一批在日本产生重大影响的作家，他们对章克标的写作内容、写作手法都做了某种程度的指引，归国后的章克标在一定的时机下，这种潜在的影响被触发出来，成为他创作的灵感和源

① 陈福康、蒋山青编：《章克标文集》（上），上海社会科学院出版社 2003 年版，第 386 页。

泉。正是在五四运动的激发下，在家国受辱的刺激下，章克标发挥了一个中国文人的责任感和使命感，他把对教育界的批判和对文坛的批判以及对社会的黑暗的暴露都当作提升国民素质的一种期待，其浓厚的家国荣誉感和文人的道德良心都尽显笔端。

　　做一个有责任感、有担当的入世文人是中国传统文化教育赋予章克标的使命感。章克标认为："文人从另一面观察，可以看做是社会的医生，他时常要大声疾呼，纠正社会的过失，指摘它的病态，引导它走上健康之路。这是文人的最大责任之一，也是义不容辞的善举。到底文人受社会的供养和特别待遇，不为不厚，他们对于社会应尽的责任，自然也总该十分忠实勤奋了。"[①] 章克标从小喜欢看传奇故事，"比较喜欢看的书是《今古奇观》、《七剑十三侠》、《七侠五义》及续篇《小五义》，还有《平妖传》、《宏碧缘》之类。"[②] 侠义小说正好弥补了他在生活中遇到的不平的心理落差，也给了他反抗不公平社会现象的信心和勇气。而儒家不平则鸣的道义担当，使得章克标成为一个敢于追求个性自由、敢于反抗不合理的社会现实的无畏者。当他读到夏目漱石的《哥儿》时，就有一种深深的契合之感。我们知道，夏目漱石从小对中国文化十分喜爱，认真地学习中国传统文化，儒学的入世思想对他有很大的影响。"我少年时代学过汉学，尽管学的时间不长，可也从《左传》、《国语》、《史记》和《汉书》中暗暗体会到了文学的基本含义。"[③] 所以，这种强调入世的思想使得他关注社会的不公平现象，并以一个文人的良知和道德关怀来理解，这与中国的文人何其相似。"若是站在人情这一狭隘的立脚点给艺术下定义，那么可以说，艺术潜隐于我等富有教养之士的心

---

① 陈福康、蒋山青编：《章克标文集》（上），上海社会科学院出版社 2003 年版，第 468 页。
② 陈福康、蒋山青编：《章克标文集》（下），上海社会科学院出版社 2003 年版，第 120 页。
③ 程麻：《沟通与更新——鲁迅与日本文学的关系发微》，中国社会科学出版社 1990 年版，第 97 页。

里，它是辟邪就正、拆曲就直、扶弱抑强的坚定不移的信念的结晶，光
辉灿烂如白虹贯日。"① 可见，共同的文化底蕴是章克标之所以能对夏目
漱石产生强烈的共鸣的一个重要原因。

在写《文坛登龙术》时，章克标指出它的宗旨在于：

> 国难期间，大家要加紧工作，政府告诫人民，人民也督促政府，
> 大家相互激励，方可渡过这个难关，打倒日本帝国主义，中国才有
> 中兴之一日。诸位大概想不到小小的一册书有这样大力的吧。但文
> 章的力，胜过十万大军，从古就有人说过，那么造成做文章的人的
> 书，岂会没有救国之力，你只要这样一想，就可明白本书的伟大了。
> 实在本书虽则叫"文坛登龙术"，其实不限于文坛，凡在社会上想
> 露头角，都可沿用本书上的原理而得达到其目的，所以本书的力量，
> 益加伟大了，抗日等情岂有不能借助之理。倘使你是懂得举一反三
> 的道理，对于此地这一番话，更加获得无限的利益。②

这就很明显了，中国文人的暴露黑暗、社会批判大多是为了民族的
危亡而发。而对于日本的夏目漱石来说，明治维新后的社会现实并没有
使社会变得像想象中的那么美好，尽管在甲午海战和日俄战争中，日本
都取得了胜利，但日本并没有带来一个日益良好的发展前景。相反，战
争的摧残，日本国内民生一片凋敝，经济危机不断，国内民权运动高
涨，社会处于激烈的矛盾当中，各种丑言恶行泛滥，社会混乱无比。之
前靠明治维新来革新社会的理想处于渺茫之中，正是在这样的国内背景
中，知识分子一片茫然，时代处于一片闭塞当中。夏目漱石大胆站出

---

① 〔日〕夏目漱石：《哥儿·草枕》，陈德文译，海峡文艺出版社1986年版，第205—
206页。

② 陈福康、蒋山青编：《章克标文集》（上），上海社会科学院出版社2003年版，第
584页。

来，指出时代的幽闭，批判知识分子的种种弊端，揭露社会的黑暗面，以期"引起疗救的注意"。章克标和夏目漱石都倾向于暴露社会的弊端，讽刺批判社会的不公平、不合理现象，这是时代给予他们相同的使命感。但就目的而言，前者主要是为了达到救亡的目的，而后者更注重社会的文明批判，是一种启蒙民智，达到纯化风俗的目的。

> 所谓现代人的自觉意识，指的是对于人际间存在着截然不同的利害鸿沟了解得过细。并且，这种自觉意识伴随着文明进步，一天天变得更加敏锐，最终连一举手、一投足都要失去天真与自然了。……因为现代人不论是醒来还是梦中，都在不断地盘算着怎样对自己有利或不利，自然不得不像密探和盗贼一样加强个人意识。他们整天贼眉鼠眼，胆战心惊，真到进入坟墓，片刻不得安宁，这便是现代人，这便是文明发出的诅咒。简直是愚蠢透顶！①

这一段对西方现代文明做了严厉的批评，西方文明并没有想象中的那么美好，这就对当时日本唯西方文明马首是瞻的奴性心理做了深刻的批判。而更深一层的是对人性的批判："人是具有个性的动物。消灭个性，其结果便是消灭人类。为了实现人生真正的意义，必须不惜任何代价保持并发展自己的个性。"②夏目漱石这种批判意识的形成，与他"自我本位"的文艺观的形成密不可分，这也是他长久在苦闷环境中形成的深刻认识。他以为："我是一个独立的日本人，绝对不是英国人的奴婢，这是作为国民一分子必备的素质。但从世界互通重视道义这一点来说，我也坚持我的意见，决不让步。"③对自我本位的重视，使夏目漱石养成

---

① 〔日〕夏目漱石：《我是猫》，于雷译，译林出版社 2001 年版，第 359 页。
② 〔日〕夏目漱石：《我是猫》，于雷译，译林出版社 2001 年版，第 370 页。
③ 〔日〕夏目漱石：《十夜之梦 —— 夏目漱石随笔集》，李正伦、李华译，华东师范大学出版社 2008 年版，第 122—123 页。

了一种独立判断的性格，"我是从这四个字重新起步的。这样，就从现在习见的只是盲从，跟在别人后面空喊、起哄，心里没底，以为不接触西洋人反倒好，以为这些似乎是不可动摇的理由。我想在他们面前抖落给他们一看，我以为自己一定愉快，别人也喜欢，于是就想，凭着著书或其他手段，以取得我的成就，以此作为我一生的事业。"①而章克标虽然也抱着同样纯化风俗、提高国民素质的目的，但由于他没有更加深邃的眼光，对东西方文明的比较意味并不像夏目漱石那么强烈、深刻，所以，体现出来的社会文明批判并没有夏目漱石那么浓厚，因而其思想底蕴和批判层次都显得更为浅显。我们从夏目漱石整个思想历程来看，他的社会批判形而上的意味要强烈得多，而对于章克标而言，形而下的意味则要多一些。这样说，并不是比较孰优孰劣，只是就实际情形而言。但就艺术的实质而言，确实需要进入一种空明境界中，才能体会得到艺术的真谛。所以，从艺术追求和效果上看，夏目漱石是技高一筹了。而二者在学识水平和生活的时代背景的差异，章克标确实不可能做到如夏目漱石那样深刻，这既是时代的局限，也是章克标本人的局限。

二、女性观的接受与变异

夏目漱石的作品中，女性的描写所占的比重是很大的。章克标女性观的形成，与夏目漱石的影响不无关系。章克标童年的环境并没有像夏目漱石那样的恶劣，但在青年时代的几次遭际，使他对女性充满了厌恶感。最重要的一次经历，是在青年时代性苦闷的时期宿娼，而染上了恶疾，致使好长一段时间身体不能恢复。"我到上海的第二天，忽然觉得小便时尿道有些微小的刺痛，从来也不曾有过的奇怪感觉，再仔细看

---

① 〔日〕夏目漱石：《十夜之梦 —— 夏目漱石随笔集》，李正伦、李华译，华东师范大学出版社 2008 年版，第 123—124 页。

看，发现尿道口有白色的粘液，好像脓什么的，使我大为吃惊。那一定是白病了，或者叫做淋病，是一种花柳病即性病，当然是在嘉兴的那一夜取得的成绩，对此有何办法，我还年轻识浅，不好意思去向人求教，不敢坦白这项罪行所得到的惩罚。"① 这种一次偶然就种下祸根的经历令他终生难忘，给身心留下了巨大的苦痛阴影。另外，他也有过几次不成功的婚姻经历，这些打击也促使他重新思考男性与女性的关系，更加深入地思考女性的问题。在小说《文明结合的牺牲者》中，主人公程心甫对之前的未婚妻陈青莼念念不忘，本来两人已经决裂了，但他还是对她抱有希望，朋友反驳道："你真还是小孩子，对于社会上的事情，便一点也不明白，说痛快一点，女子便是虚荣的结晶，难道她不愿意做堂堂教授夫人，而终生死守你这一位苦留学生么，况且还有微妙的生理上的要求，也含有绝大势力的，你出洋之后，她没有谈话的伴侣了，没有人和她接吻了，没有人和她抱拥了，曾经尝过恋爱滋味的人断不是能由空空的几纸情书所能解渴的，况且你的信未必能写得好，而且最后还寄了绝交的信，你想她不是要渴死了么？在渴不可耐的时候，忽然供献了她一杯茶水，是糖汤，又是甘泉，你想她有推却的能力么？"② 这样一说，程心甫还真是惊醒了，这其实是章克标借主人公之口表达了对女性贪慕虚荣的讥讽。

虽然如此，章克标并没有对女性（尤其是妓女）产生极端厌恶之情，相反，他还是保留了一贯的理性态度。章克标认为：

"弱者啊，你的名字叫做女人！"这是莎士比亚的警句。但是警句总只是警句；女人在无论什么时候总不是弱者，即使到了最后一

---

① 陈福康、蒋山青编：《章克标文集》（下），上海社会科学院出版社 2003 年版，第112 页。

② 陈福康、蒋山青编：《章克标文集》（上），上海社会科学院出版社 2003 年版，第48 页。

步的她的掩面啜泣，她那凄咽和她那泪眼，也还是攻击而不是防御。那残虐凶暴的桀纣，那英雄盖世的项王，那雄略奇才的凯撒，那凶恶荒淫的尼禄，都是强中的强者，但是妹喜，妲己，虞姬，姑娄巴，坡皮亚，都能玩弄支使他们。女人不是更强吗？再一般广泛地看，我们只看现社会的实情，无论在什么地方，不是女人比男人更进步，更勇敢，更强毅吗？只要挣了眼睛去看女的工人，女的党员，女的政治家，女的叛徒，女的土匪，女的革命家，你总可以相信我这话的。即使你不愿去看那些特出的奇才，你只看普通平凡的事，再仔细想想，也可懂得我这话的不妄。①

　　这可以看作是章克标对女性的期待，因为他生活的时代，女性并不是一个占据主角的时代，但是，在他眼中，她们依然是强者。在《风凉话》中，他写了《娼妓赞颂》一文，表明了他对娼妓的态度。在举国皆恨妓女，唯恐避之不及的情形下（当然不乏心口不一的伪君子），章克标毅然站出来为她们讲话，这是难能可贵的。他认为，娼妓可以给人带来美的享受，职业应当要正常化，没有什么见不得人的。正是有了她们，一批男士才能满足自己的肉体欲望，与此同时，她们的营生，也带来商业的繁荣，可谓一举多得，为什么不允许娼妓存在于世呢？他说：

　　　　人们所以如此喜欢娼妓，不是因为她们很会招待等等的缘故吗？其实的确娼妓的态度是优雅，娼妓的说话是清脆，娼妓的行为是伶俐，娼妓的举动是娇爱，娼妓的穿着是丽华，娼妓的招待是周到，娼妓的应酬是圆活，娼妓的交际是灵妙，娼妓的一切都是好中的顶好。还有许多人，家里有婉和的妻，娇美的妾，却仍是耽溺在花街柳巷之中，这可以知道娼妓有比平常高的地方。你的爱人，或

　　① 陈福康、蒋山青编：《章克标文集》（上），上海社会科学院出版社2003年版，第343—344页。

者你的爱妻，有时会给你怄气，有时会给你不爽快，娼妓便不是这样，她们始终只使你沉醉在浑陶陶的欢乐里。所以只有娼妓，才真可称为女人，别的女人若仍是女人，她们该是女人中的女人了。歌德所企仰咏赞的永远的女性，她们也许是具有的。为什么可以不赞美娼妓呢？[①]

从这段话看，我们确实看到章克标并没有因为自己受到过娼妓的危害，而产生对她们极端的看法。相反，正是有了这种体验和经历，他能理性地看待娼妓问题，替她们鸣不平，为她们遭受的歧视和不公平提出抗议。这才是一个文人应有的本色，字里行间体现出一个中国儒家文人的道德情怀和良知。不过，不可能每一个人都能像章克标一样去这样经历和体验，他的赞颂也有过誉之词。然而，从他的目的和出发点看，却是以毒攻毒，其胆量和认识值得人钦佩。他敢于站在底层人民的角度，为她们说话，打抱不平，同情弱者，尤其是倾向于被欺侮的女性弱者，足可见其道德良心。这些受压迫、受关注的女性形象在夏目漱石的作品中是长长的一串，作为夏目漱石作品的翻译者，深刻了解、熟悉夏目漱石的文风、创作特色的章克标来说，不可能不受到其影响。

在章克标的小说中，大胆表露了一系列追求婚姻自由、自由恋爱，反抗封建包办婚姻，主张灵肉一致的女性形象。在小说《变曲点》中，K 写信给自己的家人，要取消从小约定的婚姻关系：

> K 要破弃此婚约的根据，是近乎现时流行的口头禅，什么婚姻的基础是恋爱，没有恋爱做根据的结婚是不道德的，就是旧社会制度下所存在的，旧礼教底下所产生，那一种牵牛带马式的婚姻制度，是非文明的，是不合理的。这成了他表面的绝大理由。他还说对面

---

① 陈福康、蒋山青编：《章克标文集》（上），上海社会科学院出版社 2003 年版，第 338—339 页。

的女子差不多不识字的，几次三番要求 M 家送她出去就学，都是毫
无结果。这没有相当的学问，也成了他要解约的理由了。不必说他
的长信中所罗列的理由，还有许多都是摆上去的理由，作为解约的
一种话头，当做行使这事的武器使用使用罢了。所以许多理由的相
互间，含有矛盾，因他的意识中只要多提出许多项数的条件，去眩
惑别人眼光，以达到他解除婚约的目的。除此以外，是他所不顾管
的。譬如既然最初主张恋爱的结合，那么只要说没有爱情，就可以
成了解约的正当理由，此外都是不要的。因为 K 不能知道他的恋爱
的对手，定是合于其他的许多条件，K 自身也明知如此。但是他因为
急要达到他的目的，就不能不多将使人动听而毫无实际价值的条件
放入，这是社会情形逼得他如此做的。①

章克标借 K 之口表达了自由婚姻的观点，他要冲破封建婚姻的枷
锁，以男女间的自由恋爱为基础，追求自己幸福的生活。而这种表达，
实际上也正是章克标实际人生的体现。他自己曾大胆地打破了这种没有
恋爱基础的封建婚姻，大胆追求自己的个性生活，主张灵肉一致，没有
恋爱基础的婚姻是不牢靠的，也是要不得的。

在《结婚的当夜》中，面对洞房中的娇妻，却望而却步：

究竟结婚的根据是在什么地方的？绝对的自由，果然可以不要
么？要是没有绝对的自由做根据，那么这结婚的责任是该由谁负
的？没有自由的所在，难道该负以责任的么？没有责任，不是和乱
婚同样的么？这种结婚是该当容忍，值得容忍的么？……
……

---

①　陈福康、蒋山青编：《章克标文集》（上），上海社会科学院出版社 2003 年版，第
25—26 页。

为什么我们一定要以精神为高尚，肉体为下劣？为什么没有精神要素的结婚，要从理想中排除它？……

到底婚姻的基础，是在什么地方的？

灵肉一致么？这全是骗人的话，灵肉的绝对不能一致，是与水和油的不能混合一样的。灵肉是永远冲突的二元，一致是完全不可能的，根据于此而立说，正是沙上起楼阁，和做梦一样。但是做梦不是很好的么？今夜又何妨糊糊涂涂做她一个好梦呢！ [①]

尽管作者表达肉体与精神不可能达到一致，但这是欲望导致的结果。作者还是希望灵魂和肉体能够保持相对的和谐，绝对的一致肯定是不可能的，也不现实。而小说的结尾，两人还是相敬如宾，保持了纯洁的友谊，在精神与肉体之间，作者选择了精神，主人公与她保持了距离，克制了心中的欲念，坚守了爱情的誓言，没有恋爱基础的婚姻就是不负责任的表现，也必然不能长久。

在小说《秋心》中，女主人公是一位孤寂的人，她的丈夫去世了，她每日独自沉浸在思念之中。然而，人毕竟是情感的动物，时间是最好的见证：

每当祷祝之后，她心中总生起了一层疑惑，这祈求何以忽然毫无应验了。同时也疑心自己的心不曾诚实。这样一想之后，她心中觉得十分难过，以致对于那一页小照，有点怕见面了。她好像有一点恐怖的念头，于是在室中也不能安心坐定了，仿佛做了什么亏心事，怕人家发见似的。那页小照，再不是和气可亲的面容了，好像对她怒目叱责。她又觉得那一页小照仿佛是监视她行动的宪兵，一

---

① 陈福康、蒋山青编：《章克标文集》（上），上海社会科学院出版社 2003 年版，第59—60 页。

眼不舍的看着她的一举一动。又觉得那一页小照实羁缚她的绳索，她只要稍微一动，就会触动那根绳，她对于自己的境地，有深切悲痛发生了。①

这一段生动地刻画了女主人公想要重新开始自己的生活，但又不敢忘以前的丈夫，愧疚难堪的情景。但最终，她想通了："次日的朝晨，她起身之后，从地上拾起那页小照，她凝视了一番，她迟疑了一回，就把那页小照连架框放进不惹眼的书籍角里去了。"②作为一个女性，就应该这样。作者借女主人公之口表达了自己的女性观，不能一味沉浸在过去的婚姻关系的阴影里，女性要敢于打破自身沉重的枷锁，走出封建道德的束缚，大胆追求自己的人生幸福。

在《九呼》中，作者表达了自己想爱却不能爱的苦痛，对男主人公的封建思想进行了批判，实际上是表达了对自由恋爱的追求：

> 说起力量，你是有力量的了，从这回我知道。知道了更是增加我的恋慕。这恋慕是把一切都打碎了。我宣言，我乐意接受你的有力量的帮助，纵使你是丧失了你的尊严的女子，你是为万人所唾骂的女子，你是水性杨花的荡妇，你是惑情迷人的妖妇，不，这妇字错了，你从未嫁人你总不是人妇。凭你是怎样坏的东西，我不改变恋慕你的心情，我不改变爱悦你的念头，因为你有力，你有我所缺乏的力。不过经过一度的烈火，柴是变灰的，遭遇了这一回事件之后，你的力可还存留？而且我又是只能止于恋慕，而不能达到恋慕以上，在没有力量的人，可有什么办法。这全是先天的决定，无法

---

① 陈福康、蒋山青编：《章克标文集》（上），上海社会科学院出版社 2003 年版，第 70—71 页。

② 陈福康、蒋山青编：《章克标文集》（上），上海社会科学院出版社 2003 年版，第 71 页。

变更的。啊，无终的悲哀呀！可爱的不爱，该爱的不爱，一切能理解能知道而不能实行的弱者呀！①

　　作者甚至把这种恋爱不能的心理上升到一种民族危亡的高度："中国人已丧失了审美的眼光，中国人已没有崇美的精神，中国未亡，中国实在早已亡了，中华民族未绝，中华民族实在早已死了。没有美的认识和崇仰美的精神，还能是一个有生命的民族么？"②这确实振聋发聩，与其说是对男主人公的批判，倒不如说是对这个僵化的社会的批判。章克标表达了自己对恋爱的看法："恋爱是一个机会呀。恋爱是人生的最高幸福呀。倘若你再失了机会，你将永远不能再得到，你就永远不能了解人生的真味，你终生不得伟大。要伟大第一须受恋爱的洗礼，你还要等待什么，等待头发的变白么？"③"恋爱经验的所以成为一个资格，因为恋爱又是人生的真髓。文学无非是剔出人生和玩味人生，那么去经验那人生的真髓，又安可少？所以我们每每见青年候补文人的日日追逐于异性之后，那是毫不足怪，是恋爱发展过程中所不可少的一形式。其实只要能够追逐，已经充分有成文人的资格了，因为不论追逐的结果是得是失或是无结果，而他的有这样一番恋爱经验，却不能加以否认的。这一派人，的确有文学的天才，大家不可小看了他们。"④但与此同时，传统的封建道德依然在折磨、封闭人的心理："恋爱是病人的幻想，恋爱不是人世间所存在的，无论从哪一点看，恋爱是没有存在的理由。世间一切男女的结合，不论它的手段目的之中，

————————

　　① 陈福康、蒋山青编：《章克标文集》（上），上海社会科学院出版社2003年版，第84—85页。

　　② 陈福康、蒋山青编：《章克标文集》（上），上海社会科学院出版社2003年版，第84页。

　　③ 陈福康、蒋山青编：《章克标文集》（上），上海社会科学院出版社2003年版，第91—92页。

　　④ 陈福康、蒋山青编：《章克标文集》（上），上海社会科学院出版社2003年版，第429页。

总没有恋爱的，恋爱是说谎的结晶。恋爱不存在既已明白，你的烦闷是明白地起于物欲，是分明不能尊敬的，是当得铲除的。你不该自开堕落之门。闭上，那个引你入邪道的偏门，转头看看中国的现状，你当知道你该怎样的努力。"[①] 其实，这就是灵与肉的纠缠，人是感情的动物，不能没有七情六欲，但欲望能够控制在一个合理的范围之内，就是值得称道的。如果没有节制的欲望，这是作者所不提倡的，同时过于囿于传统的封建道德，这也是作者所不齿的。章克标到百岁时刻，还能征求人生伴侣，足以说明恋爱是多么的重要，女性对于男性是如何的重要。我们来看一下他当时的征婚广告："本人，1900 年 7 月生，年正百岁不老。前年老伴仙逝以来，初时颇感得到解放自由之乐，但一年之后，又渐觉孤独单调难耐，深感男人的一半是女人的大道理有道理。为此，广告征求伴侣，以解孤寂。征求对象：女性，别无条件，但希望她亦知道女人的一半是男人的小道理。所谓伴者，照测字先生讲，就是半个人，也是说明这个道理的；还有侣者，是二口人，表示两人可以开口谈话，自然不患孤独寂寞了。征伴求侣四个字已经说明了问题。其他可以不管了。作此广告文以广而告之。此布。"[②] 这一段让我们感佩一位百岁老人的人间烟火味，他需要女性的照顾与安抚，其自由开放之外将女性与男性放在同等的位置上看待，是谓男女平等的意味，延续了他一贯的女性观。当然，时代已然不同了，这是一个重要的前提。

我们知道，小说家不能不重视想象的作用，但在章克标接触的作家中，将想象发挥到淋漓尽致的地步非夏目漱石莫属。散文《伦敦塔》一方面是写实的，一方面也是想象虚构的。可谓实中有虚，虚中有实，但

---

① 陈福康、蒋山青编：《章克标文集》（上），上海社会科学院出版社 2003 年版，第 92 页。

② 陈福康、蒋山青编：《章克标文集》（下），上海社会科学院出版社 2003 年版，第 362 页。

二者并不是脱离的，而是很好地融合在一起，我们在阅读中，丝毫不为作者的虚构所影响，反而宁愿更加相信这种想象的发挥，因为它将我们身临其境地带到了那个时代、那个场景。它像是宿世的幻梦的焦点。它是时代的见证、历史的缩影。这种如梦如幻的情景反而更为我们所喜爱，更加体现了描绘的真实性，我们并不会因为作者有所虚构而更多怀疑它的虚幻和不实。这就是所谓虚构真实，在某种程度上，想象比什么都重要，虚构比现实还重要，这也是一位作家必备的素质，显然，夏目漱石比其他作家做得更出色。在章克标的小说《蜃楼》中，就有夏目漱石的影响因子存在。为了作这篇小说，章克标可谓煞费苦心，亲自到妓院去体验妓女们的生活现状，这样在小说描绘时，能够更准确地表达自己所要传达的效果。而夏目漱石也是如此，他并非虚构"伦敦塔"，而是在亲自考察一番之后，写出这篇散文来。章克标在恍惚中，借这种蜃楼般的情景，表达的却是真实的生活中的人和物，虚与实融合十分恰当。主人公在虚幻中见到的女子，很像他生活中的萍的影子。"她穿的是轻纱的舞衣，隐约可以窥见丰艳的肌肉，袖只有二寸长，露出全个美丽的膀子，底下是赤裸着足，短裙却齐到膝头，青色裙打着无数的裥，像古代原始人的围着簇密的树叶，金色衣在淡红的光中，映出了胸前的最神秘最美丽的丰隆。舞，像杨柳枝在春风里，像小鱼儿在清波里，忽然像云端里月亮的亭亭，忽然像龙狮争斗般奋迅，像天边白云一般悠悠，像风中落叶一般回旋，缓慢地急速地合着乐声的节奏挥动跃跳徐行盘旋。我见过奈齐木伐的舞蹈，我见过特尼斯的舞，我见过哈卜洛夫的舞，我见过藤间静子的踊，我看过不少的歌舞剧，但是她的舞踊，又是完全不同的，是另辟蹊径独创一格的东西，很有个人性的独到处的艺术。那凭证是我看了很觉欢畅，像我的心也跟着她舞一样。"[1]这虚幻中

① 陈福康、蒋山青编：《章克标文集》（下），上海社会科学院出版社2003年版，第308页。

的女子，在醒来再去寻求，却是无论如何也寻不得了。好比武陵人再寻桃花源一样，不可能找得到了。这种桃花源只是一种理想中的乌托邦，不可能在现实中存在，他表达了人们的一种美好理想和愿望，是人之所以为人，是人存在的理由。没有这种乌托邦的理想或幻想，我们很难想象在这个浊世，人的生存境遇会变成什么样子。就像文中所描述的："后来我曾告诉了许多朋友，托他们留心找这样两块相并的广告牌，但是到现在为止，没有人来报告我已经找到；我自己虽则在上海到处的路上留心，也不曾碰见，每天报上留心舞场的广告，舞场的消息，也不曾有红绿舞场的名称，探问喜舞的很熟悉上海情形的友人，也不曾有人说知道这个红绿舞场在什么地方的。但是上海总有那个地方，那地方总有个像萍的女人，是我十分确信而无论如何不能使我取消的，现在不过不曾找到罢了。即使永久找不到，我还相信它的存在。"① 这就是文学的魅力所在，在一个虚构的女子面前，无论如何不可能忘却，更何况她还是有生活的真实基础的。

夏目漱石在《文学论》中提出"F+f"的文学公式，"F指感觉，即焦点的印象或者观念，f指的是附着于其上的情绪，因而上述公式又可以看成是印象或者观念，即认识性的要素（F）和情绪性的要素（f）的结合。漱石指出，感觉先行于情绪，是根本，情绪附在感觉之上。《文学论》把人的身体知觉和感觉作为重新审视'文学'的前提，从而摆脱了国家和民族语言的束缚，获得了普遍性。"② 这是夏目漱石追求文学独立性的表现。文艺要发挥使人愉快的功能，必须做到真、善、美、庄严（关于夏目漱石）。四者不能拆分开来，只能融合在一起，方能显示文艺的魅力。章克标认为："理知的一切作用，都是抑制感情的，文人都应该深恶而痛疾之。因为文学的天机，即在于感情，若不使它自

---

① 陈福康、蒋山青编：《章克标文集》（下），上海社会科学院出版社2003年版，第310页。

② 李玉双：《夏目漱石文学创作研究》，山东大学2012年博士学位论文，第10页。

由成长发展，反从旁加以压抑，如何能够希望文学的成就。所谓感情，是包括了喜怒哀乐爱恶欲及其他的一切冲动而言，大笑大哭的自然流露，是感情顶出色的表现，即怒骂，怨恨，悲伤，得意等等也是感情的各个突起的尖角，都是很有意义的。我们的心所以能感受，感受了能生出各种各样不同精神状态，全因为有这可宝贵的感情之故。世界上所以如此热闹，五光十色，花雨缤纷，全因为人类有了感情之故。倘使世人没有感情，一定太阳也不发光，海水也不载波，世间全没有色彩了。"[①]虽然一则提倡感觉，一则提倡感情，但都是表达文学要有人情人性，是个人的事情，每一个人理解不同，必然形成不同的文学。而往往在世人的眼中，夏目漱石是"非人情"的提倡者，对此，章克标认为："往往有人说他是不关心人生的，对于生活缺乏热力的，所以说他是非第一流的艺术家。但他的《道草》一篇，却是他的生活记录一样，全体也很严肃。《道草》的主人公是有不能逃避的过去，不能逃避的社会的义务，又是不能舍去自己完成的冲动，要弃绝一切也不成，要彻底于爱也不成，是苦于懊闷悲恼的人。他的描写却始终是客观的，不杂一念的好恶在内，对于虽则是重苦的材料，写法却又有特别的风趣，而其中的严肃，又是不可以轻蔑的。"[②]这也说明，对一个艺术家并不能以偏概全，要全面、辩证地看问题，况且理论与实践并不是结合得天衣无缝。

三、讽刺手法的接受与变异

　　章克标接受了夏目漱石讽刺社会弊端，尤其是教育界的知识分子的种种丑恶行径。对社会弊端的讽刺，源于两国都有着相同或类似的

---

　　①　陈福康、蒋山青编：《章克标文集》（上），上海社会科学院出版社 2003 年版，第 450 页。

　　②　〔日〕夏目漱石：《夏目漱石集》，章克标译，上海开明书店 1932 年版，第 11 页。

社会背景，尽管其内容不相同。日本明治维新后，社会并没有达到改良的目的，而是在西方文明的冲击下，引发了各种价值观的混乱，学习西方文明却又不彻底，而是囫囵吞枣，并没有消化，引发了消化不良症。在中国，五四爱国运动引发的热潮冲击着一批批的爱国人士，尤其是爱国知识分子。他们把种种的不满、愤懑，对国力衰微的悲痛，对传统文明的批判等都发泄出来，引发了人们对传统文明、对拯救危亡国家的大思考。在日本，同样首当其冲的是知识分子，他们也把明治维新后的失望、悲愤、苦闷都发泄出来，表现在作品中，就是一种无理想的悲观失望和颓废感。而夏目漱石显然是一个异类，他反而激起人们的理想和战斗激情，把社会的黑暗面暴露出来，提出希望，尽管他没有为日本人民指出明确的方向，但在他的作品中，我们显然看到了这种努力。比如《我是猫》中的主人公苦沙弥、《哥儿》中的哥儿等。

　　章克标也将主要的焦点集中在文人上。如"一切的成功是金钱上的成功，钱聚得多了，名望自然来了，文学与发财，于是乎成为不可分离的关系了。……为多赚钱以达到发财的目的，你须多出书册，编出许多好名色的书来，内容是顶不重要的问题，只要能多卖脱几本就是了。这我分毫也不是假话。不相信，你回头看我国内所谓成功的文人"①。这种正话反说的方式，突出了讽刺的效果，很有一种诙谐幽默的意味，与夏目漱石一贯的讽刺如出一辙。还有对读书与做官的讽刺："本来做官要读书人，是绝对没有道理的事情；一个分明有做官的才能但不是读书人，一个却是读书人而全无能力，那么你说哪一个人更适宜于做官呢？可是不读书就是顶适宜于做官的才能，而读书却也就是顶不适于做官的事项，因为读书人实际除了唠唠嘈嘈地闹意见之外，简直什么事都办不了的，这只要看实社会的事情就可切确地证明的。……读书人的

---

　　①　陈福康、蒋山青编：《章克标文集》（上），上海社会科学院出版社2003年版，第360—361页。

无用，现在是很明白的事实了。所以若要希望政治的清明，非得肃清做官人中间的读书分子不可。要希望国家的兴隆，也要从减少读书人入手。近来该读书的学生也不大肯读书，投笔而去参加革命的人也不少，没有酸儒气息的军人很有左右政治的权力，都可以看做中国复兴的很大的希望的。"[①] 这一段话，鲜活刻画了读书人没有从政的经验，却硬要上阵，结果是弄得一片混乱。讽刺了读书人就该有读书人的样子，不要整天想着读书就是为了做官，最终是官当不成，还害得书也没有读好。

　　比较章克标和夏目漱石的讽刺艺术，可以看出，二者在讽刺方法运用上的区别。我们看到，夏目漱石在运用讽刺艺术的时候，总是由叙述的对象呈现出来，作者自己并不是直接跳出来做解说，或者说这样的例子并不多。而章克标是在论述中将自己的主观意见呈现出来，一般是在自己的杂文中呈现出来，而夏目漱石主要是通过自己的小说形象呈现出来，比如《我是猫》中的苦沙弥、《哥儿》中的哥儿等。而章克标主要是在自己的杂文《文坛登龙术》、《风凉话》等集子中呈现出来。章克标的小说主要是写男女婚恋的题材较多，多批判的是封建传统对男女自由结合的阻碍。因此，其讽刺艺术运用得并不是太多，而在他的杂文中，他讽刺批判的是社会万象，因此，讽刺的手段自然是多样的，运用得也更娴熟。这主要是他个人主观意见的抒发，所以其介入社会的方式更为直接，而夏目漱石则是在自己的小说中间接地讽刺批判社会弊端。而且，小说中的讽刺主要是通过人物形象的塑造来完成，人物形象之间有着鲜明的对比。也就是说，章克标继承了夏目漱石讽刺批判社会现象的事实，但章克标主要是运用直接批判的方式，以自己的主观抒发来呈现，而夏目漱石往往是通过自己的艺术形象来完成对社会的批判。

---

　　① 陈福康、蒋山青编：《章克标文集》（上），上海社会科学院出版社 2003 年版，第369—370 页。

第四节 梅娘对夏目漱石的借鉴与变异

夏目漱石是梅娘最喜欢的作家之一。梅娘 1937 年春留学日本，接触了很多日本作家的作品，但梅娘首先选中的是夏目漱石。她在《我与日本文学》一文中回忆："说起来，也许是种缘分吧！我首先选中的作家是夏目漱石，不是因为我对他有了了解，只是由于他的名字，因为中国形容知识分子不恋物质、热爱自然时有一个成语是枕石漱流，也颠倒用作枕流漱石。这个漱石的命名使我与作者有了相通的感觉。"[①]

夏目漱石的笔名，出自"枕流漱石"（《世说新语》）一语，代表了顽强、顽固的意思。夏目漱石从小热爱自然，喜爱正直，讨厌虚伪，讨厌奉承，习惯按照自己心意去做，不肯随声附和，不肯轻易妥协。夏目漱石这个名字充分地表达了他反抗世俗的精神。梅娘对他名字的欣赏，表现出梅娘对夏目漱石人格的敬佩和两位作家的投缘，奠定了夏目漱石对梅娘影响的基础。

夏目漱石和梅娘的生活遭遇、个性气质、创作理念有着惊人的相似。第一，两人童年生活都经历坎坷，只得到单亲的关怀，性格敏感。第二，两人都有过留学经历，接受过先进思想的浸润和熏陶。第三，两人都热爱文学，执着于文学事业，在艰苦的环境中不放弃对文学的挚爱和追求。第四，两人都具有自由的个性，不愿忍受来自任何方面的束缚，不管是家庭的还是社会的，或是精神的束缚。第五，两人的创作和生活紧密联系，以自己的生活经历为素材，创作反映真实。

正是这些共同点，使得梅娘对夏目漱石的创作有了一种内在的共鸣和深层的契合。她读了很多夏目漱石的作品，她在《我与日本文学》中谈到夏目漱石对她的影响时有不少相关的议论。夏目漱石无论在创作理

---

① 梅娘：《梅娘近作及书简》，同心出版社 2005 年版，第 167 页。

念还是写作手法、写作题材上对梅娘的影响都很深刻。

一、"夏目漱石昭示给我的'暴露真实'成了我的价值取向"

　　人们对于作家的爱好和选择，常常受制于自己的气质、文化修养、欣赏趣味和思维方式，它们决定了哪些作家在一个人的心目中可能被接受而发生共鸣，哪些可以激发他的想象而加以再创造，哪些被排斥在外以至于视而不见。因此，在对影响者的选择和接受中，可以折射出接受者的不同个性。在中国现代文学史上对日本作家还有着借鉴的作家还有很多，比如白薇。白薇最喜爱的日本作家是唯美派的谷崎润一郎，白薇爱的是唯美派的浪漫洒脱，而梅娘爱好的却是现实主义的犀利、真实。作为一个富于浪漫气质的剧作家，白薇喜欢谷崎润一郎精彩绝伦的描写；而作为一个具有清醒的理性精神和深刻的社会责任感和人道主义性格的作家，梅娘欣赏的是现实主义的争天抗俗，反传统、反礼教的精神人格，欣赏的是敢怒敢言、铮铮铁骨、嬉笑怒骂的夏目漱石文风。梅娘从夏目漱石身上汲取了反传统、反封建的精神，把这同她自身的观念融为一体，从而形成了自己独特的精神结构和艺术气质。

　　夏目漱石在文学上的最大贡献是以他十几部长篇小说和大批短篇小说在日本文坛树起现实主义文学的丰碑，给后来的作家以深刻的启迪。夏目漱石所处的时代是日本的明治、大正时期，这一时期日本社会处在传统与近现代的文化交锋面上。夏目漱石出生时日本刚刚发生了明治维新，他的第一部小说《我是猫》问世时，"明治维新"已经过去了 30 多年。在这期间，日本确立了以天皇为中心的地主资产阶级联合政权。这个政权对内压迫剥削人民，镇压了"自由民权运动"；对外发动侵略战争，掠夺了大量赔款，搜刮了大批资源。这些罪恶的活动，使天皇专职政权得到进一步的巩固和加强，而劳动人民的日子却过得越来越穷，人民生活得也非常痛苦；同时，明治维新以后，大量西方思潮引进日本，世人蜂拥而至，盲目学习西方文化，也引得一系列社会弊端的产生。夏目漱石对这一切非常不满，用他那支生花妙笔为我们有声有色地描绘了日本明治维新以后动荡不安的社会风貌，辛辣地嘲笑其中的污秽，惟妙惟肖地表现了一代知识分子的精神世界，于真实中反映了当时的社会实质。

梅娘所处的中国 20 世纪三四十年代，是中国封建传统走向衰落、各种文化撞击交汇的时代，剧烈的文化、社会变化为思想视野的开拓与精神空间的扩展提供了条件。相似的社会状况和思想、文化状态，夏目漱石所提倡的批评现实主义和梅娘所需要表达的方式是很契合的，而且夏目漱石的批评现实主义创造是当时日本的第一人，也是成就最伟大的作家之一，自然引起了梅娘的注意，使她感到亲切。

梅娘对夏目漱石现实主义中"暴露真实"的喜爱绝非偶然，而是由她的文化观、所汲取的文化教育、生活经历以及性格气质等多种因素共同作用的结果。它们使梅娘走向现实主义，承续夏目漱石风度，使梅娘为人作文都具有一种为人生的现实主义风采。

"暴露真实"是夏目漱石现实主义文学观的重要内容。夏目漱石在《文学论》中论述了他对"真实"的理解。《文学论》在论述描写方法时称，"对待同一物体采取纯客观描写和主观的描写方法，在反映情绪的深刻性方面孰优孰劣应该是明显的事实"，即"前者是直接唤起读者情绪……后者则是需要读者与诗人一起冥思苦想，才能感觉到趣味"。[1]夏目漱石更倾向于客观描写。然而，科学家也讲客观性，但与之相比，文学家的客观描写的独特性体现在哪里呢？《文学论》指出，科学家写真的目的在于概括、综合的科学性，已发现法则、规律，所以不需要色

---

① 〔日〕夏目漱石：《文学论》，转引自何少贤：《日本现代文学巨匠夏目漱石》，中国文学出版社 1998 年版，第 51 页。

彩、音响和感情；科学家以与感觉、情绪无缘的独特记号叙述事物，而文学家的目的则在真实的写出感觉和情绪。所以"文学家所重视的是文艺上的真，而不是科学上的真"①。也就是说，文学上的写实不同于科学的临摹，它必须对生活进行重新加工、锤炼，它的语言是"经过熔炉反复加工锤炼才铿锵有声的落于纸上，和街头巷尾寒暄言辞断然不同"②。夏目漱石区别了文艺上的真实和科学上的真实，反对西欧自然主义镜像似的科学式似的描摹，同时也反对日本自然主义着重表现自我内在世界的主观真实，而是在现实生活的基础上经过创作者的观察和判断，选取能表现出社会意义的具有代表性的场景和事件，经过艺术加工，表现出现实的真实本质。这里的"真实"，既是生活本质的揭示，又是融凝着创作主体的社会正义感和情感色彩的真实；这是暴露的真实，是引领人们透过表象去认识本质的真实。

夏目漱石以这种"暴露真实"的原则，向社会的黑暗现实和邪恶势力挑战，这种伟大的精神和人格力量，使他成为伟大的批判现实主义作家而载入日本文学史册。他陆续创作了《我是猫》、《哥儿》、《旅宿》等作品，揭露了明治社会的庸俗、丑恶的现实，表现了深刻的思想性。他的成名作《我是猫》（1905）以一只饲养在教师苦沙弥家的"猫"的视角，通过它的见闻和感受，揭露和批判了明治"文明开化"的资本主义社会的黑暗和罪恶，表现了作者对资本家和金钱势力的深恶痛绝，有力地批判了资本主义私有制和明治政府的反动统治；中篇小说《哥儿》（1906）叙述了一个憨厚、单纯，富于正义感的青年哥儿在一所乡村中学四处碰壁、饱受委屈的遭遇，批判了教育界的腐败和黑暗；短篇小说《二百十日》和《疾风》对明治以来的"文明开化"进行了猛烈的抨击；

---

① 〔日〕夏目漱石：《文学论》，转引自何少贤：《日本现代文学巨匠夏目漱石》，中国文学出版社 1998 年版，第 75 页。

② 〔日〕夏目漱石：《文学论》，转引自何少贤：《日本现代文学巨匠夏目漱石》，中国文学出版社 1998 年版，第 117 页。

爱情前后三部曲真实地再现了当时社会青年男女在爱情、婚姻中遇到的一系列问题，抉择之后的困境，留给人深深的思索。

梅娘接受了这种"暴露真实"的观点，她说："夏目昭示给我的'暴露真实'成了我的价值取向。我陆续写了《蚌》、《鱼》和《蟹》。真正的是一种淋漓的感情宣泄，使我体认到了创作的喜悦。"① 面对黑暗的社会现实，梅娘表现出了暴露和揭示的巨大勇气，以窥破现实真相的决心，创造了一系列具有现实色彩和时代意义的作品。从梅娘的《第二代》开始，就明显地表现出了"描写真实"、"暴露真实"的创作倾向，把感受人生、把握人生、真实地描写大众生活作为作家的责任之一，并得到了当时包括沦陷区在内的主流文化意识形态的认可和赞同。有论者认为："《小姐集》是中学时代的作文习作，如果说这本四五万字的作品既真实地表现了一个少女内心的爱与憎的话，那么由于作者年龄的增长和社会生活面的扩展，收十余篇作品的第二个短篇小说集《第二代》，则开始不出闺房，走向社会人生。"② 梅娘通过一段段生活场景的描绘，一个个人物命运的书写，撰写了一批表现社会大众真实生活状况的小说《第二代》、《六月的夜风》、《花柳病患者》、《蓓蓓》、《最后的求诊者》、《在鱼的冲激中》、《傍晚的喜剧》……表现了生活在水深火热之中人民的困苦和艰难；水族三部曲通过女性在爱情、工作、婚姻中所遇到的困难表现了女性在社会中的悲惨遭遇。

在留日学习后，梅娘创作倾向的突然改变，一定程度上我们可以理解为是夏目漱石"暴露真实"的写作理念的影响，是一种表现社会现实、暴露社会黑暗的话语原则下的文学性的再书写。不过，这种再书写是在沦陷区的文化语境中进行的，创作者具有强烈的主体意识，因而这种再书写实质上是一种跨文化意义上的改写和再创作。

---

① 梅娘：《梅娘近作及书简》，同心出版社 2005 年版，第 167 页。

② 梅娘著，张泉选编：《梅娘：她的史境和她的作品》，《梅娘散文小说集》，北京出版社 1997 年版，第 615 页。

　　夏目漱石提倡的"暴露真实"，是针对当时日本文坛过于沉溺于自我的自然主义而提出来的，他的《文学论》是日本文坛继坪内逍遥的《小说神髓》后又一次系统提出关于写实小说理论，他是作为日本现实主义第一人出现在日本文坛的。在他的作品中，我们看到了比较全面、清晰的日本社会，但是在我们看到日本社会的种种弊端的同时，我们感受到的更多是理性的分析或是尖锐的嘲讽，少了一些人世间的人文关怀。《我是猫》中知识分子谈古论今，却极少坦诚相待，真诚关怀；《哥儿》初为人师，同事钩心斗角，学生恶意捣乱，哥儿气愤不已，也只能愤而离开；《旅宿》虽然是抱着善美合一的心态寻求一个美的世界，但谈论之间却是否认世间一切，追求"出世性"的诗味；爱情系列小说中，主人公或是依顺世俗，选择成全别人，放弃自己的感情，而承受自己内心的煎熬和不舍，或是选择依照本性，全力奔赴自己的爱情，而面临的又是社会的抛弃和孤立。

　　与之相比，梅娘的小说中有一种强烈的"悲天悯人"的情怀。张中行曾非常惊诧梅娘当时作为一个"大姑娘"，其作品"竟有如此深厚而鲜明的悲天悯人之怀"①。曾有评论家说："梅娘作品的显著特色是博施济众的泛爱胸襟，积极入世的主观视角，非常规化的女性语言。她关注和爱护的是女人，却流泻出对人的关注与爱护。"② 侏儒、戏子、车夫等弱势群体都成为作者抒发人类之爱的对象，作者将他们视为人类社会的一员，给予同情与爱，体现了对弱势群体的同情与尊重。短篇小说《侏儒》可以说是梅娘体现人间关爱非常充分的代表之作。"侏儒"是油漆店老板的私生子，长期遭到房东太太的虐待毒打，以致表情痴呆，身体畸形，没人理解、没人关心。然而"我"却对他充满了同情，尽力接近他，帮助他。"我"终于发现一个被非人的环境造就的

---

① 张中行：《梅娘小说散文集·序》，《梅娘散文小说集》，北京出版社 1997 年版，第 4 页。
② 梅娘著，张泉选编：《梅娘：她的史境和她的作品》，《梅娘散文小说集》，北京出版社 1997 年版，第 628 页。

痴呆愚笨的畸形人，在得到正常的关心和爱抚之后，也能焕发出一般常人所拥有的爱恋与嫉妒之心。在丑中发现美，在非人中发现"人"，字里行间，无时无刻不传达出作者对弱者的同情与怜悯，给了许许多多像"侏儒"一样被无情践踏的人们最温暖的关怀。短篇小说《行路难》里，梅娘也表现了她超乎寻常的对人类的关爱。"我"一个人独自在寒冷的夜晚里赶路，遇到了狗的追赶和酒鬼的调戏，情急之中我不惜花高价叫了辆三轮车想摆脱这恐惧，然而车夫又不愿意拉，"他用最敏捷的手法攫去了我的钱袋"。当我最后得知他由于无力养家正准备自杀时，"我仿佛觉得我的惊恐也就有代价了"。因为我的钱袋或许还能帮他解一下燃眉之急。我没有因丢失钱袋而痛心，也没有因为他给"我"带来恐怖而迁怒于他，反而"再次不舍地望着暗夜中的他的去路"。"愿他早一点回到家中去"，传达出梅娘关心同情贫苦人民的宽容之爱。

与其说夏目漱石的小说中是缺失关爱，毋宁说是夏目漱石对世间关爱的一种失望。而梅娘将这种失望转化为希望，并且身体力行，在残酷的社会现实中，梅娘看到了人民生活的苦，并将之转化为对普通民众（主要是下层）之爱。她"暴露真实"，看到了社会之恶，更呼唤关爱，感恩于社会中仍有温情的存在。梅娘从现实语境出发，表现了浓烈的人道主义情怀，赋予了"暴露现实"的现实主义更丰富、更深刻的现代人文内涵，也为当时中国社会挣脱黑暗带来更多的积极因素。

二、"我借用他的观点来观察社会时，也觉得目光犀利起来"

夏目漱石重视文艺的社会意义，尤其注重讽刺手法、讽刺语言的运用。夏目漱石的讽刺手法承日本传统而来，是日本文学中传统讽刺手

法的现代运用。日本传统文艺形式川柳、狂言、俳句都注重蕴藉其中的
诙谐趣味，幽默中带有讽刺，讽刺中融入了游戏精神。而中国文学的讽
刺，强化创作主体对于叙述对象的情绪反映，凸现主体情感，使之尽情
宣泄。与之相比，日本文学中的讽刺则努力弱化主体情绪，使之避免剑
拔弩张的可能性。如此，铃木修次对中日文学讽刺手法的差别作了十分
清楚的阐释："中国文学的讽刺，是以更多的直言作为宗旨的，因而往
往过于认真，缺乏笑的因素。"而"在很早就接受小说故事趣味性的日
本，对'讽刺'的理解，也不像中国那样严格，常常蕴含着游戏精神。
在日本，把'讽刺'理解为'嘲弄'，这一点从 Caricature 被译成'讽
刺'也可清楚了解。在日本，一提到'讽刺'，如果没有嘲弄的精神、
游戏的心情、滑稽的姿态就认为是没趣的"①。由此可见，是否有效和游
戏的精神是中日文学讽刺修辞的根本区别所在。

夏目漱石创作中大量运用讽刺手法，既与日本谐谑性这一传统艺术
精神的影响有关，同时也与他在日本传统文化影响下形成的"余裕观"
密不可分。夏目漱石认为："品茶浇花是余裕，开玩笑是余裕，以绘画
雕刻是余裕，钓鱼、唱小曲、看戏、避暑、温泉疗养也是余裕。"②总
之，余裕就是一种不因生活所迫而拼命劳作为现实所羁绊的悠然状态，
一种消除了利害关系后出现的玩味状态，它意味着一种游戏状态，一种
自在的可能性。正是在这层意义上，具有余裕性的讽刺才能真正达到讽
刺的目的，感受、赏味、认识直至批判现实。

夏目漱石在轻松调侃中极尽讽刺之能事，于游戏之中体味人间百
态。《我是猫》是夏目漱石的讽刺手法用的最为纯熟的作品。译者刘振
瀛在序言中说："作品的最大特色在于含有种种复杂的笑的因素，作品
每一篇都充满了笑声。有对自己人的调笑与嘲谑，也有对厌恶对象发出

---

① 〔日〕铃木修次：《中国文学与日本文学》，海峡文艺出版社 1989 年版，第 29—30 页。
② 〔日〕夏目漱石：《高宾虚子著〈鸡冠花〉序》，《漱石全集》第 11 卷，岩波书店 1996
年版，第 550 页。

的冷笑和讥讽……以笑作为有力的讽刺武器。"①作品以"猫"的角度看世界，体现了浓厚幽默色彩的讽刺手法，最大限度地调动他所追求的轻松、幽默、滑稽、谐谑的性格和安适的警句式的表现。

梅娘在讽刺手法的运用上明显受到夏目漱石的影响。她说："我读了他的《我是猫》，他那幽默辛辣的笔触批判了现实社会的庸俗与丑恶，我借用他的观点来观察社会时，也觉得目光犀利起来。"②梅娘的这种认识决定了她在创作中舍弃了过于认真的中国式讽刺而取了夏目漱石余裕式的讽刺，我们可以从她自1942年起创作的《黄昏之献》、《阳春小曲》、《春到人间》等小说的创作文风的转变看出她对夏目漱石的接受。梅娘之前的小说或抒写女性的爱情婚姻，或描写大众百姓的悲苦生活，但都是从正面的角度直接描写，语言或悲凉忧郁或激昂奋进。而从1942年创作《黄昏之献》开始，一反以前的写作方式，从男性的角度描写故事发展，让几个本想从女性那里获得好处的男子不但没有得逞，反而被戏弄一番。

《黄昏之献》中已婚诗人李黎明看到一则富有而又年轻貌美的新孀女士诚征男友的广告，便编织起美梦，展开了无边的幻想。他想象小姐就像刚摘下来的小白梨一样清新悦目，而又适口；想象着他怎样去叫门，怎么送名片，怎么去到客厅里，怎样使那位女士为他的到来所倾倒，甚至想象着她来不及换睡衣，看到他来到正好结束寂寞的生活，嘴角掩着惊喜的笑容，梨花一枝春雨带，似乎看到了当年杨贵妃的仪态。太太正好外出，虽即将回来，但仍然趁着这个间隙，他找出发表过的唯一的情诗去赴他心中美妙的约会。在豪宅大院里，等待他的却是一个肮脏的妇人和一群乞儿似的幼儿，原来这是一个圈套，所征男友早已内定，令人忍俊不禁、捧腹大笑。受到捉弄的"伪君子"没有享受到想象

---

① 刘振瀛：《〈我是猫〉译本序》，夏目漱石《我是猫》，上海译文出版社2007年版，第1页。

② 梅娘：《梅娘近作及书简》，同心出版社2005年版，第167页。

中的艳遇，还因为错过了去车站接夫人的时间，回家可能难以解释。作品仿佛一出轻喜剧，悠悠道来，以平静的语气对好色成癖、利欲熏心的男人进行了辛辣的讽刺。

《春到人间》里，三个纨绔男子以登广告招聘女演员为幌子，满足自己消遣"大家闺秀、小家碧玉、风流寡妇"的邪念，可谁料偷鸡不成反蚀一把米，被风尘女子申若兰给戏弄了，做了风尘女子陷阱中的"傻鸟"。这些男子一个个都是猎艳能手，好色之徒。与之对应，梅娘为他们安排的女子，却一个个头脑清醒、精明能干。她们非但没有中计，反而将计就计把他们好好地耍弄一番，讽刺而又不失机智、诙谐。

梅娘对男性的批判，没有再描写女性所受的苦，而是跳出习见模式，以旁观者视角平静叙述、从容地描绘所发生的故事，化严肃为轻松，情感趋于平和，语言使整个语境由之前的严肃转换为诙谐，情感也被有效地调控在适度的范围之内，体现了梅娘对夏目漱石余裕性讽刺的接受。同时代的解放区丁玲、艾青等人也掀起了一股讽刺文学潮流，与梅娘齐名的张爱玲也以讽刺见长，但与梅娘相比，他们都显得过于紧张、严肃，缺乏一定的幽默感与趣味性。

夏目漱石余裕性的讽刺深潜动因是日本人所持的特有的人生如幻、世事无常的观念，人生无常使他们对现实有一种无可奈何之感，言谈之中也能体味到他们心中的悲凉之情。他们避免中国人为物所缚的精神状态，因而面对现实能保持一种自由游戏的心态。所以在骨子里面，这种余裕性的讽刺观有一种无奈消极的倾向。虽然羡慕的讽刺一定程度上是为了批判现实，改变现状，具有进取意识，但调侃之中的那种无奈，使我们体会到并未从根本上改变日本传统精神中"随缘"的本性，强调的是一种自我把玩的心态。而梅娘是从国民解放、心性开发的高度来运用这种余裕性的讽刺手法，在认同并强调"余裕"自由内涵的同时，突出了主体面对现实时积极的进取性、独立性，将讽刺化为动力和希望，激励国人为光明的未来而奋斗。所以，梅娘的余裕式的讽刺手法虽源学于夏目漱石，但却从人性解放、国人建设的需要出发，经过现实语境过滤后形成了一种具有现代启蒙意味的表现手法。

三、"他的《门》中的两性观点和我郁结在心的女性情结也有某些合拍"

婚恋题材是夏目漱石与梅娘创作的主要题材。夏目漱石创作的中、后期，主要以两性关系为基础构建故事，先后写了两个爱情三部曲，梅娘的水族三部曲以及后来的长篇《小妇人》、《夜合花开》都是以两性为基础，重点表现女性命运。这不是偶然的相似，包含着夏目漱石对梅娘的启示。梅娘曾说"他的《门》中的两性观点和我郁结在心的女性情结也有某些合拍"①。

夏目漱石"《门》中的两性观点"和梅娘"郁结在心的女性情结"的具体内涵是什么？二者怎样"合拍"？

《门》主要描写了主人公野中宗助与妻子阿米和睦而孤寂的生活，用"两性之爱"来抵抗世俗之"罚"。《门》里的主人公宗助，是一个东京资产者子弟，在陷入所谓"伤风败俗，知罪犯罪"的恋爱之前，他是一个朝气蓬勃、富有进取精神的乐天潇洒青年。夏目漱石这样描写他的青春形象："他是一个天性聪明的人，……朋友大多歆羡他的豁达气度。宗助自己也觉得挺得意。他的未来宛如彩虹，绚丽地闪耀在他的眼中。……他有许多朋友，……宗助是一个不明白什么叫敌人的乐天派，轻松自在地度过了青少年时代。"②但自从他和朋友之妻阿米不顾习俗、道德，真诚相爱，一起生活之后，两个人的生活异常的艰难。"生活里似乎有个幽灵时时徘徊，给两个人的精神带来压抑。他们知道，在

---

① 梅娘：《梅娘近作及书简》，同心出版社 2005 年版，第 167 页。
② 〔日〕夏目漱石：《门》，陈德文译，湖南人民出版社 1983 年版，第 141 页。

自己的内心深处，潜伏着为人所看不见的恐怖，就像结核病灶一样。"①
生活给与了他们无情的惩罚，首先是，他们俩被生活所抛弃，不为原来
的家庭、亲朋和社会接纳，过着与世隔绝的日子。他们四处流浪，由京
都流转广岛、福冈、东京，过着穷愁潦倒的生活，虽居都市却失去了都
市文明人的生存空间。其次是关于孩子。在那样的一个环境下，物质生
活的贫困，加上精神的压抑，孩子无法正常成长。阿米头胎流产，二胎
早产，一周后夭折，三胎因脐带缠络闷死了，使阿米承受身体的痛苦，
更遭受心灵的折磨。阿米联想到这是生活给她的惩罚，认为自己罪有应
得，她脑子里有一条看不见的长长的因果报应的细丝，仿佛看到记忆的
深处，有一个严酷的、不可动摇的命运支配着一切，而她感觉只能在这
种严酷的支配下苦度岁月，同时传来不绝于耳的诅咒声。

　　就是在这种严酷的生活下，两个人用"爱"来承受着因为"爱"带
来的惩罚。二人被排斥在社会的"门"外，便依赖清淡真挚的夫妇之
爱，构筑起闭塞狭小的自由天地，于此感受相互的生命，以忘却阴暗的
外界。无论外界如何严惩宗助夫妇，二人仍然奋力诠释爱的价值，他们
在阴郁的生活中仍执着于因爱而来的"罪"的人生。宗助与阿米结合
后，6 年来宗助一直把阿米看作"可爱的妻子"，阿米爱宗助，因为他
是"善良的丈夫"。二人享受着纯粹的夫妇之爱。夏目漱石这样描述这
对夫妻：

　　　宗助和阿米是一对情投意合的好夫妻。两人一道度过了六年
多的岁月，至今没有闹过一次别扭，也从未脸红脖子粗地吵过
嘴。……他们几乎不再意识到社会的存在。对于他们绝对不可缺少
的是他们自己。他们彼此都能使自己感到心满意足。②

---

①　〔日〕夏目漱石：《门》，陈德文译，湖南人民出版社 1983 年版，第 148 页。
②　〔日〕夏目漱石：《门》，陈德文译，湖南人民出版社 1983 年版，第 117 页。

对此，片冈良一指出："二人被社会抛弃了。他俩付出这般代价却赢获了爱情。在这种爱情中令人感到彻底相爱的恬静与温润。……毋宁说，漱石创作《门》时，他尊重人情的自然和炽热的诚实之爱的心情，相当坚实。"[①] 宗助夫妇能在常人难以忍耐的寂寞中生活下去，毫无疑问，全靠这真诚的爱。《门》中这份朴实而真诚的爱打动了许许多多的人，当然也包括曾经历过挫折而获得了爱情的梅娘。梅娘所说的《门》中的两性观点和她心中的女性情结的合拍，这种合拍至少包括以下三个方面的内容。

首先是社会虚伪道德与两性真诚爱情的尖锐冲突，以及对虚伪道德的批判。《门》中尽管男女主人公真心相爱，但社会舆论对他们的惩罚以及封建伦理思想在他们内心产生的负罪感并没有让他们得到完整的幸福、充分享受到这份来之不易的爱情。表现封建思想、伦理道德对爱情的阻拦和惩罚也成为梅娘作品的主要思想。《蚌》中梅丽的父母以长辈的身份给梅丽施加压力，要她嫁给一个一无是处的公子哥，结果硬是拆散和琦的爱情；《侏儒》里面没有出场的侏儒母亲因为她的"小老婆"的身份让她抬不起头来，被打死了也没有发出一声的反抗；《动手术之前》更是以一个受侮辱、迫害的女子的血泪倾诉表现了封建思想给她带来的种种歧视和不公平待遇。

其次，对女性的优秀品德的赞美。现实生活中夏目漱石对女性一直怀有恐惧甚至厌恶之情，但是在作品中他却塑造了一系列理想的女性形象，如《旅宿》中的那美、《三四郎》中的美祢子、《从此以后》中的三千代、《过了春分时节》中的千代子、《行人》中的阿直等。《门》中的阿米是其中的典型。在作者笔下，阿米是真善美的化身，她集中了几乎日本女性所有的优点。勤劳善良，又有女性特有的温柔、善解人意，还有着超强的适应能力、超强的韧性。在严酷的生活中鼓励丈夫，照料

---

① 〔日〕片冈良一：《〈门〉解说》，夏目漱石《门》，春阳堂 1949 年版，第 3 页。

家庭，任劳任怨，用心呵护他们心中的爱情。她寄寓了夏目漱石对女性的赞美和理想。梅娘小说中的男人往往缺乏自振的力量，孤独脆弱；女性往往善良坚韧，是他们的支撑点和坚强后盾。无论是《侏儒》中好心的"我"、《夜合花开》中善良的黛黛，还是《蚌》中的梅丽、《蟹》中的玲玲、《小妇人》中的凤凰，都使人感到一种温情，一种怜悯，一种世间最美的最无私的爱，让人看到了女性温柔而又善良、纯情而又坚韧、爱怜而又深邃的气质。在她们身上，不难看到《门》中阿米的身影。

　　第三，《门》给梅娘带来的最深层次的启示和契合莫过于对真爱之旅的追寻。夏目漱石擅长写爱情，但他所描写的爱情很少有欢乐和甘美，更多的是眼泪和辛酸、哀怨和凄婉，大多都以不幸分离结局。《门》中的爱情是夏目漱石理想两性爱的表现。宗助和阿米在如此艰苦的外界环境下，不离不弃，相偎相依，维系着这份来之不易的爱情。他们真挚的夫妇爱，在自己构筑的天地中，相互感受对方的生命存在，以忘却阴暗的外界。梅娘从水族三部曲开始，一直探寻着真爱之路，《鱼》、《蚌》、《小妇人》、《夜合花开》，一步一步、从各个角度分析各种身份、各种处境的女子如何才能获得真正的爱情，怎样的爱情才算是真爱。《鱼》中的梅丽和她的爱人琦单纯的相爱却未能经受住流言的侵蚀，在彼此的不信任中爱情走到尽头；《蚌》中芬全力以赴的爱情因为男主人公的薄情而显得非常脆弱，或者说根本就是一场骗局，让芬身心俱疲；《小妇人》中的凤凰背负着巨大的压力和爱人袁良逃出家庭，殊不知袁良却移情别恋，悔悟后的袁良请求凤凰原谅，已经成熟的凤凰不会轻易盲从；而《夜合花开》中的嫁入豪门的黛黛似乎得到了丈夫的宠爱，衣食无忧，而实际上丈夫的爱很大程度上是得到她漂亮容颜后虚荣心的满足……梅娘很喜欢《门》，《门》中两性关系深深地打动了她，她在作品中一直追求着这种爱，她在努力，在探索，在思考如何才能得到这种珍贵的爱情。

　　精神上的契合、创作方法上的认同，使梅娘发现了夏目漱石对于自己的意义，她在一定程度上接受了夏目漱石的文学观，夏目漱石启发了她对社会、爱情和人生的认识，同时也加快了她对文学精神的深入认识，调整和发展自己的文学观，使文学既关注社会人间疾苦，同时也倾注了自己对爱的理解和追求。梅娘对夏目漱石的借鉴，是在中国 20 世纪 40 年代特定现实背景下的借鉴，借鉴中又有所超越。

第六章 "同根并蒂"：夏目漱石与老舍

　　影响研究是比较文学最早的研究类型，也是比较文学最主要的研究范式之一。为影响研究奠定基础的法国学者梵·第根认为，任何影响研究都必须沿着"放送者"、"传递者"、"接受者"这条路线追根溯源。具体说来，从"放送者"出发，研究一部作品、一位作家、一种文体或一种民族文学在外国的影响，这种研究被梵·第根称为"誉舆学"，学界也称为"流传学"；从"接受者"出发，探讨一位作家或一部作品接受了哪些异文化作家作品的影响，这被称为"渊源学"；从"传递者"出发，影响研究是通过什么媒介和手段发生的，即"媒介学"。这里的流传学、渊源学、媒介学，就是影响研究的"两点一线"：起点的"放送者"，终点的"接受者"和中间的经过路线（即"媒介"）。梵·第根将"影响研究"视作比较文学的全部，他说得很清楚："整个比较文学研究的目的，是在于刻画出'经过路线'，刻画出有什么文学的东西被移到语言学的界限之外这件事实。"①

　　对于以考察"两点一线"的文学交流事实为目的的"影响研究"，学界早有反思和批评。批评最多的有三点。第一，历史实证主义和经验主义的取向。"影响研究"限定比较文学只注意文学文本之外的东西，

---

① 〔法〕梵·第根：《比较文学论》，戴望舒译，吉林出版集团有限责任公司 2010 年版，第 46、4—5、138 页。

只研究来源和影响、原因和结果，使比较文学缩小成了研究文学的"外贸"，成了仅仅研究外国来源和作者声誉的材料。① 第二，放弃美学上的价值判断。梵·第根认为："真正的'比较文学'的特质，正如一切历史科学的特质一样，是把尽可能多的来源不同的事实采纳在一起，以便充分地把每一个事实加以解释；是扩大认识的基础，以便找到尽可能多的种种结果的原因。总之'比较'这两个字应该摆脱全部美学的涵义，而取得一个科学的涵义。"② 这样的研究除了说明某个作家阅读了异文化的某个作家的作品之外，对文学自身的研究不能提供任何有价值的东西，将文学研究变成了文化历史的记账簿，与文学的审美本质相悖。第三，研究对象过于机械和狭窄。梵·第根认为"地道的比较文学最通常研究着那些只在两个因子间的'二元的'关系"，只是对"一个放送者和一个接受者之间的二元关系之证实"③，就是说，比较文学研究的只是从发送者到接受者的"一对一"关系，超出"一对一"的关系研究则属于总体文学。对此，乐黛云教授提出质疑："研究一个作家对另一国的某一个作家的影响与研究一个作家对某两国的两个作家的影响，这其间究竟有什么方法论的实质的区别呢？"④

"影响研究"的学理依据在于，各国文学的发展都不是孤立的，是在相互影响中发展。但影响不会是"两点一线"的简单模式，文学跨文化联系的事实要复杂得多。不同文化体系的文学之间纷纭复杂的文学交流现象之所以可以进行比较，是因为它们有着源和流的关系。换句话说，"同源性"是不同文化的文学历史联系可比性的逻辑前提。但"源"

---

① 〔美〕雷内·韦勒克：《比较文学的危机》，张隆溪选编：《比较文学译文集》，北京大学出版社 1982 年版，第 22—31 页。

② 〔法〕梵·第根：《比较文学论》，戴望舒译，吉林出版集团有限责任公司 2010 年版，第 4—5 页。

③ 〔法〕梵·第根：《比较文学论》，戴望舒译，吉林出版集团有限责任公司 2010 年版，第 138 页。

④ 乐黛云：《比较文学原理》，湖南文艺出版社 1988 年版，第 22 页。

和"流"不仅仅是一对一的关系，"一源多流"和"一流多源"的情况都不少见。为弥补传统"影响研究"的局限，拓展研究领域，笔者提出影响研究的一种新范式，即"同根并蒂型"。文学史许多跨文化的文学现象之间不是彼此直接接触，但有共同的渊源，在共同渊源的作用下，表现出某些审美共相，形象地说，它们是"同根并蒂"的关系。日本作家夏目漱石和中国作家老舍是典型的例子。他们都在20世纪初旅居伦敦数年，有过大体相似的生命体验，大量研读英国18、19世纪的现实主义文学作品，并将其内化为自己的创作要素。我们就这一个案展开探讨，以此理解"同根并蒂"这一影响研究的新范式。

第一节 伦敦岁月：相似的生命体验

夏目漱石和老舍都在20世纪初旅居英国，这是他们人生经历的一次重要转折，伦敦经历对他们精神世界和价值体系的形成具有深刻的影响。

1900年，夏目漱石被选派留学英国，9月从横滨出发，11月抵达伦敦，开始为期两年的英国留学生活。1924年夏天，老舍由燕京大学英籍教授艾温士推荐，应聘到英国伦敦大学东方学院任华语讲师，直到1929年夏离开英国。尽管夏目漱石和老舍旅居伦敦的直接目的、时间、期限和具体的行为方式都不一样，但作为都是来自东亚的未来作家，他们在伦敦的生命体验、精神追求和审美意趣有许多相通之处。

一、忍受远离家人故土、在异文化中生存的寂寞孤独

夏目漱石在伦敦最初看到它作为"世界之大都会"的繁华，但很快体验到城市恶劣的环境，喧哗的城市、拥挤的人群、污浊的空气，都让他觉得不安和压抑。1901年1月3日的日记中他写道："伦敦的街道

大雾笼罩的日子，抬头看到的是黑红如血的太阳。"① 面对伦敦像蛛网一般纵横交错的火车、地铁等便利的交通工具，他不知所措。在游记《伦敦塔》中记述了当时的情景："当时，我连防伪也不清楚，更不用说地理位置了。我那时的心情犹如一只兔子——一只突然被人从乡里丢弃在繁华域区的兔子。走出门，怕被人流卷走；回到住处，又担心火车会出轨撞到自己房里来。可谓朝夕不安。"② 在这样的焦虑、不安甚至是恐惧的心境下，夏目漱石感受到孤寂和苦涩，想念远方故土和亲人。在给妻子的信中，夏目漱石写道："当地没有盛开的樱花之类，即便春日来临，也是令人怅然。而且接触的大都是些毫无风流可言的人和事，没有丝毫雅趣。如果这就是文明，那野蛮反而更具有情趣。列车摩擦铁轨的声音，火车喷吐的烟雾，马车走过的响动，脑袋稍有毛病的人在伦敦恐怕一天也住不下去。回到日本最大的快乐是尝荞麦、吃日本米、穿日本服，在向阳的廊下假寐，看看庭园，这是我的愿望。"③ 看来，工业文明的伦敦，带给夏目漱石的不是愉快和兴奋，而是压抑和寂寞；反而是具有乡村野趣的日本故土，能给他欢欣和喜悦。远离故国家人的孤独以文化差异而产生的焦虑感，时刻折磨着夏目漱石。他的留学生活有如当时的伦敦大雾，灰暗而令人窒息。以至于他在几年后回忆留学生活时还认为："在伦敦居住、生活的两年是极不愉快的两年。"④

老舍虽然比夏目漱石晚了近 1/4 个世纪来到伦敦，但情况没有大的改变，依然充满了喧嚣和混乱：市街之上，拥挤的人流汇成一股涌流不尽的波浪，来往的汽车"一串一串，你顶着我，我挤着你。大汽车中间夹着小汽车，小汽车后面紧盯着摩托自行车，好像走欢了的鸵

① 〔日〕平冈敏夫编：《漱石日记》，岩波书店 1990 年版，第 25 页。
② 〔日〕夏目漱石：《玻璃门内：夏目漱石小品四种》，吴树文译，上海文艺出版社 2012 年版，第 3 页。
③ 〔日〕三好行雄编：《漱石书简集》，岩波书店 1990 年版，第 112 页。
④ 〔日〕夏目漱石：《〈文学论〉序》，《日本古典文论选译》（近代卷），王向远译，中央编译出版社 2012 年版，第 658 页。

鸟带着一群小鸵鸟。……两旁便道上的人，男女老少全象丢了点东西似的，扯着脖子往前跑。往下看，只看见一把儿一把儿的腿，往上看只见一片脑袋一点一点的动；正像'东海'的波浪把两岸的沙石冲得一动一动的"①。加上文化上的隔膜，老舍也尝到了异国生活孤寂的滋味。他后来说："据我看，一个人即便承认英国人有许多好处，大概也不会因为这个而乐意与他们交朋友……一个平常人，尽管在伦敦或其它地方住上十年八载，也未必能交上一个朋友。"②到异乡的新鲜劲儿渐渐消失，半年后开始感觉寂寞，开始常常想家，呆呆地回忆自己在故国经历的一切。

二、遭受"优越"的英国人的歧视

20世纪初，西方对东方缺乏了解，对"黄皮肤"的东方人抱有成见。英国人特有的保守民族性格，更使他们在来自日本和中国的夏目漱石、老舍面前表现出高人一等的优越感。在伦敦的日子，夏目漱石和老舍都经常感受到英国人的傲慢以及由此带来的屈辱与愤懑。夏目漱石在日记中写道："西洋人对日本的进步甚为惊讶。之所以会惊讶，是因为对日本心存轻蔑的人，至今依然言行傲慢自大。大部分人则是既不惊讶，又所知寥寥。真正要让西洋人敬服则不知要到何年之后。对日本和日本人有兴趣者本来就少，像无聊至极的公寓房东家老爷子之类，不仅对日本毫无欣赏之心，还时常流露出轻蔑之色。"③这种融凝民族情感的屈辱，使夏目漱石的伦敦岁月过得很不愉快，他说："我于英国绅士之间，犹如一匹与狼群为伍的尨犬，终日郁郁寡欢。据说伦敦人口有五百万之多。自己当时的状态犹如掺和进五百万滴油珠中的一滴水，勉

---

① 老舍：《二马》，《老舍全集》（第1卷），人民文学出版社2013年版，第425—426页。

② 老舍：《英国人》，《老舍文集》（第14卷），人民文学出版社1990年版，第72页。

③ 〔日〕平冈敏夫编：《漱石日记》，岩波书店1990年版，第31页。

勉强强苟且维持着朝不保夕的生命。"[①]

英国人偏狭的爱国主义、根深蒂固的民族偏见和古板清高的性格，也伤害了老舍的感情。在伦敦，作为一个普通的中国人，老舍经常受到白眼和凌辱。这种情感体验在他的旅英华人题材小说《二马》中有确切的表现："就是因为中国是个弱国，所以他们随便给那群勤苦耐劳，在异域找饭吃的华人加上一切的罪名。中国城要是住着二十个中国人，他们的记载上一定是五千；而且这五千黄脸鬼是个个抽大烟，私运军火，害死人把尸首往床底下藏，强奸妇女不问老少，和做一切至少该千刀万剐的事情的。作小说的，写戏剧的，作电影的，描写中国人全根据着这种传说和报告。然后看戏，看电影，念小说的姑娘，老太太，小孩子，和英国皇帝，把这种出乎情理的事牢牢的记在脑子里，于是中国人就变成世界上最阴险，最污浊，最讨厌，最卑鄙的一种两条腿儿的动物！"[②]从中不难看到老舍因伦敦经历的屈辱而积郁胸中的愤怒。

三、经济上的困窘

夏目漱石是公派留学，文部省给的经费不多，每月仅150日元。伦敦物价高昂，经济拮据，使夏目漱石的生活陷入困境。伦敦高昂的物价超出了夏目漱石的想象，每月的150日元在伦敦支付食宿费都有些困难，更何况剑桥大学昂贵的学费，想在这里继续深造的愿望，在严峻的现实面前，也只能放弃了。在自传色彩浓厚的小说《道草》中，夏目漱石借主人公健三诉说了自己在伦敦留学时，为了节省食宿费，在公园勉强吃饼干的窘迫状况。1900年12月26日夏目漱石在伦敦写信给妻子，感叹当地物价之高："在当地，最怕的就是没钱和生病了。在回国之前，

---

① 〔日〕夏目漱石：《〈文学论〉序》，《日本古典文论选译》（近代卷），王向远译，中央编译出版社2012年版，第658页。

② 老舍：《二马》，《老舍全集》（第1卷），人民文学出版社2013年版，第391—392页。

我将谢绝生病。只是苦于没钱，日本的五十钱，只相当于伦敦的十钱或二十钱。即使十元钱，眨眼之间就花光了。我住的地方，脏得一塌糊涂，可是房租便宜，我也只好咬牙住了下来。我尽量在衣食方面节俭一些，以便尽可能多买一些书籍回来，因此，日子过得非常艰苦。特别是这里留学生很少，在此地逗留的，大多是官吏和商贾，都是比我有钱的人。"[①] 经济的拮据，生活的困窘，给夏目漱石带来巨大的精神压力。

老舍的情况更糟。他在伦敦的五年，一直过着清苦的日子。前两年的年薪250镑，当时伦敦一般学生的生活费用，每年至少要300镑，老舍却还要寄钱回北京养活老母。他只能节衣缩食，将日常开支降低到最低限度。整整5年，老舍住穷学生才住的公寓，或寄居在英国人家里；穿着也相当简朴，长年就是一套哗叽青色西装，屁股上磨得发亮，两只袖头和胳膊肘上更是亮光闪闪；公寓里低劣的伙食吃坏了胃，他只能到物美价廉的中国餐馆，喝一先令一碗的汤面。后三年老舍被任命为华语和古文讲师，年薪300镑。虽然增加了50镑，但经济状况没有大的改善。他利用假期帮助个别学生学习中文得到微薄酬劳，加上回国时学校支付的80镑旅费，他到欧洲大陆旅行了一趟，积蓄全部花光。是巴黎的朋友为他买了张三等船票才到了新加坡，上船后口袋里只剩下十几个法郎。

四、在比较中加深对自身文化的认识

夏目漱石留学伦敦，已经33岁；老舍来到英国，也已经26岁。他们不是文化观念尚未定型的中学生来到域外上大学，思想和人格自然整合。他们走出国门前已经成年，已结束学校学习、从事中学教育多年。他们是带着成熟的文化观念来到伦敦，自然原有文化与异质文化的冲突

---

① 〔日〕三好行雄编：《漱石书简集》，岩波书店1990年版，第71页。

比较剧烈，对母文化与西方文化的比较意识更为自觉，文化差异的理解
更为理性。在比较中往往渗透对民族文化的自省和民族命运的关注。

夏目漱石在 1901 年 1 月 3 日的日记里写道："彼英国人让座于人，
若我同胞，则我行我素，无话可说矣。彼英国人主张申一己之权，若我
同胞，则不愿为此费神劳力矣。彼以英国为自豪，犹如我同胞以日本为
自豪。谁有自豪的价值？要好好思量。"① 同年 3 月 12 日日记有这样的记
述："西洋人喜欢浓艳，喜欢华丽。看看他们的戏剧，他们的食品，他
们的建筑和装饰，就知道是怎么回事了。还有他们夫妇之间的接吻和拥
抱，也是如此。这些反映到文学中，表现为缺乏潇洒和超脱的趣味。"②
这里暗含着与日本民族余情蕴藉、幽玄隽永的审美趣味的比较。夏目
漱石的"留学日记"中，这类将日本与英国，甚至西洋文化比较的文
字不少。

老舍在伦敦期间创作了小说《二马》，他后来谈到小说的创作目
的："写这本东西的动机不是由于某人某事的值得一写，而是在比较中
国人与英国人的不同处，所以一切人差不多都代表着些什么；我不能完
全忽略了他们的个性，可是我更注意他们所代表的民族性。"③ 小说《二
马》通过形象体系，将中、英的价值系统作了鲜明对比：英国人的人生
哲学是独立，中国人却依附于封建人伦关系；英国人讲科学，认为"人
生的享受只有两个：求真理与娱乐，只有科学能供给这两件"，中国人
却讲迷信，人生的挫折动辄归因于"坏了风水"；英国人重视工商业和
经济发展，中国人轻商斥利，经商求利被视为"俗气"；英国人也要面
子，但人情和原则区分清楚，中国人却死要面子，为了面子可以不顾一
切；英国人有国民对国家政治的"普遍参与意识"，中国普通民众"只

---

① 〔日〕平冈敏夫编：《漱石日记》，岩波书店 1990 年版，第 25—26 页。
② 〔日〕平冈敏夫编：《漱石日记》，岩波书店 1990 年版，第 45 页。
③ 老舍：《我怎样写〈二马〉》，《老舍文集》（第 15 卷），人民文学出版社 1990 年版，
第 595 页。

知有家，不知有国"。

五、对英国和西方文化的双重矛盾态度

20世纪初的英国和西方经历了两次工业革命和理性启蒙，生产力获得极大解放，资本主义经济迅速发展，工业现代化文明程度大大提高，自由、平等、独立的价值取向深入人心。同时也为它们对东方的殖民扩张、文化渗透奠定了实力。来自东亚日本和中国的夏目漱石、老舍面对西方的现代文化，在理智上不能不受到冲击、震撼，表现出敬佩，但又有源于民族情感的抵制和抗争。

在异国他乡，夏目漱石越发感到了西方个性自由和自我本位主义文化的魅力。但身在其中他也看到了以自我本位主义为特征的西方资本主义文化的弊端，即拜金主义和利己主义的泛滥，于是他对西方文明提出了自己的批判：认为今日欧洲文明的失败，根本原因在于贫富过于悬殊。他目睹了明治维新以来日本在西方影响下，拜金主义、利己主义和天皇专制制度、传统积习混杂交错，人们还没有从封建主义的禁锢中解放出来，又被戴上了资本主义的枷锁。夏目漱石以西方为参照，对日本的社会和文化进行思考，主张吸收西方的近代思想，但又不能万事都学西方，应该在消化吸收的基础上保存日本传统文化中的精华。他对文学的看法也逐步成熟，认为文学"与其论述如何观察世界，倒不如从如何解说人生入手更好"。这些观点为他后来写作文学理论著作《文学论》奠定了基础。在英国的几年，夏目漱石的收获是丰厚的。然而，由于学习过于劳累，他的神经衰弱日趋严重。

老舍对英国有双重看法，赞赏他们奋发有为，工作勤勉；憎恶他们种族歧视、等级森严。在伦敦，老舍看见了英国社会的不平等，金钱万能的怪现象，自私、冷漠的绅士风度，喜欢摆绅士的架子，很有点自恋式的固步自封，没有熟人的正式介绍，一般不大愿意和人说话，上层资

产阶级的腐化，商业社会人与人之间关系的冷漠无情，英国人固执的民族偏见，对华人根深蒂固的歧视使他难以忍受；他也看见了英国人的勤劳善良、特立独行、英国人的公民意识比较强，讲理、守法，勤奋自强的性格和独立、务实的精神。在《二马》中，老舍写道："英国的强盛，大半因为英国人不呐喊，而是低着头死干。……英国人最爱自由的，可是，奇怪，处处是有秩序的。几百万工人一齐罢工，会没放一枪，没死一个人。秩序和训练是强国的秘宝。"① 他把这些印象、感受，甚至矛盾的体验，对祖国命运的深深忧虑都写进了作品中。

夏目漱石和老舍的伦敦岁月，是在几乎无法保障基本生活，与异文化冲突、磨合，相对封闭的状况中度过的。他们都有自己独立的人生观和鲜明的文化人格，有着执着的文化理想，但理想与现实的巨大反差，使他们的伦敦生活变得更加孤独，也更加深刻地体验了文化磨合中产生的紧张、压抑和不安的精神状态。在孤独和紧张中，夏目漱石深入研读英国和西方的文学现象，思考文学的深层问题，努力建构东亚传统和西方现代文化结合的文学理论体系，也为日后的文学创作积累了大量素材。老舍是在英国和西方文学的大量阅读、借鉴中走上文学道路，创作了《老张的哲学》、《赵子曰》、《二马》三部小说，一吐心中块垒，释放孤独和压抑。

第二节　英国文学：共同的文学资源

留学伦敦的岁月，不仅使夏目漱石和老舍有着相似的人生经历，而且在英国文学的研读中，他们享有了一份共同的精神遗产，为他们的文学创作提供了共同的基础。

---

① 老舍：《二马》，《老舍全集》（第1卷），人民文学出版社2013年版，第529页。

　　夏目漱石的童子功是汉学。但西化大潮使他选择进入第一高等学校和东京大学文学院的英文科学习，学习英国语言文学，成绩优秀。但主要是打下英语语言基础，至于"文学"，还是有些不得要领。尤其是接触到英国的"文学"，与原先从汉学中理解的"文学"不太一样。夏目漱石曾经说过："我少时好读汉籍，学时虽短，但于冥冥中从'左国史汉'里感悟和归纳出了对文学及其含义的初始理解。我曾以为英国文学也应如此。若果真如此，我将义无反顾地终身从习。我只身投入非流行的英国文学，完全是出于这种幼稚、单纯的理解。读大学的三年间，不但要苦学死记毫无用处的拉丁语和德语，同样没用的法语也无可奈何地被灌进脑海之中，但重要的专业书籍却几乎挤不出时间阅读。就这样，我获得了文学学士学位，获此光荣头衔之时，寂寥之感在心中油然而生。"① 也就是说，虽然获得了文学学位，但对"文学是什么"都没弄清楚，甚至是怀着"被英国文学欺骗了的不安之念"。毕业之后 10 年光景，赴松山、熊本高中教书，一直带着这迷惑，又带它来到伦敦。

　　正是为了搞清楚"什么是文学"，夏目漱石在伦敦大量阅读英国文学作品。他谈到留学伦敦读书的情景："因为没能产生预想的兴趣和效果，大学的课程只听了三个来月就作罢了，但到私塾听课请教问题却延续了一年有余。这期间，我悉数通读了手头与英国文学有关的所有书籍……实际上我虽然是因为英国文学学士的缘故而获选留洋，却从来不敢自诩精通。毕业后又有几年奔波往返于东京和关西之间，忙碌于个人家事而少有读书机会，和文学的距离越拉越远。那些脍炙人口的经典名著往往只是大略听到过名字，十有六七未曾读过。对此，在我心中时常引为憾事。利用这个机会读尽所有的书是我的愿望，此外别无其它设想。如此一年之后，再去查看读过哪些书籍，发现没有读过的书籍数量

---

　　① 〔日〕夏目漱石：《〈文学论〉序》，《日本古典文论选》（近代卷），王向远译，中央编译出版社 2012 年版，第 655 页。

已经很少。"① 可见，夏目漱石为了弥补心中的遗憾和解开多年的困惑，带着问题，闭居公寓一年，系统阅读英国文学。后来在此基础上，大量阅读相关的理论著作，为写作《文学论》做准备，做了大量的读书笔记，他说："在英国期间，我用蝇头小楷手书的笔记本已有五六寸之厚。回国时这些笔记本是我唯一财产。"②

老舍去英国伦敦之前，毕业于师范学校，做了几年小学校长和中学教员，从来没有想过成为作家。在伦敦东方学院教汉语期间，一方面为加强英语学习，一方面为排遣远离故土的寂寞，开始阅读英国文学作品，除了教学上课外，老舍没有什么社交活动，一头钻进图书馆，饱读文学作品。先读古典名著，再读近代小说。老舍后来回忆："二十七岁出国。为学英文，所以念小说，可是还没想起来写作。到异乡的新鲜劲儿渐渐消失，半年后开始感觉寂寞，也就常常想家。从十四岁就不住在家里，此处所谓'想家'实在是想在国内所知道的一切。那些事既都是过去的，想起来便象一些图画，大概那色彩不甚浓厚的根本就想不起来了。这些图画常在心中来往，每每在读小说的时候使我忘了读的是什么，而呆呆的忆及自己的过去。小说中是些图画，记忆中也是些图画，为什么不可以把自己的图画用文字画下来呢？我想拿笔了。"③ 就这样，老舍直接模仿 19 世纪英国现实主义作家狄更斯的《尼古拉斯·尼柯尔贝》、《匹克威克外传》等小说，创作了处女作《老张的哲学》。可以说，老舍是在以狄更斯为代表的英国文学直接影响下走上了文学创作道路。

在伦敦的五年里，老舍一边创作小说，在《老张的哲学》之后，还创作了《赵子曰》和《二马》；一边以极大的热情和精力，研读以英国

---

① 〔日〕夏目漱石：《〈文学论〉序》，《日本古典文论选》（近代卷），王向远译，中央编译出版社 2012 年版，第 655 页。

② 〔日〕夏目漱石：《〈文学论〉序》，王向远译《日本古典文论选》（近代卷），中央编译出版社 2012 年版，第 657 页。

③ 老舍：《我怎样写〈老张的哲学〉》，《老舍全集》（第 16 卷），人民文学出版社 2008 年版，第 162 页。

文学为主的西方文学，他完成了从古希腊到莎士比亚到近代英法小说的庞大阅读计划。其中研读的英国作家有莎士比亚（William Shakespeare，1564—1616）、笛福（Daniel Defoe，1660—1731）、斯威夫特（Jonathan Swift，1667—1745）、狄更斯（Charles John Huffam Dickens，1812—1870）、梅瑞狄斯（George Meredith，1828—1909）、康拉德（Joseph Conrad，1857—1924）、佩特（Walter Pater，1839—1894）、王尔德（Oscar Wilde，1854—1900）、詹姆斯（James Matthew Barrie，1860—1937）、威尔斯（Herbert George Wells，1866—1946）、福斯特（Edward Morgan Forster，1879—1970）、乔伊斯（James Augustine Aloysius Joyce，1882—1941）、劳伦斯（David Herbert Lawrence，1885—1930）、伍尔芙（Virginia Woolf，1882—1941）、艾略特（Thomas Stearns Eliot，1888—1965）、赫胥黎（Aldous Leonard Huxley，1894—1963）等。应该说对英国文学史上的主要作家的主要作品作了系统的阅读。而且从不同层面，对这些作家的某些元素在自己的创作中加以借鉴吸收，丰富了创作的思想内涵和艺术表现手段。

夏目漱石和老舍系统研读英国文学的起点不同。夏目漱石是学者式的研究，通过研读来建构自己的文学理论体系；老舍是一个读者层面的阅读，进而激发起创作欲望。但作为作家，他们都深受英国文学的影响，英国文学成为他们创作的重要资源。而且对英国文学的接受，夏目漱石和老舍表现出共同的兴趣点和相似的倾向：他们都把目光聚焦在英国18、19世纪的现实主义文学，尤其是现实主义文学中的幽默讽刺风格。18、19世纪英国现实主义小说及其幽默讽刺风格，给他们的文学观念和文学创作以深刻的影响。给他们影响最大的英国作家是斯威夫特和狄更斯。

夏目漱石留学回国后任东京大学教授，讲授"十八世纪英国文学"课程，讲义出版时改题目为《文学评论》。著作运用社会心理学的研究方法，对英国18世纪的社会文化、主要作家的创作进行比较系统深入的分析和批评。其中以"斯威夫特与厌世文学"的第四编用心最深，也是最为精彩的章节。书中结合斯威夫特的生平思想和创作文本，对他的讽刺文学进行了细致的探究。他概括斯威夫特讽刺的特点："就像火山口里喷出的冰块，非常猛烈，但寒冷刺骨，而他自己岿然不动，像一块巨石屹立在英国。"[①] 还进一步分析斯威夫特的讽刺文学源于他的厌世倾向，而厌世"产生于意识到我们生活中决不能缺失所谓文明开化，同时又彻底觉悟到所谓文明开化根本不能满足我们的时候"[②]。因而看破了文明的本质而绝望，而扼腕唏嘘、仰天长叹。夏目漱石还根据斯威夫特的生平经历，分析其厌世倾向的个性气质因素：他的孤儿遭遇；他自尊心很强，内心充满孤独，又有着承受苦难的勇气和守护孤独的殉道精神；他患有胃病，一生为病所苦；陷入三角恋爱的感情纠葛；积极支持并投入争取爱尔兰独立自由的斗争，猛烈抨击英国政府；政治上的失意等。了解夏目漱石生平和个性气质，就能理解夏目漱石从斯威夫特的讽刺文学中获得怎样的共鸣。在气质和精神上，夏目漱石和斯威夫特有太多的一致性：他们都有一种超乎常人的敏锐和透视本质的慧眼，有置身于自我之外调侃一切的真诚，还有郁积于心的痛苦愤懑与无可奈何的幽默。当然，狄更斯式的幽默也是夏目漱石考察借鉴的资源，在《文学论》和小说中，多次谈到狄更斯式的幽默。

老舍也经常谈到斯威夫特的讽刺。在《谈幽默》一文中，他将幽默与讽刺加以比较，从这一层面理解斯威夫特的讽刺文学，"讽刺必须幽默，但它比幽默厉害。它必须用极锐利的口吻说出来，给人一种极强烈的冷嘲；……让咱们来看看讽刺家是什么样子吧。好，看看 Swift（斯威夫特）这个家伙；当他赞美自己的作品时，他这么说：'好上帝。我

---

① 〔日〕夏目漱石：《文学评论》，《漱石全集》（第10卷），岩波书店1965年版，第238—239页。

② 〔日〕夏目漱石：《文学评论》，《漱石全集》（第10卷），岩波书店1965年版，第239页。

写那本书的时候，我是何等的一个天才呀！'在他廿六岁的时候，他希望他的诗能够：'每一行会刺，会炸，象短刃与火。'是的，幽默与讽刺二者常常在一块儿露面，不易分划开；可是，幽默者与讽刺家的心态，大体上是有很清楚的区别的。幽默者有个热心肠儿，讽刺家则时常由婉刺而进为笑骂与嘲弄"①。当然，以老舍的个性气质，他更偏爱狄更斯的幽默。老舍在《谈读书》一文中说得很清楚："在我年轻的时候，我极喜读英国大小说家狄更斯的作品，爱不释手。我初习写作，也有些效仿他。他的伟大究竟在哪里？我不知道。我只学来些耍字眼儿，故意逗笑等等'窍门'，扬扬得意。"②在《什么是幽默?》一文中老舍谈及被称为幽默作家的狄更斯等英国小说家时说："他们的作品和别的伟大作品一样地憎恶虚伪、狡诈等等恶德，同情弱者、被压迫者和受苦的人。但是，他们的爱与憎都是用幽默的笔墨写出来的 —— 这就是说，他们写的招笑，有风趣。"③

正是在斯威夫特和狄更斯这样的幽默讽刺作家的影响下，夏目漱石和老舍的早期创作都表现出一种幽默讽刺的风格。夏目漱石早期文学作品具有斯威夫特的厌世和讽刺文学的风格特征。夏目漱石曾说："在写实性的作品中，斯威夫特的《格列佛游记》我最喜欢。"④他的小说处女作《我是猫》，深受 18 世纪英国小说的影响，充满了英国式的睿智的幽默。日本著名批评家加藤周一认为："它（《我是猫》）同德川时代的滑稽小说全然不同，它的讽刺往往是非常强烈的，它的知性的滑稽是及于社会批判的。这方面可以远溯到漱石所学习的英国十八世纪的文学，尤其是斯威夫特的文学吧。"⑤老舍是在对狄更斯幽默的仿效

① 老舍：《谈幽默》，《老舍全集》（第 16 卷），人民文学出版社 2008 年版，第 203 页。

② 老舍：《谈读书》，《老舍全集》（第 17 卷），人民文学出版社 2008 年版，第 646 页。

③ 老舍：《什么是幽默？》，《老舍全集》（第 17 卷），人民文学出版社 2008 年版，第 676 页。

④ 〔日〕夏目漱石：《对我写作有益的书籍》，王向远译，《日本古典文论选译》（近代卷），中央编译出版社 2012 年版，第 667 页。

⑤ 〔日〕加藤周一：《日本文学史序说》（下），叶渭渠、唐月梅译，开明出版社 1995 年版，第 306 页。

中开始文学创作，这是人所共知的事实。老舍自己曾说："我是读了些英国的文艺之后，才决定也来试试自己的笔，狄更斯是我在那时候最爱读的，……这就难怪我一拿笔，便向幽默这边滑下来了。"① 老舍在英国创作的三部小说，都可以看到狄更斯小说中的幽默讽刺人物、情节和表现手段的痕迹。

更奇妙的是，两位作家不约而同地以猫的眼睛来观察世界，以幽默讽刺来批判现实。他们分别创作了《我是猫》和《猫城记》。《我是猫》以猫的视角表现明治时代日本的社会现实，审视"明治精神"；《猫城记》通过猫国故事的叙述，揭示社会黑暗，反思民族文化的某些负面因素。两部作品虽然有"猫看人"和"人看猫"的视角反向差异，但都运用隐喻、反语、夸张、象征等手法，幽默调侃、嘲笑揶揄、影射讽刺融为一体，是世界幽默讽刺文学的杰作。出现这样的巧合，固然有夏目漱石和老舍相似的生活经历和生命体验的因素，也有英国现实主义文学同源影响的作用，尤其是斯威夫特《格列佛游记》的明显印记。

第三节　"同根并蒂"：不同创作走向及其成因

日本学者高木文雄曾将夏目漱石和老舍进行比较，认为两位作家有许多相似之处，"（1）都出生于首都，学习英语并旅居伦敦；（2）在伦敦都有过作为东方人在西方的不愉快的感受；（3）在创作道路上，早期都是身为教师却写作小说；（4）都曾从事与创作密切相关的文学理论研究；（5）在作品中都表现出对祖国现代化过程中的问题的思考"② 。其

---

① 老舍：《鲁迅先生逝世两周年纪念》，《老舍全集》（第17卷），人民文学出版社2008年版，第163页。
② 〔日〕高木文雄：《漱石·老舍·伦敦》，《近代文学研究丛刊》（4），和泉书院1994年版，第392页。

实，夏目漱石和老舍的相似还不止这些，还可以举出更多，例如：都出生于破落的贵族；都对国民性有所审视；都对知识分子阶层比较关注；早期创作都具有幽默讽刺的风格；矜持沉郁的个性气质；怀抱理想却坚忍不露的行事风格等。

尽管生命历程和个性气质都有某种程度的相似，又都以英国18、19 世纪文学作为创作的重要源头，但由于夏目漱石和老舍孕育于不同的文化母胎，创作、生存的现实环境不一样，内在精神世界的构成存在差异，即使同源而出，也显示出各自创作的不同个性和走向。

夏目漱石由早期的《我是猫》、《哥儿》、《二百十日》、《疾风》等具有现实主义和幽默讽刺风格的作品，经《虞美人草》和"爱情三部曲"（《三四郎》、《后来的事》、《门》），从爱情层面探讨知识分子内心的自我与孤独问题，后期创作的《春分之后》、《行人》、《心》、《路边草》、《玻璃窗内》和未竟之作《明暗》，风格变化为文笔凝重，描写苍劲有力，深入探索知识分子的苦闷、义理与自私矛盾的心理，突出知识分子的孤独和悲观，透出一种东方式的虚无情怀，形成鲜明的心理剖析和哲理探索的艺术倾向。夏目漱石文学的走向是：由余裕趋于冷峻，走向对人性内在而深刻的审视。

老舍由早期在英国创作的三部作品充满滑稽、闹剧式的幽默开始走上文坛，经《猫城记》、《牛天赐传》、《离婚》、《小坡的生日》、《骆驼祥子》、《文博士》等悲喜交集、"含泪的笑"式的幽默，发展到抗日战争时期的《火葬》、《四世同堂》、《鼓书艺人》、《我这一辈子》和解放后以《茶馆》、《龙须沟》为代表的戏剧，经历了战火的磨难和新时代的冲击，由原来嬉笑唾骂的世态人情描写和入木三分的市民传统文化批判，转变成回归传统固守本土和对市民现实文化的认同。老舍文学的走向是：由饱含温情的幽默，趋向市民喜剧情怀，走的是反映社会现实层面的路子。

仔细考察，夏目漱石和老舍各自独特创作个性和走向的成因可以从几个方面思考：

第一，从出生的家境看。他们虽然同是破落的贵族，但夏目漱石家还有根底，一家生活不是问题，夏目漱石能顺利就读东京大学，按意愿选择自己的学习专业（英语）；老舍父亲早逝，一家生计都很艰难，大哥靠典卖祖坟坟地才娶了媳妇，老舍中学没毕业就投考免费的师范学校。

第二，从接受教育状况看。夏目漱石从小学、中学到大学，一直是当时日本最好的学校，接受的是当时日本最好的教育。中学时代，一度到二松学舍学习汉学，打下坚实的汉学基础。大学预科时立志以文学为业，与俳句改革家正冈子规的交往更激发了他对文学的兴趣；老舍作为清末的旗兵子弟，9 岁才由和尚宗月大师资助上小学，他的中小学时期教育更多的是课堂外的：母亲、大姐讲述的民间故事，满族八旗消遣性的民间文艺（大鼓单弦、书场曲艺）和汉族的市民文学。而且这种"生命教育"给老舍彻入骨髓的影响。

第三，从学习英语的目的看。夏目漱石是在日本日益西化的形势下，放弃喜欢的汉学，转向西学，满怀着精通英语和英国文学，用英语写出伟大作品，震服西洋人的抱负，进入东京帝国大学英文科学习。老舍在师范学校英语启蒙，后随教会牧师学习，在燕京大学旁听，再到伦敦教汉语同时进一步深造英文，应该说整个过程更多的是作为一种谋取生计的手段。是在英国才真正掌握英语、阅读原著，产生模仿创作的冲动。

第四，从接受西方文学影响的情况看。夏目漱石在创作《我是猫》之前，写过汉诗、俳句和文学研究论文，在大学讲授过"文学理论"、"英国文学"的课程，对文学的理论问题有深入、独到的思考和理解。他接受西方文学的影响是在广泛博采的基础上经过自我消化而加以运用。老舍在伦敦创作小说之前，虽然在南开中学校刊上发表过《小玲儿》，但只是作文练习之作，没有"文学"的自觉。他的创作是从对狄更斯的模仿开始的，他的早期创作中能明显而单纯地看到西方作家斯威夫特、狄更斯、康拉德、威尔斯、赫胥黎等的影响，能分析出具体的影响要素。

第五，从成为作家后在文坛的地位和影响看。夏目漱石短期内创作《我是猫》、《哥儿》、《薤露集》、《漾虚集》、《疾风》、《二百十日》、《草枕》后，名声大振，成为当时文坛的领袖人物。一批文学青年每周星期四在夏目漱石家聚会，其中芥川龙之介、野上弥生子、久米正雄、森田草平、寺田寅彦等都是日本现代文学史上的重要作家。老舍早期几部作品发表后，文坛看到一颗新星升起。他结束英国之旅、经新加坡回国后，在齐鲁大学、山东大学任教，同时在《小说月报》、《论语》、《现代》、《宇宙风》、《文学季刊》等刊物发表作品，显示出坚实的实绩，到 1936 年发表《骆驼祥子》，成为独具风格的作家，随后"中华全国文艺界抗敌协会"成立，老舍作为总务部长，成为真正的文坛核心人物。

第六，从审美追求看。夏目漱石的创作虽然也有批判、干预社会的一面，但他审美追求主线是余裕论 —— 非人情 —— 则天去私，是与社会、道德保持一定距离，实现内在世界的纯粹与自由。老舍的创作以"幽默"贯彻一生的追求，追求"俏皮、活泼、警辟"，就是被赞誉的"寸楷含幽默，片言振聩聋"（郭沫若语）。虽然其幽默有不同的发展阶段，但总体上与社会、道德密切相关。在老舍的精神世界里，幽默是生命的润滑剂，也是一种审美效果。在幽默中娱乐大众，在幽默中化解社会矛盾，在幽默中实现生命价值。

第七，从各自所处的文化环境看。夏目漱石创作时期，日本明治维新已经历 40 来年，经过殖兴产业和西化大潮，取得中日甲午战争和日俄战争的胜利，作为强国在东方崛起，但随之而来的问题不少：新旧矛盾交织、人心功利浮躁，缺乏真正的自我觉醒，这些使夏目漱石强烈地感受到人的内心自我确立的紧迫性和意义。老舍创作时期的中国经历了

"五四"新文化运动的洗礼，但各种新旧矛盾、内外冲突纠集，沉重的历史文化包袱成为知识分子承受的巨大压力，军阀派系、党派政治、抵抗外敌入侵的民族救亡等，是现实的文化语境，这些使老舍着眼的是社会群体的忧患。

　　从夏目漱石和老舍这一个案的探讨，可以看到：影响研究应该突破"两点一线"的局限，在"一源多流"的复杂影响中拓宽研究领域，只要把握住"同源性"这一影响研究的逻辑起点，跨文化的复杂文学影响都可以成为影响研究的研究对象。不仅作家比较研究，作品、题材、思潮都有"同根并蒂"类型。如：以中国的佛典文学为源头，日本、朝鲜、越南文学史中有不同的处理和个性；以明代瞿佑《剪灯新话》为共同源头，日本浅井了意的《御伽婢子》、朝鲜金时习的《金鳌新话》、越南阮屿的《传奇漫录》可以做"同根并蒂"型研究；以《圣经·旧约》为源头，西方不少作家取材其中的同一题材进行创作，这也是"同根并蒂"型研究很好的课题。而且，"同根并蒂"型研究是在"同源"基础上的研究，不需把精力放在影响事实的考证上，重点在对同一异质文学的不同接受的研究，直接进入接受者的心智结构和审美倾向的比较，深入文学文本，拨正传统影响研究忽视美学价值判断的偏颇。总之，"同根并蒂"这一影响研究的新范式，将拓展比较文学研究新的领域和空间。

第七章　夏目漱石与中国现代文学理论

夏目漱石是日本近代的大文豪，他写了不少文学批评与理论著作，其中《文学论》（1907）和《文学评论》（1909）是其最有代表性的论著。这两部论著自出版之后，便受到了本国许多作家、学者的高度评价和赞扬。《文学论》出版的第二年，学者生田长江就认为夏目漱石的评论才能要高于日本近代的另一个文艺理论家坪内逍遥；川端康成在 1925 年所撰的《文学理论家》一文中，也认为夏目漱石的见识是出类拔萃的，"在漱石以后已经找不到一本值得信赖的文学概论，这样说毫不夸张。"[①] 而对其文论最为推崇的学者，则是研究日本近代文论的权威、著名文学评论家吉田精一。他在 1975 年出版的《近代文艺评论·明治篇》中，对夏目漱石文艺理论的论述就达 76 页之多，而关于坪内逍遥的篇幅才 39 页。他对夏目漱石的文论给予了极高的评价，指出"在思想的深刻性上，日本作家和文学家中无人能与漱石相比"[②]。《文学论》是"整个明治和大正时代唯一的、最高的、独创的"著作。由此可见，夏目漱石在日本现代文学理论发展史上的地位是非比寻常、无可争辩的。

---

①　何少贤：《日本现代文学巨匠夏目漱石》，中国文学出版社 1998 年版，第 200 页。
②　何少贤：《日本现代文学巨匠夏目漱石》，中国文学出版社 1998 年版，第 201 页。

第一节 《文学论》的翻译与反响

一、夏目漱石文论的成就及其在中国的研究翻译现状

研究夏目漱石，如果不论及其文艺批评和《文学论》则会显得十分偏狭。目前，中国文学研究界对夏目漱石作品的研究众多，而对其文学理论尤其是《文学论》的研究分析则寥寥无几，除了何少贤先生的《日本现代文学巨匠夏目漱石》对其进行了深入而系统的研究外，很少有人论及这一方面。出版物也是如此，夏目漱石的小说几乎都被翻译成了中文，不断再版，甚至有些小说被多次重译，但他的《文学论》和《文学评论》的译本则踪影难觅，仿佛不曾出现过。事实上，早在20世纪二三十年代，这两部理论著作就被翻译到了中国。1928年，《文学评论》的汉译本由厦门国际学术书社出版，翻译者是哲人；而最能体现夏目漱石文学理论思想的《文学论》，则在1931年被张我军翻译成中文，由上海神州国光社出版。可见，我国现代知识界很早就认识到夏目漱石文论的价值，把其引进过来。

对于夏目漱石文论在中国现代"热"而当代"冷"的遭遇的原因，我们不得不把探寻的目光投向彼时此时的文化语境。20世纪二三十年代，自从留日归国的创造社成员如郭沫若、成仿吾等人举起"革命文学"的大旗之后，文艺理论问题就成为中国文学界乃至整个知识界的热点问题，中国现代的文艺论战不断上演。"文艺论战的活跃，特别是30年代的'文学大众化'运动，使得更多的人，特别是年青人开始关心文艺理论问题了。激烈的文学论争，需要新的理论武器，进一步强化了对新文学理论、普及性、通俗性的理论著作的期待和需要。"[①]而当时所论

---

① 王向远：《中日现代文学比较论》，湖南教育出版社1998年版，第215页。

及的一些文艺问题，正是明治以来的日本文艺理论界所探讨过的。再加上参与论战的人多是从日本留学归来，他们所熟悉的文论资源也大多来自日本。基于这种文学需要和现实，中国在 20 年代后期至 30 年代中期对日本文论进行了大规模的译介，短短几年内就译介了几十部日本文学理论的专著和论文集。而在日本文学界具有举足轻重地位的夏目漱石的论著，自然也进入了中国译者的视野，在出版二十几年后被翻译成中文来到中国，影响了中国现代文学理论。而到了当代，在 20 世纪五六十年代，由于意识形态的分歧和中日关系的冷淡，日本的文论不再受重视，被译介得较少，夏目漱石的这两本论著译本也没有被重新出版，当时中国文艺理论界把关注的重心更多放在俄国文学理论上；到了改革开放的七八十年代，欧美的西方文艺理论大量涌入，特别是随着 90 年代中国逐步进入工业、后工业社会以后，西方的后现代理论和文化批评在中国理论界大行其道，研究文学本质和规律的理论著作似乎变得不合时宜了，故而夏目漱石的《文学论》和《文学评论》成为被时代遗忘的"弃儿"。近年来，随着东方文学研究的深入，一些学者也意识到了对夏目漱石文论研究的不足，对《文学论》开始有所关注。听闻北京师范大学的王向远教授已经重新翻译了《文学论》，但目前笔者还没有在市面上找到该译本。

二、《文学论》在中国现代的介绍与翻译

《文学论》是夏目漱石最重要的一部理论著作，是他留学英国归来后的重要思想结晶，原本是作者 1903 年到 1905 年在东京大学的讲稿，经学生中川芳太郎整理后于 1907 年出版。

该书内容广博，思想深邃，见解独特、新颖，充分反映了夏目漱石独特的思考能力和探索创新精神。在这部论著中，夏目漱石独创了一个"F + f"的文学公式，F 是指认识要素，f 则是指情绪要素，而文学的内

容就是 F 与 f 的结合。围绕这个公式，他探讨了文学的基本原理，确立了比较科学的文学批评标准、读者欣赏和作家创作理论，研究文学流派演变的规律。全书共分为五编，每编都有标题，这些章节目录都是夏目漱石的学生中川芳太郎整理时所加，因整理者能力所限，所加标题并不能概括每编的实际内容。统观全书，内容如下：第一编主要讲文学内容的分类及其特点；第二编是从写作者与阅读者的角度来分析，讲作家如何选择素材和确定主题，以及读者阅读作品所持的态度；第三编则探讨了文艺真实的内涵，并从跨学科角度把它与科学真实进行比较；第四编则论述了文学创作的方法和技巧；第五编运用意识推移理论，来探讨文学流派的演变发展和文学批评的标准等问题。

与同时期大多数日本文学评论家采用的印象式批评方法不同，夏目漱石把自然科学及其他社会科学的研究成果引入到文学评论当中，运用心理学、社会学理论和方法，甚至数学公式来建构起自己的文学理论大厦。此外，由于此书的原稿是向学生讲授的文学讲义，为了显得不过于理论化，夏目漱石援引了大量的东西方文学作品作为实例来论证自己的观点、思想。正是这种理论思辨性与实证性的结合，以及其本身的自成体系性，使《文学论》不仅在当时的日本文学批评界显得别具一格、出类拔萃，就是在当时的欧洲也难以找到类似的理论著作。甚至有学者认为，"漱石的《文学论》是世界范围内第一部超越'主义'和流派的、用'社会心理学'方法写成的自成体系的文学概论著作。"① 因此，如果这部杰出的理论著作能够被介绍、翻译到中国，对中国文学理论界来说会具有重要的意义。

其实，在夏目漱石的《文学论》被正式翻译成中文之前，其部分章节内容已经在 1924 年就被人介绍到中国，而介绍者正是中国现代著

---

① 王向远：《卓尔不群，历久弥新 —— 重读、重释、重译夏目漱石的〈文学论〉》，《南京师范大学文学院学报》2014 年第 1 期。

名作家郁达夫。郁达夫曾留学日本长达 10 年之久，留学期间正是夏目漱石在文坛负有盛名之时，因此完全有可能阅读过《文学论》的日文原本。1924 年，郁达夫到武昌师范大学任教，讲授文学概论、小说论、戏剧论等课程内容。其间，他向学生讲授了夏目漱石《文学论》第一章的内容。后来，他把记录下来的讲义整理成文章，发表在 1925 年 9 月 10 日《晨报副镌·艺林旬刊》第 15 号上，题名为《介绍一个文学的公式》。这篇文章的开头与《文学论》的开篇一样开门见山："世界上的文学，总逃不了底下的一个公式：$F + f$。F 是焦点的印象，就是认识的要素。f 是情绪的要素。"[①] 然后分析了 F 与 f 的关系的三种不同形态，并对 F 是焦点的印象从心理学方面做了说明，这些都是《文学论》第一章的基本内容。不同的是，他把这些晦涩难懂的理论，用现实生活中形象的事例和图示讲解得非常通俗易懂。这是目前笔者找到的最早介绍夏目漱石《文学论》的文章了。而在此之前，还没有研究者发现郁达夫与夏目漱石《文学论》的关系。此外，郁达夫在 1930 年所写的《学文学的人》一文中，还讲述了夏目漱石的生活逸事，赞扬其独立的人格精神，并引用了夏目漱石《文学论》序言的一大段话，足见其对这本论著的熟悉程度。

1931 年《文学论》中文译本由上海神州国光社的正式出版，对夏目漱石文学理论在中国的传播起了重要的作用，也是当时理论翻译界一件比较值得关注的事情。该中文译本的翻译者张我军先生出生于台湾，是 20 世纪 20 年代台湾新文学运动的先驱者之一，曾出版过台湾第一本新诗集《乱都之恋》。同时，他还积极从事文学翻译活动。1926 年在《台湾民报》（第 94、95 号）上发表的日本白桦派作家武者小路实笃的《爱欲》的中文译本，是他最早翻译的一部文学作品，标志着他走上了文学翻译的道路。1927 年进入国立师范大学国文系学习期间，他结

---

① 郁达夫：《郁达夫全集·第五卷》，花城出版社 1982 年版，第 223 页。

识了周作人、钱稻孙等著名日文翻译家，开始大量翻译日本文学作品、学术书籍，在他们的引荐下翻译的作品不断发表于杂志和副刊上，名气渐成。在 20 世纪二三十年代，张我军翻译了大约有十四五部日本书籍，比较有名的有岛武郎《生活与文学》（1929）、宫岛新三郎《现代日本文学评论》（1930）、千叶龟雄《现代世界文学大纲》（1930）、夏目漱石《文学论》（1931）。而对夏目漱石《文学论》的翻译，应该说是张氏翻译生涯中最为浓墨重彩的一笔。正是对这部著作的翻译，确立了张我军在当时翻译出版界的地位。正如张我军的好友苏芗雨在《怀念张我军先生》一文中所说："为求学，为养家，他开始翻译工作，经某著名日本文学者的介绍，翻译了日本夏目漱石氏著《文学论》在某书店出版，中国出版界之认识他，从这部翻译开始。"①

张我军凭借翻译《文学论》而得以在当时的翻译界成名，但精通日文的人如果拿夏目漱石的日文原本来审视张氏的译本，可能会发现他的翻译并不十分完美，出现了一些不尽如人意的地方，如因理解不到位而产生的错译，对古典文学引文的漏译，所引用的英文没有翻译等。不过，出现这样的现象是可以理解的。首先，翻译本身是一种"创造性的叛逆"，是一种再创造，不免会出现这样那样的误译、漏译；其次，《文学论》是夏目漱石总结东西方作家创作经验基础之上概括出来的理论，内容庞杂，思想深邃，理论性比较强，学院气息浓厚，因此对翻译者的要求极高，不仅要有很强的理解力和深厚的语言功底，而且要求具有广博的知识和学贯东西的素养。而当时年仅 29 岁的张我军能够把这样晦涩难懂的理论巨著完整翻译下来，虽有瑕疵但却不得不让人敬佩其勇气。另外，他日文功底扎实，翻译态度比较认真，因此周作人在为《文学论》译本写的序文中，充分肯定了他的贡献："中国近来对于文学的理论方面似很注重，张君把这部名著译成汉文，这劳力是很值得

---

① 苏芗雨：《怀念张我军先生》，《台北〈合作界〉季刊》1956 年第 19 号。

感谢的，而况又是夏目漱石的著作。故予虽于文学少所知，亦乐为之序也。"① 不仅如此，而且"在整个民国时代，《文学论》是我国翻译的仅有的一部篇幅最大、也是最为系统的文学概论方面的著作"②。

三、《文学论》对中国现代文学理论的影响

统观中国现代文艺理论对日本近代文论的接受情况，不难发现夏目漱石是对中国现代文论影响最大的日本近代文艺理论家，其他明治时期的理论家如坪内逍遥、北村透谷、高山樗牛、岛村抱月等人的文论著作很少被翻译到现代中国，影响有限。而夏目漱石的《文学论》、"余裕论"则深深影响了中国现代文学理论和现代文学创作。《文学论》无论是在翻译前还是翻译后，都对中国现代文学理论产生了一定的影响，在中国知识界引起了较大反响。主要表现如下：

首先，《文学论》的出版促使人们对某些文学理论问题进行思考。如周作人对作品文本与文学批评之间关系的认知。周作人在张我军《文学论》译本出版时，专门为之作了一篇序言。作为最早把夏目漱石介绍到中国的作家，他的确比较有资格作该译本的序言。在这篇序言里，周作人谈到自己虽感兴趣的是夏目漱石的小说，但在《文学论》出版时就买过了一册，并自谦地称："至今还不曾好好地细读一遍。"③ 从这句话不难看出，周氏应该粗略地阅读过《文学论》原本。而且，他还谈及自己对夏目漱石所作自序记忆深刻，他清楚夏目漱石创作此书的目的就是要探讨文学的本质和规律。由《文学论》的出版，他联想到文学作品与文艺批评的关系。周作人认为阅读文学作品好像喝茶，而探寻文学的原理就是对茶的研究，"茶味究竟如何只得从茶碗里去求，但是关于茶

---

① 周作人：《文学论·序》，神州国光社 1931 年版，第 2 页。
② 王向远：《东方各国文学在中国》，江西教育出版社 2001 年版，第 227 页。
③ 周作人：《文学论·序》，神州国光社 1931 年版，第 2 页。

的种种研究，如植物学地讲茶树，化学地讲茶精或其作用，都是不可少的事，很有益于茶的理解的"[1]。比喻十分形象，简单明了地道出了文学作品的鉴赏离不开文学理论，文学理论有助于更好地理解文学作品。因此，他指出夏目漱石的《文学论》就是"茶的化学"，对我们理解文学作品大有裨益。

其次，《文学论》为中国现代"文学概论"的编写提供了学术思想资源，无论是在范畴概念还是框架体例等方面都起了示范、参考作用。五四新文化运动以后，中国传统文论受到激烈冲击，大量外来文学理论纷纷被翻译到中国，为古代文论向现代文论的转换提供了契机。在译介国外理论著作的同时，中国知识界也开始模仿、借鉴外来文学理论的框架、观点，编撰本国的文学理论书籍，并在二三十年代掀起了一股编写文学概论教材的热潮。作为日本近代的一部重要理论著作，夏目漱石的《文学论》为中国现代文学理论在框架、体系、概念、范畴乃至方法上都提供了新的范式，成为中国现代"文学概论"教科书编写时可供参考借鉴的重要对象。从二三十年代出版的文学概论类书籍的内容来看，夏目漱石的文学本质观对当时中国文学本质问题的探讨具有一定的影响。1930 年出版的陈穆如的《文学理论》，作者说："至若文学的定义，也并不神秘，构成文学要素的也不外夏目的一个公式就是：文学＝艺术（思想 × 感情）/ 文字。那就是说：我们有了艺术化的思想与艺术化的感情相融合，拿文字去表现出来就可以称为文学。……再具体的讲，文学是艺术地表现思想和感情的文字。"[2] 这里面的公式虽没有照搬夏目漱石的"F + f"的文学公式，却是原公式借用后的改造、演化，公式中的"思想"就相当于印象的焦点、观念 F，而"感情"就是情绪 f。1933 年孙俍工编著的《文学概论》，同样也借用、改造了夏目漱石对文

---

① 周作人：《文学论·序》，神州国光社 1931 年版，第 2 页。
② 陈穆如：《文学理论》，上海启智书局 1930 年版，第 8—9 页。

学定义的公式，认为："文学的要素：文学＝艺术（思想 × 感情）/ 文字。"[1] 除此之外，孙氏还援引《文学论》的理论来阐述自己的观点。如在第四章 "文学与心理" 中，他依据夏目漱石《文学论》中关于 "情绪" 的分类，指出 "一种文学内容的形式，是联合心理上的印象和观念的两方面，换句话说，就是认识的要素和情绪的要素的结合"[2]，"情绪是文学的最重要的要素是其始又是其终的"[3]，这些与《文学论》中的文字极其相似，明显看到借鉴的痕迹。同时，他还引用夏目漱石书中有关心理学方面的观点，来说明心理对文学的作用。此外，1937 年出版的孔芥编著的《文学原论》部分章节也是仿照夏目漱石的《文学论》写成的，第三章 "经验的要素" 借鉴夏目漱石在《文学论》中 F 的分类，把文学经验分为四类：感觉经验、人事经验、超自然经验、知识经验。

再次，《文学论》的思想、观念和研究方式方法启发了中国现代一些文艺批评家，有助于他们建构自己的理论批评观点，进行文学批评，促进中国新文学的发展。如创造社重要成员成仿吾在 20 世纪 20 年代早期写的几篇文学批评的文章，就直接借用夏目漱石《文学论》的概念、观点，阐述对一些作品和文学现象的看法。本章的第二节，会重点来分析 "F + f" 的文学公式与成仿吾文学批评之间的关系。

第二节　"F + f" 的文学公式与成仿吾

作为创造社的中坚人物之一，成仿吾以其粗砺直率、尖锐泼辣的文艺批评风格驰名 20 世纪 20 年代的文坛，对早期新文学的批评建设产生

---

[1]　孙俍工：《文学概论》，上海广益书局 1933 年版，第 14 页。
[2]　孙俍工：《文学概论》，上海广益书局 1933 年版，第 85 页。
[3]　孙俍工：《文学概论》，上海广益书局 1933 年版，第 107 页。

较大的影响。在 20 世纪二三十年代，他在创造社的刊物《创造季刊》、《创造周报》、《创造月刊》上发表了一系列关于文学理论与批评的文章，逐步建立自成体系且独具风格的文论思想，在中国现代文艺理论发展史上具有独特价值。总的来看，成仿吾的文学批评以 1927 年为界，可以分为前后两个时期：前期是"社会—审美"模式，后期是提倡革命文学的"政治批判"模式。相比较而言，成仿吾前期的文学批评在现代文学批评史上更具有独特个性与理论特色，因而也更值得关注。

一、成仿吾与《文学论》

在论及其前期的批评理论时，我们就会发现成仿吾在建构自己的理论观点时受到了夏目漱石论著《文学论》的影响。虽然目前还没有直接的材料证明成仿吾阅读过此书和谈到过对该书的看法，但从他的经历也可大概推断出他有可能读过此书。成仿吾在 1910 年 13 岁时就到日本留学，直到 1921 年回国，在异国长达 11 年之久，其间虽有一次短暂回国，但大部分时间都是在日本度过的。可以说，在日本受到的教育和接触的文学书籍培育了他对文学的初步认识，为以后进行文学评论奠定了基础。而这一时期夏目漱石在日本文坛上已经确立了自己的声名和地位，成为日本年轻人敬仰的大作家，也是留日学生们比较关注的作家之一，其作品受到他们的喜爱和阅读，《文学论》自然也不例外。周作人在《文学论》中文译本序言里就谈到他在日文版《文学论》刚出版时就买过了一册，郁达夫也曾阅读过日文原版并把其部分章节最早介绍到中国。而成仿吾与郁达夫的关系非同一般，两人在 1919 年经张资平的介绍相识并结为好友，之后经常相聚，商量创办同人杂志的计划。作为志同道合的朋友，成仿吾即使之前没有读过《文学论》，之后也可能经郁达夫的推荐去阅读这部继坪内逍遥《小说神髓》之后重要的文学论著。当然，这只是一种主观的推断。事实上，一个人的观点是否受其他观点的影响，不仅与他本人的直接承认有关系，更重要的是从文本观点的对比中来探寻。

通过考察，我们很容易找到成仿吾的理论观点与夏目漱石《文学论》的关系。成仿吾在 1922 年到 1923 年先后写了几篇文学评论文章，如《评冰心女士的〈超人〉》、《〈残春〉的批评》、《诗之防御战》、《写实主义与庸俗主义》等。如果拿这些文章与《文学论》进行比较分析，便可发现从基本概念、观点思路、方式方法等方面均与夏目漱石的论著有相似之处。而这种相似的结果应该不是跨文化语境的巧合，而是由于直接参考、借鉴所造成的。

二、"F + f"的文学公式与成仿吾的文学批评

在《文学论》中，夏目漱石用一个"F + f"的文学公式构建起自己独特的文学理论体系，他对文学的所有认识和看法都是围绕这个公式进行分析的。《文学论》开篇就直接点明："大凡文学内容之形式，须要'F + f'。F 代表焦点的印象或观念，f 代表附随那印象或观念的情绪。然则上举公式，可以说是表示印象和观念的两方面即认识的要素 F，和情绪的要素 f 之结合的了。"[①] 要想真正地理解这个公式，就必须把 F 与 f 的内涵弄明白。对于 F，一般认为是英文 Focus（焦点）或 Fact（事实）的缩写，是指"焦点印象或观念"，又称"焦点意识"。夏目漱石借鉴英国心理学家摩尔根《比较心理学》中的"意识流"理论，对 F 是焦点印象或观念做了说明。他认为人的意识如同波浪一样是起伏流动着的，F 就是流动着的意识波的顶点即焦点，是意识最明确的部分。而 f 是 feeling（情绪、情感）的缩写符号，指附着在焦点 F 上的情绪、感情，离开印象、观点等认识要素，f 就无从谈起。文学的内容就是由 F

---

① 〔日〕夏目漱石：《文学论》，张我军译，神州国光社 1931 年版，第 1 页。

和 f 这两部分组成。随后,《文学论》又论述了 F 与 f 的关系以及 F 和 f 的具体内容、其相互影响和它们怎样成为文学作品描写对象、作者以什么方法去表现 F 和 f 等。这些都成为成仿吾进行文学批评时所运用理论话语的重要来源。

成仿吾对夏目漱石理论的最早借用是在 1922 年 11 月所写的《评冰心女士的〈超人〉》一文中。《超人》是冰心在《小说月报》第 12 卷第 4 号上发表的短篇小说。小说发表后受到评论界的高度评价,认为是冰心"整个思想的最高的表现",但成仿吾却不以为然,便写了这篇评论性的文章,表达了对当时有些小说抽象化、哲理化的不满。在文章中,他认为文艺由艺术 art(观察、表现)与效能 effect(思想、情绪)构成,即文艺由认识要素和情感要素组成,这就与夏目漱石"F + f"的观点类似。夏目漱石在《文学论》中认为:"f 与 F 的具体之度成正比例","兴味和情绪是以具体程度为转移的"[1],F 越具体就越能唤起人们的情绪 f,反之 F 过于简单、抽象,唤起的情绪 f 就较弱。受此观点影响,成仿吾认为冰心在表现主人公从否定到肯定的过程中,各部分描写得还不是很充分,"作者的观察不仅没有深入,反而被客观的现象蒙蔽了的样子"[2],也就是说关于事实 F 写得过于表面、抽象、不具体,因此产生的效能即情绪 f 就大打折扣。他指出描写主人公何彬的"否定"的时候,"作者的描写止于一些客观的可见现象;主观的心的现象,少有提起"[3]。同时,他还批评作者把何彬由"否定"到"肯定"过程写得过于简单,使人物性格由冷到热的转变缺乏逻辑。之后,成仿吾用一个过程模型"否定→媒介甲→零点→媒介乙→肯定"来反映人物由肯定到否定应该经历的全过程,其中"零点"是指人物既不能肯定也不能否定的怀疑与苦闷状态,而这在冰心小说里是看不到的。成仿吾指出小说

---

① 〔日〕夏目漱石:《文学论》,张我军译,神州国光社 1931 年版,第 109 页。
② 成仿吾:《成仿吾文集》,山东大学出版社 1985 年版,第 28 页。
③ 成仿吾:《成仿吾文集》,山东大学出版社 1985 年版,第 28 页。

浮于表面的描写，让何彬给人留下一个冷傲的极端否定者的印象，因而不能使读者对近代知识分子内在精神的苦闷产生同情，即产生所谓的效能（情绪 f）。因此，成仿吾认为，《超人》如果真想表现达到肯定的经过，就应该把何彬怀疑与苦闷的"热和力"写出来。至于小说后面对人物的"肯定"的描写，他仍觉得"热有而力实不足"，描述得过于抽象，"丝毫都看不出肯定的动力的效能"①。成仿吾指出冰心的作品不仅小说如此，诗歌也一样，都有"几分被抽象思维记忆肿胀坏了的模样"。为此，他提出："一个作品的戏剧的效能，不能靠抽象的记述，动作（action）是顶要紧的，最好是把抽象的记述投映（project）在动作里。"② 也就是说，作品情绪的唤起需要将一些抽象的记述具体化。这就是成仿吾给五四时期由于过度渲染人生哲学而走入误区的哲理小说所指明的一条道路。

如果说在《评冰心女士的〈超人〉》中，成仿吾对《文学论》观点的借用还只是初次尝试，如不仔细对照的话并不明显看出其借鉴的印记。但在他随后写的《〈残春〉的批评》一文中，则明显就可以看到他对夏目漱石理论的借鉴、参考。他在此文中提出："一个文艺的作品，总离不了内容（即事件）与情绪"③，这简直就是夏目漱石文学公式"F+f"的另一种文字表述。针对有评论者认为郭沫若短篇小说《残春》全篇没有高潮点而显得平淡无奇的批评，成仿吾从内容（即事件）与情绪这两方面进行反驳。在谈到情绪是否应当有最高点时，他以函数图形进行注解说明，把文艺内容（即事件）的进行作为横轴 x，情绪的变迁为竖轴 y，指出作品的情绪无需有最高点，而是要求情绪与内容并长即 dy/dx 是正符号，缘由是因为"由文艺的原则说起来，情绪不可不与内容并长；因为内容增加时，情绪若不仅不与他同时增加，反而减少，则

① 成仿吾：《成仿吾文集》，山东大学出版社 1985 年版，第 30 页。
② 成仿吾：《成仿吾文集》，山东大学出版社 1985 年版，第 33 页。
③ 成仿吾：《成仿吾文集》，山东大学出版社 1985 年版，第 41 页。

此内容之增加，不啻画蛇添足"。这种情绪与内容并长的观点，与《文学论》中"f与F的具体之度成正比例"的观点一样。应该说，成仿吾的观点是受夏目漱石理论的启发而形成的。最后，成仿吾得出结论：情绪没有最高点只随内容的进行递增，虽然多少会使作品显得平淡些，但就全部情绪而言，却比有最高点的还要饶有余味。

　　以上两篇文章只是对单个文学作品的分析和评论，还体现不出成仿吾对五四初期文坛现象的整体思考。发表在 1923 年 5 月《创造周报》第一号的《诗之防御战》，则是成仿吾砍向整个诗坛的"一把板斧"，在文艺界引起了很大的轰动。值得注意的是，他对当时诗坛的各种现象进行的批评，依然是建立在借用夏目漱石《文学论》的理论话语基础之上的。在《诗之防御战》中，成仿吾使用了两个符号即 F 和 f，并对之进行说明："F 为一个对象所给我们的印象的焦点（focus）或外包（envelope），f 为这印象的焦点或外包所唤起的情绪。"[①] 从中不难看出，这两个符号的含义与《文学论》中 F 与 f 的意思完全相同。随后，他直接用 df/dF 表示出了对 F 与 f 关系的理解。他说："这对象的选择，可以把 F 所唤起的 f 之大小来决定。用浅显的算式来表出时，便是我们选择材料时，要满足一个条件。如果 df/dF > 0，这微分系数小于零时，那便是所谓蛇足。这算式所表出的意思，如用浅近的语言说出，便是诗中如增加一句一字，必是这一句一字能增加全体的情绪多少。"[②] 这与《〈残春〉的批评》中用 dy/dx 是正符号来表示《文学论》中"f 与 F 的具体之度成正比例"的观点相似，只不过这次他抛开了微分系数的常用表示法 dy/dx，而是用 df/dF，更能表明他是直接受夏目漱石理论的影响。成仿吾后面的立论都是基于 df/dF > 0 这一认识之上，强调文学是印象的焦点 F 与情绪 f 的结合，"由鲜美的内容与纯洁的情绪调和了

---

① 成仿吾：《成仿吾文集》，山东大学出版社 1985 年版，第 75 页。
② 成仿吾：《成仿吾文集》，山东大学出版社 1985 年版，第 75 页。

的诗歌是我们所需要的"。此外，他还重点强调了情绪对于文学的重要性，"文学始终是以情感为生命的，情感便是它的终始。"[①] 这也与《文学论》中的观点相契合。夏目漱石认为："文学内容是以情绪为主的，有它故文学得以成立"，"情绪是文学的中心"。[②] 正是接受了这种以情绪为文学中心的观点，成仿吾否定了五四初期的白话诗、小诗和哲理诗，打起"诗之防御战"。首先，他把批评的矛头指向胡适、康白情、俞平伯、周作人、徐玉诺等人的白话诗，指出他们所谓的诗，有的玩弄文字游戏，如同猜谜歌；有的是浅薄的人道主义，坐在黄包车上谈贫富问题；有的写得像演说词、点名簿；有的无聊拙劣不成诗章。这些诗在成仿吾看来，都缺乏真情，因而不能使读者产生情绪。其次，成仿吾对当时盛行的"小诗热"现象也提出了质疑、批评。他批评的小诗既指周作人译介的和歌、俳句等日本小诗，也指五四文坛模仿日本小诗创作的诗歌。对于和歌、俳句等日本小诗，他认为可称为抒情诗的终究是极少数的，原因是它们容积小，不太容易承担过多的情绪，也就是《文学论》中所谓的"仅有 f 而找不出与其相当的 F"情况，俳句的情绪因为日文的语音、字数所限找不到相应的支撑物，于是这样所抒发的情感大都陷于轻浮，其诙谐也多是浅薄的。成仿吾对日本小诗质疑的同时，也否定了受日本小诗影响下产生的五四小说或短诗，正如他在文中所讲："现在流行的小诗，不必尽是受了周作人的影响，然而我关于俳句所说的话，是可以应用于别的短诗的。"[③] 另外，成仿吾还对当时以宗白华、冰心为代表的哲理诗进行了否定。他认为："文学的目的是对于一种心或物的现象之感情的传达，而不是关于它的理智的报告"[④]，强调诗歌应该以抒发感情为主，而不是讲解道理和知识的。除了受情绪为文学中心

---

① 成仿吾：《成仿吾文集》，山东大学出版社 1985 年版，第 75 页。

② 〔日〕夏目漱石：《文学论》，张我军译，神州国光社 1931 年版，第 202 页。

③ 成仿吾：《成仿吾文集》，山东大学出版社 1985 年版，第 85 页。

④ 成仿吾：《成仿吾文集》，山东大学出版社 1985 年版，第 75 页。

的观点影响外，成仿吾还接受了《文学论》中关于知识 F 的观点。夏目漱石在《文学论》中把作为文学材料的 F 分为四类：感觉 F、人事 F、超自然的 F 和知识 F，认为知识的 F 是以关于人生问题的观念为标本，由于缺乏明晰性，抽象的成分较多，因而唤起的情绪较弱。从这点出发，成仿吾批评了宗白华、冰心诗歌中的概念化、哲理化倾向，指出作家不应预先怀着说理的心去做诗，不能故意把哲理夹入诗中，否则"一切因果的理论与分析的说明是打坏诗之效果的"，"一些畸形的概念与抽象的文字，使我们看了如象在读格言，如象看了一些与我们不常会面的科学书籍，引不起兴致来"①。当然，他并不完全反对诗歌讲求哲理，而是认为"哲理与真情调和"。他的这些批评和看法，对纠正五四初期诗坛粗制滥造的不良现象，促进新诗健康、正常的发展大有裨益。

针对当时文坛上盛行的写实主义潮流，成仿吾在《写实主义与庸俗主义》一文中也表达了自己的看法。在这篇文章中，他多次引用了法国学者基亚（J. M. Guyau）的《社会学艺术论》的文字来论证自己的观点。事实上，除了他本人提到的这个理论来源之外，夏目漱石《文学论》的一些观点仍是他进行文学批评时的理论支撑点，只是没有被直接标明，而是被不着痕迹地运用到论述当中。文章一开始，成仿吾为了突出写实文学与浪漫文学在取材和表现上的不同，将文学材料分为人事、感觉、理智与超自然这四类，这就与夏目漱石的分类相同。两人虽然对文学材料的分类相同，但对它们唤起情绪的排序却不一样。成仿吾认为："在文学上最有效力的是关于人事，其次是关于感觉世界的，最后乃是理智的与超自然的。"②他从这个角度来考察，提出："浪漫的文学取的多是最后的理智与超自然的内容，写实的文学才是赤裸裸的人事与感觉世界的表现"③，比起浪漫主义文学，写实文学因为取材现实生

---

① 成仿吾：《成仿吾文集》，山东大学出版社 1985 年版，第 86 页。
② 成仿吾：《成仿吾文集》，山东大学出版社 1985 年版，第 100 页。
③ 成仿吾：《成仿吾文集》，山东大学出版社 1985 年版，第 100 页。

活，表现人们的日常经验，所以更能唤起读者热烈的同情。在比较写实主义与庸俗主义的异同时，成仿吾对写实主义的认知仍然受到夏目漱石理论的影响。《文学论》第四编第七章"写实法"论述了写实主义问题，夏目漱石认为："所谓写实法就是如实表现真实世界的方法。因此，可以方便地把真实世界的片段缩写到纸上。而这里所说的真实的世界的片段，是由写实法所必须叙述的材料组织起来的。"① 也就是说真实世界的片段，是以写实的方法对现实世界进行组织、加工、锤炼的结果，是艺术创造，而不是对现实的完全照搬。成仿吾认可了这种观点，认为："我们已与现实面对面。我们要注视着它而窥破它的真相。我们要把它赤裸裸地表现出来。然而我们于观察时，要用我们的全部的机能来观察，要捉住内部的生命，而不为外部的色彩所迷；我们于表现时，要显出全部的生命，要使一部分的描写暗示全体，或关连于全体而存在。"进而，他批评了文坛上的庸俗现实主义："庸俗之流，不见到此，观察不出乎外面的色彩，表现不出乎部分的形骸。他们做的只是一些原色写真与一些留声机片。所谓庸俗主义虽亦以写实自夸，然而他的'实'仅是皮毛上之'实'，一眼看完，便毫无客观的了。"② 对于如何避免庸俗的现实主义，成仿吾列出了七条建议。其中第二条建议，他提出作品的容量要适当，既不能过小，也不能过大。因为在他看来，"在一定长的篇幅，事实与它所引起的情绪，都有一定限。叙述的事实过多，最易流于庸俗；事实所引起的情绪过浓，亦每陷入感伤主义。"③ 这仍是夏目漱石的"f 与 F 成正比例关系"观点的变异而已。而第四条"暗示的推移"的建议，也是对夏目漱石理论观点的借用、改造。夏目漱石研究"F + f"的文学公式时，发现三种情况：一是出现为"F + f"；二是作者说出 f，使读者去补充 F；三是作者担任 F，而 f 则使读者负担。由此可见，

① 〔日〕夏目漱石：《文学论》，张我军译，神州国光社 1931 年版，第 438 页。

② 成仿吾：《成仿吾文集》，山东大学出版社 1985 年版，第 100 页。

③ 成仿吾：《成仿吾文集》，山东大学出版社 1985 年版，第 102 页。

面对缺失 F 或 f 的现象，他把读者引进作品之中，强调了读者的能动作用。但不同于后来接受美学只强调读者的决定作用，夏目漱石是认为先有作家的创作，才有读者接受，作家、作品决定着读者的阅读欣赏。在《文学论》第五章第二编，夏目漱石提出"意识推移的原则"，他描绘了焦点意识由 F 到 F'推移的状况，认为意识推移的过程是受暗示法支配的。而所谓"暗示，是指甲传播与乙而使其踏袭的一种方法 —— 无论是感觉，或观念，或意志，进而止于复杂的情操"①。正是把夏目漱石的读者鉴赏论和意识推移理论结合在一起，成仿吾提出了"暗示的推移"，他说："文字的作用毕竟不出一种暗示。文学家所以能由一些死文字，演出活跃的影响在读者心中，是因为作者的一字一句能在读者的想象中，诱起不断的预想。而作者于作品的演进中，除自己一个人外，鬼不知、神不觉地，使读者的预想取自己预定的方向。读者得了作者的暗示所生出来的预想，如恰与作品的内容相符，则读者可以感到一种满足；即不幸而不中，亦可以得到一种抑郁的享乐。总之，不论预想的结果符与不符，这种暗示的推移能使我们对于作品的兴趣增加，却是毫无可疑的。"②此外，在第五条意见"效果 Effect"中，成仿吾认为要想使作品的部分取得效果，作者需要采用"助势"与"调和"等特别的方法。虽然成仿吾对这些创作方法没有具体解释，但应该就是夏目漱石在《文学论》中也提到的"强势法"与"调和法"。夏目漱石认为，作家进行文学创作时离不开联想，联想的方法分为多种，其中就有"调和法"、"对置法"，"配合同种或类似的 f 技巧，叫做调和法；而配合异种尤其是相反的 f 时，便可称之为对置法"③，强势法则是对置法的一种。

---

① 〔日〕夏目漱石：《文学论》，张我军译，神州国光社 1931 年版，第 530 页。
② 成仿吾：《成仿吾文集》，山东大学出版社 1985 年版，第 103 页。
③ 〔日〕夏目漱石：《文学论》，张我军译，神州国光社 1931 年版，第 396 页。

三、成仿吾对《文学论》借用的成效

　　通过对成仿吾早期评论文章的纵向分析，我们便很容易厘清其文学评论与夏目漱石《文学论》之间的内在关系，即借用与被借用的关系。在具体的借用过程中，他并不是完全照搬夏目漱石理论，而是在借鉴的同时，又根据自己文学评论实践的需要对这些理论进行改造、变形。如他用函数图形和微积分公式表示"f 与 F 的具体之度成正比例"的观点，既清楚地阐述了自己的观点，又让人一目了然；他为了强调写实文学能够唤起读者的情绪，打乱了原先夏目漱石对感觉、人事、理智与超自然这四种文学材料唤起情绪强弱的排序；他把夏目漱石的读者鉴赏论和意识推移理论融合起来，提出"暗示的推移"理论等。至于成仿吾借鉴《文学论》是否成功，诚如有些论者所言："成仿吾借鉴《文学论》的基本话语，以现实问题探索为主，将理论话语化入具体问题的论说中，而非生硬的话语搬用，亦非纯理论辨析，借鉴是成功的。"①

　　需要进一步指出的是，成仿吾借用夏目漱石的理论话语，并不是为了对文学理论进行单纯地探讨，也不是为了构建自己的批评理论体系，因为他当时还没有足够的精力和兴致做这样纯理论的研究。联系成仿吾走上文学批评道路的背景，就会发现 20 世纪二三十年代的大多数文学批评者从事文学批评都不是以纯学术研究为目的，而是带有强烈的社会责任感和使命感，以促进新文学的健康发展为己任。这种进行文化建设的迫切性对成仿吾而言，体现得更为明显。他组织成立的"创造社"的社章明确表明："本社领有文化的使命而奋斗"；后来他又在《创造日终刊感言》中，回顾创刊的初衷是"对于新旧出版物的一种监察与批评

---

　　① 方长安：《选择·接受·转化——晚清至 20 世纪 30 年代初中国文学流变与日本文学关系》，武汉大学出版社 2003 年版，第 126 页。

的工作"。可见，成仿吾的文学评论是与时代主题相联的，具有很强的现实性。当时五四初期的新文学创作虽然取得了丰硕的成绩，但在发展过程中也出现了不少这样那样的问题。当时的很多作家都是以启蒙者的身份进行创作的，他们热衷于对社会、人生进行思考，反映现实生活，于是在文坛掀起一股写实的潮流。然而，"现实"本身的特性，使这股写实热潮很快呈现出让人始料未及的结果。在具体的写作中，有些作品因过于对人生作哲学思辨而导致哲理化倾向，还有的作品由于极端强调客观描写而陷入自然主义的泥淖。面对文坛出现的这些不良现象，成仿吾以外来的文学理论特别是《文学论》中的观点作为自己进行文学批评的基石，并试图以此为武器来解析新文学发展中急需解决的问题，为新文学摆脱困境，走向健康、正常的道路指明方向。固然，我们不能夸大成仿吾那些质疑、批评对于五四文学发展走向的作用，但由于它针对的是当时文坛最严峻的问题，所以它对于文学创作走出哲学化倾向，走出自然主义误区，以回归于现实主义，应该说起了相当大的作用，而小诗的淡出则与之有着更为直接的关系。

第三节 "余裕论"的中国影响

提到夏目漱石的文论，不能不提到他最有特色的文学观"余裕论"。关于这个文学主张，夏目漱石并没有像《文学论》那样撰写出大篇幅的文字对其进行专门地、系统地理论探讨，而是散见于一些对具体作品进行分析的评论性文章中，经后人总结、概括为"余裕论"。

一、夏目漱石的"余裕论"及在日本文坛的影响

在 1907 年 12 月《东京新闻》上发表的为高滨虚子的小说集《鸡

头》所写的序言中，夏目漱石首次提出文学题材意义上的"余裕"的概念，把小说分为"有余裕的小说"和"无余裕的小说"两种，认为"有余裕的小说"与"无余裕的小说"一样都有其存在的价值。他说："有余裕的小说，即如名所示，是优游不迫的小说，是避开'非常'二字的小说，是普通平凡的小说。……世间是广大的，广大的世间的生活法也有种种。随缘临机于种种的生活法而享乐，而观察，而玩味便是余裕，有了此等余裕而后产生的事件，及对于这些事件的情绪，依然仍旧是人生，是活泼的人生。有描写的价值，也有阅读的价值，与触小说同是小说。"① 夏目漱石认为"余裕"是多种多样的，品茶浇花是余裕，开玩笑是余裕，雕刻、绘画是余裕，钓鱼、唱曲、看戏、避暑、泡温泉也都是余裕，这些都可以作为小说的素材。在说明了"有余裕的小说"之后，夏目漱石对"无余裕的小说"也进行了解释。所谓"无余裕的小说"，"即是促迫的小说，像喘不过气来的小说，丝毫也不许旁瞬、不许道人家闲话的小说，没有悠然的态度、安乐的要素的小说。譬如易卜生的戏剧改做了小说的那样子，是大大地触的小说。"众所周知，易卜生的戏剧是社会问题剧，反映人生、社会的重大问题，按夏目漱石的说法，"触及到第一义的道义观念，或关于人生的根元"②。由此可见，夏目漱石认为有没有余裕的区别在于是否写了人生的重大事件，触及人生命运生死沉浮等重大问题的就是"无余裕的小说"，而不涉及人生重大事件的就是"有余裕的小说"。他指出在"有余裕的小说"里，有种叫作"低徊趣味"的趣味。夏目漱石随之对这种趣味进行了解释："就是指每即于一事一物，生起独特或联想的兴味，由左望，从右眺，有徘徊不忍去的风趣，所以不叫做低徊趣味而叫做依依趣味，恋恋趣味也是可以。"③ 夏目漱石认为这种趣味需要人长久地停留某个地方才会产生，因

① 〔日〕夏目漱石：《夏目漱石集》，章克标译，上海开明书店1932年版，第206—208页。
② 〔日〕夏目漱石：《夏目漱石集》，章克标译，上海开明书店1932年版，第209页。
③ 〔日〕夏目漱石：《夏目漱石集》，章克标译，上海开明书店1932年版，第210—211页。

而是不容易得到的，只有余裕的人才能得到。小说也是如此，如果把趣味放在人物的命运特别是生死命运上，就不会有余裕了。在后来发表的《独步氏的作品里有低徊趣味》（1907）中，他进一步阐明了所谓低徊趣味的特点是："没有故事情节，不讲究结构，而只是观察、描写一个人。"①

对于一个评论家的文学主张，我们必须进行全面系统的考察才能看到其全貌，而不能只研究一点，不及其余。其实，夏目漱石这种"有余裕的小说"的观点并不是突然产生的，而是他以前理论、观点的延伸。最早在《我的〈草枕〉》（1906）一文中，他提出了"俳句式的小说"的概念，认为这是让人淡化现实苦痛、给人以精神慰藉的小说，西方没有，此前日本也没有，今后应该多多创作。而到了《文学论》（1907）这本论著中，他又提出"非人情"的概念，包含两层含义：一方面从读者的角度来讲，指读者在阅读时要不动感情，排除自己的态度、情绪，排除所谓的善恶观念和道德观念，站在有余裕的第三者立场旁观作品描写的现实；另一方面指作家创作的一些"非人情"的作品，"所谓非人情作品，就是抽取道德的文学作品，这种文学里面，没有容道德分子混入的余地。"②"非人情"作品不表现道德观念，这就和后来提出的"有余裕的小说"不"触及到第一义的道义观念"的超功利性特征有了相似之处。在同一年（1907）发表于《读卖新闻》上的《写生文》一文中，他认为写生文最显著的特点是作家的心理状态一定要客观冷静，以不哭来描写哭，站在旁观者的角度，以怜惜的微笑对人物的悲伤痛苦给予同情。此外，他还指出写生文的一些特点："第一，作品大多无深刻的内容，大体上都有些滑稽成分；第二，作品里包含着余裕的成分；第三，多数场合写生文是客观的描写；第四，写生文作家与小说家的主张背道

---

① 何少贤：《日本现代文学巨匠夏目漱石》，中国文学出版社1998年版，第317页。
② 〔日〕夏目漱石：《文学论》，张我军译，神州国光社1931年版，第202页。

而驰，不注重情节。"① 尽管此篇文章还没有正式提出"余裕论"的理论主张，但很多观点与《〈鸡头〉序言》的观点有异曲同工之妙。

夏目漱石"有余裕的小说"文学观具有较大的理论创新价值，它不仅拓宽了文学表现的领域，有助于增强文学作品的审美趣味，而且对当时的日本文坛也具有重要的意义。1907 年左右，日本文坛占据主流地位的是自然主义文学，出现了以岛崎藤村、田山花袋、岛村抱月为代表的作家和理论家。他们主张"破理显实"，即主张作家要排除一切理想，客观冷静地按照事物原样子去描写真实，创作上要求作家自我忏悔和自我暴露，通过描写反道德的、反理想的、肉感性欲的东西来反映所谓毫无虚假的真实。夏目漱石在自然主义文学刚出现时给予了高度评价，认为其客观描写真实改变了日本文坛风气。但随着自然主义文学独霸文坛，并排斥包括夏目漱石作品在内的其他不同类型的作品，夏目漱石与自然主义文学的分歧也随之产生，并与之发生了争论。面对自然主义的攻击，夏目漱石在《〈鸡头〉序言》中提出"有余裕的小说"的文学主张，以反对自然主义文学只热衷描绘社会和个人的阴暗面、反映人生悲哀的"无余裕的小说"。应该说，"余裕论"的提出，是对当时悲哀、沉重、窘迫的自然主义文学风格的反拨与纠正。同时，夏目漱石提出"余裕论"在当时的日本文坛引起了较大的反响，评论家长谷川天溪、大町桂月等人纷纷著文评论。文学史家们认为以夏目漱石为中心，形成了一个以"有余裕"为特点的，包括铃木三重吉、高滨虚子、伊藤佐千夫、森田草平等作家在内的"余裕派"。

二、"余裕论"在中国现代文学界的介绍

对中国现代文学界来说，"余裕论"是夏目漱石文论中影响最大的

① 何少贤：《日本现代文学巨匠夏目漱石》，中国文学出版社 1998 年版，第 128 页。

理论主张。这与鲁迅、周作人两人对其介绍、引进不无关系。周作人和鲁迅最早把夏目漱石的"余裕论"介绍到中国。1918年7月，周作人在北京大学做了关于《日本近三十年小说之发达》的演讲（后发表于1918年7月15日《新青年》第5卷第1号），在演讲中他认为夏目漱石的文学主张是"低徊趣味"和"有余裕的文学"，并把夏目漱石所写的《〈鸡头〉序言》中的一段文字翻译出来："余裕的小说，即如名字所示，非急迫的小说也，避非常一字之小说也，日用衣服之小说也。如借用近来流行之文句，即或人所谓触着不触着之中，不触着的小说也。……或人以为不触着者，即非小说；余今故明定不触着的小说之范围，以为不触着的小说，不特与触着的小说，同有存在之权利，且亦能收同等之成功，……世界广矣。此广阔世界之中，起居之法，种种不同。随缘临机，乐此种种起居，即余裕也。或观察之，亦余裕也。或玩味之，亦余裕也。"① 接着，他还解释说："自然派说，凡小说须触着人生；漱石说，不触着的，也是小说，也一样是文学。并且又何必那样急迫，我们也可以缓缓的，从从容容的赏玩人生。譬如走路，自然派是急忙奔走；我们就缓步逍遥，同公园散步一般，也未始不可，这就是余裕派的意思同由来。夏目漱石在《猫》之后，作《虞美人草》也是这一派的余裕文学。晚年作《门》和《行人》等，已多客观的倾向。描写心理，最是深透。但是他的文章，多用说明叙述，不用印象描写；至于构造文辞，均极完美，也与自然派不同，独成一家，不愧为明治时代一个散文大家。"② 可见，周作人把夏目漱石归为"余裕"一派，认为其早期创作的小说《我是猫》、《虞美人草》是"有余裕的小说"。值得一提的是，以前的研究者都认为这篇演讲稿只是周作人一人所作，是他最早介

---

① 周作人：《周作人散文全集（1918—1922）》（2），钟叔河编，广西师范大学出版社2009年版。

② 周作人：《周作人散文全集（1918—1922）》（2），钟叔河编，广西师范大学出版社2009年版，第51—52页。

绍了夏目漱石的"余裕论"。但是，根据 2012 年嘉德春季拍卖会上拍卖的唐弢所收藏的手稿原文来看，鲁迅对此文进行过修改，并添注过一些内容。周作人在手稿末页写道："此稿经过鲁迅修改，文中所添注涂改的文字，都是他的手笔（也有几个例外）。"由此可见，这篇演讲稿也有鲁迅的贡献。之后，1923 年周氏兄弟合译《现代日本小说集》，里面收录了鲁迅翻译的夏目漱石的两部短篇小说《挂幅》与《克莱喀先生》。鲁迅在小说集的《附录 关于作者的说明》中对夏目漱石本人的说明以及所引用《〈鸡头〉序言》一段原文，与《日本近三十年小说之发达》中介绍与翻译的文字相差无几，依然强调夏目漱石所主张的是所谓"低徊趣味"，又称"有余裕的文学"。

周氏兄弟对夏目漱石的介绍和评论，影响了中国现代文学界对夏目漱石的认识和定位。正如王向远所说，他们二人"把夏目漱石看作是余裕派，并特别推崇代表'余裕'倾向的前期创作，这对后来的中国文坛的漱石观的形成，影响很大。后来半个多世纪的夏目漱石作品的翻译家们，均把漱石看作是'余裕派'，并集中翻译体现'余裕派'特点的前期作品"[①]。受二人影响，对日本文学研究颇有成绩的谢六逸在 1929 年发表的文章《二十年来的日本文学》和出版的专著《日本文学史》中，也认为夏目漱石文学的主要特色是"余裕"及"低徊趣味"。1932 年上海开明书店出版了由章克标翻译的《夏目漱石集》，选译的三篇作品中就有提出"余裕论"的《〈鸡头〉序言》，这是最早把此文整篇翻译成中文的译本，对不懂日文的读者了解夏目漱石的"余裕"思想具有重要意义；此外，章克标在所写的译本序言《关于夏目漱石》中，对夏目漱石的"有余裕的小说"文艺观进行了详细介绍，认为有余裕的小说引出来的"低徊趣味"贯穿于夏目漱石的全部文学创作中。不仅如此，当时人们对夏目漱石作品的译介也重点放在那些具有"余

---

① 王向远：《东方各国文学在中国》，江西教育出版社 2001 年版，第 224 页。

裕"特色的作品上，如《哥儿》、《我是猫》、《草枕》等。其中《草枕》
因其"余裕"特色最突出，被不同的翻译者（崔万秋、李君猛、丰子
恺）多次翻译出版，甚至被盗版翻印，足见夏目漱石的"余裕"文学
在中国的受欢迎程度。事实上，中国现代文学界对夏目漱石的接受，
存在某种程度的"误解"。"余裕论"只是夏目漱石理论主张的一部分，
除此之外，他也提倡反映人生重大问题的写实文学，这在《文学论》
中关于写实法的论述中就可窥见；另外，他的创作也仅有部分作品属
于"有余裕的小说"，并不是全部。之所以提出这种观点，是因为夏目
漱石觉得文坛以前忽视了这类文学，因而才特意强调。

三、"余裕论"对鲁迅文学观的影响

如前面所述，鲁迅是最早把夏目漱石的"余裕论"引介到中国来
的，并对其作品中的"低徊趣味"给以很高评价，而且他经常借用"余
裕"这个概念，运用到自己的文章中表达观点和看法。由此可见，"余
裕论"是理解鲁迅与夏目漱石文学关系的一把重要的钥匙。总的来说，
"余裕论"对鲁迅的影响主要体现在文学观和文学创作这两大方面，这
里主要从文学观方面来进行考察。

关于文学与人生现实的关系，《〈鸡头〉序言》中这样写道："世间
是广大的，广大的世间的生活法也有种种。随缘临机于种种的生活法而
享乐，而观察，而玩味便是余裕，有了此等余裕而后产生的事件，及对
于这些事件的情绪，依然仍旧是人生，是活泼的人生。有描写的价值，
也有阅读的价值，与触小说同是小说。"[1] 从中可以看出，夏目漱石认为
人生是由"产生的事件"和"对于这些事件的情绪"构成的，而依据
他《文学论》的观点，这两者正是构成文学内容的 F 和 f，也就是说文

---

[1] 〔日〕夏目漱石：《夏目漱石集》，章克标译，上海开明书店 1932 年版，第 208 页。

学是反映人生的。但因为"广大的世间的生活法也有种种"即社会生活是丰富多样的，所以文学内容也是多样的，"余裕"作为人生的一部分自然可以成为文学内容，具有描写、阅读的价值。他根据反映人生内容的不同，把文学分为"触的文学"和"不触的文学"，即"无余裕的文学"和"余裕的文学"。他这样看待文学与现实人生之关系，就避免了走入题材决定论的误区。受此影响，鲁迅也认为文学为人生的范围极为宽泛，不仅仅局限于"非常"人生。在他看来，不仅重大的社会现实问题对于作家创作来说有意义，而且一己的感受、瞬间的思绪同样能折射出人生现实。金戈铁马、急风暴雨能激起读者的万丈豪情；闲庭信步、流连忘返的"低徊趣味"，同样能打动读者，给予他们以美的享受，以品味出人生真谛。1933 年，鲁迅在谈到小品文时说："生存的小品文，必须是匕首，是投枪，能和读者一同杀出一条生存的血路的东西，但自然，它也能给人愉快和休息，然而这并不是'小摆设'，更不是抚慰和麻痹，它给人的愉快和休息是休养，是劳作和战斗之前的准备。"[1]鲁迅在这里所说的"匕首和投枪"的文学大体相当于夏目漱石所说的"没有余裕的文学"，而"给人的愉快和休息"的文学，则属于"有余裕的文学"。1936 年，鲁迅在《论现在我们的文学运动》中也表达了相似的意思："民族革命战争的大众文学决不是只局限于写义勇军打仗，学生请愿示威。"[2]

　　在《〈鸡头〉序言》中，夏目漱石列举了生活中很多余裕的东西可以作为小说的材料后，又在后面用括号补充一些文字来说明："因为喜欢所以成小说，便成了小说是为娱乐的意味……不能以娱乐为目的的议论却不成立，娱乐也可以作为小说的一目的。"[3]可见，夏目漱石认为文学目的之一就是要让人感到愉快，所以"有余裕的文学"强调的就是

---

①　鲁迅：《鲁迅全集》（第四卷），人民文学出版社 1998 年版，第 593 页。

②　鲁迅：《鲁迅全集》（第六卷），人民文学出版社 1998 年版，第 613 页。

③　〔日〕夏目漱石：《夏目漱石集》，章克标译，上海开明书店 1932 年版，第 209 页。

文学的娱乐性，这是一种非功利性。鲁迅也充分认识到了文学的这一特征。中国历来的主流文学都强调"文以载道"，尤其经过近代梁启超提倡政治小说的观念之后，20世纪二三十年代的"革命文学"把文学的工具实用性发挥到了极致。针对创造社、太阳社的一些作家过于夸大文学现实功能，把文学变成政治观念的宣传品的现象，鲁迅曾提出"文学无力"的观点。他认为文学与实际生活之间应存着"余裕和距离"，离了实际生活的利害，不为利害所束缚，是超功利性的，因而是无力的。他1927年在对黄埔军官学校发表的《革命时代的文学》演讲中提出："不过我想，这样的文章（注：革命文学）是无力的，因为好的文艺作品，向来多是不受别人命令，不顾利害，自然而然地从心中流露的东西。"他后面又写道："文章写得好，对革命战争没有益处，不过是作'战歌'，即使写得美，也不过是休憩时的消遣品。……自然也有人以为文学于革命是有伟力的，但我个人总觉得怀疑，文学总是一种余裕的产物，可以表示一民族的文化，倒是真的。"① 这里，鲁迅把文学当成是"一种余裕的产物"，"休憩时的消遣品"，强调文学的娱乐性，否定文学的社会功能。这种文学无力论的形成，一方面是由于严酷的现实所致，另一方面也与他从日本获得的余裕文学经验不无关系。

　　另外，鲁迅也认为文学之所以能够娱乐人，让人感到愉快和休息，最重要的是在于它本身的趣味性。拥有一定的趣味性，就可以使文章显得轻松、舒缓，不那么紧张，具有"余裕味"。鲁迅在1928年所发表的《〈奔流〉编校后记》一文中写道："说到趣味，那是现在确已算一种罪名了，但无论人类底也罢，阶级底也罢，我还希望总有一日驰禁，讲文艺不必定要没趣味。"② 其实在1925年的《忽然想到》一文中，他就论及文学的趣味性。在这篇文章中，他先指出中国图书排版不合理，

---

① 鲁迅：《鲁迅全集》（第三卷），人民文学出版社1998年版，第442页。
② 鲁迅：《鲁迅全集》（第七卷），人民文学出版社1998年版，第177页。

"翻看书来，满本是密密层层的黑字；加以油臭扑鼻，使人发生一种压迫和窘促之感，不特很少'读书之乐'，且觉得仿佛人生已没有'余裕'，'不留余地'了。"① 进而联想到图书的内容，指出："外国的平易地讲述学术文艺的书，往往夹杂些闲话或笑谈，使文章增添活气，读者感到格外的兴趣，不易于疲倦。但中国的有些译本，却将这些删去，单留下艰难的讲学语，使他复近于教科书。这正如折花者，除尽枝叶，单留花朵，折花固然是折花，然而花枝的活气却灭尽了。"② 他认为行文"夹杂些闲话或笑谈"可以增强学术书籍和文学作品的趣味性，引起读者的阅读兴趣。而对于中国图书排版和译本出现的这些问题，鲁迅把原因归结为：人们"失去了余裕心"，"或不自觉地满抱了不留余地心"。③ 可见，鲁迅认为作品趣味性的有无与作者是否有"余裕心"有关。这也从侧面证明了鲁迅所强调文学的趣味性与夏目漱石的余裕文学观有一定关系。而对于文学趣味性的追求，也成为鲁迅文学创作时的一种自觉意识。无论是他的小说、散文、随笔还是杂文，都经常会"夹杂些闲话或笑谈"，采用一种幽默、讽刺的谐趣手法。

　　王向远在《从"余裕"论看鲁迅与夏目漱石的文艺观》一文中指出："鲁迅的'余裕'论不仅接受和吸收了夏目漱石余裕论的合理成分，而且还在一个重要方面超越了夏目漱石的局限。"④ 的确如此，鲁迅对夏目漱石"余裕论"的接受并不是生搬硬套，而是在接受中进行修正、调整，进而有所超越。如对文学的娱乐性的非功利性特征，鲁迅早期是完全赞同夏目漱石在《〈鸡头〉序言》中文学的娱乐目的观点，因而提出"文学无力"说。但是根据现实的需要，鲁迅不断调整自己的看法。他后来陆续在一些文章中也认为文学可以有宣传之功效。在 1933 年的

---

① 鲁迅：《鲁迅全集》（第三卷），人民文学出版社 1998 年版，第 16 页。
② 鲁迅：《鲁迅全集》（第三卷），人民文学出版社 1998 年版，第 16 页。
③ 鲁迅：《鲁迅全集》（第三卷），人民文学出版社 1998 年版，第 16 页。
④ 王向远：《从"余裕"论看鲁迅与夏目漱石的文艺观》，《鲁迅研究月刊》1995 年第 4 期。

《小品文的危机》里，他提出小品文因为"雍容、漂亮、缜密"成为供雅人、闲人案头摩挲的"小摆设"，也就是说，这样的小品文只体现了文学的娱乐性。而这样的娱乐性对于当时 20 世纪 30 年代残酷的现实来讲就不太合适，它可能会麻醉人的意志，让人振作不起来，因此鲁迅指出小品文走到了"危机"。他提出生存的小品文应该是"匕首"、"投枪"，同时又给人"愉快"和"休息"，即强调文学是工具性和娱乐性的统一。

如王向远所说，鲁迅的"余裕论"最重要的价值是实现了对夏目漱石理论局限的超越，但这种超越不仅表现在一方面，而是两方面的。

首先，对"有余裕文学"产生的前提，两者的认知不同。对于夏目漱石在《〈鸡头〉序言》中，认为没有余裕的文学"触着道念的第一义。此所谓第一义，是生死界中的第一义。无论如何不能摆脱生死的烦恼的第一义。……但若打破生死的关门，而能成立把生死不放在眼中的人生观，则此所谓第一义者，反要跌到了第二义"①。即所谓的"余裕"心态来自于把生死不放在眼中的人生观。而这种人生观的形成，夏目漱石认为与禅悟有关。禅把生死的现象视为如梦一样的东西，人生的得失、喜怒哀乐均可以不放在心上，达到这种悟性的人就可以把生死置之度外，拥有一颗余裕心。因此，他提出："那么禅味却和有余裕的文学暗里意味一致的。"②也就是说，余裕心态的形成在于内心的修炼、精神的顿悟，而与外在环境和物质条件无关。但鲁迅却认为"有余裕的文学"和余裕心态受制于外在客观条件。他在《革命时代的文学》的演讲稿中，明确反对"文学是穷苦的时候做的"观点，认为经济条件贫穷时必定没有文学作品，并拿自身的经历来举例；同时，他也认为"忙的时候也必定没有文学作品"，因为没有时间和心思做文章，只有"挑担的

---

① 〔日〕夏目漱石：《夏目漱石集》，章克标译，上海开明书店 1932 年版，第 215 页。
② 〔日〕夏目漱石：《夏目漱石集》，章克标译，上海开明书店 1932 年版，第 216 页。

人必要把担子放下，才能做文章；拉车的人也必要把车子放下，才能做文章"①。除了创作者本人的经济和时间允许外，鲁迅还认为社会环境也影响了有余裕文学的产生和存在，"大革命时代没文学"，只有"等到大革命成功后，社会底状态缓和了，大家底生活有余裕了，这时候就又产生文学"②。在随后的《在钟楼上（夜记之二）》一文中，他依然持同样的观点："有人说，文化之兴，须有余裕，据我在钟楼上的经验，大致是真的罢。……但是，四万万男女同胞、侨胞、异胞之中，有的是'饱食终日，无所用心'，有的是'群居终日，言不及义'。怎不造出相当的文艺来呢？只说文艺，范围小，容易些。那结论只好是这样：有余裕，未必能创作；而要创作，是必须有余裕的。故'花呀月呀'，不处于啼饥号寒者之口，而'一手奠定中国的文坛'，亦为苦工猪仔所不敢望也。"③由此可见，鲁迅站在唯物论的基础上实现了对夏目漱石"余裕论"的超越。

其次，鲁迅对"余裕论"的超越还在于他赋予了"余裕"以现代启蒙意义。夏目漱石认为："随缘临机于种种的生活法而享乐，而观察，而玩味便是余裕。……品茶浇花是余裕，开玩笑是余裕，以绘画雕刻消遣是余裕，钓鱼、唱小曲、看戏、避暑、温泉疗养也都是余裕。"④这里可以看出，夏目漱石注重的是"余裕"的随缘特性，强调的是对生活的享乐、品赏、玩味，具有一种把玩意识，这就使"余裕论"在某种程度上显得有些狭隘，容易陷入个人生活的小圈子里。鲁迅则摆脱了"余裕论"个人狭隘性，吸收理论中抛离现实羁绊、追求精神自由放松的成分。在《忽然想到》一文中，鲁迅由图书的排印感到人生没有余裕、"不留余地"，进而联想到"在这样'不留余地'空气的围绕里，人们

---

① 鲁迅：《鲁迅全集》（第三卷），人民文学出版社 1998 年版，第 339 页。
② 鲁迅：《鲁迅全集》（第三卷），人民文学出版社 1998 年版，第 339 页。
③ 鲁迅：《鲁迅全集》（第四卷），人民文学出版社 1998 年版，第 35 页。
④ 〔日〕夏目漱石：《夏目漱石集》，章克标译，上海开明书店 1932 年版，第 208—209 页。

的精神大抵要被挤小的"①，将"余裕"与个人精神联系起来。不仅如此，他还上升到民族命运的高度，指出："人们到了失去余裕心，或不自觉地满抱了不留余地心时，这民族的将来恐怕就可虑。"鲁迅从反面强调了"余裕"对"人"主体精神建构的积极意义，它意味着一种自由的可能性，可以使人从逼仄、沉重的现实中摆脱出来，获得精神的自由和解放，恢复人的主体地位，进而实现整个民族精神的自由、解放。可以说，"鲁迅是从中国人学建设的高度看取日本余裕的，在认同并强调'余裕'的自由内涵同时，突出了主体面对现实时积极的进取性、独立性，并将纯个人性的'余裕'心理，上升到决定民族有无希望的高度，也就是能否建立'人'的高度"②。因此，从这个意义上来看，鲁迅赋予了"余裕论"以现代启蒙价值，使其更具有现实的积极意义，这不能不是他对"余裕论"最大的超越。

四、"余裕论"对周作人文学观的影响

除了鲁迅之外，周作人是受到夏目漱石的"余裕"文学观影响较大的作家了。他不但在日本余裕派的影响下形成了闲适文学观，而且把"余裕"和"低徊趣味"贯穿于自己的散文创作中，形成了平和、冲淡、闲适的散文风格。

"余裕论"对周作人文学观和创作的影响并不是一开始就有的，尽管早在1918年的《日本近三十年小说之发达》中，他就表现出对夏目漱石提出的"余裕"和"低徊趣味"的欣赏，但并没有真正与之建立文学联系。众所周知，周作人当时正在文学界倡导"人的文学"、"平民文学"，他关注的焦点是文学对人的启蒙和社会的改造作用。但随着

---

① 鲁迅：《鲁迅全集》（第三卷），人民文学出版社1998年版，第16页。
② 方长安：《选择·接受·转化 —— 晚清至20世纪30年代初中国文学流变与日本文学关系》，武汉大学出版社2003年版，第172页。

五四运动的退潮以及他所推崇的日本新村主义的失败，使他对外部人生世界产生了幻灭感，于是 20 年代他在苦闷和反思中逐步转向个人的意识和趣味，文学观也发生了变化，由"文学是人类的也是个人的"转为文学是个人情思的表现。在 1922 年《自己的园地》一文中，他提出："以个人为主人，表现情思而成艺术，即为其生活之一部，初不为福利他人而作，而他人接触这艺术，得到一种共鸣与感兴，使其精神生活充实而丰富，又即以为现实生活的基本；这是人生的艺术的要点，有独立的艺术美与无形的功利。"[1] 随后在《文艺的统一》中，他反对"极端的注重人类共同的感情而轻视自己个人的感情，意味与人生无涉"的文学观点，认为"文艺是人生的，不是为人生"，"个人所感到的愉快或苦闷，只要是存真切迫，便是普遍的感情"。[2] 这表明他不再主张以文艺去自觉承担为"社会"、"人类"、"人生"的任务，使文学由社会向个人退守，以书写个人趣味、个人意识为主。而夏目漱石为代表的日本"余裕派"注重文学的娱乐性，以文学来赏玩人生的文学观，正好与五四后周作人的精神相契合，满足了他五四后对文学的想象和追求，使他逐步形成了自己的闲适文学观。

受个人的心境和爱好的影响，周作人对"余裕论"的接受有些片面，只注重夏目漱石所提出的"有余裕的文学"，而对"无余裕的文学"视而不见。其实夏目漱石在《〈鸡头〉序言》里，对这两类小说并没有褒贬之意，他虽因纠正文坛以前的忽视而竭力提倡"有余裕的文学"，但并没有排斥"无余裕的文学"，认为两者都有存在的权利，创作都能获得成功。但周作人只吸收了"有余裕"的内容，他 1924 年在《北京的茶食》中说："我们于日用必需的东西以外，必须还有一

---

[1]　周作人：《周作人散文全集（1918—1922）》（2），钟叔河编，广西师范大学出版社 2009 年版，第 510 页。

[2]　周作人：《周作人散文全集（1918—1922）》（2），钟叔河编，广西师范大学出版社 2009 年版，第 571 页。

点无用的游戏与享乐，生活才觉得有意思。我们看夕阳，看秋河，看花，听雨，闻香，喝不求解渴的酒，吃不求饱的点心，都是生活上必要的 —— 虽然是无用的装点，而且是愈精炼愈好。"① 这段表述和《〈鸡头〉序言》中关于生活中种种"余裕"的描述很相似。由此可见，周作人所吸收、接受的正是夏目漱石"余裕论"中对生活的享乐、品赏、把玩的悠然态度，换句话来说，他注重的是以把玩的态度把生活给以审美化、艺术化。他在《生活之艺术》中提到："把生活当作一种艺术，微妙地美地生活"②，这种思想也是和"余裕论"一脉相承的。正是这样把生活艺术化、审美化的想法，使他对吃茶的理解与常人不同。他认为吃茶是一种余裕，可以让人忙里偷闲，苦中作乐，"在不完全的现实享乐一点美与和谐，在刹那间体会永久"③。对"余裕"生活的认同，在1925年的《上下身》一文中有所体现。他写道："我觉得睡觉或饮酒喝茶不是可以轻蔑的事，因为也是生活的一部分。"④ 也就是说，睡觉、饮酒、喝茶都是余裕，作为生活的一部分有存在的权利和价值。随后他又讲了一个例子来说明拥有"余裕"心的可贵，说是百余年前日本有一个艺术家是精通茶道的，有一回去旅行，每到一站必取出茶具，悠然地点起茶来自喝。有人劝他说行旅中不必如此，他回答道：行旅中难道不是生活吗？周作人赞叹道："这样想的人才能真尊重并享乐他的生活。"之所以这样赞扬，因为他按照夏目漱石的"余裕"思想来看，可能觉得这是一个拥有"余裕"心的人。由此，周作人对没有"余裕"心的人提出了批评，说："正经的人们只是把一件事当作正经生活，其余的如不是不得

---

① 周作人：《周作人散文全集（1923—1924）》（3），钟叔河编，广西师范大学出版社2009年版，第377页。

② 周作人：《周作人散文全集（1923—1924）》（3），钟叔河编，广西师范大学出版社2009年版，第513页。

③ 周作人：《周作人散文全集（1923—1924）》（3），钟叔河编，广西师范大学出版社2009年版，第568页。

④ 周作人：《周作人散文全集（1925—1926）》（4），钟叔河编，广西师范大学出版社2009年版，第40页。

已的坏癖气，也总是可有可无的附属物罢了。"①而对余裕生活的推崇，使周作人喜好阅读这类有余裕的文章。在《无谓之感慨》一文中，他提到自己正在读的安倍能成的《山中杂记》，觉得这本书对旅行及山村的记述"最有趣味"，里面对悠闲、清静的山中生活的描绘引发了他的"几种感慨"，其中之一就是："这一类的文章，我们做不出，不仅是才力所限，实在也为时势所迫，还没有这样的余裕。"②然后，他批评中国的文章在忙着批评别人，充满现实功利性，"哪有谈风月的功夫"。这倒和鲁迅的观点有些相像，即有余裕文学的产生与外在客观环境有关，也算是对夏目漱石"余裕论"的一点超越吧。

　　此外，周作人还十分欣赏夏目漱石在《〈鸡头〉序言》中所提出的"低徊趣味"，屡次提到这个词语。所谓"低徊趣味"，夏目漱石认为"就是指每即于一事一物，生起独特或联想的兴味，由左望，从右眺，有徘徊不忍去的风趣，所以不叫做低徊趣味而叫做依依趣味，恋恋趣味也是可以"。后面夏目漱石进一步指出只有余裕心的人才会产生这种趣味。根据漱石的解释，我们可以理解为它是指从旁观者的立场出发，从容地去体味人生、艺术或自然的态度。也就是说对待一切，要像看戏、读小说那样，站在旁观者的角度，具有一种"余裕"，而将自身利害置诸高阁，这样才能解其中的趣味。这种"低徊趣味"明显的特征就是个人性，它是个人对事物所产生的趣味，是个体生命体验的结果；另外一个特征就是"不介入性"，趣味的产生需要对事物抱有一种旁观者的心态来看，而不是注入全部的情感，计较其中的利害得失。正是这种"个人性"和"不介入性"让周作人产生精神的共鸣，并在小品文创作中不断去追求这种"低徊趣味"。

---

①　周作人：《周作人散文全集（1925—1926）》（4），钟叔河编，广西师范大学出版社2009年版，第40页。

②　周作人：《周作人散文全集（1923—1924）》（3），钟叔河编，广西师范大学出版社2009年版，第558页。

需要指出的是，周作人受到的"余裕"思想的影响，不仅仅指夏目漱石的"余裕论"，而且还包括森鸥外的"游戏"文学观。他曾在《日本近三十年小说之发达》中，认为森鸥外的作品也是不涉及人生、社会的重大事件，与夏目漱石所提倡的"不触"的"有余裕的小说"一样，把其归为余裕派，说："他的著作，也多不触着人生。遣兴主义，名称虽然不同，到底也是低徊趣味一流，称作余裕派，也没有什么不可。"①这应该是周作人根据自己的阅读体会而有所创新的提法，在日本文学界一般不把森鸥外列为"余裕派"的。同样的表述也出现在 1922 年《森鸥外博士》一文中："《游戏》里的木村，对于万事总存着游戏的心情，无论作什么事，都是一种游戏，但这乃是理知的人的透明的虚无的思想，与常人的以生活为消遣者不同，虽当时颇遭文坛上正统派的嘲弄，但是既系现代人的一种心情，当然有其存在的价值。这种态度与夏目漱石的所谓低徊趣味可以相比，两家文章的清淡而腴润，也正是一样的超绝。"②吸引周作人的是，森鸥外作品中人物对万事万物抱着游戏的精神状态，他认为这是"现代人的一种心情"，具有存在的价值和意义。

这种游戏态度与夏目漱石的"低徊趣味"一起，使他在 1924 年左右形成了闲适文学观，即在文学中从容平静地赏玩人生、游戏人生。表现在他的散文创作中，就是避开社会现实矛盾和重大迫切问题，执着于普通日常生活题材或话题，并以赏玩品味人生的姿态随意从容写来，于平淡中见悠然。可以说，周作人完全领会了"余裕"的神韵，并转化为自己的血肉了。

夏目漱石的"低徊趣味"中的"个人性"、"不介入性"，还是森鸥外文学中"游戏性"，不但使周作人形成了闲适的文学观，还影响

---

① 周作人：《周作人散文全集（1918—1922）》（2），钟叔河编，广西师范大学出版社 2009 年版，第 52 页。

② 周作人：《周作人散文全集（1918—1922）》（2），钟叔河编，广西师范大学出版社 2009 年版，第 710 页。

了他对文学本质和功用的认知。在它们的影响下，周作人在 20 世纪
20 年代后期更加排斥文学的功利性。在 1926 年《〈文学与生活〉》自
序中，他表示现在除了"满足自己的趣味"以外，再也不去追求文
学"觉世的效力"了。"我所爱好的艺术与生活之某种相，现在我大
抵仍是爱好，不过目的稍有转移，以前我似乎多喜欢那边所隐现的
主义，现在所爱的乃是在那艺术与生活自身罢了。"① 这明显表现出他
所关心的是"艺术与生活自身"，也就是文学的非功利价值，而将其
中"所隐现的主义"即社会实用功能抛到了一边。他开始倡导文学无
用论，这种观点到 1932 年在《中国新文学的源流》中则得到进一步
发展。他提出："文学是无用的东西。因为我们所说的文学，只是以
表达作者的思想感情为满足的，此外再无目的之可言。里面，没有多
大鼓动的力量，也没有教训，只能令人聊以快意。"② 可以看到，他完
全否定了文学的社会功能，只强调文学的自我表现性和娱乐性。如果
说 20 年代早期他提出文学个人情思的表现时，还没有彻底否定文学
的社会价值，但到这个时候他对文学功用的认知就显得颇为狭隘和片
面了。以后的很多文章里，他继续宣传这种文学无用的主张，认为
文学不能改变社会，应该独立于社会斗争之外，并且不断撰文反对
当时的左翼文学。至此，周作人的文学观已完全脱离了社会功利价
值的宗旨而滑向了单纯的表现情感，聊以思想的满足与快意的偏狭
境地。

　　反对文学功利性的反面，就是对超功利的文学趣味性的提倡。就
如前面所提到的，"余裕"观本身就是要以把玩的态度把生活给以审美
化、艺术化，这一点正是周作人所看重的。而要在文章中把生活审美

---

　　① 周作人：《周作人散文全集（1925—1926）》（4），钟叔河编，广西师范大学出版社
2009 年版，第 733 页。
　　② 周作人：《周作人散文全集（1932—1935）》（6），钟叔河编，广西师范大学出版社
2009 年版，第 60 页。

化、艺术化，就离不开对文学趣味的追求。在周作人看来，趣味是文章思想内容的一部分，并且对于文章的优劣有着决定性作用，他说："我对于文章只取其有见识、有思想，表示出真性情来，写的有风趣，那就是好的。反过来说，无论谈经说史如何堂皇，而意思都已有过，说理叙事非不合法，而文字只是一套，凡此均是陈言，亦即等于赝鼎，虽或工巧，所不取也。"[①] 在《笠翁与随园》中，周作人对"趣味"做了一番解释，他说："我在这里须交代明白，我很看重趣味，以为这是美也是善，而没趣味乃是一件大坏事。这所谓趣味里包着好些东西，如雅、拙、朴、涩、厚重、清朗、通达、中庸、有别择等。"[②] 他对文学的趣味性有系统的认知。即：趣味是由"趣"和"味"两种形态构成的，其中的"趣"又包括情感的性情和自我的个性两个方面，其中的"味"又包括味道的朴实、苦涩、自然，以及回味的魅力、气韵、不自觉等。受此影响，周作人寄闲情雅兴与身边的微小之物，在娓娓的闲谈中，在尘世的琐碎中，捕捉心灵情感体会到的趣味。具体说来，周作人审美体验的"趣味"又表现为"雅趣"和"俗趣"，如在《喝茶》中，他追求的是"雅趣"，认为喝茶意不在"止渴"，却在赏鉴其色、香、味，然而最佳的意境是"喝茶当于瓦屋纸窗下，清泉绿茶，用素雅的陶瓷茶具，同二三人共饮，得半日之闲，可抵十年的尘梦"[③]。在这里，周作人充分地表达出追求"微妙的美的生活"的情趣。此外，看花、听雨、喝酒、刻印章、写楹联、收集古董……无不具有这种超凡脱俗的趣味，显示出周作人冷静、悠闲和超然现实的"余裕"心态；而北京的茶食、南北的点心、故乡的野菜、乌篷船……则在"俗趣"的描写中，表达出他对

---

① 周作人：《周作人散文全集（1944—1949）》（9），钟叔河编，广西师范大学出版社2009年版，第284页。

② 周作人：《周作人散文全集（1932—1935）》（6），钟叔河编，广西师范大学出版社2009年版，第754页。

③ 周作人：《周作人散文全集（1923—1924）》（3），钟叔河编，广西师范大学出版社2009年版，第568页。

普通人生的一种温润的关怀。

　　总的来说，周作人从自己的个人心境和爱好出发，去认同、接受"余裕论"。在对"余裕论"的接受上，他完全吸收了能够满足自我个性和自己对文学需要的观点。这些观点将他的文学置于与社会现实隔绝的位置，并使之进一步向个人的领地退守，以余裕的个人趣味作为表现的中心，使作品的非平民化倾向更加强烈。应该说，这样的接受虽使其作品在审美层面上具有一定的价值，但也使其文学表现的空间更为狭窄。

第八章　夏目漱石与中国当代文学

一个经典作家对后世文学的影响是超越时空的。尽管日本在 1931 年对中国发动惨酷的侵略战争，但并未阻隔文学、文化的交流和夏目漱石文学的影响。甚至可以说，随着时间和历史的淘洗，中国当代作家对夏目漱石的意义和价值理解日益深切、全面。

第一节　当代旅日作家与夏目漱石

当前进入全球化时代，人们跨越国界迁徙、侨居很常见，留学、旅居或长时间在异域公干，跨文化写作成为重要的文学现象。跨文化写作有异质文化冲突的生命体验，也有深入另一文化的独特优势。自然对居住国的文学、经典作家会有两种或多种文化对话中的特定理解与接受。当代旅日华人作家，也在以各自的方式，与日本文豪夏目漱石进行跨越时空的对话。

一、当代旅日作家群

当代旅日华人作家的创作发展大体上可以分为两个大的阶段，20世纪 50—70 年代为第一阶段，旅日作家主要是来自台湾；第二阶段是

20 世纪 80 年代以来，旅日作家主要来自大陆。前一阶段的重要的作家有陶晶孙、邱永汉和陈舜臣等人。

陶晶孙（1897—1952），1906 年随父亲去日本，在日本接受中小学和大学教育，虽然学的是医学专业，但他多才多艺，喜欢文学和音乐。发起成立"创造社"，在《创造季刊》等刊物上发表作品，1927 年从日本回中国，主编《大众文艺》杂志，与鲁迅、茅盾交往，成为活跃文坛的"左联"作家。抗日战争爆发后，因其独特经历和身份，接受上海共产党地下组织领导人潘汉年的安排，留在上海，冒着生命危险担当秘密联络员。抗战胜利后又接受安排于 1946 年去台湾大学，任台大医学院教授和热带病研究所所长。1950 年因身份可能暴露而离台赴日，应聘东京大学文学部讲师，教授中国文学，同时在刊物发表作品，"以活泼温蓄的散文笔调，从闲谈生活小事入手，说出他对日本民族性格和民族文化的优劣评判"[①]，促使战后迷茫中的知识分子反思过去，面向未来。他的这些文字在日本社会产生很大影响，获得日本学界的普遍共鸣。如日本学者手塚富雄在当时的《读卖新闻》发表文章写道："当你不经意地读下去，就会发现一行行充满幽默的文字，都是一位对日本了若指掌的友人的痛彻的文明批评，渐渐就会抬不起头来，不，更重要的是那堪称渗透于其独特的日语只重的高尚人格，仿佛是从意想不到的旷野向着一直在风里挣扎、气息奄奄的我国文学界传来了一个人，一个男子的自由之声，让人不觉为之一震。"[②] 遗憾的是，他这一阶段的写作仅仅一年多，之后就病逝了。后人将其战后旅居日本发表的散文以《给日本的遗书》为书名，结集由东京创元出版社出版，之后又由普通出版社、劲草书房和东方书店一版再版。

---

① 高建国：《奇人与奇书——陶晶孙及其〈给日本的遗书〉》，《给日本的遗书》，上海文艺出版社 2008 年版，第 201 页。

② 引自伊藤虎丸：《战后五十年与〈给日本的遗书〉》，《给日本的遗书》，上海文艺出版社 2008 年版，第 178 页。

邱永汉（1924—2012），本名邱炳南，出生于台湾，青年时代大多数时间是在日本度过，1945 年毕业于东京大学经济学院，1954 年移居日本。邱永汉在学生时代，对散文和诗歌感兴趣，有一定的文学基础。处女作《做渡者手记》在《大众文艺》刊载，正式启用笔名"邱永汉"。确立邱永汉文学地位的是小说《香港》，该作荣获日本大众文学最高奖直木文学奖，他是第一个获此奖项的外国人。《香港》描写一个难民厌倦了穷苦的贫民生活，企图欺骗，把预备运往卡萨布兰卡的茶叶里面装入石子，侵占 100 万美元而逃往日本的故事。之后在报刊写作连载专栏：在《中央公论》文明批评集《武士日本》和《疯狂日本》，在《妇女公论》连载《金钱读本》。他不仅从事文学创作和探讨经济理论，还积极实践投资和实业，成为跨越中日的投资家、经济评论家、企业顾问，被誉为"股票神仙"、"赚钱之神"，《我的赚钱自传》、《赔钱才学会做股票》、《如何成为有钱人》、《只有钱知道》等是邱永汉一生中的著名作品，还有《中华思想台风圈》、《中国人的思想构造》、《中国人，日本人》等中日文化随笔集。

陈舜臣（1924—2015），华裔日本人，祖籍中国台湾，祖父辈移居日本神户。毕业于大阪外事专门学校（现大阪大学）印度语专门科，通晓印度语、波斯语、汉语、英语、日语五种语言。20 世纪 60 年代开始创作小说，早期主要写作爱情推理小说，长篇推理小说《枯草之根》（1961）获得第七届江户川乱步奖，随后《三色之家》（1962）、《愤怒的菩萨》（1962）、《天上之天》（1963）、《载月之海》、（1964）、《黑色的喜玛拉雅》（1964）、《尚未结束》（1964）、《马耳东风》（1965）、《焚画于火》（1966）、《孔雀之路》（1968）、《混浊的航迹》（1968）等陆续出版。1969 年以《青玉狮子香炉》获第 60 届直木文学奖，1970 年以《重见玉岭》和《孔雀之路》获日本推理作家协会奖，成为日本推理小说三冠王。后期转向中国历史小说创作，代表作有《鸦片战争》（3 卷历史小说，1967）、《秘本三国志》（1974—1977）、《太平天国》（1979）

《中国历史》（1980—1984）、《小说十八史略》（1974—1982）、《耶律楚材》（上、下，1994）等，还有大量的中国历史人物传记、中国纪行散文和中日历史文化论著，被誉为最懂中国的日本人和"中日文化交流的桥梁"，是日本取得最高文学成就的外族作家。陈舜臣于 1990 年取得日本国籍，1996 年成为日本艺术院会员，1998 年获三等瑞宝勋章。

台湾有过旅居日本经历的作家，还有王育德、戴国辉、施翠峰、庄伯和、林水福、王孝廉、张良泽、黄英哲、林文月、刘黎儿、王震绪等。其中女作家刘黎儿（1956—　）是《中国时报》驻日特派员，居日有 20 多年之久，20 世纪 90 年代末以《超越地震》（1999）、《黎儿流》（2001）、《东京风情男女》（2002）、《新种美女》（2003）、《东京爱情物语》（2004）等书，在台湾地区风靡一时。刘黎儿被视为"日本文化与情爱观察女作家"，开辟了观察日本的一个角度。王震绪（1968—　），原籍山东，出生于台北，5 岁时随父母移居日本，在日本长大，1995 年毕业于福冈西南学院大学经济学研究系，之后到吉林大学经济管理学院攻读博士学位。创作的小说有《逃亡方法》、《路旁》和《流》等。2009年以《路旁》获得第 11 届大薮春彦奖，2015 年以《流》获得直木文学奖。这是继邱永汉、陈舜臣之后，第三位获得直木文学奖的台湾背景华裔作家。

20 世纪 80 年代以来，随着中国大陆的对外开放，中日交往频繁，赴日留学、商贸的人越来越多，旅日华人作家的写作逐渐形成规模。1982 年有 30 多位旅日作家组织成立了"留日华文作家联谊会"，他们创办综合性文化刊物《东京》（月刊）。十年以后，由孙立川、王中忱、李长声等一批新一代中国留学生、旅日作家主事，出版文学刊物《荒岛》，发表了不少优秀之作，以后又有秦岚、刘燕子、丁厥等编辑出版汉日双语刊物《蓝》。同时，《留学生新闻》、《中文导报》、《日本新华侨报》、《现代中国报》等陆续创办，成为在日本影响很大的中文报章。20 世纪 80 年代中期以来，旅日作家文坛先后涌现了莫邦富、蒋濮、黑孩、李长声、华纯、华启天、郑芸、龙升、林祁、张维中、李兆忠、董炳月、林惠子、阿洋、陈德文、杨文凯、姜建强、张石、晓峰、方军、李占刚、杜海玲、吴民民、萨苏、田原、春野、苏枕书等，也有像毛丹青、叶青、唐亚明、李松月、杨逸等用汉日双语写作的旅日作家。

莫邦富（1953— ），出生于上海，1977 年毕业于上海外国语大学，1977—1985 年任上海外国语大学教师。1985 年赴日留学，在日本从事专业写作，开始策划、制作介绍中国和海外华人的电视专题片。从 80 年代末开始经常在主流媒体上发表言论。1995 年起任东京大都会电视台节目审议委员会委员。1999 年起任日本 NHK 电视台《今日中国》系列节目策划人，主持人。自 2002 年起在《朝日新闻》开设的 mo@china 专栏，在日本全国大报常年拥有专栏，在每月发行的 NHK 电视中文讲座教材上的连载专栏《莫邦富的新中国事典》，深受读者好评，获得众多媒体的介绍和推崇。连载专栏汇编成书。主要著作、制作有《新华侨》、《蛇头》、《独生子女》、《商欲》、《日本企业何以兵败中国》、《中国各省介绍》等书，制作了有关中国和海外华人的电视专题片，其中《新华侨》、《蛇头》、《中国各省介绍》在日本引起巨大的反响。莫邦富被认为是"新华侨"作家的代表人物之一。

林惠子（1952— ），原名朱惠玲，上海人，"文化大革命"中去东北吉林插队，1977 年恢复高考，她考入吉林大学中文系，毕业后在机关当文书，后调入南方的昆山任市委宣传部干部。1987 年结业于中国作家协会鲁迅文学院。1988 年赴日留学。曾任《上海文化报》特约记者。在上海设立"林惠子工作室"。出版作品有纪实文学《东京私人档案》、《樱花树下的中国新娘》；长篇小说有《樱花恋》、《忏悔梦》、《银座的天使》、《远嫁日本》、《卑微和高尚》、《今夜无梦》；短篇小说有《上海风情故事》；散文集有《中国女人和日本女人》、《中国男人和日本男人》。她的作品比之一般的留学生文学有新的突破，不再是描写海外打工经历的艰辛，而是描写不同文化交流过程中的生命体验和多重人生选择的主题，已涉及了旅日华人进入域外文化社会后所引发的文化差异和灵魂的冲撞，在旅日文学中占有重要的地位。

毛丹青（1962—　），出生于北京，1985 年从北京大学毕业后进入中国社会科学院工作。1987 年赴日本留学，后在日本从事过国际贸易工作，做过鱼虾生意，当过商人。1995 年至 1997 年任神户市市政顾问。1999 年以对日本的深度观察和独到见解写成的《日本虫眼纪行》获得日本第 28 届"蓝海文学奖"。2000 年始弃商从文，从事双语写作和中日文化交流工作，并被多本杂志聘为专栏作家。曾获日本第 28 届蓝海文学奖，在日本有固定的书友会，获奖作品曾分别由日本放送协会和中国国际广播电台连续朗读播放。现为神户国际大学教授，专攻日本文化论。他在日本出版的日文作品有《发现日本虫》、《日本虫眼纪行》、《虫眼观日》、《日本虫子日本人》；在国内出版的汉语作品有《狂走日本》（2004）、《闲走日本》（2006）、《感悟日本》（2008）、《日本的七颗铜豌豆》（2009）、《孤岛集》（2014）等。毛丹青的散文观察犀利，善于在日常生活的细枝末节中发现日本文化的本质，被称为"最富感性与悟性的知日派作家"。

杨逸（1964—　），原名刘莜，出生于哈尔滨。中学时代喜爱文学，喜欢沈从文、戴望舒、徐志摩等人的作品。1987 年东渡扶桑，考入御茶之水女子大学。毕业后在两家日本华文报社任职，也曾在中文培训机构担任中文教师。其间经历了结婚、生子、离婚的境遇，作为单身母亲，迫于生计，2005 年开始尝试用日语创作小说，受日本作家筒井康隆针砭时弊、直面人生的现实主义文风影响，开始成名作《小王》的创作。《小王》2007 年获得"文学界新人奖"。2008 年以小说《渗透时光的早晨》获得芥川文学奖，作品叙述的是旅日华人的故事，描写 20 世纪后期，黄土高原上的两名狂热青年梁浩远和谢志强的心路历程。他们一同考入西北一所大学后，听邓丽君的歌，参加宿舍里的文学沙龙，讨论人生理想。毕业后他们经历了一系列人生变故，梁浩远娶了日本战争孤儿的后裔来到日本，继续应对迎面而来的各种精神和生活上的困境；谢志强留在中国做美术设计。面对理想的挫折，他们虽然不断有所妥协，但仍然对生活充满热情和期待。杨逸之后又创作了作品《金鱼生活》(2009)、《狮子头》(2010)、《多味中国》(2010)等。

这群旅日华人作家或继续旅居日本，或已经回国，但在日本的文学活动，已成为他们人生中生命感悟与体验的重要组成部分。在日本，他们或工作，或学习，各自有自己的理想，各自有自己的事业，是"文学"把他们连接在一起。他们经常以各种方式，聚会研讨，就文学和他们关注的问题交流对话，以求提高与发展。如2011年7月9日，部分旅日作家在日本东京虎之门的东京中国文化中心，举行了"李长声先生等华人作家作品研讨会"，旅日华人作家李长声、莫邦富、王东、孙秀萍、姜建强、张石等携作品出席研讨会，大家就华人作家如何利用自己既了解中国又了解日本的优势，答疑解惑，以心传心，传达一个真实的日本展开了热烈讨论。

大体来说，旅日作家创作的主旨有两个方面：一是关于他们当下所处的地域 —— 东瀛扶桑，可名之为"想象扶桑"；二是关于他们所来自的故国 —— 华夏九州，可名之为"记忆华夏"。"想象扶桑"与"记忆华夏"构成了他们取之不尽用之不竭的写作资源，诉说着数千年的传统与现实、恩怨与情仇、向往与厌恶、拼搏与挫折、全速融合与排拒……在这里留下了无数"东渡人"的足迹与心影，不仅丰富了留学生文学，也充实了跨国界的华文写作，还成为世人观察中日两国历史与现实的一个借镜。

二、李长声笔下的夏目漱石

李长声（1949— ），长春人，20世纪80年代初曾任《日本文学》杂志社副主编，1988年起侨居日本，一度专攻日本出版文化史。20世

纪 90 年代以来，他为北京、上海、台湾、广东等地的报刊《读书》、
《文汇读书月报》、《联合文学》、《明报月刊》等撰写随笔专栏，结集
出版《樱下漫读》、《日知漫录》、《东游西话》、《四帖半闲话》、《枕日
闲谈》、《居酒屋闲话》、《风来坊闲话》、《东京湾闲话》、《哈，日本》、
《日下散记》、《日下书》、《浮世物语》、《东居闲话》等 20 多种随笔集。
2014 年生活·读书·新知三联书店为作者首次推出总题为"长声闲话"
的个人文集，从他发表的随笔作品中精选佳作，按主题内容分册编选。
文集包括 5 册：（1）《阿 Q 的长凳》（77 篇，中日之间的文化渊源、文
化比较）；（2）《系紧兜裆布》（76 篇，日本的精神与文化）；（3）《美
在青苔》（77 篇，日本文化之"美"）；（4）《吃鱼歌》（73 篇，日本的
饮食、记游）；（5）《太宰治的脸》（74 篇，日本文学、作家）。

　　李长声以"勤工观社会，博览著文章"自励，被誉为当今"文化知
日第一人"，他的文字延续了黄遵宪、周作人以来的知日传统，不但有
知识、有见识、有态度，为读者"知日"带来新意。李长声的随笔以日
本为写作对象，而所涉范围极广。从历史、文学、艺术到饮食、风物、
民俗，从阳春白雪到大众流行，从文坛掌故到社会百态，几乎无所不
包。由于浸淫得深，观察得透，往往能独辟蹊径，以小见大，道常人所
不能道。他的日本文化观察在海内外华人读书界享有颇高声誉。著名文
学评论家陈子善称他为"当下国内状写日本的第一人"。著名作家章诒
和说"李长声所写，涉及范围极广，像个万花筒，拿起轻轻一摇，就是
一幅日本社会图景"，甚至不由地发问："他那支笔是怎么练的？"

　　夏目漱石是日本文学、文化绕不过去的高峰，李长声观察、评说日
本文学和文化，自然也离不开夏目漱石。他还在国内编辑《日本文学》
刊物时，就编发了夏目漱石的门生寺田寅彦回忆老师的随笔《追怀夏目
漱石先生》，文中缅想了作者在熊本第五高等学校拜先生为师学习创作
俳句，先生上课、讲座的情形，作者大学时代与先生的进一步交往：星
期四的聚会，一起赏画听曲，创作《我是猫》的素材，先生与朋友的交

往，两次胃病住院等，这些都有具体生动的叙述。作者感叹："我从先生那儿得到许许多多的教诲，不光学到了创作俳句的技巧，还懂得了靠自己的眼睛去发现自然美的真谛，同样，也学会了辨识人们内心的真伪，从而热爱纯真、憎恨虚伪。"[①] 文章从一个弟子的视角，以大量丰富生动的细节，刻画了夏目漱石的为人处世、性情爱好、音容笑貌，还原了一个有血有肉、具体可感的教师、作家、学者、朋友的形象。这样的随笔，大概就是李长声想要的随笔；这样的夏目漱石，也是李长声在论著、文学史著作中难以看到的夏目漱石。

夏目漱石也许不是李长声最喜爱的日本作家，他大概更偏爱永井荷风、谷崎润一郎、太宰治这类作家。但在李长声的随笔中，夏目漱石是出场频率最高的日本作家。在他笔下，夏目漱石是日本的一块招牌，是日本文学的标尺，只要有机会，李长声会把他亮出来，以他为基准加以衡量评说，随时拿他作例证来说明什么——讲到作家起名字，讲到日语存亡，甚至介绍一个作家（内田百闲）时也会说"他是夏目漱石的弟子"；说到美食，会联想到《我是猫》中的罗马盛宴；谈到喝酒，又举《春分过后》里的名言（"一切冒险始于酒，而终于女人"）；说书名商标、作家全集，举例的还是夏目漱石。

纵观李长声笔下的夏目漱石，有几点比较突出：

（一）对日本后世影响深远。 夏目漱石创作的当时，由于与自然主义主流的不一致，遭到自然主义作家田山花袋、正宗白鸟等的批评，称《我是猫》是"高级落语"，《虞美人草》冗长散漫。但现在回头看，"一百年过去了，与漱石同时代或后来留名的作家大都不过是文学史上的存在，而漱石仍然被人们读"[②]。李长声用数字加以佐证：2005 年岩波书店对 1927 年以来刊行的岩波文库进行读者调查，统计"读者喜爱"

---

① 〔日〕寺田寅彦：《追怀夏目漱石先生》，谭晶华译，《日本文学》1983 年第 3 期。
② 李长声：《纸上声》，商务印书馆 2013 年版，第 2 页。

的作品，夏目漱石的《心》位居第一，《哥儿》第二，《我是猫》第四，他的《三四郎》、《草枕》、《从此以后》、《门》都在百位以内。新潮社从 1952 年出版文库版《心》，50 多年里印刷达 600 万册，每年的暑假都要增印 10 多万册。在早期写的《日本文学小史》中有"近代文学两巨星"一节，"两巨星"指的是森鸥外和夏目漱石，文中写道："尤其漱石，备受民众崇敬，其作品始终列在男女老少的必读书目上。……创作生涯仅十一年，作品或轻妙或苦涩，为日本留下宝贵的文化遗产。"[①]

　　夏目漱石的深远影响不仅在于其作品，还有他独立高迈的人格。李长声在随笔中几次读到夏目漱石拒绝当局颁发的博士学位，婉拒大臣邀约家宴，抗议政府组建的文艺委员会，认为以官方权力干预文学，文艺不可能兴隆，反而有害。这样一身傲骨的作家，"漱石的后尘不乏人步，如八十年后的大江健三郎峻拒文化勋章，但要说义正词严，唯漱石长留天地间"[②]。

　　（二）创作的独创性。 将夏目漱石摆在明治文学史上看，与当时流行的自然主义文学完全不同，是个人化的独创存在，李长声写道："漱石主张：文章以趣味为生命，文学是吾人趣味之表现。文学越发达，在某种意义上越是个人的东西。不充分展示强大的人格力量就不能说是优秀的东西。"[③]梳理李长声的相关文字，他认为夏目漱石创作的独创性表现在三个方面：第一，创新的文体。如《草枕》（《旅宿》）虽只用半个月完成，却是一部"开天辟地以来不见其类"的小说，他引证夏目漱石结弟子的信佐证：小说"是在与世间普通小说完全相反的意义上写的。只要把一种感觉 —— 美妙感觉留在读者的头脑里就行。此外并非有什么特别的目的，也因而既没有情节，也没有事件的发展"[④]。这样没有情

---

① 李长声：《日知漫录》，电影出版社 1998 年版，第 262—263 页。
② 李长声：《纸上声》，商务印书馆 2013 年版，第 11 页。
③ 李长声：《纸上声》，商务印书馆 2013 年版，第 5—6 页。
④ 李长声：《纸上声》，商务印书馆 2013 年版，第 6 页。

节，没有事件，只有感觉的小说在明治文学史上确实是独创性的。同样，"《我是猫》也不是'给人读故事的普通小说'"①。以一只猫的眼睛观察世界，无头无尾。这样的小说文体在日本文学史上具有首创性。第二，语言的独创性。李长声将夏目漱石的创作摆在"言文一致运动"的背景下来看其语言的独创性，言文一致是以"声音中心主义"排斥传统的汉文，而具有深厚汉学修养的夏目漱石，"从'文'的水准予以排斥，自然主义派作家没有'文'的意识，语言被当作透明的媒介"②。换句话说，夏目漱石的语言包含着"文"的意蕴，区别于自然主义口语化、一览无余的大白话。李长声引证历史小说家司马辽太郎的观点，认为"夏目漱石和正冈子规确立了日语"③。第三，视角的独创性。这一视角就是写生文的视角。写生文是由正冈子规倡导，但加以系统论述和创作实践取得实绩的是夏目漱石。他写过长文《写生文》，李长声引述："写生文家对待人世的态度不是贵人看贱人的态度，不是贤者看愚者的态度，不是君子看小人的态度，不是男看女、女看男的态度，而是大人看小孩的态度，父母对儿童的态度。世人不这么想，写生文家本身也不这样，但解剖则最终归着于此。"并解释道："写生文作者的心态是大人看小孩，不哭地叙述别人的哭，这对于主张一五一十写现实的自然主义阵营是很大的刺激。"④说到底，夏目漱石独特的视角，就是"非人情"的视角，不被表现对象的情绪牵着走，而是以超越人情之上的"自我"的视角观察、表现对象。正是这样的独创性，确立了夏目漱石在文学史上的崇高地位和深远影响。

（三）充分肯定夏目漱石的汉诗创作。夏目漱石由汉诗、俳句创作走上了文学道路，汉诗贯穿他的一生。只是他的小说影响太大，学界往

---

① 李长声：《纸上声》，商务印书馆 2013 年版，第 6 页。
② 李长声：《纸上声》，商务印书馆 2013 年版，第 7 页。
③ 李长声：《纸上声》，商务印书馆 2013 年版，第 7—8 页。
④ 李长声：《纸上声》，商务印书馆 2013 年版，第 9 页。

往不太提及他的汉诗。李长声有一篇题为"另半个漱石"，就是针对这一情况的，文章从江户时代汉学兴盛说起，谈到明治时代一批作家的汉学修养，夏目漱石是其中突出的一位，青少年时代奠定的汉学功底在其创作中影响明显，夏目漱石一生写了二百余首汉诗，更重要的是汉诗世界是他的精神寄托与归宿，"漱石写小说是'俗了'，俗不可耐，用汉诗创作来回归自我，表现自我。汉诗是他的本质，所达境界的结晶。他一度是英语教师，以小说留名青史，但终生是汉诗人。……漱石的汉诗偶有'和臭'（不合乎地道中文的日本式遣词造句），但无碍大观，在日本千余年汉诗史上是一座高峰。"[①] 而日本的学界、评论家忽视其汉诗，研究考察的只是半个夏目漱石。

（四）**为大众写作**。学界有人认为夏目漱石有知识分子的清高，对普通大众不太关注。但李长声不这么看。在随笔《漱石那只猫》中，李长声提出了一个问题：夏目漱石的创作是日本近现代文学的巅峰，但后来的川端康成、三岛由纪夫等大作家编著"文章读本"，推荐佳作，广征博引，但只字未提夏目漱石，这是为什么？他分析后得出结论：日本近代以来学习西方，以自然主义的"告白"为代表，形成私小说的纯文学传统。夏目漱石，"既不是自然主义者，也不是新浪漫派作家，'我就是猫'。他是写给'不曾见过文坛的后街小巷'、'受过教育但普通的士人'，并且使读者'保持精神性健康'，因而被夸示病态的作家视为'大众文学'。这就是川端康成、三岛由纪夫不睬漱石文学的根由所在"[②]。这种大众写作，也许不是夏目漱石的自觉追求，但一百余年的事实——夏目漱石作品受到各阶层读者的欢迎，应该是有说服力的。

总之，李长声理解描述的夏目漱石形象，是一个独立和理智的形象。"作家往往有自己的历史标准像，例如太宰治高踞酒吧的凳子上，

---

① 李长声：《温酒话东邻》，上海书店出版社 2012 年版，第 58—59 页。

② 李长声：《纸上声》，商务印书馆 2013 年版，第 10 页。

像一堆颓废；芥川龙之介目光炯炯，仿佛看透了漠然的不安；而夏目漱石支头沉思，臂戴黑纱（其实他在为明治大帝戴黑纱）。"①

李长声对夏目漱石有一种敬仰的情怀。这种情怀自觉不自觉地内化在自己的随笔创作中。这种"内化"，当然不是指写过几篇以夏目漱石为题材的散文，也不是指经常拿夏目漱石来说事，而是指在美学观念和审美倾向上的内在共鸣。

夏目漱石文学重要的审美观念是"余裕"、"低徊趣味"。他曾解释"低徊趣味"："如名称所示，这种趣味表现为尽可能长时间地伫立不动的趣味，从一个角度来说，就是不轻易向前推进的趣味。这种趣味若非是'有余裕'的人，则很难体会和把握住的。……写小说也是如此，如果特别在意篇中人物的命运，那么小说节奏就会变得紧张，从而失去了自然和余裕，低徊趣味也就淡化以至消失了。"②对此，李长声有很深的体会，他说："夏目漱石说，人不立于闲适的境界是不幸的，他的文学是闲适的文学。"③李长声用"闲适"来概括漱石文学的审美倾向，他的散文创作，也是以"闲适"为审美追求。他的随笔集好几种以"闲"、"漫"命名：《枕日闲谈》、《东居闲话》、《四帖半闲话》、《居酒屋闲话》、《风来坊闲话》、《樱下漫读》、《日知漫录》等，生活·读书·新知三联书店的精选集总题是"长声闲话"。他曾在一本随笔的后记中写道："我爱读随笔，自以为写的这些东西也可以叫随笔。散文讲究抒情与藻饰，小品则轻灵，而随笔，我自设的标准是知识性和趣味性，养人性情。凡事都含有知识，写得有知识是不难做到的，读来有趣却不易。所谓有趣，不单是用语造句行文之妙，主要还在于伏案走笔的心态。"④什么样的心态？就是一种闲适的、赏玩的、悠然的心态，也就

---

① 李长声：《纸上声》，商务印书馆 2013 年版，第 12 页。
② 〔日〕夏目漱石：《〈鸡冠花〉序》，王向远译《日本古典文论选译》近代卷（下），中央编译出版社 2012 年版，第 681 页。
③ 李长声：《文学散步与散步文学》，《纸上声》，商务印书馆 2013 年版，第 108 页。
④ 李长声：《日下散记·后记》，花城出版社 2010 年版，第 181 页。

是夏目漱石所说的"余裕"和"低徊趣味"。

三、陈德文：译介中的接受

陈德文（1939—　　），江苏邳县人。1960 年考入北京大学学习日本语言文学，1965 年毕业后在对外贸易部工作，1972 年调南京大学，1976 年首次访日，1977 年开始日本文学翻译，此后至 1987 年的 10 年，是他翻译研究日本文学的高潮时期，先后翻译出版井上靖、夏堀正元、岛崎藤村、夏目漱石、宫本辉、黑岩重吾、德富芦花、东山魁夷、永井荷风、谷崎润一郎、幸田露伴的作品。1989 年作为"日本国际交流基金"的访问学者到东京国学院大学从事日本文学研究，主要以岛崎藤村为研究课题，之后又多次赴日考察交流。20 世纪 90 年代完成著作《岛崎藤村研究》、《日本现代文学史》、《野间宏研究》，同时继续翻译日本文学，尤其是对散文的翻译。1998 年应邀赴日本爱知文教大学任专任教授、博士生导师，还兼任名古屋学院大学、岐阜东海女子大学客座教授，在教学、翻译、研究日本文学之余，考察日本文化和地方风习，足迹遍历日本列岛。21 世纪以来，主要译介薄田泣堇、三岛由纪夫和太宰治的作品。20 世纪 70 年代以来，陈德文在报刊发表散文创作，至今已结集出版《我在樱花之国》（译林出版社 1993 年版），《花吹雪》（百花文艺出版社 2001 年版），《樱花雪月》（安徽文艺出版社 2010 年版）。

陈德文一直在学习、翻译、研究日本文学，与日本近代文豪夏目漱石也有了某些交集。

陈德文从小喜爱文学，在小学时语文成绩一直优秀，作文经常被老师当作佳作在课堂讲评。1960 年高考被北京大学中文系录取，但报到后被调剂到东语系学习日本语言文学。当时感到沮丧，为没能学习自己感兴趣的古典文学而懊恼。但在后来的学习当中，培养起对日语、日本文学的兴趣，陈德文曾经写道："刚入学时，我对学习日语抱有成见，缺乏兴趣，后来读了《我是猫》、《破戒》等名作，逐渐改变了观念，坚定了信心。记得在北大四十斋宿舍走廊的阅报栏前，捧着饭碗看完《光明日报》刊载的恩师刘振瀛先生《夏目漱石文艺书简》的评介文章，十分激动，决心将自己的一生定位于日本文学的研究与翻译。"①

引文中提到的"恩师刘振瀛"也成为陈德文与夏目漱石之间的桥梁，刘先生早年留学日本，1951 年在北京大学东语系任教，讲授日本文学，他是当时研究日本文学和夏目漱石的专家。1958 年人民文学出版社出版的《夏目漱石选集》请他写了一篇很有分量的《前言》，之后他还翻译了《夏目漱石文艺书简》、《我是猫》、《哥儿》等作品。当年他在文学史的课堂上，夏目漱石是重要的教学内容，为学生了解漱石文学奠定基础。陈德文在纪念刘先生的文章中写道："我上三年级时，刘先生教我们日本文学史。当时没有现成的教材，刘先生一边编写教材，一边讲课。他为我们讲夏目漱石、岛崎藤村、近松、西鹤、和歌、能乐等日本近代和古典文学的精粹，使我们眼界大开。……听了刘先生的课，奠定了以后从事日本文学研究的基础。"②

在陈德文几十年的日本文学翻译过程中，夏目漱石文学的翻译占有很大的分量。他先后翻译出版了夏目漱石的"前期三部曲"、《草枕》、《哥儿》和部分散文随笔。

20 世纪 80 年代最初的几年，陈德文以主要精力翻译夏目漱石的"前期三部曲"。1980 年冬他在北京参加首届日语教师师资培训班，在学习之余和周末假日翻译《从此以后》，几个月后完成译稿，1982 年春由湖南人民出版社出版，首印 81500 册，很快售完，又增印了 3 万本。1982 年底译完《门》，1983 年初出版，首印 55000 册。而在 1981 年 3

---

① 陈德文：《夏目漱石小说选·前言》，《夏目漱石小说选》，人民文学出版社 2010 年版，第 4 页。

② 陈德文：《纪念刘振瀛先生》，《花吹雪》，百花文艺出版社 2001 年版，第 223 页。

月陈德文参观东京大学，这是夏目漱石学习、工作过的地方，也是小说《三四郎》故事展开的主要场景。他在"三四郎池"（心字池）畔流连忘返，产生将"前期三部曲"完整译介的愿望，因而 1983 年初又开始翻译《三四郎》，当年完成译稿交出版社，又将《从此以后》、《门》作了一次校订，三部曲合集以《夏目漱石小说选》（上）于 1984 年 11 月出版。2010 年 3 月，"前期三部曲"的合集还以"夏目漱石小说选"为题，由人民文学出版社出版，该版列入"日本文学丛书"系列的一种。

陈德文接下来翻译出版的夏目漱石作品是《草枕》和《哥儿》。两部作品合为一册，作为"日本文学流派代表作丛书"的一种，由海峡文艺出版社 1986 年 8 月出版。"日本文学流派代表作丛书"的出版是中国日本文学译介的一件大事，20 世纪 80 年代中期，福建海峡文艺出版社牵头，加上江苏、湖南、吉林、黑龙江、四川的人民出版社和中国文联出版公司七社联合出版，分现实主义、浪漫主义、自然主义、唯美主义、新思潮、新感觉派、新兴艺术派、无产阶级文学、战后派等思潮流派的代表作。共计出版 30 多种。陈德文后来回忆："一九八五年，我在早稻田大学学习和研究期间，接到丛书编委会要我翻译这两部作品的约请，翌年回国后即行着手翻译。一九八六年八月，该书由福建海峡文艺出版社出版，首印三千七百五十册，很快就在市面绝迹了。"① 其中的《草枕》经过修订，又在 2014 年由上海译文出版社再版。

陈德文的日本文学翻译，其实用功最勤的是散文翻译。先后翻译出版了松尾芭蕉、幸田露伴、德富芦花、永井荷风、薄田泣堇、东山魁夷等人的散文专集。还编译了《日本散文百家》（人民日报出版社 1989 年版）、《世界经典散文新编·日本卷》（春风文艺出版社 1997 年版）和《日本名家随笔选》（百花文艺出版社 2001 年版）三本日本散文合集。在三本散文合集中，陈德文选译了夏目漱石的《白发人生》、《病愈回

---

① 　陈德文：《〈草枕〉再版后记》，《草枕》，上海文艺出版社 2014 年版，第 141 页。

归》、《正冈子规》、《雾》、《长谷川君和我》、《战争造成的差错》、《三山居士》、《初秋的一天》、《入社辞》、《凯威尔先生的告别》、《火钵》、《下宿》等篇什。在此基础上，陈德文将夏目漱石的两部散文代表作《永日小品》、《往事漫忆》译成汉语，集为一册《暖梦·夏目漱石散文随笔集》，收入"慢读译丛"，2014 年 9 月由花城出版社出版。

陈德文翻译夏目漱石作品的版本列表如下：

序号	书名	出版社	出版时间	备注
1	《从此以后》	湖南人民出版社	1982 年 4 月	
2	《门》	湖南人民出版社	1983 年 1 月	
3	《夏目漱石小说选》（上）	湖南人民出版社	1984 年 11 月	"前期三部曲"合集
4	《哥儿·草枕》	海峡文艺出版社	1986 年 8 月	列入"日本文学流派代表作丛书"中的"现实主义"之一种
5	《夏目漱石小说选》	人民文学出版社	2010 年 3 月	"前期三部曲"合集
6	《草枕》	上海文艺出版社	2014 年 6 月	
7	《暖梦：夏目漱石散文随笔集》	花城出版社	2014 年 9 月	列入"慢读译丛"

陈德文前后 7 次赴日本相关高校或科研机构访学、研究日本文学和文化，尤其是自 1998 年至今的十几年旅居日本的生活，让他有机会从容地追寻夏目漱石的足迹，参观考察夏目漱石学习、生活、工作过的地方和纪念馆，从而获得更多信息和资料，深化对夏目漱石及其文学的理解。早在 1981 年，作为首届日语教师培训班的学员访日培训来到日本，3 月 18 日参观东京大学，"瞻仰夏目漱石留英归来任教的圣迹，绕心字池（又名三四郎池）漫游一周。……倍感亲切。"①

2003 年 12 月，陈德文有一次"四国行"，来到松山寻迹当年夏目漱石在松山中学教书的足迹，这里也是后来在小说《哥儿》中描写的背

---

① 陈德文：《岛国一月游》，《花吹雪》，百花文艺出版社 2001 年版，第 263 页。

景。在这里他乘坐了"哥儿小电车",在夏目漱石洗浴过的道后温泉入浴,在三楼茶室看到壁龛供奉的夏目漱石座像和夏目漱石手书的"则天去私"条幅。在松山处处能感受到夏目漱石和夏目漱石文学的存在,松山的主要景点,经常可以看到夏目漱石俳句的刻碑,在饭庄有经济实惠的"哥儿套餐",在密林掩映下的夏目漱石故居——愚陀佛庵也保存完好。

2007年10月,陈德文又有一次九州游。此行重要的目的是寻访夏目漱石在熊本居住四年多的遗迹。参观了夏目漱石在坪井的故居,听到"五高"开学典礼上夏目漱石讲话的录音,看到书斋墙上夏目漱石手书的"文质彬彬"的匾额。陈德文遥想当年夏目漱石在这里与镜子结婚,生下长女笔子,与弟子寺田寅彦的交往,在此积累后来创作《草枕》、《二百十日》的素材。他在2008年写道:"去年秋天,我到'森林之都'熊本一游,在熊本大学校园内拜谒了夏目漱石早年任教'五高'的旧址,凭吊了作家故居——位于坪井街的夏目漱石纪念馆,在他亲笔题额的'文质彬彬'书斋里小坐片刻,聆听他一百多年前的演讲录音。夏目漱石那浑厚的嗓音震荡着我的心胸,使我更加真切地感受到这位明治大文豪鲜活的文学生命和不朽的人格魅力。"①

陈德文翻译夏目漱石、追寻夏目漱石的足迹,因为他敬仰夏目漱石,甚至在许多方面与夏目漱石有着心灵深处的共鸣。他曾评价夏目漱石:"夏目漱石是一位博大精深的作家。他正视现实,富于理智,它既有东方古典文化的教养,又受到西欧现代文明的熏陶。这些都是他成为一代大家的重要因素。一个世纪以来,许多致力于文学的青年,如武者小路实笃、芥川龙之介等人,都是受到'漱石文学'的哺育而成长为有才华的作家的。直到今天,夏目漱石的作品在国内外仍然拥有广泛的读者。"② 这里他用"博大精深"、"一代大家"和对后世的深远影响来评说

---

①　陈德文:《夏目漱石小说选·前言》,《夏目漱石小说选》,人民文学出版社2010年版,第4页。

②　陈德文:《〈从此以后〉前言》,《从此以后》,湖南人民出版社1982年版,第2页。

夏目漱石的文学史地位。同时他用"正视现实，富于理智"来概括漱石文学的特点。这种概括是准确的，也是主体期待视野中的接受。陈德文的散文创作也充满现实关怀和理性精神。

陈德文的散文除了纪游性的文字外，主要是直面现实的人生百态和社会世相的描述，充满现实关怀。他细致观察社会人生，往往在中日社会的对比参照中警示中国现实。在《乌鸦》、《演歌》、《冬夜的叫卖》、《千年虫》、《贺年卡》、《危机》、《女人与狗》、《秋夜的沉思》、《厕所杂记》等篇什中，他将身边可见可闻可触的事物信手拈来，富于生活的质感和情趣，也揭示生活中的问题，为问题的解决提供理性的分析。如《乌鸦》中由"日本的乌鸦真多"起笔，说到国人视乌鸦为不吉的习俗，反说乌鸦的仁义、聪明及文学中的乌鸦，在"乌鸦反哺"之后有一段理性的诘问："成天把'文明'、'道德'挂在嘴边的人类，有的竟连乌鸦也不如，欺老和弃养的事情不是屡见于报端么？仅就这一点，人类就应该向乌鸦举手敬礼，有什么资格厌恶和鄙弃它们呢？"[①]着笔的是乌鸦，关注的是人世。《女人与狗》描述了当今世界豢养宠物，人牵狗、狗牵人的独特风景，由此引发人、狗关系，人与动物平等的议论。在陈德文看来，真正的平等应该是让人像人自由地生存，让狗像狗自由生长，让人过狗的日子和让狗过人的生活都不是平等。"大凡动物，都和人一样，向往自由自在、无拘无束的生活。'羁鸟恋旧林，池鱼思故渊'。把鸟锁在竹笼里高挂于庭树之上，把猫狗套上环子关闭于华屋之侧，'爱你没商量'，任意剥夺它们自由生存的权利，只顾自己消遣玩乐，不管动物幽闷惨苦，这哪里有一点平等意识呢？"[②]作者把这种"宠物热"视为后现代主义的文明病。在陈德文关于社会人生的散文中，很容易发现理性思考的色彩。《盆节的悲喜》、《灵魂的失落》、《"我是中国人"》、

---

① 陈德文：《乌鸦》，《花吹雪》，百花文艺出版社 2001 年版，第 4 页。
② 陈德文：《女人与狗》，《花吹雪》，百花文艺出版社 2001 年版，第 30 页。

《老后》等篇，关于社会秩序、民族文化和生老病死等人生重大问题，理智的思考和反省成为文脉中律动的强流。

夏目漱石的作品具有悲情倾向，且不说大病后的《往事漫忆》，他的小说也总是表现主人公在爱情或现实面前的失意。夏目漱石因家道中落，出生不久即被送出寄养，成年后为生活奔波，患有严重的胃病和神经衰弱症，精神和肉体饱受折磨，可以说是充满忧患的一生。这些表现在他的创作中，渗透着一种厌世悲伤的情怀。陈德文在翻译夏目漱石作品中有深深的体悟。"他的大部分创作，着力描写知识分子的孤高性格和失意的心境，……致使一些作品带有悲观主义的色彩。"[①] 其实，与其说是"体悟"，不如说是共鸣。陈德文出生于农村，幼年生活的艰苦，求学经历的坎坷，腰椎疾病带来的痛楚，"文化大革命"灾祸带来的心理阴影，都是他对夏目漱石文学的悲情发自心灵深处的认同。他坦言："我的经历充满坎坷，忧患是人生的底色，较之欢乐，我更关注苦难，痴爱悲情文学。我写怀旧散文，总是有意无意顾念这种'人间的悲哀'，执意从中发掘生命的美丽。"[②] 在《花吹雪》中题为"心影迷离"一辑回忆散文中，对家庭贫苦伤痛的抚慰，对祖母、父母、大哥和"少年三友"的缅怀，可以看到"痴爱悲情"是陈德文与夏目漱石情感倾向和审美选择的相通。

第二节　陈希我与夏目漱石

在中国当代文坛上，陈希我是一位难能可贵的严肃作家。他渴望自由追求，敢于揭发与冒犯，充满着对社会和人性的激愤。这种具有强烈批判精神的创作风格与日本作家夏目漱石颇为相似。夏目漱石是陈希我

① 陈德文：《夏目漱石小说选》（上），前言，湖南人民出版社 1984 年版，第 4 页。
② 陈德文：《又见非花吹雪时》（代序），《花吹雪》，百花文艺出版社 2001 年版，第 3 页。

最推崇的日本作家之一。早在大学期间，他就已经接触到了夏目漱石的作品。1989 年留学日本以后，陈希我更是广泛阅读了夏目漱石的作品。如今作为福建师范大学的教授，陈希我多年来把夏目漱石及其作品作为 20 世纪日本文学最重要的篇章，对学生重点讲授和推介。他曾在多篇文章和多种场合中明确表示自己不仅敬佩夏目漱石，而且创作上也受到夏目漱石的影响。2009 年，陈希我发表题为"夏目漱石：永远的反动派"的论文，全面阐述了自己对夏目漱石的评价和看法。陈希我之所以特别推崇夏目漱石是因为他们个性气质相投、思想品格契合，有着相似的孤独痛苦的人生经历和敢于冒犯的先锋精神。夏目漱石对陈希我的创作影响特别深。陈希我不仅接受了夏目漱石的"入世"文学观和批判精神，而且在表现对象和叙事艺术上也与夏目漱石有不谋而合之处。他们既有诸多惊人的相似，又有着根本的不同。

一、孤独痛苦的人生经历

陈希我与夏目漱石虽然生活在不同的时代和国度，但他们的人生经历却非常相似。他们自小孤独敏感，有着相似苦难的成长岁月和艰辛的国外留学生涯，体验着相似的大学教师职业、遭受相似的疾病折磨，甚至都对命运绝望过，都曾有厌世自杀的倾向。但是，他们从不屈从命运，坚持奋斗，勤奋写作，孤独痛苦的人生经历反而丰富了他们的文学创作。

夏目漱石出生于 1867 年的江户（东京）一个士族家庭，在家中排行最小，一出生就被送给别人抚养，9 岁才回归出生的家庭。由于缺少亲情关怀，夏目漱石从小就十分敏感、孤独和痛苦。后来，生父与养父因明治维新而双双被撤职，家道中落的夏目漱石又饱受世态炎凉。他独来独往，我行我素，常以怪人自居，也被世人视为怪人。23 岁那年，夏目漱石进入东京帝国大学（现东京大学）接受高等教育。大学毕业以后，他曾担任过师范和中学教师，但因不满现实而感到苦闷孤独。1900年，夏目漱石赴英国留学。然而，他在伦敦寓居两年近距离接触到的西方文化令他十分失望，因而郁郁寡欢，得了神经衰弱症，有人甚至传言他发了疯。回国后，夏目漱石受聘东京大学教授英国文学。虽然他在教学上花费了很多的心思和精力，但他的课程似乎不大受欢迎，这使他十分苦闷和矛盾。1905年，夏目漱石发表第一部长篇小说《我是猫》，一举成名。他深受鼓舞，创作热情高涨。1907年，为了实现"读自由的书，说自由的话，写自由的事"的文学理想，他决心辞去大学教职，加入朝日新闻报社，开始专业创作。然而，1910年的一场大病几乎置夏目漱石于死地，他从此痛恨人生的无常和痛苦，开始滋生厌世主义倾向，曾经想到过自杀。1916年，夏目漱石因胃溃疡去世，临终前还在写作他的长篇小说《明暗》。

陈希我与夏目漱石有着相似的人生苦难经历。他出生于新中国经济最困难的1963年，生活条件十分艰苦，少年时代经历了"文化大革命"的动荡岁月，成长环境很不安定。陈希我虽然比夏目漱石幸运，拥有一个幸福的家庭，父母对他也疼爱有加，但他生性敏感，从小酷爱自由、嫉恶如仇，常常因看不惯现实中的丑恶现象而感到孤独和痛苦。身为教师的母亲对他管教甚严，但他太叛逆，总是惹祸。1983年，陈希我从福建师范大学毕业，因抗议分配不公而遭受处分，被分配到一个偏远的农村中学教书，一待就是6年，非常苦闷孤独，甚至有过自杀的念头。他总是看到社会中的阴暗面，与周围的环境时常发生冲突，生存处境日益尴尬。不得已，陈希我于1989年自费出国留学，最初是想去澳大利亚，后被迫改签日本，从此与日本结下不解之缘，开始6年的艰苦求学生涯。在日本，他必须顾及读书、打工和签证三样事，缺一不可。夏目漱石满怀对西方文明的向往前去英国，却失望透顶而归。相反，当年陈希我去日本留学之前对日本并无好感，在日本6年也"一直处在兼顾各方面的拉扯中"，但他却觉得很受益，"最大的益处是看了世界，其中特别是接触了日本文学"①。1994 年，陈希我回国成为海归，做过自由作家，攻读了文学博士学位，现为福建师范大学教授。陈希我早年患上的痛风症给他带来的身心痛苦与夏目漱石的神经衰弱十分相似。痛风症不但给陈希我带来身体上的剧烈疼痛，而且使他常常产生焦虑恐惧的心理，从而导致他时时对自己的身体和周遭的生存处境保持敏感。此外，陈希我在物质生活上曾有过短暂的富裕，但很快又陷入困顿。这种巨大的落差，令他比其他人对现实生活更具冲突。海外归来的陈希我用心写作，近十年来陆续创作了《抓痒》、《冒犯书》、《大势》等大量作品。然而，由于他的作品极具"冒犯"姿态，所以发表很不顺利，社会各界人士对他也颇有争议。他深知自己在文学之路上走得很艰难，但还是决心走得更远。

二、高蹈悲愤的知识分子品格

很多人认为在日本作家中，陈希我更喜欢谷崎润一郎、川端康成和三岛由纪夫，甚至他自己也有所迷惑，但这些作家除了让他欣赏之外总感觉不满足，原因就在于他有着夏目漱石式的"高蹈"而悲愤的知识分子品格。陈希我曾经坦言，夏目漱石是他在灵魂上追随的目标。

夏目漱石毕业于东京帝国大学，又有两年的英国求学经历，学识渊博，"高蹈"又悲愤，具有鲜明的自由思想、独立人格和批判精神，是日本最早接受现代教育的高级知识分子之一。他对明治日本有着清醒的认识，终其一生都在思考日本，尤其是日本知识分子的出路，却苦于没有答案。陈希我说，"夏目漱石愤世嫉俗，悲观消沉"，可以称之为"愤怒的漱石"；"他对自己的国家，自己的时代，既恨又爱，爱得深，因此也恨得切；也因为恨得切，难免没有'恨铁不成钢'的不择手

---

①　刘敬文、陈希我：《只有锋利才能冒犯》，《晶报》2007 年 1 月 27 日。

段"①。的确如此，夏目漱石洞察到了明治日本在飞速发展中存在许多自身无法克服的问题，因而对明治时代不但没有一点好感，而且"充满了不信任和不安"。他总是严厉指出明治日本存在的种种弊端，大胆批判当时社会的黑暗现象。他强烈反对国家权力机构干涉学术，拒绝接受政府授予他的博士称号。夏目漱石把自己的高蹈悲愤诉诸于笔端，在作品中塑造了一系列充满矛盾和追求、充满迷惘又不甘堕落、充满理想又与残酷的现实格格不入的知识分子形象。苦沙弥正直善良，鄙视世俗，不与败坏的社会时尚同流合污，但过着无聊、庸俗的生活，因而觉得生不如死，痛苦无比。哥儿也一样，他有着独立人格，不随波逐流，始终坚持自己的信念，但黑暗的现实令他愤懑和窒息。他强烈不满乡村中学的乌烟瘴气，所以逃到东京来，但没想到东京也不是人待的地方。哥儿一次又一次的失望，一次又一次地逃离。偌大的日本根本就没有适合哥儿生存的土壤。苦沙弥与哥儿身上明显有着夏目漱石的影子。

陈希我说："杰出的作家几乎都是愤世者、绝望者，巴尔扎克如此，卡夫卡如此，夏目漱石如此，鲁迅也如此。"②其实，陈希我自己又何尝不是如此。他与夏目漱石一样既憎恶又热爱，也有一种众人皆醉我独醒的高蹈悲愤心理。著名评论家林宋瑜对陈希我的评价十分到位。他认为，陈希我"比一般人怯懦，又比一般人勇敢。而且他过于较真，他的怯懦在于他的极端敏感而无法回避那些生活真相、灵魂话题"；他"躲在阴暗角落里，内心充满不安、沮丧和焦虑。而他的勇敢又在于他敢直面人性之恶，通过抒写现实惨象走出恐惧的困境"③。与夏目漱石一样，陈希我对当代中国和当代中国知识分子有着清醒的认识。他认为，"20世纪80年代末是个分水岭"，"是当代中国精神失落状况的起源"。在

①　陈希我：《夏目漱石：永远的反动派》，《名作欣赏》2009 年第 9 期。
②　陈希我：《夏目漱石：永远的反动派》，《名作欣赏》2009 年第 9 期。.
③　林宋瑜：《尖锐中的柔软，黑暗里的微光 —— 关于〈大势〉及其他》，《名作欣赏》2010 年第 16 期。

一味追求物质利益的现代社会，中国知识分子虽然骨子里还存在经邦济世、治国平天下的思想观念，但似乎彻底丢失了儒家精神。为此，他十分关注现实社会，为当代中国人和当代中国知识分子的前途与命运担忧。陈希我的许多作品涉及了当代社会状况和中国当代知识分子。《抓痒》中的嵇康大学毕业后下海经商，努力奋斗，很快脱贫致富。他以为挣到钱就能解决一切问题，但是事实并非如此。他看不惯消费时代的物欲膨胀和人性的贪婪，不肯昧着良心降低房屋建造的工程质量，常常为自己与权贵的同流合污而深深自责，也看透了爱情的可笑和婚姻的荒谬。在精神困顿之中，嵇康不断地逃离，但无处可逃，最后只能虐恋，不堪忍受在人格分裂中挣扎而毁灭自己。《大势》中的王中国也接受过高等教育，曾经是一名中学教师，有一定的才华。他认为"知识是有尊严的"，知道"什么叫公平、民主、自由、平等"，"既想挣钱，把生活搞好，又要尊严，讲究平等"。这种知识分子的强烈自尊和高傲令他在与傲慢张狂的权贵家长合作时感到万分痛苦，以致造成激烈的冲突。但他无力反抗现实，因为他是"书呆子"。

三、敢于冒犯的先锋精神

先锋戏剧家尤奈斯库有一句名言：先锋就是自由。陈希我与夏目漱石追求自由，反叛现有秩序，创造新的想象，具有超前的敏锐洞察力，成为永远走在时代前面的急先锋。敢于冒犯不仅是陈希我与夏目漱石共同的思想品格，而且是他们共同的创作精神。他们立足于社会的边缘，游离于体制之外，坚持以自己独特的眼光来观察与思考社会问题，举着一把刀把社会、人生和人性完全剔露出来，冒犯权贵，冒犯主流，永远只为自己的内心写作，绝不顺应时俗。

夏目漱石，原名夏目金之助，"漱石"的笔名既有野鹤闲云式的仙风道韵，更有"漱石欲砺其齿"的桀骜不驯、反抗俗世的精神。在陈希我看来，"明治维新的影响确是深远的，这是一场可持续的繁荣，当时一定有足够的数据来支持，但作家夏目漱石在这些事实和数据面前顽固地闭上了眼睛。作家就是这样不讲道理。政治家可以只看到主要矛盾，而作家却必须看到细节，看到被主流遮蔽的褶里"。的确如此，"文明开化"是明治日本的全民口号，但"夏目漱石却把眼睛盯在阴暗处"[①]，在夏目漱石的眼里，明治时代简直一团糟，人们"精神困惫、身体羸弱、道德沦丧，各种不幸的事，一一接踵而来"[②]。

夏目漱石对日本近代文明弊端看得清楚、批判得深刻有力。陈希我对此有着深刻的认识。他称赞夏目漱石是"永远的反动派"，非常看重其作品中那种强烈的文明批判和社会批判，并在潜移默化中受到了夏目漱石的影响。陈希我与夏目漱石一样不顺从时俗，始终强调"文学就是冒犯"，"文学就是反叛精神"，作家要"冒犯一切应该冒犯的"。[③] 他在大学毕业时敢于反抗分配的不公正，留学归国后又竭力为自己的《冒犯书》等作品出版而辩护，甚至打算与政府部门打官司。他也长期游离于体制之外，时常发表一些"不合时宜"的激烈言论。自 20 世纪 80 年代以来，中国经过"文化大革命"之后的"拨乱反正"，进入"改革开放"，经济腾飞了，国家富强起来了，整个社会的变化翻天覆地。但是，陈希我也像夏目漱石一样"不讲道理"，对自己"所处的时代无论如何不满"，"也把自己所处的时代看成一团糟"。在中国改革开放的巨大成就面前，陈希我也"顽固地闭上了眼睛"，"坚持只看到黑屋子"[④]。当然，陈希我的眼光是锐利的。他不仅看到了中国在改革开放的进程中也存在体制上的种种不完善和弊端，而且洞察了中国人在奔赴现代化的道路上也出现了与日本明治维新相似而严重的人性堕落现象。可以说，

---

① 叶渭渠：《20 世纪日本文学史》，青岛出版社 2002 年版，第 150 页。
② 〔日〕夏目漱石：《我是猫》，于雷译，译林出版社 1993 年版，第 192 页。
③ 陈希我：《我的真善美》，《当代文坛》2007 年第 5 期。
④ 陈希我：《夏目漱石：永远的反动派》，《名作欣赏》2009 年第 9 期。

陈希我就是中国当代的夏目漱石。

对现实黑暗的强烈批判与对人心私欲的深刻揭露是贯穿漱石文学创作始终的主题。《我是猫》向来以尖锐的揭露和辛辣的讽刺而见长。在"猫公"眼里，这个世界简直莫名其妙，所谓社会不过是"全体疯子的集合体"。"猫公"说，"咱家不清楚使地球旋转的究竟是什么力量，但是知道使社会动转的确实是金钱"；实业家"精通三缺"，即缺义理、缺人情、缺廉耻；"官吏本是人民的公仆、代理人，为了办事方便，人民才给了他们一定的权力。但是，他们却摇身一变，认为那权力是自身固有而不容人民置喙"，这些人和强盗、小偷是一个族类的东西，奇臭无比；"世人褒贬，因时因地而不同，像我的眼珠一样变化多端。我的眼珠不过忽大忽小，而人间的评说却在颠倒黑白"，人们时刻都在为自己打算，同情别人无非是虚伪的表演；"整个社会便是疯人的群体。疯人们聚在一起，互相残杀，互相争吵，互相叫骂，互相角逐"。①《哥儿》的主题是描绘明治时代教育部门存在的种种黑暗现象，揭露学校当权者及其追随者的丑恶面目。校长"狗獾"道貌岸然，以模范教育家自居，是明治社会的教育官僚。他装得一本正经，表面上大讲教育精神，暗地里尽干些卑鄙勾当。不男不女的"红衬衫"说话阴阳怪气，居然是该校的教务长。他心术不正，阴险狡诈，常常捕风捉影，张牙舞爪，为所欲为。"蹩脚帮"胁肩谄笑、下流卑鄙，是"红衬衫"的忠实爪牙。夏目漱石认为，"单纯华美的文字只能归结为过去学者所讥笑的那种闲适文学"，"不能撼动大世界"，作家应该"要以维新志士那种生死搏斗的勇猛精神来从事文学"；"神经衰弱也好，发疯也好，坐牢也好，全都在所不惜"；"只要我的生存状况不发生改变，我的神经衰弱和精神癫狂将与生命永存。既然永远存在，就有出版更多《我是猫》、更多《漾虚集》、更多《鹑笼》的希望。我祈求这神经衰弱和癫狂永远不要

---

① 〔日〕夏目漱石：《我是猫》，于雷译，译林出版社1993年版，第242页。

离开我"。①

批判也是陈希我小说最显著的主题思想。他于光明中看到当代中国社会的黑暗，执着于在现代中国人的宁静生活中探究潜在的生存困境与危机。《抓痒》中的嵇康原本是一个知识分子，下海后成了有钱有能力的开发商，为了生意，他不得不贿赂借房地产做掮客的大佬和附庸风雅、贪得无厌的大佬舅舅副市长；嵇康夫妇与同学大小天鹅、朴的谈话也透露了现代中国在行政管理、教育制度等方面存在的种种弊端。陈希我将人们对物质名利的贪婪无度理解为虐恋，将现实人生的麻木状态解释为苟且。他的全部作品都在演绎现代中国人的苟且与虐恋。《补肾》、《带刀的男人》、《抓痒》、《遮蔽》、《大势》和《母亲》等作品都充满着现代社会的肮脏、丑恶、颓废、血腥和阴冷。有人说陈希我的作品只有黑暗，没有光。这是对陈希我作品的一种误读。事实上，他的作品是"有光的，这光，是黑暗底下的光"②。《大势》里的王中国、《抓痒》里的嵇康与乐果、《我们的骨》里的那对老夫妇、《遮蔽》里的残疾人以及《罪恶》里的那些人，虽然不是完人，甚至还行恶，但是他们都具有理想精神，心中有情、有爱、有道德、有廉耻、有痛苦、有彷徨、有挣扎。这些人无法搁置自己的心灵，所以活得比周围的人痛苦，这就是黑暗底下的"光"，这些人的精神苦痛预示的是现代中国人在物欲横流中对人性异化的心灵抗争。《抓痒》中严肃而又极端变态的性描写源自现代人的现代病，带给读者的不是阅读快感，而是尴尬、痛苦、沉默、惊讶、反思和回响。评论家张莉明确指出："陈希我是当代中国日常生活幸福假象的掘墓人与破坏者"，"是当下少有的能让我们感受到隐秘的刺痛与不安的小说家。"③

---

①　〔日〕夏目漱石：《〈文学论〉序》，《日本古典文论选译》近代卷（下），王向远译，中央编译出版社 2012 年版，第 659 页。

②　陈希我：《我的真善美》，《当代文坛》2007 年第 5 期。

③　张莉：《作为国族隐喻的女性肉体与男权意识》，《信报》2009 年 7 月 9 日。

四、探究心灵的独特艺术

陈希我和夏目漱石都关注人性和人的存在，善于以敏锐的眼光深入探究人的内心世界与自然奥秘。夏目漱石享有"明治及大正文学史上独一无二的心理小说家"之誉，日本人把他看成是"伟大的人生教师"。陈希我也被评论家称之为"向存在发问的写作者"。他们都不满足于文学仅仅描述现实，而是想借助文学激发人的自省能力，致力于探讨人类精神同社会生活之间的复杂关系，企图通过改造人类灵魂来解决社会矛盾，所以偏爱描写病态社会的病态人物的精神苦痛，并从新奇的艺术视角，运用独特的艺术技巧展开深刻尖锐的心灵透视。

夏目漱石对个人心理精确细微的描写开创了日本后世"私小说"的风气之先。刻画人的阴暗心理、揭示"现代人的孤独"是夏目漱石一直关注的主题。《心》中的"先生"被认为"是近代日本知识分子表现自省忏悔意识与剖露内心阴暗的最突出的代表"。"先生"在长长的遗书中讲述自己的孤独与绝望，声声忏悔，句句揪心，层层撕开自己心灵的伤口："我是一个寂寞的人"，"不管健康也好，患病也好，反正是脆弱的东西，谁也保不定会在什么时候，为了什么原因，怎么样地死去的"，"与其说我交友范围狭窄，还不如说我是人世间孤零零地活着的人来得更为恰当"，"我是一个几乎和社会没有接触的孤独的人，所以在自己的前后左右扫视一遍，发现称得上义务的义务，在任何地方都没有扎根"，"我是孤寂的，我常常感到好像跟任何方面的联系都被切断了，在这世界上只有我一个人住着似的"。[①]先生的这些独白将明治时代日本知识分子的深切惨痛的心理变形和生存困境淋漓尽致地表达出来。

---

① 〔日〕夏目漱石：《心·路边草》，周大勇、柯毅文译，上海译文出版社 1988 年版，第208 页。

同夏目漱石一样，陈希我也不太注重关注外部世界，而是一直在做一种向人的内心深处的努力探寻，所以他的小说也有类似"私小说"的意味。他常常苦于无法跟人交流。这种"内心的难于言说之苦"与他接触日本和日本文学有关，因为苦是以夏目漱石为代表的日本文学的基点。陈希我认为："一切的现实都是心灵的现实，一切的危机都是心灵的危机"，"文学就是要关注人心，关注我们灵魂中的盲点。"① 他在小说中常常把人放在一个紧迫乃至极限的环境中，聚焦人的精神生活，透视人的内心世界。生活场景不再是作者表现的主要对象，而只是作为展示人的内心世界的切入口。例如，《抓痒》开始写的只是家庭生活的琐事和日常的吃喝玩乐，男女主人公嵇康和乐果貌似一对美满幸福的夫妻。丈夫嵇康年轻有为，妻子乐果贤慧美貌，既无感情的困境，也无物质的隐忧。然而，结婚多年后，他们处于物质欲望的围困之中，内心隔膜逐步升级，感到前所未有的"腻歪"。平庸生活的表层下隐藏着潜在的婚姻爱情危机。他们逐渐清醒认识到了现实的虚伪和婚姻的荒谬，逐渐厌倦日常的慵懒生活，最后双双在虚拟世界中毁灭。所以，评论家陈晓明说，《抓痒》揭示了当代人生活的困局，是"一本探求当代人精神困境的伟大小说"。《大势》中的王中国与王女娲相互折磨的父女之"爱"达到了对家庭伦理关系和民族集体无意识的追问。他们之间扭曲的关系和状况让人感到"变态"与沮丧。王中国对女儿的情感与其说是爱，还不如说是恨。所谓"我为了你好"，实际上隐藏着人与人之间的相互仇视，带有很强的攻击性、侵略性、占有欲以及支配欲。这种爱恨交织的情感是人们心灵深处的惶恐不安与孤独无助的真实写照。

为了达到一种深刻尖锐的心灵透视效果，陈希我与夏目漱石都乐于在自己的作品中采用一种内聚焦式的叙事视角。夏目漱石的《我是猫》和《心》、陈希我的《大势》、《补肾》和《旅游客》等都采用了第一人

---

①　陈希我：《我们的文学缺什么》，《南方文坛》2003 年第 5 期。

称的内聚焦叙事方式。其中《心》和《大势》的内聚焦叙事视角尤为相似。陈希我与夏目漱石在这两部作品中都以第一人称展开毫不掩饰的心灵自白，根据"我"执笔时的视点来重新讲述自己罪恶痛苦的经历，根据现状来描绘记忆中的自我形象，使作品既真实自然、充满悬念而又引人入胜，达到对黑暗人性的无情鞭挞，焕发出独特的艺术魅力。《心》的先生和《大势》中的王中国都是有"罪"之人。先生和 K "从小就要好"，但因都喜欢上房东小姐而成为情敌，先生背叛了 K，抢先向小姐求婚了，失恋后的 K 自杀身亡。背叛朋友的罪名一直压在先生的胸口，强烈的罪恶意识使先生一生都生活在忏悔之中，日益孤独绝望，最终决定以自杀的方式来摆脱痛苦。《大势》中的王中国因自己生个女儿而感到强烈的自卑，在"一切为了你好"的冠冕理由下经常以变态的方式虐待女儿，最后当女儿与日本青年佐佐木相爱时，他更是疯狂地加以阻挠，甚至想杀死自己的女儿。他一辈子受困于根深蒂固的"重男轻女"思想和狭隘的民主主义，最后因无法解脱而一死了之。先生和王中国在坦白自己的"罪恶"、剖析自我的内心伤痛时都非常彻底而深刻。

《心》是一部"已认清了人的心灵的作品"。这部小说分为"先生和我"，"双亲和我"以及"先生的遗书"三个部分，都是以"我"为视点来叙述的，但前两部分中的"我"是一名学生，第三部分的"我"是"先生"。前一个"我"举足轻重，一开始就对先生有一种莫名的亲切感，似曾相识，但先生的言谈举止总是让人捉摸不透。夏目漱石通过"我"眼中先生的行为素描来设谜，最后让"先生"在遗书中亲自解开谜底。先生在遗书中自述，这个"我"就变成了"先生"。于是，"我"（＝先生）把自己"不管是善是恶"的"过去"详细地告诉了前一个"我"（＝学生）和读者，向外界展示了"我"（＝先生）悲惨的人生经历和痛苦的内心世界。前一个"我"（＝学生）成为后一个"我"（＝先生）长期受到心灵折磨、从忏悔走向自杀的见证人。"我"（＝先生）在遗书中令人心碎的自白是人性深处的原始悲怆，令人震撼、催人沉思。前一个"我"（＝学生）从中获取了活生生的教训。《心》的这种内聚焦叙事视角是采用了从两个以上的人物角度进行叙述的"不定式内聚焦"。

《大势》被评论家称之为"极端化书写的人性寓言"。陈希我在这部小说中采取了一种略不同于《心》的第一人称"固定式内聚焦"。王中国是《大势》中从头到尾的叙述者，从一个人的角度对作品中的人物事件从头到尾作出叙述。王中国在生命终结后以"鬼魂"的身份回忆并坦诚地向外界展示自己生前的爱恨情仇、精神挣扎和心灵冲突。作者以"鬼魂"为隐喻，叙说"我"的悲惨故事非常细腻而真实。王中国没有像先生那样讲述自己的整个人生经历，而是从他妻子进产房生孩子开始。小说第一句话"护士告诉我生了女孩，我的心登时沉了下去"已经奠定了整部作品阴沉而痛苦的基调。"我"（＝王中国）对女儿又爱又恨，爱的是自己的亲骨肉，恨的是女儿的性别。在抚养女儿长大成人的过程中，王中国的心情十分复杂，行为也很古怪。到了日本，王中国的精神更加痛苦，因为除了根深蒂固的男尊女卑思想作怪以外，狭隘的民主主义使他无法忍受女儿与日本青年的相爱，于是像暴君一样对待自己的女儿，甚至不惜一切代价拆散女儿的幸福，最后酿成悲剧。王中国的自我剖析和声声忏悔也有类似于先生的那种人性深处的原始悲怆，也令人震撼、引人沉思。

综上所述，陈希我与夏目漱石孤独悲愤、具有独立人格、不肯被纳入主流社会，都是自我放逐的作家。他们游离于体制和社团之外孤独求索，不属于任何文学流派，更不属于任何社会团体。夏目漱石一开始从事文学创作就是逆流而行，抱着"没有坐牢的思想准备是当不了作家"的信念。他不盲从日本当时流行的自然主义，也不青睐后来进入主流文坛的新浪漫主义，而是始终坚持个性化写作，鞭挞社会黑暗，暴露人性的腐化。虽然当时对夏目漱石持异议的大有人在，但他在短短的十几年中创作了大量的经典作品，成为近代日本最受欢迎的伟大作家。陈希我十分赞同和推崇夏目漱石的文学观点及创作行为，并在创作中潜移默化。他躲在世界的边缘写作，采取"头朝下"的特殊方式来书写现代人的生存境遇，坚决不讲当代中国文坛流行的消费主义故事。他的小说总是遭到所谓"真实"、"全面看生活"以及写作意义之类的责问，几乎每推出一篇都会引起争议。网络等传媒曾经给陈希我戴过"性作家"的"乌纱帽"，有的评论家也称他为"新先锋"、"另类"。他很清楚自己在当代中国文坛的边缘地位，但他相信"在底层靠自己思考琢磨出来的，所以一些事情比在台上的人想得明白"①。所以，他"为文学的异端叫好，从某种程度上说，只有异端才成就文学"②。陈希我可以说是一个犀利的揭露者和急先锋，虽然他的文学思想有许多固执和偏激，在文学道路上走得比较艰难而孤独，但他的执着和努力必将更加坚定他的志向。也许在不久的将来，他的创作会得到更多人的理解和支持，也会给中国文坛带来一股另一类新鲜的空气。但愿陈希我如同夏目漱石一样，成就伟大的作家梦想。

第三节　偶遇中的必然：王跃文与夏目漱石

　　阿拉伯蒙昧时期诗人祖海尔有这样的诗句："我看我们的诗歌都是抄袭，要不就是重复来、重复去……"祖海尔的意图不在于否定诗歌的创作意义，而是道出了文学的共通性与相似性。"抄袭"是主观的修辞，"重复"是客观的本质。"人同此心，心同此理"的原理使作家与文学作品能在不同时空相遇，实现精神的一次又一次的共鸣与穿越。中国当代作家王跃文与日本现代大文豪夏目漱石的相遇就是这样一场超越时

---

① 陈希我、姜广平：《写作，首先是自己需要》，《西湖》2009 年第 7 期。
② 陈希我：《我们的文学缺什么》，《南方文坛》2003 年第 5 期。

空的美丽邂逅。

一、善于放弃的人生姿态

王跃文（1962—　　），湖南溆浦人，多数读者是通过阅读所谓"官场小说"得知其名，著有《国画》、《梅次故事》、《大清帝国》、《苍黄》等长篇小说；《蜗牛》、《人事》等小说集。王跃文是中国 20 世纪 80 年代成长起来的一批知识分子之一，大学中文系毕业之后在政府部门工作，在世纪之交转型为专业作家。王跃文的小说轰动一时，引发了 21 世纪以来中国文坛的官场小说热，这股风到现在还没有完全冷却。王跃文因此享有"中国官场文学第一人"的美称。2014 年 8 月，王跃文以中篇小说《漫水》获第六届鲁迅文学奖。2005 年，一部名为"我不懂味"的"访谈录"道出了王跃文官场小说背后的真实人生。关于"我不懂味"这个标题，王跃文曾解释："不懂味是湖南方言中不知趣、不合时宜的意思，将书名取名为我不懂味，是因为在很多人看来，我的书、我的人常常会显得不知趣、不合时宜，因为太直而无法讨到某些人的欢心。"[1] 这部拟托的对话录表达的是王跃文作为作家成长的人生价值取向。"我很向往清明平和的境界。我所向往的清明平和，则是一种理性智慧的人生态度。这种境界说到底就是善于放弃，能够在滚滚红尘中毅然抽身而退。我读夏目漱石的散文随笔集《梦十夜》，从他病中杂感《浮想录》中，领略到的正是这个意思。"[2]

《浮想录》是夏目漱石经历了修缮寺重病之后，于 1911 年 4 月完成的一部随笔。目前，这些随笔在中国有四种译文：（1）李振声译《梦十夜》中包括了这些随笔，译为"浮想录"（广西师范大学出版社 2003 年

版）；（2）文洁若译《杂忆录》，将这些随笔列在集子的首位，以"杂忆录"来命名这些文字，并以此命名译文集（红旗出版社 2013 年版）；（3）李正伦、李华翻译的《十夜之梦——夏目漱石随笔集》中，以"往事种种"为题收录（华东师范大学出版社 2008 年版）；（4）陈德文译《暖梦：夏目漱石散文随笔集》，作为这部散文随笔集的第三辑，译为"往事漫忆"（花城出版社 2014 年版）。很显然，王跃文所读的译文是李振声所译的"浮想录"。就语言风格而言，这些文字"不过是我卧病期间的述怀和叙事，调子是平凡而低沉的……"[1] 然而，"修缮寺大患"对于夏目漱石而言，是一次死里逃生，也是夏目漱石人生观与文学观的一次裂变。"生病时，自己觉得与现实之世隔了一层，别人也这么看我，凡事对我睁只眼闭只眼……如此闲适的心情变成了我的俳句、我的诗。"[2] "病中吟得的俳句和诗，并非为了解闷和闲极无聊所作，而是逃离了现实生活压迫的心灵，蹦回到了原本就该享有的自由无羁之境，获得充分的余裕时，弥漫浮现而出的一种绝妙的彩纹。"[3] 由此，作家体验了文学创作之"三喜"——诗性油然而生之喜、字句横嚼竖碾之喜以及将无形之韵味化为有形之喜。

夏目漱石是一个大器晚成的作家，他创作的黄金时期是他生命的最后 10 余年（1905—1916），这 10 余年的后期是在经历了"修缮寺大患"的劫后余生。王跃文中年转型后的心态或许也是这种"劫后余生"的重新定位。

王跃文在"浮想录"中所领略的与其说是夏目漱石在病中的"一灯青欲愁"，不如说是自我在他者中的显现，借此来表达他脱离官场，用文字立世的姿态。王跃文与官场疏离之后向往的"清明平和"如同大病中夏目漱石因暂时与现实疏离所享有的余裕与自由。王跃文以一种庄子

---

① 〔日〕夏目漱石：《梦十夜》，李振声译，广西师范大学出版社 2003 年版，第 142 页。

② 〔日〕夏目漱石：《梦十夜》，李振声译，广西师范大学出版社 2003 年版，第 143 页。

③ 〔日〕夏目漱石：《梦十夜》，李振声译，广西师范大学出版社 2003 年版，第 144 页。

逍遥思想来看待经历了"修缮寺大患"的夏目漱石的人生态度："人生的得失真不知该怎样定论。夏目漱石的大病何尝不是上天送给他的礼物。上天使他在病中解脱了一直纠缠着他精神心灵的痛苦，离开浮世的挣扎奋斗，以放弃而获得内心的清明平和，身心俱清。"① 日本学者小宫丰隆 ② 认为，"修缮寺大患"对夏目漱石来说，是肉体上和精神上的大事，他在精神上、艺术上都产生了一个大的回转。大病使他体验到一种所谓绝对平静的境界，这种绝对平静的境界，仿佛使他朦胧地感到个人与世界之间某些不可解释的秘密。夏目漱石在许多方面失去了锐气，对社会失去了抗争的精神，对人与人的关系也改变了看法。他开始倡导"则天去私"哲学，作品的主题也发生了重大变化。从对社会的直接嘲讽与批判，转向探讨潜藏在人们内心深处的利己主义。

　　1911 年，夏目漱石大病初愈，他的一个决定引发了轰动一时的"博士问题"事件。日本文部省根据天皇的敕令所规定的学位条令决定授予夏目漱石文学博士学位。同时被授予博士学位的还有作家幸田露伴和森鸥外，他们都欣然接受了，夏目漱石却拒绝接受。对此，夏目漱石是这么解释："从政府看来，博士制度作为奖励学问的工具，肯定是有效的。然而，倘若从而养成一种举国的学者都为了当上博士而做学问的风气……从国家看来弊端也很多，这是众所周知的。我认为非废除博士制度不可。"③ 之后，他又补充："我之所以谢绝博士学位，彻头彻尾是主义的问题。"④ 夏目漱石在这里所说的"主义"，可以在他的一次讲演中找到答案。1914 年，夏目漱石作了一次题为"我的个人主义"的讲演，其中提到谢绝学位，他说："直到今天，我是作为夏目某而处世

---

　　① 王跃文：《我不懂味》，金城出版社 2013 年版，第 211 页。

　　② 小宫丰隆（1884—1966），夏目漱石门下"四天王"之一，德文学者，文艺评论家，岩波书店版《夏目漱石全集》主编。著有《夏目漱石传》、《漱石的文学世界》等，被誉为"漱石研究第一人"。

　　③ 〔日〕夏目漱石：《杂忆录》，文洁若译，红旗出版社 2013 年版，"译本序"第 1 页。

　　④ 〔日〕夏目漱石：《杂忆录》，文洁若译，红旗出版社 2013 年版，"译本序"第 2 页。

的，并且希望今后也只想作为夏目某而生活下去，所以不想接受博士
学位。"①主动脱离官场的王跃文与谢绝博士学位的夏目漱石就这样神遇
了。"不懂味"的王跃文与"只想作为夏目某而生活下去"的夏目漱石
同样体现出社会转型期知识分子的独立姿态。透过"善于放弃"四个
字，既读出了王跃文眼中的夏目漱石，又点明了王跃文由官员到作家的
身份转变中的心态。他曾以"尴尬人"自嘲，以夏目漱石的大病来况喻
自身，将10多年的官场生涯比作一场大病。

王跃文在随笔集《读书太少》中单列"浮生"篇，共收入14篇随
笔。"浮生"篇开章之作为"融入大地"，谈及日本南北朝时代法师吉
田兼好的《徒然草》，开始了一次向死而生的漫忆。"浮生"二字出自
《庄子·外篇·刻意》"其生若浮，其死若休"，这8个字传达出庄子达
观的生命意识，恬淡虚静的道德境界。在"所思"篇中，一篇"浮世与
浮想"的文字再次向读者讲述他与夏目漱石的相遇。"浮世"一词多出
现在日语的汉字表达中，意即人世，多用于佛教用语，指人的生死轮回
和人世的虚无缥缈。"浮生"与"浮世"一字之差，大意虽接近，而传
达出的思想根脉殊异。王跃文在这篇随笔《浮世与浮想》的末尾写道：
"然而作为批判现实主义小说家的夏目漱石，我又不知他的这种平和清
明的态度，是幸还是不幸。"②王跃文骨子里浸透的是湖湘人难以掩饰的
积极入世与踌躇满志。

二、人生38线："猫眼"与"国画"

《我是猫》发表于1905年，这部小说的发表，使夏目漱石一跃登上
了日本文坛，这一年，夏目漱石38岁。《我是猫》透过一双"猫眼"完

成了一幅日本明治后期社会的"绝妙讽刺画"。

2000 年，王跃文出版长篇小说《国画》。这部作品是王跃文的成名作，出版后 3 个月内重印 5 次。那一年，王跃文也是 38 岁。《国画》将官场生态勾画得细致入微，在读者群中掀起了一阵"《国画》旋风"。

38 岁，是人从青年向中年的过渡。假若得享天年，每个人的一生，都要经过少年、青年、中年、老年这样几个阶段。在不同的年龄阶段，人的生理机制、器官功能是不一样的，与之相关，人的情感倾向、思维方式、人生态度、审美趣味等，也在一定程度上悄然发生着相应变化。因此，处在某一相同年龄阶段的作家，无论创作个性有着怎样的千差万别，又总会发现某些相似或相近之处。作为社会个体，年龄往往也是促使其身份转型的重要因素。

夏目漱石诞生于江户时代末期，当时日本的学制使他从小接触汉学，自小开始学习中国古籍，少年时就积累了深厚的汉学素养。1890年，23 岁的夏目漱石进入东京帝国大学文科大学英文科就读，并不时发表学术论文。1900 年，夏目漱石奉教育部之命前往英国留学两年。此时夏目漱石是一位文学批评家、俳句诗人、画家。在《文学论》的序文里，夏目漱石写道："在这里我决定，将从根本上解释'何谓文学'的问题。同时我下决心，利用今后一年多的时间去研究这个问题，从而把它当作该研究的第一阶段。我把一切的文学书籍都收拾在行李底层，已经把自己关在一家租房里。我之所以要通过阅读文学书籍来知道何谓文学，是因为我相信以血洗血的手段乃为有效。我发誓，一定要追究文学到底产生于怎样的心理需要，因而在这个世界里生成、发达和颓废的。也发誓一定要追究，文学到底产生于怎样的社会需要，因而存在、兴隆和衰亡的。"[①] 1903 年夏目漱石回国，任第一高等学校英语教授和东京大学英国文学讲师，并常给《杜鹃》杂志撰写俳句、杂文类稿子。

---

① 〔日〕夏目漱石：《〈文学论〉序》，卢茂君译，《长城》2014 年第 4 期，第 174 页。

1905 年，38 岁时在《杜鹃》杂志发表短篇小说《我是猫》，备受好评，应读者要求而一再连载。夏目漱石深受鼓舞，产生了身份转型的想法。作为专职作家，夏目漱石的起点是《我是猫》的发表与成功。

　　夏目漱石从教师、学者转型为一个专业作家，究其原因，大概有三。第一，化解精神抑郁。夏目漱石本人很早就说过自己的创作活动是受了狂气的驱使，在《〈文学论〉序》（1907 年）中他写道："因神经衰弱和狂气之故，余草《我是猫》，出《漾虚集》，又得以将《鹑笼》公诸于世，思之，余坚信余应对此神经衰弱和狂气深深致谢。但凡余身边状况不变，余之神经衰弱与狂气将与余的生命同在。"[①] 可以说这是夏目漱石向自己的狂气发出的挑战。夏目漱石的作品几乎都带有自我分析的意图，这种深度的自我解剖和批判使他能客观地直视、应对自己的宿命和苦恼，并用一种积极的战斗性的态度去挑战自己所濒临的各种矛盾。他把创作行为当作一种精神上的修炼和求道，借此化解不断困扰自己的精神上的危机。第二，教师身份认同危机。1903 年留学归来的夏目漱石成为东京大学第一位讲英国文学的日本教师。虽然他花费了很多的心思和精力，但不大受欢迎，精神苦闷，矛盾至极。1905 年，《我是猫》的成功使夏目漱石终于实现夙愿，成为专职作家：读自由的书！说自由的话！写自由的事！夏目漱石成为 20 世纪日本"国民大作家"之后，反而更好地实现了作为教师的价值感。夏目漱石作为日本杰出的作家，对知识分子的栽培和厚爱是有目共睹的。日本论者称他是"伟大的人生教师"。从 1906 年起，每星期四下午举办"星期四会"一直到他不幸离去，其间培养扶持了许多青年。之前主要是他过去在熊本第五高中教过的学生和目前东京大学上他课的学生，之后范围逐渐扩大。其中如森田草平、小宫丰隆、铃木三重吉、野上弥生子、江口涣、寺田寅彦等人都在文学方面取得一定成就！后来成名的芥川龙之介以及久米正

---

① 〔日〕夏目漱石：《〈文学论〉序》，卢茂君译，《长城》2014 年第 4 期，第 174 页。

雄都经常登门求教。第三，《我是猫》的成功。夏目漱石创作《我是猫》一定程度上受到正冈子规所提倡的"写生文"的影响。正冈子规是日本明治时代著名的诗人、散文家。主要致力于研究和革新俳句、短歌等传统文学形式，提倡创作写实的、具有绘画性的、印象性的俳句，同时也进行一些启蒙性的评论活动。创办俳句诗人组织"松风会"，并于1897年参加创办《杜鹃》杂志，同高浜虚子、河东碧梧桐、夏目漱石等诗人和作家一起，全力支持该杂志，使《杜鹃》大有一统整个俳坛之势，对后世产生很大影响。《我是猫》最初就发表在《杜鹃》上。夏目漱石写《我是猫》时有这样一段经过：他本来打算把《我是猫》只写成第一章那样的一个独立的短篇，但发表这篇作品的《杜鹃》杂志的编者们，对第一章十分欣赏，给予它很高的评价，于是夏目漱石继续写了第二章和第三章。在第二章和第三章发表以后，广大读者大加称赞，认为是不同反响的杰作。在这种鼓舞之下，夏目漱石兴致勃发，奋笔疾书，一直写到第十一章猫因酒醉而溺死为止。

王跃文与夏目漱石一样都出生于60年代，夏目漱石作为日本明治维新的同龄人，经历了日本近代文明开化的阵痛与迷茫。王跃文与中国"文化大革命"几乎同龄。他的大学开始于中国改革开放的初期，他人生的前40年经历了中国"下乡"、"下海"、"下岗"的三次社会风潮。从20世纪60年代以来，中国社会进入急剧的政治与经济变革。作为这一代知识分子，他自身经历了从乡野到城市，从社会底层到社会中坚的变化，对剧变期的社会现实有着敏锐的捕捉与思考。20世纪80年代初，王跃文大学毕业后履职县、市以及省三级政府办公室工作，靠笔杆子为生。1989年开始文学创作，获得湖南省青年文学奖。2000年是世纪之交，也是王跃文人生的转折点。这一年，《国画》出版，轰动一时。这一年，中国各级政府机构改革。在看重仕途的人眼里，似乎是"成也《国画》，败也《国画》"。王跃文曾自述《国画》创作的缘由："我在机关里工作了十几年，看到了很多正常与不正常的现象。有一段时期，我陷入了思考。我想把我的体会通过一种东西表达出来，写小说，是我能够找到的最好的方法。我认为社会进步到这个程度，如果小说都不能客观真实反映生活的话，那这个社会是有问题的。所以，我没有预料到《国画》的出版会有风波。到底是有了风波，这不是我的错。自三十五六岁以后，我对官场就已经不感兴趣了，心目中更理想的生活状态就是做个作家。"①

王跃文与夏目漱石都在将近不惑之年实现了自我身份的转型，契机都是一部作品的成功问世。夏目漱石的《我是猫》一开篇"猫"登场，自我介绍"咱家是猫，名字没有"。这种日本传统的俳谐风格，类似中国单口相声的开场白，读来不禁引人发笑。从"猫眼"的文学想象与娓娓道来中，读者走进一个于诙谐幽默中渗透辛辣与荒唐的微观世界。夏目漱石熟稔英国文学尤其是 18 世纪以来的小说成就，《我是猫》的讽刺品格与 18 世纪英国小说家斯威夫特的《格列佛游记》不无瓜葛。在《我是猫》中，"猫眼"既具有异于人类的叙述视角，又被赋予了出神入化的浪漫哲思。《我是猫》兼具传统写生文与现代性魔幻的风格。所谓"写生文"的视角近似"大人看小孩的态度"。魔幻的风格是一种陌生化效应，使得作品中的文学形象在近代开化中所表现出的不适应症状具有一种社会感觉学的现代审美性，一种荒诞与戏谑并存的效果。夏目漱石曾在《我是猫》的序言中自谦："这部作品既无情节，也无结构，像海参一样无头无尾。"② 这种"无头无尾"的感觉也正是作家对日本文明开化的象征性隐喻。

很巧合的是，王跃文的处女作是名为"无头无尾的故事"的短篇小说，发表在 1989 年的《湖南文学》杂志。2010 年，《国画》重版时，王跃文写道："我写作《国画》的心境，确实有些按捺不住。也许再冷

---

① 《王跃文：十年苍黄》，http://www.douban.com/group/topic/7426052/。
② 何乃英：《夏目漱石和他的小说》，北京出版社 1985 年版，第 59 页。

静些，平和些，放达些，小说会更加雍容大气。下笔如放野火，不顾格局和节制，与其说是逞才使性，不如说是撒野偷懒。全书不分章节，更无回目，苍茫而下，混沌一片。我的原意是把生活状态本身的模糊，直接投射到文本形式上。我的想法也许是幼稚的。"[①] 王跃文 38 岁那年的成名作《国画》的那种"无章节无回目"的混沌与苍茫或许也可以解读为作家的人生况味与现实写照。"国画"的胜景在于"留白"，现实的写照在于"苍茫"，人生的况味在于"混沌"。王跃文曾自解题意：《国画》写出了官场人生全在八小时之外。中国式的智慧全在"画外"、"意外"、"弦外"。

三、自我本位与自我悖论

三年的留学生活是夏目漱石"自我本位"思想形成的重要契机。假如没有伦敦的留学经历，夏目漱石很可能只是一个郁郁而终的大学教师和文学研究者。夏目漱石的"自我本位"思想首先面对的是个体在人际关系中的问题，其次是在文化的冲突——传统与现代、和与洋之间如何取舍与反思的问题。明治维新以后，一批批的知识分子成为"无魂洋才"，日本国民逐渐陷入一种空虚、不安的境地，这是夏目漱石"自我本位"思想产生的具体语境。

1900 年，他前往英国留学。一些日常经验包括伦敦市内的噪音、拥挤的人群、污浊的空气以及高傲的英国绅士，让他日益觉得不适与恐慌。经济上的拮据使得他在伦敦的生活捉襟见肘，这些西方经验使他生出厌恶感，使他日益诟病西方文明的短处——物质化与利己主义。如果没有这次留学经历，夏目漱石就无法获得这种深入骨髓的痛楚，他就

---

① 王跃文新浪博文《〈国画〉十年记》，http://blog.sina.com.cn/s/blog_55f402f60100ih7f. html。

很有可能跟他的绝大部分同时代人一样一直对西方文明处于仰人鼻息的状态。因为了解所以厌恶，这句话可以用来形容夏目漱石在留学英伦之后对西方文明的态度。在《我是猫》中，作者通过漫画式的笔法勾勒出"实业家的三缺嘴脸"——"缺义理、缺人情、缺廉耻"，提出"要是没有跟钱情死的决心，就做不成资本家"。在这里"实业家"、"资本家"成为西方伦理的代名词。

在经历了"修缮寺大患"之后，夏目漱石发表《现代日本之开化》、《我的个人主义》等演讲，面向社会展开了自我在社会中如何自处、日本民族该如何自立等问题的思考，作家也由此逐步确立"国民作家"的声望与地位。在《现代日本的开化》中，夏目漱石认为"西洋的开化为内发型的，而日本的开化则为外发型的。所谓内发型指的是其社会内部自然发展的结果，恰如花开一般由花蕾绽放为花瓣。而外发型则由外力施压使然。进一步说明的话，可以说西洋的开化如行云流水般自然，而维新后与外国交涉的日本则情况大不相同……（日本）迄今为止也是内发型的，但现在急遽失去自我本位的能力，不得已而进行开化"①。这段分析非常精辟。夏目漱石一针见血地指出了近代化日本悲剧的根源。日本评论家中村光夫认为，夏目漱石是日本近代文坛第一个对文明开化提出批评的作家。

关于自我如何在社会中自处，夏目漱石在《我的个人主义》一文中提出一种"兼及他人的自我中心"——不仅重视个性的发展，还兼顾了他人的利益。夏目漱石告诫那些特权阶层的子弟们不要滥用金钱和权力，在行使自己权力的时候要考虑到应该履行的义务。实际上，《我的个人主义》是对那些处于养尊处优环境中的年轻人述说的夏目漱石自身的思想形成史。在此文中夏目漱石引入了"个性"、"义务"、"责任"等观念，把自己的"个人主义"和利己主义严格区分开来。夏目漱石

---

① 〔日〕夏目漱石：《现代日本之开化》，讲谈社学术文库。

"个人主义"思想的核心内容是：（一）欲使自己的个性得到发展，就必须同时尊重他人的个性；（二）欲行使自己所拥有的权力，就必须要知道有与此相伴随的义务；（三）欲炫耀自己的金钱，就必须尊重与之相伴的责任。夏目漱石认为：如果不是在伦理上有相当修为的人就没有发展个性的价值，同时也没有使用权力和金钱的价值。他主张说："为了能安享个性、权力和金钱，就必须接受隐含于这三者之后的人格的支配。"

"自我"是文学永恒的关怀。夏目漱石身处日本文明开化的明治时期，站在和洋之间，三年的英伦求学经历使他形成了从文学扩展到个人、国家的"自我本位"思想，"自我本位"从生活原理渐次成熟为思想原理，成为夏目漱石精神世界的主要支撑。晚年的夏目漱石转入"则天去私"的思想境地。日本知名评论家濑沼茂树在《夏目漱石〈我的个人主义〉前言》中说道："一言以蔽之，它就是作为近代社会形成原理的近代个人主义思想，它是从以封建思想为基础的他人中心的立场中挣脱出来而确立的。"① 这里的"封建思想"的核心价值可以理解为日本传统的武士道，"自我本位"成为夏目漱石在传统与近代化的缝隙中寻找到的一个平衡支点。

王跃文在《国画》之后，另一部重要长篇小说是《苍黄》。两部作品相隔10年。2009年《苍黄》出版，书的腰封上有句话：官场小说第一人，蛰伏十年磨一剑。十年间，王跃文经历了不少出版的风波与舆论的封杀。"我先后有三部小说遭遇不得重印的命运。我曾在某些地方有两三年时间只能化名发表文章，享受了七八十年前鲁迅先生等文化人的待遇。这十年，我观察和思考了很多现实问题，这些都在《苍黄》里面有所体现。可以说，十年磨一剑，说的是我十年的等待和思考，凝结成这部长篇小说。"② "苍黄"二字典自《墨子·所染》："子墨子言见染丝

---

① 濑沼茂树：《夏目漱石〈我的个人主义〉前言》，讲谈社学术文库。
② 王跃文新浪博文《〈国画〉十年 〈苍黄〉再起》，http://blog.sina.com.cn/s/blog_55f402f-60100e919.html。

者而叹曰：染于苍则苍，染于黄则黄，所入者变，其色亦变。"[1]苍、黄本意指两种颜色，小说题名"苍黄"重在一个"变"字。南朝孔稚珪《北山移文》："终始参差，苍黄翻覆。"唐朝张说《王氏神道碑》："苍黄反覆，哀哉命也！"

小说一开头描写到一幅画：画的是深蓝色的花瓶，插着一束粉红玫瑰。构图有些像梵·高的《向日葵》，只是调子为安静祥和的蓝色，不同于梵·高的炽烈。花瓶却是歪斜着，扶正了花瓶，画框歪了；扶正了画框，花瓶又歪了。这幅画的名字叫《怕》。"变"重在叙事，"怕"突出写人。"人事"二字，乃是官场的命脉。

这部小说被称为"中国第一部县委书记权力百科全书"。在中国，官场文化与官场生态无处不在。可真正意义上具有完整形态的官场应该从县级开始。县级官场是最具代表性的，是官员生存法则体现最鲜明的地方。这部小说以"怕"字点题，写出在权力与欲望、体制与规则浸染中的人性的忽明忽暗、自我的悖反共张。

《苍黄》与《国画》有一以贯之之处：没有中心人物，没有惊天大案。李济运作为似是而非的中心人物，他与种种事件都有联系，可他更多的时候只是一个叙述者。小说这种技法也正是妙处所在：生活本就是没有所谓的中心人物的。所以《苍黄》与其说是写官场，不如说是写人性——"终始参差，苍黄翻覆。"人事的始料未及是官场变幻莫测的现实，人性的患得患失是自我永无停止的悖论。重名的刘星明，一个是县委书记，一个是乡委书记，在中国传统的官场的等级中，县官不过是七品芝麻官，乡级的官员更是比芝麻还要微小的品级。这两个刘星明，在现实的官场生态中，不过是一颗大芝麻和一颗小芝麻。大芝麻在自编自导自演的换届选举与自我权力中心极度膨胀中被集体告发。小芝麻在他人与自我编导的戏里戏外过着亦真亦幻的人生，最终的结局也不过是升

---

[1]　吴毓江撰，孙启治点校：《墨子校注》，中华书局1993年版，第16页。

腾后的坠楼身亡。此星明，彼星明（谐音：姓名），随处可遇，难分彼此。由姓名编码的官员名册里网织着自我的不同处境与悖论：自我膨胀的必然是自我毁灭，坚守自我的同时导致自我沦丧与被戕害。《苍黄》中的各色人物的命运概莫能外。中国文化中的官本位思想使得人性的明与暗在权力的烛照中体现得尤为显眼，自我的悖论也体现得分外全面。

世纪之交的中国处在经济飞速发展与文化极度焦虑的撕裂之中。经济处于工业化的现代进程中，而文化语境已经坠入后现代的解构之中。中国现实本身具有了后现代的"混搭"之感。在《苍黄》中，乌柚（无有）县就是这样一个缩影。从《国画》到《苍黄》，王跃文对自我的反思从"意外"之"混沌"走向"翻覆"之"惧怕"，自我悖论的主题日益明显。

夏目漱石的自我本位最终走向"则天去私"，王跃文将走向何处？2014年的中篇小说《漫水》或许能给读者一个期许中的参考答案。

参考文献

一、研究专著

1. 何乃英：《夏目漱石和他的小说》，北京出版社 1985 年版。

2. 李国栋：《夏目漱石文学主脉研究》，北京大学出版社 1990 年版。

3. 何少贤：《日本现代文学巨匠夏目漱石》，中国文学出版社 1998 年版。

4. 祝振媛：《夏目漱石的汉诗与中国文化思想》（日文），中国书籍出版社 2003 年版。

5. 李光贞：《夏目漱石小说研究》，外语教学与研究出版社 2007 年版。

6. 吴少华：《语言的背后 —— 夏目漱石〈明暗〉分析》，中国社会科学出版社 2008 年版。

7.〔日〕三浦雅士：《漱石：文豪消失的童年和母爱》，林皎碧译，台湾商务印书馆 2009 年版。

8. 张小玲：《夏目漱石与近代日本的文化身份建构》，北京大学出版社 2009 年版。

9. 王弈红：《明治文坛的泰斗夏目漱石》，南京大学出版社 2010 年版。

10. 郑礼琼：《从叙述形态论现代主体的建构与他者的关系 —— 以夏目漱石前、后期三部作为主》，上海交通大学出版社 2012 年版。

11. 李玉双：《疯狂与信仰：夏目漱石研究》，中国社会科学出版社

2013 年版。

12. 于丽：《异类叙述者话语中的二声结构：夏目漱石与鲁迅的比较文学研究》（日文），对外经济贸易大学出版社 2014 年版。

13. 胡兴荣：《夏目漱石文学里的"自然"与"人"——通往"则天去私"之路》（日文），上海交通大学出版社 2014 年版。

二、文学史著作

1. 谢六逸：《日本文学史》，上海北新书局 1929 年版。

2. 吕元明：《日本文学史》，吉林人民出版社 1987 年版。

3. 叶渭渠、唐月梅：《20 世纪日本文学史》，青岛出版社 1998 年版。

4. 叶渭渠、唐月梅：《日本文学史·近代卷》，经济日报出版社 2000 年版。

5.〔日〕西乡信纲：《日本文学史》，佩珊译，人民文学出版社 1978 年版。

6.〔日〕市古贞次：《日本文学史概说》，倪玉等译，东北师范大学出版社 1987 年版。

7. 高慧勤、栾文华主编：《东方现代文学史》，海峡文艺出版社 1994 年版。

8.〔日〕吉田精一：《现代日本文学史》，上海人民出版社 1976 年版。中村新太郎：《日本近代文学史话》，北京大学出版社 1986 年版。

9. 谭晶华编著：《日本近代文学史》（教材，日文版），上海外语教育出版社 2011 年版。

10. 王健宜、吴艳、刘伟：《日本近现代文学史》，世界知识出版社 2010 年版。

11.〔日〕加藤周一：《日本文学史序说》（上、下），叶渭渠、唐月梅译，开明出版社 1995 年版。

三、个人专著

1. 王晓平：《近代中日文学交流史稿》，湖南文艺出版社 1987 年版。

2. 王晓平：《梅红樱粉 —— 日本作家与中国文化》，宁夏人民出版社 2002 年版。

3. 王向远：《中日现代文学比较论》，湖南教育出版社 1998 年版。

4. 王向远：《二十世纪中国的日本文学翻译史》，北京师范大学出版社 2001 年版。

5. 方长安：《选择·接受·转化 —— 晚清至 20 世纪 30 年代初中国文学流变与日本文学关系》，武汉大学出版社 2003 年版。

6. 肖霞：《浪漫主义：日本之桥与"五四文学"》，山东大学出版社 2003 年版。

7. 林少阳：《"文"与日本的现代性》，中央编译出版社 2004 年版。

8. 高宁：《越界与误读 —— 中日文化间性研究》，宁夏人民出版社 2005 年版。

9. 〔日〕中村新太郎：《日本近代文学史话》，卞力强译，北京大学出版社 1986 年版。

10. 〔日〕加藤周一：《日本文学史序说》，叶渭渠等译，开明出版社 1995 年版。

11. 李寅生：《日本漱石精品赏析》，中华书局 2009 年版。

12. 孟昭毅：《东方文学专题讲稿》，安徽大学出版社 2014 年版。

13. 叶琳：《近现代日本文学：作家作品研究》，江苏文艺出版社 2002 年版。

14. 李征：《都市空间的叙事形态 —— 日本近现代小说文体研究》，复旦大学出版社 2012 年版。

15. 吴光辉编著：《嬗变与回归 —— 现代性日本文学主题研究》，厦门大学出版社 2013 年版。

16. 〔韩〕郑镇弘：《一个人到世界尽头》，李倩楠译，广西科学技术出版社 2014 年版。

17.〔日〕新井一二三:《我和阅读谈恋爱》,上海译文出版社 2013
年版。

18.〔美〕克里夫顿·菲迪曼、约翰·S.梅杰:《一生的读书计划》,
马俊娥译,译林出版社 2013 年版。

19. 关立丹:《武士道与日本近现代文学》,中国社会科学出版社
2009 年版。

20.〔日〕冈田尊司:《怪癖心理学》,颜静译,湖南文艺出版社
2014 年版。

21. 李长声:《纸上声》,商务印书馆 2013 年版。

22. 刘岳兵:《明治儒学与近代日本》,上海古籍出版社 2005 年版。

23. 周杰编著:《图说天下:日本》,北京联合出版公司 2014 年版。

24. 张颖:《一明一灭一尺间:俳句的物哀、闲寂之美》,光明日报
出版社 2013 年版。

25. 王志松:《小说翻译与文化建构 —— 以中日比较文学研究为视
角》,清华大学出版社 2011 年版。

26. 王成:《修养时代的文学阅读:日本近现代文学作品研究》,北
京大学出版社 2013 年版。

27.〔日〕柄谷行人:《马克思,其可能性的中心》,〔日〕中田友美
译,中央编译出版社 2006 年版。

28. 卞崇道、王青主编:《明治哲学与文化》,中国社会科学出版社
2005 年版。

29. 江川澜:《夏目漱石的百合》,上海三联书店 2012 年版。

30. 靳明全:《日本文论史要》,中国社会科学出版社 2000 年版。

31.〔法〕菲利普·福雷斯特:《然而》,黄荭译,上海文艺出版社
2014 年版。

32.〔日〕三上延:《古书堂事件手帖 1:栞子与她的奇异宾客》,

湖南美术出版社 2013 年版。

33.〔日〕姜尚中：《烦恼力》，上海译文出版社 2010 年版。

34. 张石：《寒山与日本文化》，上海交通大学出版社 2011 年版。

四、论文集、集刊

1. 刘振瀛：《日本文学论集》，北京大学出版社 1991 年版。

2. 吕远明：《日本文学论释》，东北师范大学出版社 1992 年版。

3. 顾也力、陈多友主编：《全球化地域化语境下中国文学与日本文学 2005 年广州国际学术研讨会纪要》，汕头大学出版社 2006 年版。

4. 苏静主编：《知日·书之国》，凤凰出版社 2011 年版。

5. 北京大学日本研究中心编：《日本学》第一辑，北京大学出版社 1989 年版。

6. 王成编：《日本文学翻译论文集》，人民文学出版社 2004 年版。

7. 杨栋梁、严绍璗主编：《变动时期的东亚社会与文化》，天津人民出版社 2002 年版。

8. 刘德有：《心灵之约 —— 我亲历的中日文化学术交流》，商务印书馆 2002 年版。

五、夏目漱石著作全集

1.〔日〕夏目漱石：《夏目漱石全集》，筑摩书房 1971 年版。

2.〔日〕夏目漱石：《漱石全集》，岩波书店 1966 年版。

3.〔日〕夏目漱石：《漱石全集》（20 卷），漱石全集刊行会 1928—1929 年版。

六、日文研究著作

1.〔日〕森田草坪：《夏目漱石》（一、二、三），讲谈社 1980 年版。

2.〔日〕夏目镜子：《回忆夏目漱石》，角川书店 1936 年版。

3.〔日〕小宫丰隆：《夏目漱石》（一、二、三），岩波书店 1953 年版。

4.〔日〕夏目伸六：《父　夏目漱石》，文艺春秋 1991 年版。

5.〔日〕竹盛天雄编：《夏目漱石必携》，别册《国文学》1980 年冬季号。

6.〔日〕安宗伸郎：《漱石文学的研究》，溪水社 2004 年版。

7.〔日〕佐藤泰正等：《夏目漱石研究》，新潮社 1984 年版。

8.〔日〕石川悌二：《夏目漱石 —— 其实像与虚像》，明治书院 1988 年版。

9.〔日〕江藤淳：《夏目漱石》（决定版），新潮社 1974 年版。

10.〔日〕江藤淳：《漱石论》（江藤淳著作集 1），讲谈社 1967 年版。

11.〔日〕大冈升平：《小说家夏目漱石》，筑摩书房 1988 年版。

12.〔日〕小森阳一：《漱石论》，岩波书店 2010 年版。

13.〔日〕伊豆伊利：《夏目漱石》，新日本出版社 1990 年版。

14.〔日〕桧山久雄：《鲁迅与漱石》，第三文明社 1992 年版。

15.〔日〕林丛：《漱石与鲁迅的比较研究》，新典社 1993 年版。

16.〔日〕小泽胜美：《透谷 漱石 独立精神》，勉诚社 2002 年版。

17.〔日〕蒲生芳郎等：《新编夏目漱石研究院丛书 1》，近代文艺社 1993 年版。

18.〔日〕桶谷秀昭：《夏目漱石论》（增补版），河出书房新社 1983 年版。

19.〔日〕青柳达雄：《满铁总裁中村是公与漱石》，勉诚社 1996 年版。

20.〔日〕中岛国彦、长岛裕子：《夏目漱石的书信》，大修馆书店 1994 年版。

21.〔日〕濑昭茂树：《夏目漱石》，东京大学出版会 1963 年版。

22.〔日〕盐谷赞：《夏目漱石事典》，创元社 1957 年版。

23.〔日〕吉川幸次郎:《漱石诗注》,岩波书店 1967 年版。

24.〔日〕平川祐弘:《夏目漱石:非西洋的苦斗》,讲谈社 1991 年版。

25.〔日〕山崎正合等:《理想 夏目漱石特集》,理想社 1985 年版。

26.〔日〕宫井一郎:《夏目漱石详传》(上、下),国书刊行会 1989 年版。

27.〔日〕宫井一郎:《漱石的世界》,讲谈社 1967 年版。

28.〔日〕武藏野次郎:《夏目漱石》,成美堂 1984 年版。

29.〔日〕赤木桁平:《夏目漱石》,日本图书中心 1993 年版。

30.〔日〕森田喜郎:《夏目漱石论》,和泉书院 1995 年版。

31.〔日〕坂口曜子:《夏目漱石论》,冲积舍 1990 年版。

32.〔日〕稻垣瑞穗:《夏目漱石和伦敦留学》,吾妻书房 1990 年版。

33.〔日〕小林一郎:《夏目漱石研究》,至文堂 1991 年版。

34.〔日〕小坂晋:《漱石的爱与文学》,讲谈社 1974 年版。

35.〔日〕赤木桁平:《夏目漱石》,新潮社 1917 年版。

36.〔日〕佐藤泰正、吉本隆明:《漱石的主题》,春秋社 1986 年版。

37.〔日〕吉田精一:《近代文艺评论史》明治篇,至文堂 1975 年版。

38.〔日〕平冈敏夫编:《漱石日记》,岩波书店 1990 年版。

39.〔日〕三好行雄编:《漱石书简集》,岩波书店 1990 年版。

40.〔美〕唐纳德·金:《日本文学の历史》,德冈孝夫译,中央公论社 1996 年版。

七、相关著作

1.鲁迅:《鲁迅全集》(第三、四、六、七、十卷),人民文学出版社 1998 年版。

2.周作人:《周作人散文全集》(2)(3)(4)(6)(9),钟叔河编,广西师范大学出版社 2009 年版。

3. 成仿吾：《成仿吾文集》，山东大学出版社 1985 年版。

4. 李洪程、余飘：《成仿吾传》，当代中国出版社 1997 年版。

5. 郁达夫：《郁达夫全集·第五卷》，花城出版社 1982 年版。

6. 陶晶孙：《给日本的遗书》，上海文艺出版社 2008 年版。

7. 老舍：《老舍全集》（第 1 卷），人民文学出版社 2013 年版。

8. 老舍：《老舍全集》（第 16、17 卷），人民文学出版社 2008 年版。

9. 陈穆如：《文学理论》，上海启智书局 1930 年版。

10. 孙俍工：《文学概论》，上海广益书局 1933 年版。

11. 陈福康、蒋山青编：《章克标文集》（上、下），上海社会科学院出版社 2003 年版。

12. 谢六逸：《谢六逸文集》，商务印书馆 1995 年版。

13. 谢六逸：《神话学 ABC 日本文学》，贵州大学出版社 2014 年版。

14. 谢六逸：《茶话集》，河北教育出版社 1994 年版。

15. 谢六逸译：《近代日本小品文选》，大江书铺 1929 年版。

16. 陈江、陈达文：《谢六逸年谱》，商务印书馆 2009 年版。

17. 郑振铎：《郑振铎全集》第 12 卷（《文学大纲》三），花山文艺出版社 1998 年版。

18. 楼适夷：《适夷散文选》，人民文学出版社 1994 年版。

19. 梅娘：《梅娘近作及书简》，同心出版社 2005 年版。

20. 梅娘：《梅娘散文小说集》，北京出版社 1997 年版。

21. 李长声：《纸上声》，商务印书馆 2013 年版。

22. 李长声：《日知漫录》，电影出版社 1995 年版。

23. 李长声：《温酒话东邻》，上海书店出版社 2012 年版。

24. 李长声：《日下散记》，花城出版社 2010 年版。

25. 陈德文：《花吹雪》，百花文艺出版社 2001 年版。

26. 王跃文：《我不懂味》，金城出版社 2013 年版。

27. 黄碧云：《其后》，香港天地图书出版社 1994 年版。

28. 吴廷璆主编：《日本史》，南开大学出版社 1994 年版。

29.〔日〕福泽谕吉：《文明论概略》，北京编译社译，商务印书馆 1959 年版。

30. 叶渭渠：《日本文学思潮史》，北京大学出版社 2009 年版。

31. 刘振瀛编：《日本近现代文学阅读与鉴赏》，商务印书馆 1993 年版。

32. 李庆：《日本汉学史》（第一部），上海人民出版社 2010 年版。

33. 刘岳兵主编：《明治儒学与近代日本》，上海古籍出版社 2005 年版。

34. 严绍璗：《日本中国学史稿》，学苑出版社 2009 年版。

35. 高文汉：《日本近代汉文学》，宁夏人民出版社 2005 年版。

36.〔日〕池谷伊佐夫：《神保町书虫：爱书狂的东京古书街朝圣之旅》，桑田草译，生活·读书·新知三联书店 2008 年版。

37. 海波：《佛说死亡：死亡学视野中的中国佛教死亡观研究》，陕西人民出版社 2008 年版。

38. 段德智：《死亡哲学》，湖北人民出版社 1997 年版。

39. 陈兵：《生与死——佛教轮回说》，内蒙古人民出版社 1994 年版。

40. 刘晓路：《日本美术史纲》，上海古籍出版社 2003 年版。

41. 刘勰：《文心雕龙》，人民文学出版社 1981 年版。

42. 方薰：《山静居画论》，《历代论画名著汇编》，文物出版社 1982 年版。

43. 蔡絛：《西清诗话》，《中国历代诗话选》（一），岳麓书社 1985 年版。

44. 朱维之：《中国文艺思潮史稿》，南开大学出版社 1988 年版。

45. 郑朝、蓝铁：《中国画的艺术与技巧》，中国青年出版社 2005 年版。

46. 辽宁省档案馆、辽宁社会科学院：《"九·一八"事变前后的日本与中国东北 —— 满铁秘档选编》，辽宁人民出版社 1991 年版。

47. 〔日〕夏目漱石：《夏目漱石集》，章克标译，上海开明书店 1932 年版。

48. 〔日〕伊藤虎丸编：《创造社研究 —— 创造社资料别卷》，亚洲出版社 1979 年版。

49. 〔日〕铃木贞美：《文学的概念》，王成译，中央编译出版社 2011 年版。

50. 王中忱、林少阳主编：《重审现代主义 —— 东亚视角或汉字圈的提问》，清华大学出版社 2013 年版。

51. 林毓生：《中国意识的危机》，贵州人民出版社 1986 年版。

52. 芥川龙之介：《中国游记》，秦刚译，中华书局 2007 年版。

53. 梵·第根：《比较文学论》，戴望舒译，吉林出版集团有限责任公司 2010 年版。

54. 张隆溪选编：《比较文学译文集》，北京大学出版社 1982 年版。

55. 乐黛云：《比较文学原理》，湖南文艺出版社 1988 年版。

56. 周宁：《跨文化研究：以中国形象为方法》，商务印书馆 2011 年版。

57. 孟华主编：《比较文学形象学》，北京大学出版社 2001 年版。

58. 〔日〕铃木修次：《中国文学与日本文学》，吉林大学日本研究所，文学研究室译，海峡文艺出版社 1989 年版。

59. 王向远：《中日现代文学比较论》，湖南教育出版社 1998 年版。

60. 王向远：《东方各国文学在中国》，江西教育出版社 2001 年版。

61. 方长安：《选择·接受·转化 —— 晚清至 20 世纪 30 年代初中国文学流变与日本文学关系》，武汉大学出版社 2003 年版。

62. 刘柏青：《鲁迅与日本文学》，吉林大学出版社 1985 年版。

63. 程麻：《沟通与更新 —— 鲁迅与日本文学关系发微》，中国社会科学出版社 1990 年版。

　　64. 余秋雨：《艺术创造工程》，上海文艺出版社 1987 年版。

　　65. 赵海彦：《中国现代趣味主义文学思潮》，中国社会科学出版社 2005 年版。

　　66. 林少阳：《"文"与日本的现代性》，中央编译出版社 2004 年版。

　　67. 张良村：《世界文学历程》，国际文化出版公司 1997 年版。

附录一：夏目漱石作品汉译版本

一、《我是猫》

1. 夏目漱石：《我是猫》，李永炽译，远景出版事业公司1976年版。

2. 夏目漱石：《我是猫》，于雷译，译林出版社1993年版。

3. 夏目漱石：《我是猫》，李永炽译，书华出版事业有限公司1995年版。

4. 夏目漱石：《我是猫》，尤炳圻、胡雪译，人民文学出版社1997年版。

5. 夏目漱石：《我是猫》，刘振瀛译，志文出版社2001年版。

6. 夏目漱石：《我是猫》，卡吉译，小知堂文化事业有限公司2001年版。

7. 夏目漱石：《我是猫》（上、下），石榴红文字工作坊译，花田文化股份有限公司1995年版。

8. 夏目漱石：《我是猫》（日汉对照），于雷译，吉林大学出版社2009年版。

9. 夏目漱石：《我是猫》，朱巨器译，长江文艺出版社2011年版。

10. 夏目漱石：《我是猫》，蒋蜀军译，广州出版社2008年版。

11. 夏目漱石：《我是猫》，刘振瀛译，上海译文出版社2007年版。

12. 夏目漱石：《我是猫》，李雪堂改写，上海人民美术出版社2002年版。

13.夏目漱石：《我是猫》，李光辉编译，现代出版社 2013 年版。

14.夏目漱石：《我是猫》，胡雪、由其译，奇华改写，中国少年儿童出版社 2000 年版。

15.夏目漱石：《我是猫》，罗明辉译，南方出版社 2003 年版。

16.夏目漱石：《我是猫》，尤炳圻、胡雪译，上海文艺出版社 2014 年版。

17.夏目漱石：《我是猫》，竺家荣译，中国华侨出版社 2014 年版。

18.夏目漱石：《我是猫》，郝芳译，安徽师范大学出版社 2014 年版。

19.夏目漱石：《我是猫》，卡洁译，万卷出版公司 2014 年版。

20.夏目漱石：《我是猫》，安娜译，远方出版社 2000 年版。

21.夏目漱石：《我是猫》，马丽译，北京理工大学出版社 2015 年版。

22.夏目漱石：《我是猫》，曹曼译，浙江文艺出版社 2015 年版。

23.夏目漱石：《我是猫》，田雨译，北京联合出版公司 2016 年版。

24.夏目漱石：《我是猫》，王敏译，上海三联书店 2016 年版。

25.夏目漱石：《我是猫》，刘子倩译，中国法制出版社 2016 年版。

26.夏目漱石：《我是猫》，荷月影译，天津人民出版社 2016 年版。

27.夏目漱石：《我是猫》，竺家荣译，九州出版社 2017 年版。

28.夏目漱石：《我是猫》，谜夏、秦琴译，湖南文艺出版社 2018 年版。

29.夏目漱石：《我是猫》，任艳红译，北京燕山出版社 2018 年版。

30.夏目漱石：《我是猫》，曹曼译，江西人民出版社 2018 年版。

31.夏目漱石：《我是猫》，尹力译，江苏人民出版社 2018 年版。

32.夏目漱石：《我是猫》，朱悦玮译，四川人民出版社 2018 年版。

33.夏目漱石：《我是猫》，伟祺译，北京工艺美术出版社 2018 年版。

34.夏目漱石：《我是猫》，黄悦生译，江苏凤凰文艺出版社 2019 年版。

35. 夏目漱石：《我是猫》，阎小妹译，人民文学出版社 2019 年版。

36. 夏目漱石：《我是猫》，徐建雄译，商务印书馆 2019 年版。

37. 夏目漱石：《我是猫》，史诗译，现代出版社 2019 年版。

38. 夏目漱石：《我是猫》，钟甘英译，哈尔滨出版社 2019 年版。

39. 夏目漱石：《我是猫》，谢高峰译，台海出版社 2019 年版。

40. 夏目漱石：《我是猫》，汤丽珍译，时代文艺出版社 2019 年版。

41. 夏目漱石：《我是猫》，徐建雄译，北岳文艺出版社 2019 年版。

42. 夏目漱石：《我是猫》，徐建雄译，中国友谊出版公司 2019 年版。

43. 夏目漱石：《我是猫》，孙静译，北京联合出版公司 2020 年版。

44. 夏目漱石：《我是猫》，林少华译，青岛出版社 2020 年版。

45. 夏目漱石：《我是猫》，罗明辉译，人民出版社 2020 年版。

46. 夏目漱石：《我是猫》，李广志译，作家出版社 2020 年版。

47. 夏目漱石、郑娟：《我是猫：漫画版》，余水秀译，古吴轩出版社 2021 年版。

48. 夏目漱石：《我是猫》，阎小妹译，人民文学出版社 2021 年版。

二、《哥儿》(《少爷》)

1. 夏目漱石：《哥儿》，开西译，载《夏目漱石选集》（第二卷），人民文学出版社 1958 年版。

2. 夏目漱石：《哥儿 草枕》，陈德文译，海峡文艺出版社 1986 年版。

3. 夏目漱石：《哥儿》，刘振瀛、柯毅文译，上海译文出版社 1987 年版。

4. 夏目漱石：《哥儿》，包寰、包罗译，北岳文艺出版社 1994 年版。

5. 夏目漱石：《少爷》，李孟红译，小知堂文化事业有限公司 2000 年版。

6. 夏目漱石：《哥儿》，陈德文译，志文出版社 2001 年版。

7. 夏目漱石：《哥儿》，胡毓文、董学昌译，人民文学出版社 2006年版。

8. 夏目漱石：《哥儿》，林少华译注，中国宇航出版社 2008 年版。

9. 夏目漱石：《少爷》（日汉对照），傅羽弘译，吉林大学出版社 2009 年版。

10. 夏目漱石：《哥儿》，胡毓文，载《日本经典中篇小说选》，文化艺术出版社 2012 年版。

11. 夏目漱石：《哥儿》，刘振瀛译，上海文艺出版社 2013 年版。

12. 夏目漱石：《小少爷》，竺家荣译，陕西师范大学出版总社有限公司 2013 年版。

13. 夏目漱石：《哥儿》，李月婷译，北京理工大学出版社 2015 年版。（日本文学大师夏目漱石作品精选集）

14. 夏目漱石：《哥儿》，汪明译，北京联合出版公司 2016 年版。

15. 夏目漱石：《哥儿》，林少华译，青岛出版社 2016 年版。

16. 夏目漱石：《少爷》，徐建雄译，浙江文艺出版社 2016 年版。

17. 夏目漱石：《哥儿》，陈德文译，上海译文出版社 2017 年版。

18. 夏目漱石：《哥儿》，刘振瀛译，人民文学出版社 2017 年版。

19. 夏目漱石：《少爷·三四郎》，吴季伦、李孟红译，九州出版社 2017 年版。

20. 夏目漱石：《少爷》，竺家荣译，时代文艺出版社 2020 年版。

三、《草枕》（《旅宿》）

1. 夏目漱石：《旅宿》丰子恺译，载《夏目漱石选集》（第二卷），人民文学出版社 1958 年版。

2. 夏目漱石：《草枕》，陈德文译，海峡文艺出版社 1986 年版。

3. 夏目漱石：《草枕》，陈德文译，上海译文出版社 2014 年版。

4. 夏目漱石：《草枕》，马丽译，北京理工大学出版社 2015 年版。

（日本文学大师夏目漱石作品精选集）

5. 夏目漱石：《草枕》，刘子倩译，江苏文艺出版社 2017 年版。

6. 夏目漱石：《草枕》，澜昕译，中国华侨出版社 2018 年版。

7. 夏目漱石：《旅宿》，丰子恺译，江苏凤凰文艺出版社 2018 年版。

8. 夏目漱石：《草枕》，何月影译，天津人民出版社 2019 年版。

9. 夏目漱石：《草枕》，徐建雄译，浙江文艺出版社 2019 年版。

10.夏目漱石：《草枕》（汉日对照），李捷译，大连理工大学出版社 2020 年版。

四、《梦十夜》

1. 夏目漱石：《梦十夜》，周若珍译，文汇出版社 2011 年版。

2. 夏目漱石：《梦十夜》，周若珍译，小知堂文化事业有限公司 2007 年版。

3. 夏目漱石：《梦十夜》，张秋明译，一方出版有限公司 2002 年版。

4. 夏目漱石：《梦十夜》，李振声译，广西师范大学出版社 2003 年版。

5. 夏目漱石：《十夜之梦 —— 夏目漱石随笔集》，李正伦、李华译，华东师范大学出版社 2008 年版。

6. 夏目漱石：《梦十夜》，Shikimi 绘，贺包蛋译，文化发展出版社 2020 年版。

7. 夏目漱石：《梦十夜 漫画版》，近藤洋子绘，周翔译，生活·读书·新知三联书店 2020 年版。

五、散文小品

1. 夏目漱石：《玻璃门内 —— 小品四种》，吴树文译，上海文艺出版社 2012 年版。

2. 夏目漱石：《暖梦 —— 夏目漱石随笔集》，陈德文译，花城出版社 2014 年版。

3. 夏目漱石：《猫之墓》，杨晓钟译，陕西人民出版社 2017 年版。

4. 夏目漱石：《单车日记》，张秋明译，一方出版有限公司 2002年版。

5. 夏目漱石：《杂忆录》，文洁若译，红旗出版社 2013 年版。

6. 夏目漱石：《文鸟》，楼适夷、董学昌译，中国文史出版社 2017年版。

7. 夏目漱石：《我想为你连根拔除寂寞》，张雨晗译，江苏凤凰文艺出版社 2018 年版。

8. 夏目漱石：《夏目漱石回忆录》，陈修齐译，古吴轩出版社 2020年版。

9. 夏目漱石：《漱石日记》，陈德文译，上海译文出版社 2020 年版。

10.夏目漱石：《永日小品》，陈德文译，广西师范大学出版社 2020年版。

11.夏目漱石：《夏目漱石浮世与病榻》，陈德文译，北京联合出版公司 2020 年版。

六、《虞美人草》

1. 夏目漱石：《虞美人草》，茂吕美耶译，金城出版社 2011 年版。

2. 夏目漱石：《虞美人草》，茂吕美耶译，京华出版社 2013 年版。

3. 夏目漱石：《虞美人草》，茂吕美耶译，北京联合出版公司 2013年版。

4. 夏目漱石：《虞美人草》，茂吕美耶译，台湾麦田出版社 2012年版。

5. 夏目漱石：《虞美人草》，陆求实译，陕西师范大学出版总社有限公司 2014 年版。

6. 夏目漱石：《虞美人草》，李振声译，安徽文艺出版社 2016 年版。

7. 夏目漱石：《虞美人草》，李振声译，人民文学出版社2018年版。

8. 夏目漱石：《虞美人草》，侯为译，青岛出版社2019年版。

9. 夏目漱石：《虞美人草》，刘子倩译，台湾大牌出版社2020年版。

七、《三四郎》

1. 夏目漱石：《三四郎》，崔万秋译，中华书局1932年版。

2. 夏目漱石：《三四郎》，吴树文译，上海译文出版社1983年版。

3. 夏目漱石：《三四郎》，吴树文译，志文出版社2001年版。

4. 夏目漱石：《三四郎》，李孟红译，小知堂文化事业有限公司2001年版。

5. 夏目漱石：《三四郎》，吴树文译，上海译文出版社2010年版。

6. 夏目漱石：《三四郎》，李孟红译，立村文化有限公司2011年版。

7. 夏目漱石：《三四郎》，陈德文译，载《夏目漱石小说选》，人民文学出版社2010年版。

8. 夏目漱石：《三四郎》，侯绪梅译，北京理工大学出版社2015年版。（日本文学大师夏目漱石作品精选集）。

9. 夏目漱石：《三四郎》，汪明译，北京联合出版公司2016年版。

10. 夏目漱石：《三四郎》，竺家荣译，时代文艺出版社2019年版。

八、《门》

1. 夏目漱石：《门》，陈德文译，湖南人民出版社1983年版。

2. 夏目漱石：《门》，陈德文译，载《夏目漱石小说选》，人民文学出版社2010年版。

3. 夏目漱石：《门》，吴树文译，志文出版社2001年版。

4. 夏目漱石：《门》，吴树文译，上海译文出版社2010年版。

5. 夏目漱石：《门》，（汉日对照），高谪、钱剑峰译，大连理工大学出版社2014年版。

6. 夏目漱石：《门》，竺家荣译，时代文艺出版社 2019 年版。

7. 夏目漱石：《门》，章蓓蕾译，台湾麦田出版社 2021 年版。

九、《从此以后》(《后来的事》)

1. 夏目漱石：《从此以后》，陈德文译，湖南人民出版社 1982 年版。

2. 夏目漱石：《从此以后》，陈德文译，载《夏目漱石小说选》，人民文学出版社 2010 年版。

3. 夏目漱石：《从此以后》，吴树文译，志文出版社 2001 年版。

4. 夏目漱石：《从此以后》，吴树文译，上海译文出版社 2010 年版。

5. 夏目漱石：《从此以后》，侯绪梅译，北京理工大学出版社 2015 年版。

6. 夏目漱石：《后来的事》，吴树文译，上海译文出版社 2017 年版。

7. 夏目漱石：《从此以后》，竺家荣译，时代文艺出版社 2019 年版。

8. 夏目漱石：《从此以后》，陈德文译，广西师范大学出版社 2020 年版。

9. 夏目漱石：《从此以后》，刘子倩译，台湾大牌出版社 2021 年版。

十、《春分之后》(《彼岸过迄》)

1. 夏目漱石：《春分之后》，赵德远译，载《夏目漱石小说选》(下)，湖南人民出版社 1985 年版。

2. 夏目漱石：《春分之后》，赵德远译，上海译文出版社 2013 年版。

3. 夏目漱石：《彼岸过迄》，林皎碧译，蔚蓝文化 2015 年版。

4. 夏目漱石：《彼岸过迄》，刘子倩译，台湾大牌出版社 2021 年版。

十一、《行人》(《使者》)

1. 夏目漱石：《使者》，张正立译，载《夏目漱石小说选》(下)，湖南人民出版社 1985 年版。

2. 夏目漱石：《使者》，张正立译，上海译文出版社 2013 年版。

3. 夏目漱石：《行人》，李月婷译，北京理工大学出版社 2015 年版。

4. 夏目漱石：《行人》，林皎碧译，台湾大牌出版社 2020 年版。

十二、《心》

1. 夏目漱石：《心》，董学昌译，湖南人民出版社 1982 年版。

2. 夏目漱石：《心》，董学昌译，载《夏目漱石小说选》（下），湖南人民出版社 1985 年版。

3. 夏目漱石：《心》，周炎辉译，漓江出版社 1983 年版。

4. 夏目漱石：《心》，于畅泳译，南方出版社 1999 年版。

5. 夏目漱石：《心》，陈宝莲译，先觉出版股份有限公司 2000 年版。

6. 夏目漱石：《心》，陈苑瑜译，小知堂文化事业有限公司 2001 年版。

7. 夏目漱石：《心境》，张文俊译，台湾东贩股份有限公司 2006 年版。

8. 夏目漱石：《心》，林少华译注，中国宇航出版社 2008 年版。

9. 夏目漱石：《心》，竺家荣译，陕西师范大学出版社 2013 年版。

10. 夏目漱石：《心》，李月婷译，北京理工大学出版社 2015 年版。

11. 夏目漱石：《心》，陈宛瑜、李孟红译，万卷出版公司 2015 年版。

12. 夏目漱石：《心》，于荣胜译，上海文艺出版社 2015 年版。

13. 夏目漱石：《心》，林少华，青岛出版社 2016 年版。

14. 夏目漱石：《心》，季伦译，野人文化股份有限公司 2017 年版。

15. 夏目漱石：《心》，刘剑译，天津人民出版社 2017 年版。

16. 夏目漱石：《心》，新颖译，中国妇女出版社 2017 年版。

17. 夏目漱石：《心》，谭晶华译，上海译文出版社 2017 年版。

18. 夏目漱石：《心》，徐建雄译，浙江文艺出版社 2017 年版。

19. 夏目漱石：《心》（日汉对照　精装有声版），杜勤译，华东理工大学出版社 2018 年版。

20. 夏目漱石:《心》,于荣胜译,人民文学出版社 2019 年版。

21. 夏目漱石:《心》,陆沉译,河北教育出版社 2020 年版。

22. 夏目漱石:《心》,黄悦生,江苏凤凰文艺出版社 2021 年版。

23. 夏目漱石:《心》,金海曙译,中信出版集团股份有限公司 2021 年版。

24. 夏目漱石:《心》(日汉对照有声版),杜勤译,香港中和出版有限公司 2021 年版。

十三、《路边草》

1. 夏目漱石:《路边草》,魏雨译,北京联合出版公司 2013 年版。

2. 夏目漱石:《路边草》,柯毅文译,上海译文出版社 1985 年版。

3. 夏目漱石:《路边草》,柯毅文译,载《日本经典中篇小说选》,文化艺术出版社 2012 年版。

4. 夏目漱石:《道草》,李庆保译,时代文艺出版社 2016 年版。

5. 夏目漱石:《道草》,陈系美译,台湾大牌出版社 2020 年版。

十四、《明暗》

1. 夏目漱石:《明暗》,林怀秋等译,远景出版社 1983 年版。

2. 夏目漱石:《明暗》,林怀秋、刘介人译,海峡文艺出版社 1985 年版。

3. 夏目漱石:《明暗》,于雷译,上海文艺出版社 1987 年版。

4. 夏目漱石:《明暗》,谭晶华译,广西师范大学出版社 2020 年版。

5. 夏目漱石:《明暗》,章蓓蕾译,江苏凤凰文艺出版社 2020 年版。

十五、文学理论

1. 夏目漱石：《文学论》，张我军译，神州国光社 1931 年版。

2. 夏目漱石：《文学论》，王向远译，上海译文出版社 2016 年版。

3. 王向远译：《日本古典文论选译》，中央编译出版社 2012 年版。

4. 夏目漱石：《文艺的哲学基础》，杜星宇译，古吴轩出版社 2020 年版。

十六、其他作品

1. 夏目漱石：《二百十日·野分》，石榴红文字工作坊译，久大文化股份有限公司 1990 年版。

2. 夏目漱石：《夏目漱石汉诗文集》，殷旭民点校，华东师范大学出版社 2009 年版。

十七、作品合集

1. 夏目漱石：《夏目漱石集》，章克标译，上海开明书店 1932 年版。

2. 夏目漱石：《夏目漱石小说选》，陈德文译，人民文学出版社 2010 年版。

3. 夏目漱石：《夏目漱石小说选》（上、下），陈德文译，湖南人民出版社 1984 年版。

4. 夏目漱石：《夏目漱石作品选》，郑礼琼注译，上海外语教育出版社 2010 年版。

5. 夏目漱石：《夏目漱石选集》（第一、二卷），开西、丰子恺译，人民文学出版社 1958 年版。

6. 夏目漱石：《夏目漱石小说集》，李孟红、陈苑瑜译，万卷出版公司 2015 年版。

7. 夏目漱石：《夏目漱石短篇小说精选》，王延庆、乐小燕译，群众出版社 2017 年版。

　　8. 夏目漱石：《夏目漱石短篇小说选集》（日汉对照），岳远坤译，世界图书出版公司 2019 年版。

　　9. 夏目漱石：《夏目漱石短篇集：梦十夜与永日小品》，杨明绮译，台湾四块玉文创 2021 年版。

附录二：夏目漱石研究著作（中国部分）

1. 何乃英：《夏目漱石和他的小说》，北京出版社 1985 年版。

2. 何乃英：《夏目漱石和他的一生》，华中科技大学出版社 2017 年版。

3. 李国栋：《夏目漱石文学主脉研究》，北京大学出版社 1990 年版。

4. 何少贤：《日本现代文学巨匠夏目漱石》，中国文学出版社 1998 年版。

5. 何少贤：《夏目漱石文艺理论研究》，中国社会科学出版社 2019 年版。

6. 李光贞：《夏目漱石小说研究》，外语教学与研究出版社 2007 年版。

7. 吴少华：《语言的背后 —— 夏目漱石〈明暗〉分析》，中国社会科学出版社 2008 年版。

8. 三浦雅士：《漱石：文豪消失的童年和母爱》，林皎碧译，台湾商务印书馆 2009 年版。

9. 张小玲：《夏目漱石与近代日本的文化身份建构》，北京大学出版社 2009 年版。

10. 张小玲：《从现代到后现代的自我追寻者：夏目漱石与村上春树的比较研究》，秀威资讯科技股份有限公司 2014 年版。

11. 王弈红：《明治文坛的泰斗夏目漱石》，南京大学出版社 2010 年版。

12. 安勇花：《夏目漱石的汉诗世界》，延边大学出版社 2010 年版。

13. 郑礼琼：《从叙述形态论现代主体的建构与他者的关系 —— 以夏目漱石前、后期三部作为主》，上海交通大学出版社 2012 年版。

14. 江川澜：《夏目漱石的百合花》，上海三联书店 2012 年版。

15. 李玉双：《疯狂与信仰：夏目漱石研究》，中国社会科学出版社 2013 年版。

16. 祝振媛：《夏目漱石的汉诗与中国文化思想》（日文），中国书籍出版社 2003 年版。

17. 胡兴荣：《夏目漱石文学里的"自然"与"人" —— 通往"则天去私"之路》（日文），上海交通大学出版社 2014 年版。

18. 于丽：《异类叙述者话语中的二声结构：夏目漱石与鲁迅的比较文学研究》（日文），对外经济贸易大学出版社 2014 年版。

19. 孙放远：《鲁迅与夏目漱石》，吉林大学出版社 2014 年版。

20.〔日〕三浦紫苑等：《一本读懂夏目漱石老师原来是个重度浪漫主义者呢！》，黄瀞瑶译，野人文化股份有限公司 2015 年版。

21. 高西峰、郭晓丽、程静：《日本近代小说中的知识分子 —— 夏目漱石论》，中国文联出版社 2016 年版。

22.〔韩〕尹相仁：《世纪末的漱石》，刘立善译，新星出版社 2016 年版。

23. 彭吉：《超越快乐原则 —— 夏目漱石爱情小说研究》，湖北人民出版社 2016 年版。

24. 肖书文：《从夏目漱石到春上村树》，中央编译出版社 2017 年版。

25. 梁懿文：《夏目漱石小说中的近代知识分子主体性研究》，山东大学出版社 2019 年版。

26.〔日〕夏目镜子：《我的先生夏目漱石》，唐辛子译，社会科学文献出版社 2019 年版。

27.〔日〕中川越：《人间处方：夏目漱石写给青年的信》，北京联合出版公司 2019 年版。

28.王广生：《读诗札记 —— 夏目漱石的汉诗》，北京大学出版社 2020 年版。

29.解璞：《灵台方寸：漱石文学中的镜像世界》，清华大学出版社 2020 年版。

30.高洁：《日本国民作家：夏目漱石》，华中科技大学出版社 2021 年版。

后 记

  《夏目漱石与中国》是教育部 2010 年人文社会科学研究项目"夏目漱石与中国"的最终成果。项目申报时，课题组主要成员有刘舸（湖南大学文学院教授）、勾艳军（天津大学外语学院教授）、李建华（天津师范大学外语学院教授）、甘丽娟（天津师范大学文学院教授）等。由于他们自身的教学、科研任务繁重，实在无法参与课题研究，甚为遗憾。这里还是要感谢他们！随后几年的项目研究中，为了将课题研究与人才培养相结合，在天津师范大学文学院和天津外国语大学比较文学研究所的"比较文学与世界文学"硕士研究生中，连续几年开设"中外文学比较专题研究：以'夏目漱石与中国'为中心"的课程，从一个具体个案入手，在讲授基本理论的基础上，训练学生从事比较文学"影响研究"的实践能力。实际效果很好，学生在相关刊物发表了 30 多篇论文。同时，几年里我指导的部分硕士研究生以夏目漱石为研究对象，完成了学位论文，如李红蕾的《夏目漱石后期创作"自我归宿"主题阐析》（2012）、刘晓杏的《夏目漱石在汉语网络中的传播与影响》（2013）、刘美颜的《陶晶孙对夏目漱石的接受与变异》（2013）、邹惠娟的《夏目漱石的死亡观与中国佛道思想》（2014）、王佳雯的《从夏目漱石代表作品分析其两性观念》（2014）、于慧珺的《真实的艺术 —— 夏目漱石小说〈道草〉的研究》（2015）、王娟的《论〈虞美人草〉的"我执"观》（2016）、施梦雅的《夏目漱石汉诗与中国文化》（2016）。教学相长，在课堂讨论和论文指导过程中，青年学子的敏锐思维和材料发现，也为我对漱石文学的理解和课题研究提供灵感与思路。在此，也向他们致以深挚的谢意！

项目于 2015 年底顺利结项，结项成果得到鉴定专家的肯定。鉴定专家修刚教授认为："成果的研究内容比较厚重，在先期成果的基础上有所突破。成果不是局限于影响关系的梳理，而是将'接受理论'引入研究，无论夏目漱石对中国文学文化的接受，还是中国作家对夏目漱石的接受，都从接受屏幕的层面，深入到文本作审美分析，揭示影响者和接受者的心智结构和文化语境。从夏目漱石和老舍的比较研究中，提炼出来的'同根并蒂：影响研究新范式'具有理论的创新意义，对文学史上大量同类现象的研究具有启发和指导意义。"鉴定专家王立新教授认为："成果紧扣夏目漱石与中国文学文化关系的特点，突出文化转型中的个体文化选择问题，无论是夏目漱石在欧风美雨冲刷下对汉文化与文学的选择，还是中国现当代作家在多元文化背景中对夏目漱石的接受，都突出个体主体性选择的矛盾与困惑，将个体文化选择与社会思潮、历史语境结合起来，探讨个体文化选择与社会时代发展之间的主动与被动的悖论关系。通过夏目漱石与中国关系这一个案研究，对当前全球化语境中知识分子如何对待外来文化和民族传统，具有现实的启示意义。"感谢鉴定小组专家们的肯定和鼓励！我们清楚，夏目漱石是个深邃复杂的作家，我们的研究只是这一领域的"引玉"之砖，期待读者、方家的批评指正。

参与项目研究和本书撰稿的是我和我指导的几位研究生。具体执笔章节情况如下：

黎跃进：前言，第一章第一、二、四节，第二章，第五章第一、四节，第六章，第八章第一节，附录，后记

秦鹏举：第四章，第五章第三节

武磊磊：第三章

孟智慧：第七章

丁晓敏：第一章第三节

王　希：第五章第二节

陈　梦：第八章第二节

谭艳红：第八章第三节

我作为项目主持人，具体组织项目研究全过程，设计全书章节纲目，对各位作者提供的初稿进行统稿整合。

需要说明的是书稿是 2015 年的结项稿，这次出版对近几年的新的研究材料未能加以补充，目前手中其他科研任务压身，没有时间和精力做大幅度的修改（只有"附录"中的书目作了补充）。只能期待有机会再版时加以完善。

书稿出版过程中，商务印书馆及责任编辑苗双做了大量工作，在此真诚地感谢他们的付出！

黎跃进

2022 年元旦于天津西郊